创意写作学
（第一辑）

张邦卫 名誉主编

叶　炜 主编

浙江工商大学出版社
ZHEJIANG GONGSHANG UNIVERSITY PRESS
·杭州·

图书在版编目（CIP）数据

创意写作学. 第一辑 / 叶炜主编. — 杭州：浙江工商大学出版社，2022.6

ISBN 978-7-5178-4912-4

Ⅰ. ①创… Ⅱ. ①叶… Ⅲ. ①文学写作学－文集 Ⅳ. ①I04-53

中国版本图书馆 CIP 数据核字（2022）第 062645 号

创意写作学（第一辑）

CHUANGYI XIEZUO XUE（DI-YI JI）

张邦卫 名誉主编　　叶　炜 主编

责任编辑	熊静文
责任校对	何小玲
封面设计	浙信文化
责任印制	包建辉
出版发行	浙江工商大学出版社
	（杭州市教工路 198 号　邮政编码 310012）
	（e-mail：zjgsupress@163.com）
	（网址：http://www.zjgsupress.com）
	电话：0571－88904980,88831806（传真）
排　　版	杭州朝曦图文设计有限公司
印　　刷	杭州高腾印务有限公司
开　　本	710mm×1000mm　1/16
印　　张	19.5
字　　数	288 千
版 印 次	2022 年 6 月第 1 版　2022 年 6 月第 1 次印刷
书　　号	ISBN 978-7-5178-4912-4
定　　价	88.00 元

本书编写组

大家都来研究创意写作（代序）

葛红兵

（上海大学中国创意写作中心主任、二级教授、作家、博士生导师）

2004 年，我从英国剑桥大学回来，带回两个想法：一是中国文化会产业化发展；二是高校文学教育会创意写作化。当时很难。谈"文化产业化发展"，谁都不理解，那个时候，国内正兴起"文化批评"，正批评西方的文化产业；谈"高校要培养作家，要培养面向文化产业的写作者"，谁都摇头，那个时候，多数高校中文系是不培养作家的。高校中文系要培养作家，同时要面向文化创意产业，培养文化创意产业基础从业人员。创意写作包含文学写作，同时也包含面向文化产业的生产性文本的创作。高校的创意写作学科要培养作家，就是我们传统意义上的纯文学作家，要培养类型小说作家、影视编剧，要培养文化产业的基础从业人员——策划人，各种各样的撰稿人，甚至创意活动的组织者、领导者。

创意写作是实践领域，但是，研究创意写作的内在规律，研究创意写作的教育教学规律，却是"学科"。高校需要这样的学科，需要有能研究、能在理论上说清楚它的人，现在创意策划师不被承认，地位低于创意设计师，或者说，根本没有地位，用文稿写出来的创意不值钱、不当真，为什么？就是因为没这个学科。所以，我们要创建中国化的创意写作学科。

其中，创意写作教育教学方法的研究尤其重要，现在各地都在办创意写作，有一窝蜂的倾向，但是，我们的研究还没有跟上。一是作家教写作的体制;二是工坊制培养的体制;三是面向实践的强调实践能力的教学体制;四是创意潜能激发的课程思维——这个和我们传统的写作教学完全不同。传统中文写作学是教格式写作、写作技巧,而现代创意写作是教创意思维,让人成为有创造力的人,提升文化创造力,让文化创造力也成为生产力因素。我有个说法:科技是生产力,文化也是生产力;高校要做科技发动机,也要做文化发动机。让文化创新成为生产力,现在已经不是口号,而是正在发生的事实了。

要呼吁高校文学教育改革,创建本科创意写作教育教学体系,要呼吁承认文学教育是艺术教育,创意写作应该有自己的专业硕士方向。现在的问题,让我很担心,一哄而上搞创意写作教育,将来会是什么样子?1.是否真的研究了创意写作学科本质、教学方法?是否对写作教育和研究的认识有根本改变?2.是否真的用实践教学,用工坊制教学?3.是否用纯文学观念束缚了学生?4.是否研究了下游文化产业、文化服务及文化消费?是否能培养有领导力的新一代文化产业从业人员及领导者、开拓者?

基于以上问题,我希望大家都来研究,都来创造,让我们的高校中文教育有大进步、大发展。

目　　录

第二章 创意写作学实践

第三章 创意写作学周边

第一章

创意写作理论建构

创意写作工作坊研究

——从爱荷华大学到上海大学的实践

许道军

（上海大学文学院）

"创意写作"(Creative Writing)兴起于 19 世纪末期美国高校文学教育教学改革，首先作为"一项在全国高校内开设的小说、诗歌写作课程的校园计划"和"一个招募小说家、诗人从事该学科教育教学的国家体系"出现。① "二战"前后它在美国逐渐发展为一场全国性的社会运动，在应对战后军人战争创伤、黑人教育、移民浪潮、女权运动、多元文化碰撞融合、文学类型化、美国梦形成以及文化创意产业发展诸多问题方面发挥了巨大作用，与此同时自身也发展为一门成熟的学科，在欧美、澳大利亚及亚洲等国家或地区推广开来。招募作家进高校教学写作，即是后来风靡世界的"驻校作家制度"的开始。作家教学写作，改变了传统写作教育教学模式，工作坊教学逐渐成为主流。

无论是作为写作活动、社会运动，还是作为学科存在，创意写作工作坊都在创意写作中承担着重要使命，并体现出相对于传统写作及写作教育的创新性、优越性。创意写作工作坊与创意写作之间的关系，爱德华·迪兰尼(Edward Delaney)描述为"车轴之于车轮"(the hub of the wheel)②，其重要性可见一

① D. G. Myers, *The Elephants Teach*: *Creative Writing Since 1880*, Chicago: University of Chicago Press, 2006, Preface(xi).

② E. J. Delaney, "Where great writers are made," *The Atlantic*(*Fiction Issue*), vol. 8(2007).

斑。作家在创意写作工作坊里写作或者教学写作，学生在创意写作工作坊里锻炼写作，是创意写作工作坊的存在常态，如迈尔斯(D. G. Myers)所描述的那样，"写作工作坊作为一套流程，已经成为这段时期作家们的标准训练和共同体验"①。

近年来，复旦大学、上海大学、中国人民大学、广东外语外贸大学、北京大学、广东财经大学等高校开始系统引进海外创意写作学科，探索驻校作家制度，设置创意写作系或专业，在本科和研究生两个层面创建中国创意写作教育系统。推进创意写作教育教学，实现写作教育的革命性转变，创意写作工作坊是关键一环。然而，何谓创意写作工作坊，何谓工作坊教学，如何教学，以及它本身有何局限，对于这些关乎创意写作学科健康发展的基本概念问题、理论问题及方法问题，国内的认识还存在许多盲点和误区。因此，本文将就何谓创意写作工作坊，创意写作工作坊的组织形式、工作形式、教学形式等内容展开探讨，同时也以上海大学创意写作工作坊近年来的创意写作教育教学实践为例，分享与交流创意写作工作坊在写作教育方面的突破与局限，以供专家指正，共同推进中国创意写作学科的创建和深化。

一、创意写作工作坊的定义和类型

创意写作工作坊(Creative Writing Workshop)草创于爱荷华大学，也在爱荷华大学修成正果。1896 年，爱荷华（大学）作家工作坊(Iowa Writers' Workshop)开始孕育启动，这是一个兼写作、教学与学习功能的工作组织。1897 年春季学期，爱荷华大学开设了诗歌写作(Verse-Making)课程，这是爱荷华作家工作坊开设的课程工作坊雏形。1922 年，爱荷华研究生院院长卡尔·西肖尔(Carl Seashore)宣布高级学位班接受创意作品作为学位论文，学生可以凭借创作而不是学术论文获得学位，文学院也开始提供写作方面的固定课程，由

① D. G. Myers, *The Elephant Teach*：*Creative Writing Since 1880*，Chicago：University of Chicago Press，2006，p. 2.

驻校作家和访问作家为创意写作选修课程教学提供写作指导,这是创意写作工作坊迈向系统化、学科化的坚实一步。1936 年,创意写作工作坊诗人和小说家聚集在威尔伯·施拉姆(Wilbur Schramm)旗下,开始成为一个实体,创建了创意写作系统(Creative Writing Program),创意写作从此进入"系统时代"(Program Era)。① 据"作家与写作项目联盟"(Association of Writers & Writing Programs,简称 AWP)2010 年的数据,全美已经有 822 个创意写作系统,超过 300 个系统在研究生层次,37 个可以提供博士学位。② 作为创意写作系统的发源地,爱荷华创意写作系统是美国最早的一个,也是最好的一个。1967 年,爱荷华作家工作坊升级为"国际写作计划"(International Writing Program,简称 IWP),使作家间的交流合作走出美国,推向全世界,组成更大规模的工作坊。主持人保罗·安格尔(Paul Engle)在随后的 20 多年里邀请了 70 多个国家 100 多位作家来爱荷华进行创作交流,希望作家们明白"这个世界之所以有这么多不同意见的声音,他们只是想真实地告诉别人民族语言的理念和情感"③,而这个理念也恰恰是自创意写作工作坊发展而来。

在考察创意写作工作坊历史和创意写作国家重要工作坊基础上,我们倾向于这样认为:创意写作工作坊是以创意写作实践或创意写作教育、研讨等相关工作为导向,由若干参与者组合而成的活动组织。由于它是一个由作家领衔的组织或者是作家自身组建的"群体"(Groups)或"团体"(Community),因此这些工作坊的命名,大多与"写作""作家"相关,有时候被称为"写作工作坊",如奥德赛写作工坊(Odyssey Writing Workshop),更多的时候被称为"作家工作坊":它们有的被命名为"作家们的"工作坊,如爱荷华作家工作坊(Iowa Writers' Workshop)、哥谭作家工作坊(Gotham Writers' Workshop)等;

---

① 马克·麦克格尔:《创意写作的兴起:战后美国文学的"系统时代"》,葛红兵、郑周明、朱喆等译,桂林:广西师范大学出版社,2011 年,第 14 页。

② 相关数据参见 AWP 官网,http://www.awpwriter.org/programs_conference/guide_writing_programs;另有数据:2011 年全美已建立起 854 个创意写作工作坊系统,超过 2000 个本科创意写作课程系统(Austin Allen,Amazon Publishing Leaps Forward,http://bigthink.com/ideas/39844)。

③ 马克·麦克格尔:《理解爱荷华——"创意写作"在美国的诞生和发展》,朱喆、郑周明译,《湘潭大学学报》2011 年第 10 期,第 124 页。

有的被命名为"作家的"工作坊，如米尔福德作家工作坊（Millford Writer's Workshop）、梧桐山作家工作坊（Sycamore Hill Writer's Workshop）等；有的被命名为"作家们"工作坊，如特基城作家工作坊（Turkey City Writers Workshop）、西克拉力恩作家工作坊（Clarion West Writers Workshop）等；有的被命名为"作家群"，比如法典作家群（Codex Writers Group）等；还有很多没有直接出现"作家"，但实际上是作家群组合的工作坊，如瓦伦西亚 826 号（826 Valencia）、赖声川表演工作坊、上海市华文创意写作中心等。

同活跃于其他领域的工作坊一样，创意写作工作坊首先是一种由任务或目标驱动而聚集的群体、工作组织，它的基本工作方式——工作坊写作，在现代影视剧本创作尤其是好莱坞电影工业中，发挥着特别重要的作用。在某些领域，工作模式也会因某个工作坊的特别贡献而命名，比如"米尔福德方法"（Millford Method）。但与此同时，创意写作工作坊既可以是以展开集体写作、交流写作技巧、筹谋写作活动、商讨学术或者做其他与写作相关的事宜工作为目标的工作组织，也可以是包含上述工作但又承担培养作家新人、教学写作技巧的教育组织，同时还可以是更小一级的教学单位，相当于班级（Class）、课程（Course）等形式。经常会出现这样的情况，在一个作家工作坊之内，又出现了多个更小更具体的课程工作坊，比如爱荷华作家工作坊孵化出了下一级的创意写作系统，如诗歌工作坊（Poetry Workshop）、小说工作坊（Fiction Workshop）、翻译工作坊（Translation Workshop）等，它们都是爱荷华作家工作坊提供的课程（Course）形式。哥谭作家工作坊更是包括了几十个具体课程工作坊，并以课程的丰富而闻名。东英吉利大学创意写作课程（UEA Creative Writing Course）由马措姆·布拉德比瑞（Malcolm Bradbury）和安格斯·威尔森（Angus Wilson）两位先生在 1970 年创建，由于这个学校的创意写作 MA 被广泛认为是英国最有声望、最成功的学位，其候选位置竞争之惨烈、课程之艰难几近"臭名昭著"，因此课程名声反而超过工作坊。

不同作家工作坊（包括驻校作家/教师团队）、课程、班级以及进阶学位，包括入学、选课、培训、提高、认证等各个环节组成的体系构成了创意写作系统。相对于单个创意写作工作坊、社会培训机构或仅有工作指向的工作坊，它不仅有稳定的创意写作教师团队（作家或驻校作家团队），常设的创意写作工作坊课程（诗歌、小说、戏剧、散文或者翻译等），各个层次（本科生和研究生、知识型与技能型、长学期与短学期等），还有能提供各个级别的学位（学士、硕士或博士），为学生提供更加系统的创意写作训练。如爱荷华创意写作系统，它"提供英语专业艺术硕士头衔，这个头衔已是获准在高校任教创意写作的终端学位"，作为工作坊，"它又为那些具有天赋的作家提供与杰出作家一起工作和学习的机会"。①

依据所培养的诗人和作家数量与质量以及影响力，爱荷华大学的艺术硕士创意写作系统排在美国第一位。爱荷华创意写作系统之所以赫赫有名，依旧与爱荷华创意写作工作坊密切相关。值得一提的创意写作系统还有休斯敦创意写作系统（University of Houston Creative Writing）、沃伦·威尔逊MFA作家培养系统（Warren Wilson College MFA Program for Writers）、"石岸"创意写作MFA系统（Stonecoast MFA Program in Creative Writing）等。它们各有特色，如休斯敦创意写作系统是一个小说与诗歌研究生层级系统，提供文学与创意写作专业哲学博士学位和英语创意写作MFA学位，沃伦·威尔逊MFA作家培养系统是美国最古老的短期培训（low-residency）写作艺术系统，而"石岸"创意写作MFA系统则主攻非虚构创意写作、虚构写作、诗歌写作和通俗小说写作4个文类，它也是美国2个能颁授通俗小说学位的MFA系统之一。

福斯特（Forster）非常赞同罗洛·布朗（Rollo Brown）在《创意精神》中的观点：没有哪门艺术可以仅仅"在工作坊中就能学透"，作家需要更加系统的文学教育。② 创意写作系统整合了各种写作与教学资源，促成了学历教育与技能教育的结合，摆脱了创意写作工作坊教育"单打独斗"的局面。由于系统

---

① 具体参看 Iowa writers' workshop 官网，http://writersworkshop.uiowa.edu/about/about-workshop/philosophy。

② 转引自 D. G. Myers, *The Elephants Teach*: *Creative Writing Since 1880*，Chicago: University of Chicago Press, 2006, p. 133.

设置的丰富性与体系性,它也解决了创意写作学科发展初期"文学技能教育"与"文学知识教育"不相兼容的难题,文化教育、文学教育与文字教育不再是写作教育的"敌人",也不必在吵吵嚷嚷、相互攻讦中证明自己的作用与地位,相反,它们现在成了创意写作的基础、后援甚至是深度的标志,也是工作坊成员未来可持续写作的保证。

二、创意写作工作坊教学及其特色

许多创意写作工作坊以鲜明的教学特色、卓越的教育成就而闻名。它们有的置身于创意写作系统之中,有的隶属高等院校的教学单位,有的则是社会培训机构,独立开展写作教学。我们不妨以 3 个不同类型的工作坊为例,以管中窥豹。

首先要提到的仍旧是爱荷华作家工作坊。这是一个写作活动、教学和学习(自学)三位一体的工作坊,教师、学生均取得了了不起的成就。它分为小说工作坊和诗歌工作坊 2 个大方向,提供工作坊和研讨会 2 种课程形式,课程分为本科和研究生 2 个层次,其中以研究生层次课程最为著名。小说工作坊课程有 5 个分支,诗歌工作坊课程有 4 个分支,分别由专门作家和教学人员任教。在住校的 4 个学期中,学生都被要求参加一个研究生层次的小说或诗歌工作坊,每个工作坊包括 10—15 名学生,在其中,他们互相品评彼此的作品。爱荷华作家工作坊每年都邀请作家来访,教授诗歌和小说写作,诗人罗伯特·弗罗斯特(Robert Frost)和罗伯特·潘·沃伦(Robert Penn Warren)等曾是这里的驻校作家,据爱荷华大学网页统计,有数十位赫赫有名的作家、诗人曾在这里访问教学。爱荷华作家工作坊发展为"爱荷华国际写作计划"后,更是跨越了国界,引来了更多的作家一起工作、交流、学习,当然,受益的不仅是那些受到邀请的作家本人,更重要的是那些在爱荷华大学学习写作的学生。余光中、梁牧、王文心、白先勇、萧乾、艾青、陈白尘、茹志鹃、王安忆、吴祖光、张贤亮、冯骥才、白桦、盛容、汪曾祺、北岛、阿城、刘索拉、余华、迟子建、叶炜等先后造访爱荷华,享受了一段美好的工作经历和生活时光。

哥谭作家工作坊是美国最大的成人写作教育学校,1993年创建于美国纽约城,现今同时在纽约和网络提供课程。这个工作坊的教职员工、主任亚历山大·斯蒂尔(Alexander Steele)编辑了《小说写作》《小说走廊》和《电影写作》三本书。相对于爱荷华作家工作坊师生们的创作成就,哥谭作家工作坊似乎逊色许多。

哥谭作家工作坊之所以深受学员欢迎,与它的课程设置有关,正如他们的网站介绍所言,工作坊不仅提供写作的各种技巧指导,更有学员在其他地方无法寻觅的综合课程。归纳起来,哥谭作家工作坊的写作课程有以下几类。第一类是美国传统高校能够提供的创意写作课程,比如虚构或非虚构类;第二类是比较倾向创意文化产业的课程,这些课程,一般高校不开设;第三类则是倾向于生产类创意活动文本写作的课程,如出版技巧(How to Publish)、剧本出售(How to Sell Your Screenplay),近似于创意活动策划或文案写作课程;第四类则是与商业活动有关的工具类功能文本写作的课程,如商务写作(Business Writing)。最有特色的是关于创意写作心理的课程,分别是创意写作101(Creative Writing 101)、突破写作障碍(Jumpstart Your Writing)两门。在学制上,哥谭作家工作坊分为一日制、六周制和十周制,分别为低级班、高级班和大师班(level I、Advance level 和 Master level)提供不同层次的课程,它们既可相互独立,也在训练上循序渐进,这些跟一般高校创意写作课程有很大不同。

哥谭作家工作坊将创意写作工作心理问题提到专门课程的高度,的确抓住了这个学科的关键。突破写作障碍课程针对的问题是"Love to write,but hate the obstacles"(喜爱写作,但憎恶障碍)、"Tired of battling with writers block"(为作家障碍所困扰),它要做的工作其实就是明确回答"写作是否可以教学""Writer是否可以培养"等学科根本问题。创意写作101是哥谭作家工作坊最受欢迎的四门学科之一,它像总论,是关于所有课程的课程,它有讲到写作虚构(Fiction)和非虚构(Nonfiction)的要领和技巧,但着重点放在写作心理的鼓励和引导上面,"快乐写作"(having fun with writing),"观察""想象"和"语言"(observation,imagination and language)的重要性,"展示"和"讲述"

（show and tell）的差异及技巧，但是更重要的是"个性"（individuality），即"写你知道的，写你想知道的，找到属于你个人的强调"（writing what you know, writing what you want to know, finding your individual voice）。如何克服作家障碍，进行创意写作，这个课程也给出了具体的建议和承诺，如提供向多个方向发展的写作练习，为抓寻新 ideal 而提供集体 ideal，集体创作所拥有的支持与宽松环境，养成良好写作习惯，对自己强势与弱势的自觉，等等。

许多创意写作工作坊里都设有故事工作坊，在所有故事工作坊当中，哥伦比亚学院（芝加哥）的故事工作坊（The Story Workshop）名扬四海，然而比故事工作坊更为有名的是前文提到的"故事工作坊方法"。这个工作坊方法是由约翰·舒尔茨（John Schultz）教授于 1965 年创研的，有意思的是，它最初为中小学的写作课堂量身定做，最后却被哥伦比亚学院（芝加哥）小说创新系（The Fiction Writing Department）的系列创作课程采用，后来哥伦比亚学院的小说创作系反过来成为著名的故事工作坊方法教学试验基地。

故事工作坊方法总结起来大约有以下几点：第一，强调故事写作的创造性。突破传统故事叙述手段，可以从某个细节或者某个突发奇想中得到灵感，然后根据自己的理念并结合一定的生活来进行创作。第二，让学生突破创作心理障碍和束缚，能够大胆地想象，能够持续地创作、写作，而不是中途觉得不好就停止。第三，不会有任何的限制，给学生充分的探索空间。第四，不拘泥于一种写作模式和文学写作类型，倡导多方面尝试写作，不会有意识地暗示或者要求学生一定要朝哪个方向发展。第五，根据学生写作类型，找来各种相关类型的作家、专家进行对口专业方面的指导，让学生自己去发现自己究竟擅长哪方面的创作。第六，同影视相结合，从视觉、视角、流动等方面来理解和实践文学创作。①

故事工作坊方法之所以行之有效，还在于两个特别的辅助因素。一是工作坊拥有学生制作并出版的三个刊物 *Hair Trigger*、*F Magazine* 和 *Fictionary*。学生为刊物写稿、选稿，创作、编辑、出版、发行一条龙，既是写作，又是

---

① 可参看 Columbia College 网站，http://www.colum.edu/Academics/Creative Writing。

工作,学生得到很大的锻炼,这是一般的工作坊没有的条件。二是开设有国家最大的创意写作发展计划之一的"故事周"。在故事周里,工作坊邀请优秀的作家、演员、出版商、编辑、教师等来此分享人生和创作经历,还为工作坊学生把脉,考察学生究竟适合向哪个方向努力,进而工作坊为之提供量身定做的指导,这又比一般的故事周泛泛而谈、开完会走人或者受益的是教师不一样,这样的故事周完全是为工作坊、为学生服务的。

三、多元化的作家工作坊类型

D. G. 迈尔斯认为,工坊制的起源差不多与"作家俱乐部"的传统有关,它最初并不是高校的教学组织或为这个组织而准备的,"创意写作并不是由一群想要见面讨论的作家以正式的高校课程的形式建立的,它的存在也不能归因于对一个制序机构的笨拙探索"①。这个论断是公允的,并不是所有的创意写作工作坊都以写作教学为己任,有些时候,工作坊只是作为作家一起商讨、合作与工作的组织,可能看起来更像是"打油诗人俱乐部"或文学小团体。但是,即使是在这样的组织中,锻炼新手、提携新人、发现新星也似乎是其工作的天然一部分。当然,如果它们也存在"教学"行为的话,其形式更像是师傅带徒弟。我们不妨以下述几个工作坊为例,考察创意写作工作坊形式的多样性。

梧桐山作家工作坊(Sycamore Hill Writer's Workshop)位于美国佐治亚州迪卡尔布县,是一个仅邀请科学小说、幻想小说和奇幻小说作家参加的工作坊。他们以创作和出版作品为目标。成员每周会面一次,品评故事、讨论艺术、交流写作技巧,也谈写作生意,类似于沙龙的松散组合。

特基城作家工作坊(Turkey City Writers Workshop)位于得克萨斯州,是一个职业科幻小说作家工作坊。它被称作"计算机科幻小说的摇篮",因为这里是那些有志于从事科幻小说的创作者首次相遇的地方。"星云奖"获得者

---

① D. G. Myers, *The Elephants Teach*: *Creative Writing Since 1880*, Chicago: university of Chicago Press, 2006, p. 13.

汤姆·李米(Tom Reamy)是这个工作坊最初组建者之一。赫赫有名的科幻小说家布鲁斯·斯特林(Bruce Sterling)在 1973 年加入工作坊时，是这里最年轻的成员。《终结者》编剧之一哈兰·艾莉森(Harlan Ellison)在特基城"发现"了斯特林，并张罗出版了他的第一个长篇故事。他们编译了"特基城词典(The Turkey City Lexicon)"，这是一个探讨科幻小说写作时反复用到的术语集合。其他作家工作坊作家谈及科幻小说文类时，这些术语都被使用或被采用。罗伯特·绍尔(Robert J. Sawyer)曾描述其为"所有言谈词汇之母"，比如"赛博朋克"就是布鲁斯·斯特林等作家的首创。

"未来作家"(Writers of the Future，简称 WOTF)是罗恩·哈伯德(Ron Hubbard)在 20 世纪 80 年代初发起的一个科学幻想小说(科学小说与幻想小说)大赛。作为科学幻想小说大师和这个小说类型的受益者，他所设立的这个大赛，带有强烈的"回报"这个写作领域的色彩。大赛没有参赛费，但是对于那些科学与幻想小说菜鸟作家来说，却有最高的回报。之所以说提携新人，是因为大赛明确要求参赛者不得在任何媒体上发表过"一部长篇小说或一部小长篇，或者超过三个短篇"。而参赛作品一旦出版，铁定有高额报酬。而且，所有获奖者与著作出版者都受邀参加作家与艺术家工作坊和戛纳电影节颁奖仪式，为期一周，大赛组织方为活动买单。届时大家穿上晚礼服、长袍（普通与会人员一般也穿上盛装），衣冠楚楚，步入"上流社会"。除了才华横溢的科幻小说家、艺术家到场外，形形色色的好莱坞影星也时时光临现场。

以大赛为活动方式的工作坊还有风城科幻小说大赛(Windycon)①，然而，即使是以大赛为工作坊命名，它还是常年招收学员。阿尔文基金会(Arvon Foundation)是一个促进英国创意写作的慈善机构，在德文郡(Devon)、什普罗镇(Shropshire)、约克镇(Yorkshire)和因弗内斯镇(Inverness-shire)4 个地方提供驻校创意写作课程，同时也筹集资金，资助那些不能支付全额课程学费的人参加课程学习。阿尔文基金会也举办有双年"阿尔文国际诗歌大赛"，

---

① Windy 是指芝加哥，芝加哥的一个别号就是"风之城"(Windy City)，con 是指"会议"(convention)，对照 Worldcon，即"世界科幻小说大会"(The World Science Fiction Convention)，芝加哥三个科幻大会之一，考虑到这个工作坊的大赛性质，我们把它翻译为"风城科幻小说大赛"。

但影响不大。

以街道位置命名的瓦伦西亚 826 号(826 Valencia)更像一个社区志愿者服务工作坊,它坐落于旧金山米申区,2002 年由作家戴夫·艾格斯(Dave Eggers)和与文学、与社区教育都有关联的退伍老兵教师 Ninive Calegari 共同组建。826 号由 1 个写作实验室、1 个临街的学生所喜欢的"海盗用品商店"(这个商店部分资助 826 写作系统)和 2 个中学附近的卫星教室以及超过 1400 名的志愿者组成。这些志愿者包括出版过作品的作家、杂志创始人、学术能力评估测试课程指导教师、电影文献纪录片制作人等。他们为社区免费提供这些服务;为环绕旧金山地区极缺乏教师的学校支教;帮助学生写调研论文、大学入学考试文章或者口头文章;在工作日夜晚和周末教学类似卡通制作、大学入学申请书等写作技巧;每周花 5 天时间为那些写作技巧参差不齐、兴趣不一的学生进行免费的一对一辅导。有的时候,完全谈不上写作指导,因为这些学生绝大多数来自拉丁美洲的街区,英语都说不利索。有的小孩做完家庭作业后,会尝试写作,有的则干脆从书架上取下一本书,安安静静地阅读。除了这些"低端"的写作服务工作外,工作坊也每周提供多达 4 次的写作工坊活动,每次活动都安排一个作家与整个工作坊的学生进行圆桌讨论,或者开展以诗歌、新闻、出版物的约稿写作为主题的研讨会。瓦伦西亚826 号也出版过一大批学生撰写的文学杂志、报纸、书籍以及小册子,每年最大的出版项目是"年轻作家著作项目"。

根据当年的《军人重整法案》的要求,大量退伍军人获得了接受高等教育的机会,退伍老兵进高校创意写作系统,在专门为他们设置的工作坊里写作战争回忆录,用于"软化"(softening)自己的战争创伤,释放自己的焦虑与对立情绪,最终慢慢融入社会。反过来,工作坊也深入监狱,深入社区,深入郊区学校,提高写作技巧、培养作家或许倒不是主要目标,让移民、黑人及其他族群有自我表达习惯,让那些少数族群中的新作者以及女性作者有可以发出"声音"的机会,做到教育容纳差异性和文化多元化并存,或许才是工作坊的主要责任。瓦伦西亚 826 号的意义应该在此。

四、作家工作坊教育的基本特点

作为教学单位,创意写作工作坊有别于传统的地方在于,它既是一个写作又是一个教学写作的综合课程。作为教育教学方法,创意写作工作坊也发展出一种现代教学模式,我们在约定俗成中称之为工坊式教学模式。一些创意写作工作坊在写作教学探索中成就斐然,在某些时候,这个教学模式会以该工作坊直接命名,表示向它们所做的特别贡献致敬,比如"克拉里恩方法"(The Clarion Method)和上文谈到的"故事工作坊方法"(The Story Workshop Method)等。

美国创意写作工作坊作家 Tom Kealey 指出,创意写作工作坊就是一个关于学生作品的编辑会议。在这里,你既是作家,又是读者;你既与工作坊伙伴一起研讨经典作品,也与大家一起,像研究经典作品一样,研究你自己的作品,指出不足,提出建议,发展优势。通常情况,每个讲习班工作坊由 10—15 人组成,哥伦比亚学院(芝加哥)故事工作坊只有 7—12 个学生,以保证每个学期每个学生能够有 3 次展示作品的机会。参加工作坊必须先经过考试,只有作品经过老师的审阅,学生才有可能得到学习的资格,成员间对彼此的作品进行讨论。工坊教学的实践性、合作性、自主性和创造性,极大提高了学生写作的积极性与技巧。作为教学方法与教学模式,写作工坊的神奇之处已被人精彩描述了,《纽约客》作者露易丝·曼南德把创意写作的教学理念概括为:"一群从未发表过诗歌的学生,能够教会另一群从未发表过诗歌的学生,如何写出一首能被发表的诗歌。"[①]

创意写作工作坊如何教学,我们将另行探讨,本文想指出的是,凡事有利有弊,作家工作坊并非魔术箱——"菜鸟"走进去,作家走出来,它同样存在着自身的问题。这些问题,既具有普遍性,所有的创意写作工作坊在活动中都

---

① Louis Menand, "Show or Tell—Shoud Creative Writing be Taught?" *New Yorker*, vol. 6 (2009).

会面临，也具有具体性，存在于现今中国教育教学体制之中。具体来说，存在如下 4 组矛盾。

首先，作家个性形成与作家批量生产的矛盾。对于一个作家而言，个性比技巧重要得多。但在工作坊训练当中，为了保证程序的连贯、合作的顺畅，学生经常被暗示要压抑自己的个性，以适应工作坊的节奏。约翰·奥尔德里奇（John W. Aldridge）曾批评爱荷华大学写作工作坊是对现代个体的伤害，是把个体扔进流水线当中，生产某一类作家，甚至是"批量复制的作家"，只能写出"小而圆滑的批量复制的文学作品"。[①] 其次，无限创意与程序控制的矛盾。工作坊运转原理之一为程序控制法。所谓程序控制法即是对经常性重复出现的活动按照标准化程序来加以监测、控制，以保证结果质量达到控制目标和要求的一种现代管理方法。工作坊教学发展到今天，已经走向娴熟精致。有人曾这样描述工作坊：整个课堂就像一台演出，教师角色是多面的，扮演着编剧、导演、演员等不同角色。[②] 这不是特意描述创意写作工作坊活动现场，但是这种描述完全适合创意写作工作坊。既然有"编"有"演"，工作坊的创意尽在"掌控之中"，但也因此与创意写作所要求的无限创意形成矛盾。再次，写作规律与教学方法的矛盾。写作之所以可以教学，是因为它有自己的原理、普遍形式、原型，写作教学遵循了写作的普遍规律，写作就是可以教学的。然而创意写作工作坊并没有统一标准的要求，具体实施因人而异，"多数情况下，工坊模式的运作取决于课程的层析和写作教师自己的决定"，"一些教师开始工作坊时开有一个繁重的阅读书单"，"也有教师视工作坊为关于技巧的课程"，"许多教师支持自由写作（Free-writing）实践"，"另一些教师则研发一些策略比如练习、写作激励"，如此等等。[③] 在这种情况下，势必会出现"写作有时候可以教有时候又不可以教"的现象。最后，人文精神的培育与写作产

---

① John W. Aldridge, *Talents and Technicians: Literary Chic and the New Assembly-Line Fiction*, New York: Scribner's, 1992, p. 28.

② 黄越：《工作坊教学模式下的大学教师角色——以翻译课堂教学为例》，《大学教育科学》2011年第 6 期，第 58 页。

③ Dianne Donnelly, *Establishing Creative Writing Studies as an Academic Discipline*, London: Multilingual Matters, 2011, p. 77.

业化的矛盾。在传统的写作中，纵使有些作家深谙作品畅销的神髓，他也会心领神会、秘而不宣，整体上作家们仍旧把写作当作一件十分高级的精神活动，多问耕耘，少问收获。但在现在的创意写作工作坊中，如何投稿、出售、销售作品，如何迎合出版商，如何迎合市场堂而皇之地作为写作的一部分，甚至被当作课程加以教授。由于作家亲眼见到了作品在文化创意产业中的巨大作用，在维护作家权益、提高作家福利的同时，他们会不会由此高估自己的写作成果，或者重估写作活动，造成人文精神的培育与写作产业化的矛盾呢？让人担忧的是，这不是担忧，已经是事实。

五、工作坊教学的难点与趋向

上海大学是中国最早引进与创建创意写作学科的高校之一，与复旦大学保持着良性的互动与呼应。作为一个活动组织与教学单位，上海大学创意写作工作坊在著名作家葛红兵的带领下，率先开始中国写作教育的改革，尝试在创意写作工作坊教育上探索出一条新路。经过 7 年的努力，上海大学创意写作工作坊已经成为集写作、教学与学习为一体的单位，在翻译引进、理论创新、写作实践、教学探索、社区服务等方面取得了成就，积累了经验。其率先遇到了创意写作所面临的中国问题，如下：

首先，它面对的是工作坊主持人资格，也就是谁可以来教学的问题。一方面，创意写作工作坊要求作家教学、行家教学，对教师的要求非常高，而现在中国高校的实际情况是，写作学教育教学师资几乎是中国高校所有学科中最薄弱的一环，一些高校即使有自己的作家，也被迫转向更有"学术性"的领域，放弃写作教学。另一方面，在世界范围内盛行的驻校作家制度在中国高校的实施也面临着许多实际困难，我们即使知道各级作协有庞大数量的作家闲置，其中有许多作家具备充分的写作教学能力，我们也无法将他们以适当的"名分"、适当的"待遇"引进高校，来创意写作工作坊安安心心、顺顺畅畅地教学。退一步讲，即使作家将来可以"名正言顺"地进工作坊进行写作教学，或许还面临一个"作家教学培训"的问题，即作家会写作，未必会教学写作，作家将写作课上得一团糟的现象屡见不鲜。届时,谁来教作家教学写作? 在上海大学创意写作夏令营 30 多位外聘写作导师中,像王若虚、徐芳、路金波这样会写会教、深受学生欢迎的作家,毕竟是少数。

其次,它要面临参与者资格,也就是谁可以来学习的问题。按照程序要求,参加创意写作工作坊的学生需要提出申请,除了写作兴趣之外,还要有相匹配的写作能力,否则工作坊活动的开展将会受到很大影响。在海外某些高校,创意写作工作坊对学生的挑选几乎达到"百里挑一"的程度。但这种要求在中国高校难以实现,现有的选课系统只能辨别学生对工作坊的兴趣,却无法辨别学生的实际能力。同时,我们还要兼顾教育公平,没有理由拒绝那些本不适合在工作坊学习的学生。

然而,随着近年来就业压力越来越严峻,新的问题接踵而至。一些天赋很高的学生,理应选择适合他的工作坊课程,但是出于就业或者升学(考硕士研究生或者读博士研究生)的考虑,他们倾向于选择"更有前途"的专业和课程。在他们看来,目前还没有合适的事业单位或者公务员岗位等着创意写作专业,与此同时,"成为作家"的梦想虽然美好,但是"成为作家"之路却遥遥无期——实际上,"成为作家"是终身的事,这又造成了有天分、本应在工作坊深造的学生流失。

最后,它要面临教材的问题。创意写作工作坊也是写作课程,是课程就需要写作教材。然而创意写作与传统写作的理念是如此不同,工作坊课程与传统课程差别是如此之大,一时难以找到与之匹配的教材,尤其是训练方案。退一步,关于写作的教程教材,不下数千部;进一步,适合的教材几乎没有。

到底什么是创意写作工作坊? 工作坊模式如何科学开展? 它在全世界范围内都需要进一步探索。如 Bizzaro 所说的那样,作为教学模式,创意写作工作坊已经有百余年历史,然而它"只是作为创意写作教学的被默认的教学法",是一种"基本上未被修订过的"古老方法,"没有给它精细而适当的研究"。①

---

① Bizzaro,"Research and reflections—The special case of creative writing,"*College English*, vol. 66(3),2004,pp. 294-309.

尽管有许许多多的工作坊,但到底什么样的工作坊才是理想、科学的工作坊,仍旧处于摸索之中,正如 Haake 所说的那样:"那不是工作坊,那仍旧不是工作坊。"①当然,不能因为英语国家也没有解决这个问题我们就暗自庆幸,相反,我们因此更缺乏实践经验和成功范例,研究也更缺乏基础。

进一步研究创意写作工作坊活动规律,更积极地进行创意写作工作坊活动探究,提高工作坊活动的科学性与效率,深入社区,努力写作,为中国文化大发展大繁荣培养更多的创意写作人才,提供更多适应时代、走向世界的作品,是中国创意写作工作坊的艰巨任务,也是光荣使命。

[本文系 2014 年度教育部人文社会科学研究规划基金项目"英语国家创意写作研究"(项目号:14YJA751025)的阶段性成果。]

---

① Dianne Donnelly, *Establishing Creative Writing Studies as an Academic Discipline*, London:Multilingual Matters, 2011, p. 77.

创意写作在中国接受与传播的
历史考析(1959—2009)

宋时磊

(武汉大学文学院)

对于 Creative Writing(目前通常翻译为"创意写作")概念的中国引进问题,有学者认为虽是由南京大学汪正龙教授 2007 年最早翻译引进的,但根据上海大学葛红兵教授在 2010 年写的与时任校长钱伟长的谈话回忆,认定为 2004 年葛教授将此概念引入中国学界。① 这一说法在其他学者的论著,甚至是教材中都被不同程度地接受。② 毫无疑问,在创意写作的推广、引介及学科化努力等方面,包括葛红兵、刁克利、戴凡、王安忆等人在内的一批学者做出了不懈的努力,特别是 2009 年以后中国创意写作学科的发展进入新的历史阶段。但中国对创意写作的接受并非始自 21 世纪初期,实际上 1959 年已有作家接受了美国创意写作的学科训练,之后该概念逐渐被引进和翻译,创意写作的探索取得了实质性的成果。因此,从概念史和学科史的角度,梳理我国

①　陈晓辉:《中国化的创意写作学科体系猜想》,《湘潭大学学报》(哲学社会科学版)2016 年第 1 期。汪正龙 2007 年翻译英国学者《关键词:文学、批评与理论导论》一书,书中介绍了 Creative Writing 的概念。陈晓辉依据葛红兵 2011 年 1 月为"上海大学创意写作丛书"所撰写的总序提出,虽然 2009 年上海大学才开始筹办创意写作中心,但对创意写作概念的引进可追溯到 2004 年。根据查阅到的资料,实际上总序所涉及的钱伟长与葛红兵的相关谈话内容,最早于 2010 年 7 月发布在葛红兵教授的个人博客上,题为《追忆钱伟长校长》,后被《学习博览》杂志 2010 年第 10 期刊发。

②　可参见陈圣来主编:《上海文学发展报告 2014》,北京:社会科学文献出版社,2014 年,第 32 页。田忠辉、李淑霞主编:《创意写作实训教程》,长沙:湖南师范大学出版社,2017 年,第 2—3 页。

对美国创意写作的接受和传播过程,对创意写作学科史的构建是极有必要的。本文采取年谱式的研究方法,研究时间的上限为20世纪50年代末,这是中国接触创意写作的开始时间,研究时间的下限为2009年,自此之后中国快速实现了从概念的接受传播到学科系统性建设的转变。

一、翻译视域中 Creative Writing 的中文表达

1936年,美国爱荷华大学在威尔伯·施拉姆(Wilbur Schramm)的领导下启动"创意写作项目"(Creative Writing Program),设立创意写作艺术硕士学位(Master of Fine Arts),开启了创意写作的学科化历程,逐渐赢得了声誉,在海内外产生了较大反响。检阅民国时期的相关文献,美国教育的这一新动向似未引起当时学界的关注,这或许与当时该项目的知名度及中国战争的社会背景有关。在民国时期成长的学者,到美国后或多或少地受到了创造性写作(创意写作)理念的影响,如林语堂先生曾在美国长期生活、工作,1961年到美国国会发表题为"五四以来的中国文学"的演讲,曾尝试运用"一些创造性的写作,都是个人心灵活动"的观念来介绍中国现代作家,认为中国最好的诗人是徐志摩。① 当然,这仍是从美学鉴赏的角度来理解文学创造,而不是从创造写作的角度来思考。

港澳台是中国不可分割的一部分,因此考察中国学界对 Creative Writing 概念的翻译和接受史,自然需要将港澳台的学术动态涵纳其中。根据笔者的查阅,中国最早提及创造性写作的是台湾学者。1970年,教育学者雷国鼎的《美国教育制度》在论述美国中等学校课程体系的特点时说道:"英文教学则普遍注重文法、作文、语言学、语义学(Semantics)及创造性的写作。"②1976年台湾学者贾馥茗又在其著作中介绍了美国明尼苏达州大学一项对小学一年

---

① 林语堂著,万平近编:《林语堂选集》,福州:海峡文艺出版社,1988年,第30页。

② 雷国鼎:《美国教育制度》,台北:台湾中华书局,1970年,第84页。因作者无法穷尽所有资料以及资料掌握相对有限,本文所论述的港澳台地区对创意写作概念的接受史,或许仍有一些疏漏之处。

级到研究生院学生创造性写作情况的研究,分析了创造性写作与年龄之间的关系。① 粉碎"四人帮"后,中国大陆学界已经着手学术的重建工作,开始搜集整理海外的研究动向,关注国际前沿的学者和学术问题。1976 年,中国科学院哲学社会科学部情报研究所(中国社会科学院文献信息中心的前身)便从贾克斯·卡特尔出版社(Jaques Cattell Press)和美国学会理事会(American Council of Learned Societies)合作出版的《美国学者传记指南》(*Directory of American Scholars: A Biographical Directory*)中挑选研究中国问题的美国学者(含美籍华人学者)出版了《美国的中国学家》②。该书提到中国籍学者 Lin San-Su(音译为林三苏)教授的主要研究专长为英语文法、中文和口语、创造性写作。③ 这是目前笔者所掌握的大陆学界关于创造性写作的最早资料。

在此之后,"创造性写作"或"创造性的写作"的提法逐渐增多,如古文献学家张舜徽先生多次提到该词,但基本都是语义和词汇层面的,未关涉西方语境中的 Creative Writing 概念。1984 年,章熊和章学淳翻译了美国威廉·W. 韦斯特的《提高写作技能》,其中有关于创造性写作的一段表述:"记住你的创造性写作必须真诚、有感情和具有独创性,并且你要试着去再创造一种经历。写一篇短故事、一篇文章或者一首印象主义的散文诗。"④1985 年,廖美珍编译《英文写作技巧》一书,其中翻译了罗杰·H. 加里逊《创造性写作指南》的小部分内容。⑤ 1987 年,唐荫荪翻译了英国格·霍夫的《现代派抒情诗》,该文在论述法国象征主义诗人韩波时指出:"在一段时期,当一般文化不提供依附点而将诗人及其创作力量撇开不管时,则几乎是不可避免的。这样,不再是

---

① 贾馥茗:《英才教育》,台北:开明书店出版社,1976 年,第 64—68 页。

② 该书的翻译主要是由中国社会科学院理事研究所翻译组的黄巨兴同志完成的,最终完成日期为 1977 年 4 月,系内部参考资料,未公开发行。

③ 林三苏教授生于 1916 年,1939 年获国立北京大学(今北京大学)学士,1950 年获哥伦比亚大学师范学院硕士,1953 年获英文和教育学博士。1948—1949 年在台湾省立师范学院任英文讲师,1955 年后在南卡罗来纳克拉夫林学院教学,1957 年起担任系主任。详见中国科学院哲学社会科学部情报研究所编:《美国的中国学家》,北京:内部参考资料,1977 年,第 170 页。

④ 威廉·W. 韦斯特:《提高写作技能》,章熊、章学淳译,福州:福建教育出版社,1984 年,第 410 页。

⑤ 美国写作函授学校编,廖美珍编译:《英文写作技巧》,北京:北京出版社,1985 年,第 210 页。

诗人了的诗人就变为一个批评的指挥者,或是一个'创造性写作'的教师,或是一个文化讨论会上的常客。"①1988 年,陈建平等翻译英国德·朗特里的著作,其中对 Creative Writing 给出了一种定义:"指布置给小学生[特别在初等学校(primary schools)]写作的指定作业(assignment),目的在于让他们有机会比做其他的写作作业能更自由地表达自己的看法。"②1988 年,美国罗郁正的论文《中国诗的文体与视镜——对其日神与酒神之两层面的探索》被孙乃修翻译为中文,这篇文章引用了 1964 年衣阿华(爱荷华)大学"创造性写作项目"成员合译的《十五语种诗歌集》。③

该时期的翻译论著也间或提到了美国作家所获得的创造性写作方面的教育。1982 年,陈登颐翻译的美国詹姆斯·H.皮克林的著作中,介绍小说家弗兰纳里·奥康纳的生平,提到他于 1947 年在衣阿华大学写作实习班深造,因创造性的写作而获得文科硕士学位。④ 1988 年,上海社科院文学研究所瞿世镜选编的《伍尔夫研究》中收录了美国研究专家哈维纳·里克特(Harvena Richter)的论文《追扑飞蛾:弗·伍尔夫与创造性想象力》("Hunting the Moth: Virginia Woolf and the Creative Imagination")。瞿世镜介绍了里克特在美国新墨西哥大学任教的情况,称其开设有关伍尔夫和创造性写作的专门课程。⑤值得一提的是,樊武舫、王泽厚及美国学者白苏珊三人合编的《美国主要大学及研究生院介绍》提到美国波士顿大学英语专业,包括了创造性写作,授予文科硕士学位。⑥

在新世纪以前,国内主流学界一般将 Creative Writing 翻译或理解为"创造性写作"。笔者目前查到最早将其翻译为"创意写作"是在 1986 年,翻译者

---

① 彭燕郊主编:《国际诗坛》第 1 辑,桂林:漓江出版社,1987 年,第 283 页。

② 德·朗特里:《西方教育词典》,陈建平等译,上海:上海译文出版社,1988 年,第 59 页。

③ 罗郁正:《中国诗的文体与视镜——对其日神与酒神之两层面的探索》,孙乃修译,周发祥主编:《中外比较文学译文集》,北京:中国文联出版公司,1988 年,第 113 页。

④ 詹姆斯·H.皮克林:《西方高校文学系中短篇小说教材世界小说 100 篇》上册,陈登颐译,西宁:青海人民出版社,1982 年,第 603 页。

⑤ 瞿世镜编:《伍尔夫研究》,上海:上海文艺出版社,1988 年,第 224 页。

⑥ 樊武舫、王泽厚、白苏珊编译:《美国主要大学及研究生院介绍》,重庆:重庆大学出版社,1986 年,第 19 页。

为香港的王克捷,翻译著作为 John Naisbitt 的《企业改造》。该书讲解了新资讯社会的新技能,提到美国全国写作计划的成功,带来了一个有趣的问题:"如果需要一个好作家来教这个科目,为什么不找位专业作家在学校教创意写作呢?"[①]之后,中国内地的一些书籍也将其翻译为创意写作,这在英语学习书籍中比较常见。1996 年,赖世雄将"English is a subject that involves a lot of Creative Writing"一句翻译为"英文是包含许多创意写作的学科"[②]。从 20世纪 90 年代后起,将 Creative Writing 翻译为创意写作的著作逐渐增多。1998 年高晶翻译美国兰达(Landa R.)的著作,陈淑惠翻译英国约翰·麦克高瓦(John McGowan)等人的著作,都将 Creative Writing 翻译为"创意写作";燕峰翻译的《霍格探案集　妙笔神探》中,霍格访谈作家卡梅伦·诺伊斯时,诺伊斯提到在哥伦比亚大学读二年级时,将自己的第一部作品交给了创意写作课的老师、纽约最具影响力的独立文学家唐纳·马什[③]。在谢识、盖博翻译的里查德·约瑟夫的著作中,美国通俗小说家克莱夫·卡斯勒(Clive Cussler)提到在橘冠学院读书时对他影响颇大的一位教授创意写作课的老师帕特·库贝克[④],杨素珍翻译的美国艾伦·科汉的作品中提到了一次"创意写作的演讲"[⑤]。2001 年,被翻译成中文的《美国教学创意手册》一书中,Creative Writing 一词都被翻译为"创意写作"。[⑥]

上面所提到的各种类型的论著,对 Creative Writing 的概念大多是顺带提及,较少予以系统论述。从总体的译介趋势来看,虽然将 Creative Writing翻译为"创造性写作"是主流的译法,但翻译为"创意写作"的文献有逐渐增多的趋势。中国大陆对 Creative Writing 概念最为系统的译介始自 2002 年,该

---

① John Naisbitt:《企业改造》,王克捷译,香港:皇冠出版社,1986 年,第 208 页。

② 赖世雄编著:《英语完形填空精解》(二),北京:清华大学出版社,1996 年,第 407 页。

③ Robin Landa:《图形设计实用技巧》,高晶译,北京:中国水利水电出版社,1998 年,第 235 页。约翰·麦克高瓦、法兰克·麦克高瓦:《爱,让人感动》,陈淑惠译,长春:吉林人民出版社,1998 年,第 25页。大卫·汉德勒:《霍格探案集　妙笔神探》,燕峰译,天津:百花文艺出版社,1998 年,第 12 页。

④ 里查德·约瑟夫:《英美畅销书内幕》,谢识、盖博译,深圳:海天出版社,1999 年,第 265 页。

⑤ 艾伦·科汉:《心灵鸡汤:生命深呼吸》,杨素珍译,北京:中国物资出版社,1999 年,第 272 页。

⑥ 丹尼斯·沃克拉迪:《美国教学创意手册》,北京励志翻译社译,西安:陕西师范大学出版社,2001 年,第 60、90 页。

年邢锡范、王少凯、裴瑞成合译了劳丽·罗扎基斯(Laurie Rozakis)的《创造性写作》(*Complete Idiot's Guide to Creative Writing*)。① 该书较为通俗，分6个部分带领读者了解创意写作的过程，激发其写作潜能。

二、Creative Writing 的教学实践与研究

20世纪80年代，是中国经济重新进入快速发展轨道的时期，对于写作而言，也是各项事业重建、百废待兴的年代。中国写作学会在1981年创立，同年《写作》杂志经批准创刊，一会一刊有力地团结了写作界学术同好，写作研究出现繁荣的局面。与此同时，各种国外的学术思想也纷纷被引进。在这样的背景下，本土学者将"写作学""创造学"的概念整合，提出了"创造写作学"的学术概念。1986年，山东昌潍师专写作教研室主任张士廉发表了题为《创造写作学——写作领域的一门新兴学科》的论文，正式提出了"创造写作学"。② 次年，又发表《综谈〈创造写作学〉》，进一步阐述其理论。③ 张士廉的创造写作学运用创造学的原理和方法，研究写作的规律和技巧，主张在写作研究中加强对写作主体的创造能力、创造规律的研究，其依据在于写作活动是一种创造行为，其核心目的是解决写作中的创造性思维问题。张士廉还将研究内容整理为《论写作主体素质结构》，在中国写作学会1987年暑期于烟台举办的"写作现代化讲习班"上，对300多位高校写作教师讲授了部分章节。1991年，张士廉和胡敦骅合著出版了《创造写作学引论》。④ 张士廉等人的研究引起了学界的关注，1989年贵州省写作学会编写的《中国当代写作理论家》对张士廉的研究做了介绍，1992年出版的《写作大辞典》在写作学科建设板块也专

---

① 劳丽·罗扎基斯：《创造性写作》，邢锡范等译，沈阳：辽宁教育出版社，2002年，第3页。
② 张士廉：《创造写作学——写作领域的一门新兴学科》，《昌潍师专学报》(社会科学版)1986年第2期，第51页。
③ 张士廉：《综谈〈创造写作学〉》，《东岳论丛》1987年第S1期，第35页。
④ 张士廉、胡敦骅：《创造写作学引论》，北京：海洋出版社，1991年，第173—175页。

门予以介绍①。当然，我们也应认识到"创造写作学"的研究本质上是为了解决写作的创造性问题，是对主体论写作学、动力观写作学、人本主义写作学的独特理解和表达，即开掘写作主体的创造性潜能。在世纪之交，创新和创造逐渐成为时代的主旋律，江泽民同志在 1995 年 5 月 26 日的全国科学技术大会上指出，创新是一个民族的灵魂。2000 年，新闻传播学者舒咏平主编的著作提出要发展创意写作，反对八股写作："素质教育以创新为核心，而创新体现到写作上，就是创意写作。创意，创造性的主意。它具有个体性、不可重复性，是人们积极学习、创新思维所获得的新异性思维结果。创意写作，就是寻求这一创意并表达成文的过程。"②21 世纪之初，学界和教育界已经自觉或不自觉地开始了创意写作的实践和研究，但总体而言水平和层次还有所欠缺。③

除此之外，我国港台地区因学术开放的便利性，已经较早地正式开展了创意写作的教学和研究。香港的创意写作和教学在中小学和高等教育层面都有涉及。1988 年香港教育署颁行小学语文科课程纲要，在此基础上香港编写了"小学创意写作"丛书，分 12 册，供一至六年级使用。这套教材一、二年级着重句子训练，三、四年级以灵活而具体的形式阐释作文的基本要领，五、六年级深入分析各类文体的写作方法，体现了循序渐进的原则。④ 香港中学也设有创意写作课程，与小学阶段以课堂学习为主的形式不同，该阶段学生参与创意写作的方式增多，有课外兴趣班、写作课堂、名家讲座等方式。2002 年华东师范大学课程与教学研究所的黄玉鑫曾刊文详细介绍了香港中学阶段创意写作的四项原则和四种教学方式。⑤ 2002 年 6—7 月，香港教育统筹局课

---

① 庄涛、胡敦骅、梁冠群主编：《写作大辞典》，上海：汉语大词典出版社，1992 年，第 982 页。
② 舒咏平主编：《学习通过写作：语文学习的革命》，合肥：安徽大学出版社，2000 年，第 13 页。
③ 该时期的成果主要有武传新：《培养中学生创意写作的能力》，《安徽教育》2001 年第 Z2 期，第 56 页。缪如宁：《创意写作活动的教学策略》，《上海教育科研》2003 年第 9 期，第 69—71 页。张翙忠：《创意写作指津》，《作文教学研究》2004 年第 9 期，第 15—16 页。
④ 1993 年内地人士对此教材的情况做了较为详细的介绍，见肖桂林、石景章：《香港〈小学创意写作〉例析》，《湖南教育》1993 年第 2 期，第 26—28 页。
⑤ 黄玉鑫：《简介香港中学创意写作教学》，《广西教育》2002 年第 32 期，第 45—46 页。

程发展处中国语文教育组邀请儿童文学作家潘金英主持创意写作坊,在金文泰中学的中一级开展创意写作的教学试点。① 其后,潘金英还与其妹潘明珠开设"格林姊妹创意写作坊",推广创意写作。② 高等教育层面开展创意写作相关教育最早始自浸会大学。该校于 1990 年成立了人文学科,这是今人文与创作系(Humanities and Creative Writing)的前身,其目标是训练学生批判性和创造性地思考、有逻辑地写作和自信地说话,以学科交叉、双语教学和跨文化主义为特色。③ 该系设有"创意及专业写作文学士(荣誉)"的学位课程,系香港首个以深入学习中文、英文创意及专业写作为宗旨的学士课程。④ 据香港大学 Page Richards 称,在 20 世纪 90 年代后期,本地大学和坊间也有各式各样的创意写作课程。进入新世纪后,香港创意写作有了进一步发展。2002年,香港岭南大学便在校内开设创意写作系列讲座,邀请知名作家、学者传授写作技巧。⑤ 2002—2005 年间,陈载沣、卢伟力两位顾问导师,跨校授课,在不同院校不同师生之间,创设"跨院校"创意工作坊。⑥ 2008 年,香港公开大学开设"创意写作与电影艺术荣誉文学士"课程。2009 年,香港大学在借鉴美英等国创设的创意写作课程的基础上,开设了英文创意写作艺术硕士课程(Master of Fine Arts in Creative Writing in English)。2009 年,香港城市大学开始筹办创意写作艺术硕士课程(MFA in Creative Writing),邀请印尼华侨、欧·亨利奖获得者许素细(Xu Xi),著名华裔作家毛翔青,旅美华裔女诗人陈美玲(Marilyn Chin),小说家 Justin Hill 及加拿大新生代实力派作家 Madeleine Thien 等出任教员。

---

① 教育统筹局课程发展处中国语文教育组:《思跃神驰:创意写作坊启示录》,香港:教育统筹局课程发展处中国语文教育组,2003 年。

② 潘金英、潘明珠:《童心妙笔——格林姊妹写作坊》,香港:香港中外文化推广协会,2008 年。

③ 见香港浸会大学文学院主页,http://hum.hkbu.edu.hk/page.php? pid=aboutUs-history&lang=en_us。

④ 香港浸会大学于 2004 年创办国际作家工作坊(IWW),可参见香港浸会大学文学院主页介绍,网址 http://buarts.hkbu.edu.hk/arts334/sc/content.php? page_id=9&menu_id=22。

⑤ 岭南大学开展创意写作的情况,可参考陈云根:《在中文系教小说创作——讲谈写作坊的教学实践》,《中国语文通讯》2013 年第 1 期。

⑥ 香港创意写作发展基本情况研究,https://kuaibao.qq.com/s/20180404G1YZ2I00? refer=spider。

　　台湾最早开设创意写作课程的高校是东华大学,2000 年该校华文文学系创办了台湾第一个创意写作硕士项目。台北教育大学也是较早从事创意写作教育的高等学府,该校在 2006 年成立了语文与创作学系(Department of Language and Creative Writing),其前身可追溯到 1987 年所创立的语言教育系。此外,台湾"清华大学"台湾文学研究所(2002)、台湾大学写作教学中心(2008)、台湾师范大学全球华文写作中心(2014)也进行了一定程度的实践。

　　澳门方面,1992 年以澳门大学中文系为基础成立澳门写作学会,并出版《澳门写作学刊》及"澳门写作学会丛书"。澳门在创意写作方面的特点在于挖掘多语言的特点,举办了各语种的写作赛事,如:为提升学生的人文素养、写作能力及思考能力,推动校园阅读及创作风气,从 2005 年起澳门高等教育辅助办公室主办"澳门高等院校学生写作比赛";为提升澳门大专院校学生英文和葡文的表达、分析及组织等综合性写作能力,澳门理工学院语言暨翻译高等学校学生会从 2006 年起举办"全澳大专院校英文及葡文写作比赛"。2013 年,学者针对这些赛事对创意写作和文化产业的贡献总结道:"澳门高等院校学生写作比赛的持续举办,既为澳门写作事业不断补充新生力量,又对澳门文创事业的未来发展产生了深远影响。"①

　　在研究成果方面,港澳台地区已有所斩获。谢锡金从 20 世纪 90 年代聚焦创意写作思维问题的研究,发表了多篇论文,并于 1992 年与林守纯合著《写作新意念》②。1995 年,李孝聪通过心理实验的方法评估创意写作教学法。③ 1997 年,台湾林建平出版了《创意的写作教室》,书中提出创意写作的教学模式,包括写作方式、教学方式和单元设计,借此启发学生思考的敏感性、流畅性、变通性、独创性、精密性、好奇心、想象力、分析力、组织力、综合力。④ 2004 年,台湾学者兼创作人周庆华出版《创造性教学》,从创造性童谣、童诗、故事、

---

　　① 杨青泉:《创意写作与澳门文化创意产业》,《澳门研究》2013 年第 3 期,第 187—193 页。
　　② 谢锡金、林守纯:《写作新意念》,香港:朗文出版(远东)有限公司,1992 年。
　　③ 李孝聪:《创意写作教学法成效评估》,何田祥主编《中文教育论文集第三辑:九五年国际语文教育研讨会论文集》,香港:中华书局(香港)有限公司,1996 年,第 286—294 页。
　　④ 林建平编著:《创意的写作教室》,台北:心理出版社,1997 年。

童话、少年小说、儿童戏剧、网络文学等方面的教学来论述举证。[1]

2006 年,台湾万荣辉等人利用不同主题的绘本,将"诚实、关怀、信赖、公平、正义、尊重与责任"等六大品德项目,融入绘本的创意阅读教学。[2] 2008 年,台湾琴涵、陈亚南合作出版了《创意,点石成金:创意写作的 20 堂课》。[3] 2007 年,香港浸会大学在罗贵祥的主持下,出版了《时间:香港浸会大学国际作家工作坊文集》。[4] 特别是香港岭南大学人文科学研究中心,在梁秉钧的主持下,从 2008 年起与香港教育图书公司合作出版了"创意写作系列",其中包括《跟白先勇一起创作——岭大文学创作坊笔记》(2008)、《书写香港@文学故事》(2008)、《电影中的香港故事》(2010)、《自然旅游创作——新界风物》(2013)等。岭南大学的文学创作工作坊,可以说是对爱荷华大学模式的直接借鉴和模仿。

值得一提的是,港台地区从事创意写作的相关学者还与内地的高校有所互动。据《北京电影学院志》记录,1995 年 5 月 16 日香港大学数学系教授陈载澧先生应邀为文学系 1992 级同学讲授创意写作课。[5] 陈载澧教授是一位爱好比较广泛的学者,他获得理论物理学博士学位后,在 2002 年之前一直在香港大学数学系工作。除了从事物理和数学的研究和教学外,他还指导中国香港、内地和美国专业影视公司的制作,于 1995 年在香港大学开设通识教育课程,教授创意写作方面的课程。

三、爱荷华的创意写作项目及对中国的影响

1936 年,美国爱荷华大学启动创意写作项目,颁授硕士学位,以写作教学实践的方式将文学的审美和教育功能结合起来,即在写作的实践和研究中一

---

① 周庆华:《创造性写作教学》,台北:万卷楼图书股份有限公司,2004 年。
② 万荣辉等:《品格怎么教？图像阅读与创意写作》,台北:心理出版社,2006 年。
③ 琴涵、陈亚南:《创意,点石成金:创意写作的 20 堂课》,台北:正中书局股份有限公司,2008 年。
④ 罗贵祥主编:《时间:香港浸会大学国际作家工作坊文集》,香港:汇智出版有限公司,2007 年。
⑤ 任杰主编:《北京电影学院志(1950—1995)》,北京:北京电影学院,2000 年,第 89 页。

方面挖掘审美创造的艺术规律,另一方面在学科教育体系的带动下推动创造教学理念的推广。这就突破了文学创造是个体的天才灵感的传统观念,将其发展为在群体教学和反复实践中的技艺提升。爱荷华的创意写作教育模式和相关课程被快速推广到以英语为母语的国家,而经过系统训练的毕业生和作家则进一步促进了创意写作的发展。1975 年,北美有 79 个授予学位的创意写作课程,而到 2012 年则有 880 个授予学位的创意写作课程,平均每年训练 6000 多名毕业生。

对于非英语国家和地区,该项目最为人们所熟知的是同时开设的作家工作坊(Writer's Workshop)。最初作家工作坊的教学理念和运作模式,受到诸多质疑。1942 年,保罗·安格尔(Paul Engle)接掌爱荷华作家工作坊后,邀请罗伯特·洛威尔(Robert Lowell)、约翰·贝里曼(John Berryman)、罗比·麦考利(Robie Macauley)、库特·冯内古(Kurt Vonnegut)到爱荷华大学执教或访问,逐渐将工作坊发展为美国文学的重镇。从 20 世纪 60 年代初开始,该工作坊产生了大量优秀的诗歌、小说和翻译作品,也培养了一批优秀的作家,随之声名鹊起。安格尔的视野不仅仅局限在北美,他还积极邀请世界各地的作家到工作坊交流。1958 年,中国台湾作家余光中赴爱荷华大学,次年获得艺术硕士学位。之后,叶维廉、王文兴也在 1963 年取得了学位。同年,安格尔得到洛克菲勒基金会的资金赞助,到亚洲开展为期 6 个月的作家拜访活动。对中国融入世界创意写作的教育圈而言,此事件具有重要意义。在酒会上,安格尔结识了台湾作家聂华苓。聂华苓受到安格尔的邀请,克服重重困难,次年到爱荷华大学。聂华苓建议将作家工作坊进一步拓展为国际写作计划(International Writing Program),该建议得到了安格尔的积极响应,1967 年正式启动,越来越多的中国作家受邀加入了该计划,接触到创意写作的教育理念。在 1978 年及以前,接受了美国爱荷华大学创意写作训练的中国作家有 26 位:台湾作家 18 位,其中 8 人获得艺术硕士学位;香港作家 8 位,其中 1 人获得硕士学位(见表 1)。

表 1   1959—2009 年美国爱荷华大学作家工作坊(国际写作计划)邀请的中国作家①

年份	内地	台湾	香港
1959	/	余光中(获爱荷华大学艺术硕士学位)	/
1963	/	叶威廉(获爱荷华大学美学硕士学位)、王文兴(获爱荷华大学艺术硕士学位)	/
1964	/	欧阳子/洪智惠(Ouyang Tzu)、聂华苓(Hualing Nieh Engle)	/
1965	/	白先勇(Hsien-yun Pai,获爱荷华大学艺术硕士学位)	/
1966	/	杨牧(获爱荷华大学艺术硕士学位)	/
1967		痖弦/王庆麟(Wang Ching-lin)	戴天(Dai Shing Yee,获爱荷华大学硕士学位)
1968		水晶/杨沂(Robert Yany,获爱荷华大学艺术硕士学位)、郑愁予/郑文韬(Cheng Wen-tao)	温建骝(Wan Kin-lau)
1969	/	郑愁予/郑文韬(Cheng Wen-tao)、商禽(Lo Yen)	/
1970	/	商禽(Lo Yen)	古兆申/古苍梧(Koo Siu-sun)
1971	/	郑愁予/郑文韬(Cheng Wen-tao,获爱荷华大学艺术硕士学位)、姚一苇/姚公伟(Yao Kung-wei)、商禽(Lo Yen)	
1972	/	王祯和(Wang Tsen-ho Timothy)、林怀民(Lin Hwai-min,获爱荷华大学艺术硕士学位)	/

----

①   本表格所列名单主要来源于 3 种文献资料:爱荷华大学国际写作计划的官网,网址 https://iwp.uiowa.edu/residency/participants-by-year;《中文作家——爱荷华大学"国际写作计划"和"作家工作坊"(1961—2007)》,载聂华苓:《三生影像》,北京:生活·读书·新知三联书店 2008 年版,第 556—557 页;邓如冰:《世界格局下的汉语写作——以爱荷华"国际写作计划"中的"中国声音"为例》,《当代作家评论》2011 年第 3 期。官网提供了 1968—2018 年全世界所有受邀作家的名单,聂华苓的《三生影像》提供了 1961—2007 年的中文作家名单,邓如冰论文提供了 1979—2009 年中国内地作家的名单。这 3 个名单有的作家是笔名,有的是本名,有的是英文名,比较复杂,都有一定的错误或漏缺,如官网将台湾作家尉天骢误写为"俞天聪",聂华苓将陈绚文误写为"陈蕴文"、将宋泽莱误写为"宋泽来"等。现根据这 3 种文献资料相互校勘,且查阅人物生平简历和年谱,制成此表格。港台作家保留了英文名,标注为"补"者,为前两个名单中未载,但在其他资料中有记录者。

年份	内地	台湾	香港
1973	/	尉天骢（Yu Tien-T'Sung）	张错/翱翱（Dominic Cheung）
1974	/	胡梅子（Hu Mei-tze）	袁则难（Stewart Yuen）
1976	/	/	何达（Ho Ta）
1977	/	/	王深泉/舒巷城（Wong Sum-chuen）
1978	/	东年（Tung Nien）、秦松（Chin Sung）	夏易/陈绚文（Chan Huen-man）
1979	萧乾、毕朔望	高准（Kao Chun）	陈韵文（Joyce Chan）
1980	艾青、王蒙	吴晟（Wu Cheng）	李怡（Lee Yee）
1981	丁玲、陈明	蒋勋（Chiang Hsun）、宋泽莱/廖伟竣（Liao Wei-chun）	/
1982	陈白尘、刘宾雁	管管/管运龙（Kuan Kuan，Kun Yun Lung）、杨逵（补）、袁琼琼（补）	/
1983	吴祖光、茹志娟、王安忆	陈映真（Chen Ying-chen）、七等生/刘武雄（Liu Wu-hsiung/Sheng chi-teng）	潘耀明（Poon Yiu Ming）
1984	谌容、徐迟	柏杨（Bo Yang）、高信疆（Kao Hsin-chiang）、张香华（补）	/
1985	冯骥才、张贤亮	杨青矗（Yany Ching-Chu）、向阳/林淇瀁（Hsiang Yang，Lin Chi-yang）、方梓、林丽贞（补）	/
1986	邵燕祥、钟阿城、乌日尔图	王拓（Wang Tuoh）	/
1987	古华、汪曾祺	李昂/施叔端（Li Ang，Tuan Shih Shu）、蒋勋（Chiang Hsun）、黄梵/黄帆（Hwang Fan，Hsia-chung）	钟晓阳（Chung Hiuieong Sharon）
1988	白桦、北岛	萧飒/萧超群（Hsiao Sa，Hsiao Ching-yu）、季季/李端月（Chi Chi，Lee juey-yeh）	/
1990	张一弓		/
1992	邓小华（残雪）、刘索拉	蓉子（Katherine J. C. Wand）、罗门（Wang Lomen）	/

续　表

年份	内地	台湾	香港
1993	董继平		/
1997		张大春(Chang Ta-chun)	/
2001	苏童	/	/
2002	李锐、蒋韵、西川、孟京辉	/	/
2003	余华、严力、廖一梅(补)	/	/
2004	莫言、陈丹燕、唐颖、张献	/	/
2005	刘恒、迟子建	/	Mani Rao(出生于印度)
2006	毕飞宇、娄烨	/	
2007	/	骆以军(Lo Yi-Chin)	潘国灵(Lawrence Pun)
2008	胡续冬	/	林舜玲(Agnes S. L. Lam)
2009	格非、韩博、姜玢	/	董启章(Dung Kai-cheung)

　　1978 年 5 月,已经结为夫妇的安格尔和聂华苓来到中国,到广州、武汉、北京等地访问,在北京拜访了艾青等作家。① 次年,萧乾、毕朔望等中国作家来到了爱荷华大学,安格尔和聂华苓又将中国及美国的二十几名作家聚拢一起,举办了第一次"中国周末"。之后,越来越多的中国作家来到爱荷华,他们参加学校组织的各类活动,受邀到全国各地演讲,跟来自各个国家的作家进行或深或浅的交流。1978—2009 年,共有 46 名内地作家、25 名台湾作家、8 名香港作家参加该计划。长达数月的广泛交流开阔了中国作家的视野,也让更多的作家接触了创意写作的理念。而安格尔和聂华苓多次到访中国,宣传

---

　　① 此番游历的具体情形,可参见聂华苓:《爱荷华札记——三十年后》,香港:生活·读书·新知三联书店香港分店,1981 年。

推介国际写作计划,也让越来越多的作家和学者认识和了解了爱荷华的创意写作项目。例如与聂华苓交往颇深的丁玲,在参加国际写作计划后,陆续创作了17篇"我看到的美国"系列文章,其中《爱荷华》《国际写作中心》《保罗·安格尔和聂华苓》《中国周末》等,记录了她在美国参加活动的相关情况[①];诗人艾青详细记录了1980年9月份所参加的"中国周末"[②];王蒙记录了在爱荷华大学的相关活动[③];等等。

在中美建立外交关系后,聂华苓不仅邀请中国作家到爱荷华大学交流,还多次往返两地,跟中国学者展开了广泛的交流。聂华苓根据其生平经历、文学创作以及与作家们的交往,写成了一系列文章,并在内地与港澳台出版。如1981年在香港出版了根据其1978年重回内地的经历所写成的作品《三十年后》[④];1994—1995年同安格尔合写了散文《鹿园情事》,分6次刊发在《小说界》上,并于1997年在上海文艺出版社结集出版[⑤];2004年,在百花文艺出版社出版了个人自传《三生三世》,描述了一个一生漂泊的华裔女作家跌宕起伏的人生[⑥]。鉴于聂华苓对当代文坛的贡献,1990年李恺玲、谌宗恕编辑出版了《聂华苓研究专集》,收录了聂华苓的自传,茹志鹃、萧乾、丁玲等作家与严歌苓交往的文章,以及创作谈和评论文章,十分系统地介绍了聂华苓所取得的成就。聂华苓本人的作品及相关的文献资料,或零散或专门地论述了聂华苓和安格尔在爱荷华大学所从事的创意写作项目和国际写作计划,让中国的作家和学者能够十分详细地了解相关信息。

值得一提的是,20世纪80年代初,聂华苓返回故乡武汉,这次到访对随

---

① 张炯主编:《丁玲全集》第6卷,石家庄:河北人民出版社,2001年。

② 艾青:《艾青全集》第5卷,广州:花山文艺出版社,1991年,第269—279页。

③ 王蒙:《别依阿华》,崔明一选编:《名家精致美文集》下,北京:北京燕山出版社,2009年,第175—182页。

④ 该书最早在内地出版,聂华苓:《三十年后》,武汉:湖北人民出版社,1980年。香港版本题为《爱荷华札记——三十年后》,香港:生活·读书·新知三联书店香港分店,1981年。台湾版本题为《三十年后——梦游故园》,台北:汉艺色研文化事业有限公司,1988年。

⑤ 聂华苓:《鹿园情事》,上海:上海文艺出版社,1997年。

⑥ 聂华苓:《三生三世》,天津:百花文艺出版社,2004年。该书在2008年增订后变更书名再次出版,见《三生影像》,北京:生活·读书·新知三联书店,2008年。台湾版本题为《三辈子》,台北:联经出版事业股份有限公司,2013年。

后以武汉大学为先导的作家班的创办产生了深刻的影响。武汉大学於可训教授在 2007 年的文章《我记忆中的作家班》中记载了当时的情景：

> 武汉大学作家班，虽然是插班生制度的产物，但创办作家班的某些基本理念，却是受了美国爱荷华大学"国际写作计划"的影响……聂华苓的祖籍是湖北应山，出生在武汉市，家人离开大陆去台湾省后，在汉口似乎还留有房产。记得 20 世纪 80 年代初，聂华苓夫妇来中国访问，就回过武汉，还应邀到武大做过讲座，安格尔即席朗诵过他的诗歌作品，由陪同的中国诗人、老作家徐迟翻译，气氛十分热烈。关于他们创建的"写作计划"，在这之前，我们已有耳闻，也看到了一些文字材料。他们这次来武大，更加深了我们的印象。后来在商议中文系插班生的招生培养工作时，掌握这个信息的教师、领导大多想到了爱荷华大学的这个"国际写作计划"，这个"国际写作计划"无形中也就成了我们创办作家班的一个参照物。我心目中甚至认为，我们的作家班就应该办成这个样子。[①]

在作家野莽描述勾绘的作家班的蓝图中，刘道玉校长甚至提到，邀请聂华苓和安格尔下次再来武汉，让他们参观指导我们作家插班生的学习和写作，也让他们邀请我们作家插班生参加他们的国际写作计划。[②] 在爱荷华大学的启发以及相关领导的策划下，1985 年，武汉大学联合中国作家协会招收了 24 名青年作家，构成了中文系的第一届插班生，俗称"作家班"。1985—1989 年，武汉大学连续招收了 4 期 100 名学员，对于通过考核成绩合格的学员，发放本科毕业证书和学士学位证书。这批经过学术训练的学员，成为改革开放后当代文坛的一股重要力量。受到武汉大学模式的启发，从 1986 年起，北京大学、西北大学、南京大学等学校也陆续开办了本科层次的作家班，

---

① 於可训：《我记忆中的作家班》，刘道玉主编：《创新改变命运：记武汉大学首创插班生制》，武汉：武汉大学出版社，2007 年，第 371—372 页。

② 野莽：《刘道玉传：一个人和武汉大学的历史传奇》下，北京：华文出版社，2013 年，第 489 页。

甚至北京师范大学中文系和鲁迅文学院还联合举办了研究生层次的作家班，给莫言、余华、刘震云等人颁发了文艺学硕士学位。唯一遗憾的是，当时的作家班大多没有结合学员的文学创作实际提高他们的创作能力和艺术水准，而更多的是按照本科生或研究生常规的培养方案进行培养和考核。也就是说，作家班的培养虽然从爱荷华大学的创意写作项目中汲取了灵感，但未对以爱荷华大学为代表的创意写作项目进行详细调研，大多没有采取适应作家特点的培养模式。

四、主要结论和研究展望

对发展历史脉络的梳理，是一门学科研究和发展的基础性工作，这对学科研究范式、理论和方法的探讨具有重要意义。学科史研究的主要工作包括追根溯源，挖掘学科发展的起点，分析发展阶段和基本特征，总结发展规律，进而为学科未来的发展提供基本的方向借鉴。当今，中国学界创意写作或写作学的相关学科在主流高校纷纷设立，各种国际写作计划、作家班、工作坊密集涌现，大有风起云涌之势。本文通过文献梳理，提出中国对创意写作的接受、创意写作概念在中国的传播，并不是近 10 年的事情，而是有着较长历史；中国对创意写作理念的接受和传播，研究视域不应局限于内地，而理应将港澳台地区涵盖其中，特别是改革开放以来，这些地区的学术界有着更为广泛而深入的交流。为此，从概念的译介、研究和教学实践以及美国爱荷华大学国际写作项目的影响等方面，分析了中国内地和港澳台从 20 世纪 50 年代末到本世纪前 10 年对创意写作概念的接受情况。

文章提出早在 20 世纪 50 年代晚期，在爱荷华大学写作工作坊安格尔的主持下，余光中、叶维廉、王文兴等作家，在美国接受了创意写作的系统训练，还获得了爱荷华大学创意写作项目的艺术学硕士。在翻译方面，从 20 世纪 70 年代起台湾的学者开始翻译介绍 Creative Writing 的概念，而在"文革"结束后，中国大陆翻译美国、英国等国学者的著作时，开始接触到该概念。随着翻译的日益增多，Creative Writing 的译法从最早的"创造性写作"逐渐转向

"创意写作"①,2002 年辽宁教育出版社还译介了美国创意写作的著作——劳丽·罗扎斯基(Laurie Rozakis)的《创造性写作》。创意写作的研究和教育方面,在创造学、创新理论、素质教育和文化创意等理念的带动下,从 20 世纪 80 年代中后期起,内地学者开始尝试建立"创造写作学"的知识体系,开始了带有本土特色的写作探索。与内地相比,港澳台学界因交流的便利性,从 20 世纪 90 年代起,在基础教育和高等教育领域已经较为系统地开展了创意写作的教学实践和研究,设立了各种形式的写作工作坊和写作中心。香港浸会大学、香港大学、台湾东华大学、台北教育大学、澳门大学等高校在这方面先试先行,取得了一定的成果。

美国创意写作及其项目对中国影响最大的非爱荷华大学莫属。在掌管爱荷华作家工作坊后,保罗·安格尔做出了不懈努力,邀请世界各地的作家到爱荷华大学交流、接受创意写作的训练,台湾的余光中、叶维廉、王文兴、白先勇、杨牧等人先后到访并获得了该项目的艺术硕士学位。在加入爱荷华大学后,聂华苓与安格尔将工作坊进一步发展为国际写作计划,邀请越来越多的中国作家赴美。改革开放后的次年,内地作家萧乾、毕朔望受邀到访爱荷华大学,一批当代文坛的主流作家也紧随其后,至今不辍。随着聂华苓和安格尔夫妇不断到访内地、出版作品,爱荷华创意写作项目渐为人所知。这给作家班的创办以深刻启迪,在刘道玉、於可训等人的努力下,武汉大学在 1985 年先行先试,以作家为对象招收了第一届中文系插班生,掀起了 20 世纪 80 年代中后期的第一波作家班浪潮。

在回顾这段学科史时,我们注意到,从 21 世纪前 10 年的后期起,大量美国的创意写作成果被翻译成中文,各校也在纷纷成立创意写作中心、创意工作坊、国际写作中心,开办本硕博等不同层次的学历及非学历教育,实行驻校作家制度,推出写作训练营和作家班,似有日益兴盛之势。但创意写作亦面

---

① 时至今日,尽管将 Creative Writing 翻译为"创意写作"获得了多数人的认同,但仍有部分学者认为这种翻译是不恰当的。如中国人民大学的王家新教授认为,"创意写作"听上去像是搞广告文案设计似的,提出应坚持该词汇的本义,译为"创造性写作",强调其综合的语言创造活动的特性。王家新:《"创造性翻译"理论和教学实践初探》,《写作》2018 年第 8 期,第 5—10 页。

临着诸多困难，如理论教学和写作能力脱节的问题、学科的独立性及归属问题、英语写作理论和技巧的本土适用性问题、写作的边界问题、产业化与否的争论等。在众声喧哗之下，一方面需要创意写作界不断地实践和探索，回答时代的命题，另一方面也需要更加深入地分析美、英等创意写作学科发展的历史和规律，以资借鉴。[①] 这两个方面是今后需要继续研究的问题。

---

① 目前国内对美国创意写作学科发展的历史分析大多浮于表面，如提到创意写作的起源，往往追溯到 1936 年威尔伯·施拉姆在爱荷华大学启动项目。但该项目产生的背景是什么，在产生过程中有何争论，却很少有学者涉及，而对该方面的历史梳理，实际上对今天的创意写作学科的定位，有深刻的启迪。美国对该方面进行梳理的著作有 D. G. Myers, *The Elephants Teach*: *Creative Writing since 1880*, Chicago: University of Chicago Press, 1998.

内地创意写作理论探索检视

张永禄

（上海大学中国创意写作中心）

中国内地高校创意写作学科建设虽是以欧美为师，但对比起来看，它和欧美创意写作发展最大的不同之处在于一开始就显示了强烈的理论自觉性。整体上看，内地创意写作的理论建设重点集中在三个方面：一是中国创意写作学科发展的内在逻辑和发展历史梳理，二是创意写作基本核心理论建构，三是创意写作和文化产业关系探求。第一个问题属于创意写作的学术史范畴，第二个属于创意写作的本体论，第三个问题是创意写作的问题域，这三个问题是创意写作作为学科建设不可绕开的存在，也显示了创意写作理论建设者的理论敏锐性和探索勇气，虽然站在未来的高度重新审视今天的理论成果难免显得幼稚，但是其开创之功不可小觑。为了让更多的有识之士关注和参与这项前途远大但又任重道远的理论之旅，笔者试图将内地创意写作理论工作者的思想和智慧做初步的归纳和整理，并指出尚存在的问题和进一步努力的方向，以期引起关注。

一、创意写作学科史反思与建设

在中国，创意写作学作为一门学科的社会历史语境是什么？它和传统的写作学有何关系？如何实现从现代写作学向创意写作学的过渡？这些是本土创意写作理论率先要解决的问题。谢彩的博士学位论文《中国创意写作学初探》和郑周明的硕士学位论文《一个文学生产机制时代的微景——美国创意写作学科发展史专题研究》做了比较扎实的基本工作,具有不可替代的史料价值。

　　首先,建设本土创意写作学科的可能与问题。从现有文献检索来看,谢彩的《中国创意写作学初探》[①]是我国第一篇以创意写作为研究对象的博士学位论文。鉴于中国悠久的文章学传统和现代写作的巨大成就,该论文注重史论结合。在"史"的层面,从对比的视角,着重梳理美国高校创意写作学科的发展线索与中国现代写作学教材建设的历史和成就,对如何建设中国本土化的创意写作学提出了自己的思考。在"论"的层面,则探索本土化创意写作学的定位,探讨它与中文系既有专业如文艺学、古代文学的关系,进而提出自己的理论构想。论文的主体部分包括上篇"本体论"和下篇"教学论"。上篇"本体论"讨论的是创意写作学科的基础,指出了教学目标、课程内容、教材体系的建设思路,并提出了一种可能性:针对创意写作学科的"虚构写作"能力训练环节而言,当今,我们急需的文学史教材(创意写作的基础前提),不应当是传统那种"研究型"(以专家、教授、文学专业的师生为目标读者群)的文学史教材,而是"研究型"兼"教材型"的。在创意写作学科思路中,文学史的研究格外重要的是对小说类型史的研究。近年来创意产品根据不同受众需求而"量身定做",导致类型化趋势日益明显,那种传统的由一部文学史试图将所有小说一网打尽的教材写作套路,已经越发不适应这种趋势。在梳理美国创意写作学科史的过程中,作者指出:这个学科在美国草创阶段,因为对原创的重视,过分强调学生动手创作的能力,曾经导致了一种弊端——师生们为了保证自己的创意不受他人思维定式的干扰与左右,甚至有意去回避文学经典、文学理论,宣扬一种变相的"读书无用论",该培养思路所导致的弊端,已经引起了西方批评理论界的重视。

　　下篇"教学论"则实现了从"写作学"向"创意学"的突破。在对美国高校

---

① 谢彩:《中国创意写作学初探》,博士学位论文,武汉:武汉大学,2013 年。

从事一线创意写作教学的教师们所撰写的教学心得做了梳理以后,作者指出其背后的理论基础——美国"二战"以后得到长足发展的"行为科学"(心理学)。"二战"以后,美国为了击败他们"意识形态的敌人"(指苏联),大力扶植心理学的研究,并把研究成果转化成可以量化、可以运用于各个学科教学的具体教学法,在高校的所有学科中进行教学实验,探索尽最大可能激发学生创意和潜能的教学模式。而美国创意写作学科的教学探索,对行为科学的理论成果的运用,则率先进行。美国的行为科学所取得的成就有目共睹,它对人的创造性思维做出了较为细致的研究,其研究成果则运用于创意写作的具体教学之中。在美国,许多高校都纷纷开设"潜能激发"一类的课程。某些高校还重视"灵性课"的训练,参考印度瑜伽、灵性课的教学方法,来帮助学生突破思维定式。近些年来,源于中国本土的禅宗在美国也开始流行。

除了禅宗以外,我们东方的古老智慧中,是否还有别的可能路径?作者指出,中国大乘佛教的唯识宗逻辑圆满,有着"科学化"面目的完备体例,如它将人的意识分成"八识",并以各种概念,去对人的思维特质做出精确把握与描述。这些理论资源同样引起了一些学者的重视,如香港学者罗时宪,一生致力于研究唯识宗。他的研究,很大程度上是在厘清其理论含义层面上进行的,具有很高的学术价值,遗憾的是没有运用于创意潜能激发的具体教学环节。美国的一批心理学家,最初也是从中国唯识宗的只言片语中得到研究的灵感与突破口的,但鉴于语言的障碍,他们对唯识宗的理论研究往往流于表面。至于如何将中国本土的唯识宗理论资源,做出现代改造、简化,以便运用于创意激发的课程中,目前罕有学者涉足。论文认为,在"创意潜能激发"这一环节,中国化创意写作学还有很大理论空间和实践可能。目前迫切需要的是当代学者对我们传统的儒、道、佛等高级智慧进行"语码转换"(解码),像台湾戏剧大师赖声川正在做的这样,去摸索古老智慧的现代运用,将古老的儒、释、道智慧"去神秘化"。

论文在历史的比较中,对刚刚兴起的中国创意写作学提出了初步的理论构想和构架,有一定的创见性,但也存在明显的不足:其一,作者只宽泛谈了创意写作学科的人才定位,包括他们未来可能就业的方向,但缺乏建立于大数据基础上的具体结论,同时也未对创意写作人才评估体系(如培养指标)做出深入探讨。其二,没有在"创意潜能激发"这一环节取得突破。只挖到了一个点,指出中国佛教唯识宗有可能成为理论和实践的突破口,但作者未能对唯识宗的理论资源做出现代化的改造和教学实践。其三,创意写作其实如今广泛存在于新媒体中,作者指出创意写作学科要培养的基础能力是写作(包括虚构与非虚构写作)能力,尤其是书写"中国梦"的能力,重新塑造中国文化的海外形象。那么文字文本(文学文本)如何实现与新媒体的"媒介融合"或者说无缝对接?在新媒体时代是否需要建设创意写作人才的核心价值观?他们所应当承担的责任是什么?对于这些,作者的讨论还流于表面。

其次,撩开欧美创意写作神秘的面纱。郑周明的硕士学位论文《一个文学生产机制时代的微景——美国创意写作学科发展史专题研究》[①]是在其翻译美国著名创意写作者马克的《创意写作的兴起——战后美国文学的系统时代》一书的基础上,对美国创意写作发展的机制性研究。学科发展史研究有两大趋势,一是内部发展的逻辑,一是外部价值的体现。郑周明的研究以前者为主体,也融入一部分后者现象。美国创意写作学科发展态势是以国族认同—文化产业—国家战略为内在逻辑而展开的。同时,在发展过程中保持开放态度,欢迎社会各界对创意写作教育教学体系的批评与争论,诸如众多的批评集中在大量的高校创意写作系统是否伤害了多民族移民社会的多元化等等。正是这些尖锐的批评与质疑,让创意写作学科系统一直保持回应的姿态与自我修改的动力,因而不断发展。在此整体观念支撑下,郑周明主要研究如下问题:

1. 战后是美国文学发展的一个重要契机,这个契机触发了美国高校改革,也埋下诸多可供开拓的空间,同时后工业时代的国民追求有了变化,也孕育出文化消费新产业的需求和空间,它成了群体彰显其现代性个体的一个宣泄出口,庞大的新文化观念此起彼伏,为之代言的附属品便是文艺作品。高

---

① 郑周明:《一个文学生产机制时代的微景——美国创意写作学科发展史专题研究》,硕士学位论文,上海:上海大学,2013 年。

校把握了这个契机并着手组建这样的需求体系，它让新加入的写作者有机会感受创造体验与实现自我身份的建立，也让教学者有机会展现更灵活自由的教学方式，让作家驻校日常化。而工作坊的建立及其运行机制真正提供了两者相遇的空间与土壤，激励的行为与书写的情绪在众多著名工作坊那里获得不凡的成果。

2. 来自教学内部（包括工作坊）的声音。如何让学生理解创意写作，真正深入系统内部吸收它，同时也让学生清楚高校学科与社会机构如出版代理之间的关系，这些是让学生准备进入学科内部成为专业作者的前奏。同样地，教学的主要方向是促进文学写作市场的繁荣，不同工作坊有其不同的叙事追求，例如斯坦福大学著名的戏剧工作坊以老牌工作坊代表享誉世界，工作坊以类型化的方式与学生互相选择成熟的未来，如此也持续促使了类型写作在市场获得多元的声音与成就。

3. 外部机制的参与。高校学科的发展必然需要众多社会机制参与建设，理论与实践从一开始就进行结合让这门学科体现出独特魅力。例如爱荷华大学的全球写作计划，这不仅是几代倡导者对全球文化交流的某种建设，也是对知名高校的最佳形象打造；又如创意写作与好莱坞电影产业的结合，互相需求的关系让美国电影形象产生一种极强而技巧化的内部凝聚力，也就是价值观的统一；此外，由出版社或公益机构或政府倡导建立的文学奖，为寻找文学新星、促进文学写作与鼓励潜在加入者起到无可估量的作用。

4. 美国创意写作系统对海外高校体系的影响，或者说，全球共享文化传播。在这点上，欧洲突出了学科与产业经济的关系，亚洲一些国家或地区如日本、新加坡、中国港台等让写作与创意设计都得到发展。对于中国内地而言，反思文科教育，研讨文创产业、文化发展的未来已然兴起，对此的尝试与实践性建立也在进行中。此处需要发现的是，不同地区进行的学科尝试的文化逻辑是否一致，哪些细节变化体现了区域的限制或独特考虑，这也是新兴学科发展的重要观察点。

应该说，西方高校创意写作学科体系对于内地高校与学界而言，是一个较为陌生的区域。作为一种学科体系的完成与完善，对于创意写作学科的研究需要首先进行学科史的梳理和整理,将完整学科情况介绍入内地,给高校文科师生以及相关研究者一个基础性的底本参考。鉴于学科发展逻辑,我们认为郑周明的工作是有意义的,至少在内地学术界,具有弥补空白的价值。不仅如此,他的研究方法,即对创意写作学科发展史的研究,不仅关注其学科发展本身的主体,而且涉及教学改革与社会需求之间的关系,并注意到整个社会机制对高校学科后续发展提供了多大程度上的推动。特别是最后延伸到其他区域的此学科发展,更是表明了其研究目的的一个边界,即文化发展不能单一考量,需要根据本土文化历史资源与未来目标给予必要的选择和重心,同时在多边参与尝试的互动下,形成完善丰富的社会文化系统,为内部文化发展需求与外部文化形象品质提供可持续支持。这种研究方法具有一定的创新性,需要研究者有比较综合的知识结构和能力。

二、对创意写作基础理论的初步探索

从国外创意写作学科发展史来看,主要重视的是实践和训练,对实践方式方法的总结和提炼,但对创意写作学科本身并没有提供坚实的理论支撑。为此,国内创意写作的提倡者认为,发展创意写作学科,一方面要引进国外创意写作人才培养体系和课程教学模式,另一方面要加强创意写作的基础理论研究。在创意基础理论研究方面,目前有两个初步理论建构,一个是雷勇和刘卫东的潜能研究,一个是葛红兵、张永禄的艺术成规研究。

首先,创作潜能。潜能(potentiality)指个体潜在的能力或能量。它一旦外化,与实践活动相联系并发生效力,就变成显在的能力。能力只是潜能的外化,占潜能的极小部分。创作潜能研究注重发掘创作主体的观察力、表现力、想象力、联想力、结构力和统摄力。雷勇的硕士学位论文《激发作者的创作潜能——心理学与心灵学的两种路向》[①]关于创意写作主体的潜能研究,主

[①] 雷勇:《激发作者的创作潜能——心理学与心灵学的两种路向》,硕士学位论文,上海:上海大学,2013 年。

要集中在精神分析学、心灵学和禅宗学等方面，对此做出重要的理论探讨。具体来说：

一是精神分析学与作者创作动机的召唤。他借鉴弗洛伊德学说，探索如何将从意识到潜意识的心理机制运用于创作，如何把潜意识中的核心矛盾转化为创作动机。但凡要创作的人，一般会碰到的第一个问题是：为什么创作？他的创作动机是什么？他的创作动机强不强烈，是不是到了如果不写就活不下去的地步？不言而喻，作者的创作动机驱策着作者不停创作。人们往往运用弗洛伊德学说去解释和回溯作者的创作动机，雷勇主要探讨的是如何通过弗洛伊德学说，包括自由联想、释梦等方法，去发掘作者内心深处精神压力的核心，将其应用于激发作者的创作欲望和召唤作者的创作动机上。将被压抑的欲望升华为创作的欲望，将潜在的焦虑转变为显在的创作动机。在弗洛伊德看来，梦的解释是通向理解心灵的潜意识活动的皇家大道，也就是说，梦是最接近潜意识的，梦更大的意义在于它背后的梦念。精神分析的自由联想方法所运用的原始材料基本是梦的片段，释梦就是为了解释梦的显义和梦的隐义之间的关系，从梦的显义追溯梦的隐义——核心的梦念。当我们找出了梦的核，找到了梦念，我们便找到了潜意识中精神矛盾的症结所在，就找到了我们内心深处的根本矛盾和冲突所在。可以说，所有的梦都是潜意识的表达，都是梦念的铺陈。倘若我们把化解这个精神矛盾作为创作的动机和欲望，这将使我们的创作目的更加明确化。人活着就是一个不断解决矛盾的过程，精神矛盾比现实生活矛盾更根本，不解决它，寝食难安。我们知道，这种精神矛盾是隐形的，很多人想要解决它，却无从下手，久而久之，就造成了焦虑。"由于文学创作的过程本质上是作家被压抑的本能转移的过程，以至于许多作家在创作前常常感到内心充塞了一种紧张的压迫感，产生了一种非一吐为快不可的冲动，并且在创作过程中常常感到一种无形的力量在支配着自己的行动，使意识不能自已。"这就是作者创作的根本动机所在。美国著名创作导师克利弗在其《小说创作教程》中就讲道："你必须拥有两个故事要素：一个是渴望，一个是障碍。因为渴望加障碍就是冲突。"这个渴望和障碍不就是我们上面所说的欲望和压抑吗？"人类文化中最有价值的东西恰恰是建立在对人的本能的抑制上的,压抑、转移而后始有文学。"精神矛盾的中心就是世界上每一个优秀故事的精髓。倘若我们希望能够创作,那么我们就应该进行自我分析,找出那个潜藏在我们内心深处的核心矛盾,让它成为我们创作的素材,成为我们创作的不竭动力。

二是心灵学与作者创作灵性的开发。心灵学到目前为止应该还不算一门严谨的学科,但规模已经蔚为壮观。有狭义的心灵学和广义的心灵学。狭义的心灵学专指西方的超心理学(Parapsychology),主要研究超感现象;广义的心灵学则包含了很多现代心理学的理论成果,它广泛汲取西方超个人心理(Transpersonal Psychology)、神经语言程式学(NLP)、东方的禅学、瑜伽等理论。雷勇所使用的心灵学,是广义上的心灵学,也可称为心灵研究。在雷勇的研究视野里,心理学和心灵学是有区别的。第一,心理学是讲究理路的,而心灵学是讲究非理路的;第二,心理学侧重于智性研究,心灵学则侧重于灵性研究;第三,心理学和心灵学其实是对人之心的研究的两个不同的阶段。弗洛伊德的精神分析学找出了每个人内心深处被遗忘的记忆和精神压力根源,倘若能够得到澄清尚可,倘若得不到澄清,则使人陷入道德的谴责和自身的愧疚,其效用适得其反。因此必须找出一种力量使得人能够走出雾霾,能够化解这种负面效果,这就是灵性的力量,灵性所表现出的创造性的愉悦能够极大地促进人的潜能的释放。狭隘的自我与自性的对决,是这个世界上最根本的对决之一,是阻止人走向灵性的最大障碍之一。每一个人的实相并不是外在世界的种种,也不是身体,而是灵性。这种灵性存在于内在源头合一的那种不分彼此的境界之中,佛教称其为"不二"境界。我们所有的创造力都源自这个本源,我们只是没有意识到这个本源,它实则内蕴于我们,从来没有与我们分裂过,只是被遮蔽起来而已,倘若我们能重新向内追索,就有与之重新联结的可能。

三是禅与作者创作心境的提升。作者的心境保护着他的创作,不仅保护着他的创作状态,而且保护着他的创作层次。所谓心境,指作者心的定力和慧力。定力保护着他的创作状态,慧力可以提升他的创作境界。"禅"是"禅那"的简称,梵语"dhyana"的音译,简称为"禅",作为佛教最基本的修行方式之一，"禅那"一般指的是把自我的心念收摄住，不向外攀缘，对自我进行内观，是一种定慧相生相伴的状态。那么这里的慧究竟指的是什么呢？说到底，就是我们看待事物的方式。第一种是改变我们的"名相分离"的思维方式。现代人大多数被裹挟进一种快节奏的生活中，很多事情来不及体验就有了先验的判断，这个判断的依据是概念而不是经验。这样的结果是我们活在概念的世界里，感受力急剧退化。这也就是佛教所讲的"名相分离"，名称和实相是分离的。问题就出在这里，名字本来就是我们贴上去的一个标签，是我们为了方便认识事物，给它赋予的一个语言符号。我们接受了大量的概念系统，我们需要停下来恢复我们自身的感受。禅坐就是一种恢复我们自身感受的过程。第二种是改变我们的"能所对立"的思维方式。二元相对是人类认识事物的基本思维范式。我们把"能所对立"以后，就会产生好多种对立，有心和境的对立、自和他的对立、心和心所的对立。"能所对立"和"根尘对立"使我们迷惑于四相，看不清事物的实相，这大大局限了我们的思维。禅修就是把自己吊举起来，断绝对过去的盘桓和对未来的妄想。不随妄想而流，要回到当下的意识流。不随不止，不来不去，不出不入。控制住自己，就要使自己的妄想变得冷静，绵绵密密、纷纷扰扰的状态变为收放自如。内修，就是了解自己，继而改变自己。禅修就是让自己与自己接触，每一刻都让自己保持对自己的关注，踏踏实实地活在当下。"制心异处，无事不败，制心一处，无事不成。"如果我们能有制心一处的能力，将这样的智慧和心境用于创作，对创作来说将具有非常大的促进作用。

雷勇认为三种方法都是带领作者去内观。"内观"是一个去蔽的过程，把覆盖在我们的灵性和创造力以及潜能之上的厚厚的遮盖物一层一层地剥掉，拥抱我们的灵性，发现我们的潜能。

应该说，通过精神分析的方法，查找出潜藏在深层意识当中的矛盾，让它去刺激作者的写作，或者通过心灵学的方法探测深蕴在个体人身上的灵性，用合理方式让它成为创造力的源泉，或者通过禅理对作者心境创作的保护和提升，这三个方面是非常具有创新性和挑战性的，尽管有研究者有过这方面的思考，但很不系统。同时我们也要清楚知道，这个研究仅仅处于初步阶段，课题对象本身具有很强的神秘性,它和创意写作这一具有实践性的活动之间的对接还有很大的研究空间,而精神分析与心灵学、禅分属不同的理论渊源,现在要在创意的大视野下让它们融合,也是一个理论难题。

其次,艺术成规。创意和成规的矛盾一直是创作界纠缠不清的难题。葛红兵和张永禄两位研究者以小说这种典型的叙事类型,从类型学角度做了理论研究,目的是证明写作是可以教、可以学的,以帮助一般写作者找到写作的规律,并在写作规律基础上有效创新。具体来说,他们的基本观点有:艺术来自成规,成规的"生成"与"凝定"有规可循,艺术成规是生成性的,等等。①

艺术来源于成规。"成规"概念来自社会学,社会成规的内在运作机制是说过去的有些在未来也有效,因而,过去人们处理某种事物的时候表现出的一致性生产出了未来的一致性,一致性使自己不断自我复制和生存,这就是成规。社会学领域的成规是大众趋同并且后来者认同这种趋同的结果,成规成了人类意义世界最重要的内容之一。成规的习得,就是人社会化的同义语,对成规的理解、获得和遵循是一个人得到集体意义和价值的前提性活动。成规事关价值认同,事关人类集体意义世界的相互通约。小说叙事是社会的反映,叙事成规本质上是社会成规的折射,它的性质和社会成规多数情况下是一致的,不同的是艺术的价值呈现有自己的方式,或者说它有特定的审美形式表达。按照类型学的表述,就是叙事语法。比如侦探小说的叙事语法是"命案必破",这个语法表达式既是中国警界的社会成规,也是社会心理的沉淀。中国民众相信罪恶一定会受到惩罚,中国的政府机构常常采取群众运动限期破案等方式,集中警力、突击破案,我们的文宣机构也常常通过强调命案必破强化法制宣传,塑造警察形象可见,命案必破是中国当代社会的价值成规(罪犯,特别是犯罪情节重大的罪犯不允许逍遥法外)、意义成规(全社会共同的生命意义和社会意义体系成规)。但是,叙事成规不会和社会成规一一对应,它和社会成规之间存在一个"社会心理""文化心理"中介,命案必破之所以会被接受为中国当代侦探小说的重要叙事成规之一,显然不是社会成

---

① 葛红兵:《小说类型学的基本理论问题》,上海:上海大学出版社,2012年。

规的直接投射。谁都知道在现实中命案的侦破率不可能是100％(必然破案),作为叙事成规它首先受到大众社会心理的影响,大众希望坏人受到惩罚,希望社会治安良好,这种心理会投射在叙事文本中,对文本走向产生微妙的影响,直接促成了叙事成规形成。而在这之下,是中华民族传统文化思维成规。[①]

成规的"生成"与"凝定"。小说写作与欣赏实际上是依赖某种成规的,这种成规也可称为小说叙事模式。张永禄通过自己的研究,运用结构主义方法,把叙事成规归纳为三个基本方面:表层基本句法、行动元模态和深层语义对立。表层句法结构是从故事情节构成角度而言的,叙事性文体一般都可以浓缩为由主谓宾成分构成的完整句子,用叙事转化公式表示:

(身份、属性、状态)主人公——行动——(身份′、属性′、状态′)主人公′

"——"表示转化,"身份′""属性′""状态′"中的"′"表示主人公在系列行动(比如"改变状况""犯罪"和"惩罚")后转变成或过渡到新的特征,达到了新平衡或者复归旧的平衡秩序中。在推动整个故事发展的背后是行动模态,这个模态的完整形式应该是:(心有欠缺)——产生欲望——锻炼能力——实现目标(失败)——得到奖赏(受到原谅)。行动元模态则主要是围绕目标构成的行动元矩阵,比如主角与对手、帮手与反面帮手等构成的矩阵。上面提到的基本句法、模态和矩阵都是相对凝定的,是一类叙事得以成为它自身的规定性。但是,它同时又是生成性的,具有相对灵活性,比如句法的主谓宾结构不变,是常数,但行为状态的定、状、补是可以变化的,是变量和参数。随着变量和参数的改变,故事可以千变万化。行动元结构矩阵不变,但它们之间的关系也可以随时变化,就形成了关系的复杂性和变幻性等。

艺术成规是生成性的。人类的一切文化都是基于成规之上的,只是有些民族中成规的习得性成分更多地受到强调,而在另一些文化中成规的生成性成分更多地受到认可。人类既希望继承,也希望创新,在这种情况下,成规的习得和生成看起来似乎是一对矛盾,而且常常不可调和。这需要一个观念的

---

① 葛红兵:《小说类型学的基本理论问题》,上海:上海大学出版社,2012年。

革命：首先是相信小说家是可以学出来的；其次是明确指出，小说家要学的是"类型成规"，这就是类型成规的承袭性。故事的底层存在着一个直接和人类理性天赋沟通的"深层成规"，省略的故事能被理解是因为这个深层成规早已被理解，这个深层成规通过一系列转换生成语法，成为故事浅层、表层的叙事逻辑。表层充满了各种各样附加的符号和意义符码，但是，它的深层成规和对这种成规进行运作的符码，却是基于人类的叙事天赋和先验理性而能够被理解和把握的。

葛红兵和张永禄对艺术成规的探求目前是一般原理性的，理论大于实证，有待于进一步从各种故事类型中得到证实和演绎。而且，这一理论还有待从类型上升到上位的文体中的成规探究，那文体的成规研究是不是也可以借助结构主义的方法呢？这无疑是一个大大的问号。

三、创意写作和文化产业的关联性

创意写作到底培养什么样的人才？这是其倡导者无法回避的问题。倡导者葛红兵做过如下概括：一是作家，就是我们传统意义上的纯文学作家，复旦大学创意硕士培养基本走的是这条路；二是类型小说作家、影视编剧——学校和网站、影视公司合作签约，用剧本项目来培养学生；三是文化产业的基础从业人员——策划编撰人员；四是新一代文化创意产业领军人物——管理者。进一步归纳，就是二分法，即传统作家和面向市场的创意写手。第二个目标客观上把创意写作和新媒体等联系起来，刘卫东的《理解创意写作：创意、文本、新媒体》（未刊本）是这方面的新成果。该书主要帮助读者认识创意写作（Creative Writing）的关键概念、存在形式以及发展方向的可能性，旨在帮助读者迅速建立理解创意写作的框架，并对该领域当下的重要问题、走向进行探讨，让读者能够对创意写作这一领域有相对完整的理解。本书对创意写作的分析和探讨，建立在大量的个案分析和数据整理的基础上。从创意写作与文学活动、创意产业、新媒体、学科之间的关系出发，力求直观地展现、突出创意写作的整体理论框架，帮助读者有效地理解创意写作。具体内容主要包括两个方面:其一,探讨如何有效地理解创意写作;其二,立足于创意写作本土创生的视野,探讨创意写作的发展可能性。书的第一章主要阐述如何理解创意写作现有的基本定义与概念,对创意写作的含义、概念的形成、内涵与外延进行分析,讲述如何理解这些概念,主要从课程发展、英语文学、教育理念等角度建立对创意写作的理解框架。我们发现,创意写作的定义纷繁复杂,没有完整统一的定论,但在对创意写作基本定义与概念的追溯、比较过程中,我们可以加深对创意写作基本概念的理解,知道这一领域的基本共识,对它的基本内涵、意义的不断丰富过程有整体上的认识。"创意写作的基本存在形式"部分引导读者对创意写作形成整体上的理性认知,了解创意写作所涉及的基本内容和形式。这一部分分别对作为学科的创意写作与作为文学活动、创意活动的创意写作进行概念上的梳理与辨析,并阐释其内在渊源、背景、本质特点与相互关系。上述基本范畴是我们理解创意写作概念的重要角度,也可以说是从创意写作的存在形态来认知。创意写作的上述范畴是其存在的基本形式,构成了理解创意写作体系的基本层次。这些范畴分别是:作为文学活动而存在的创意写作;作为创意活动而存在的创意写作;作为学科而存在的创意写作。这些范畴是创意写作最基本的也是最重要的客观存在形式,是本书展开论述的基础,也是对创意写作研究的切入点。第三部分"创意写作的基本问题意识"以文学活动、创意活动、学科的形式存在,它们之间的交互性关系、逻辑关系是本书组织内容框架的依据。在此基础上我们进一步考虑的则是文学教育、创意实践、学科创生,它们是我们深入理解创意写作基本理论与实践的重要的基本问题意识,也可以说,它们是立足于创意写作的基本存在形式,延伸出来的认识创意写作的基本视野。纵观美国 19 世纪末至 21 世纪初,百余年的创意写作生成历史,以及自 20 世纪 60 年代以来创意写作的发展、澳大利亚近 30 年创意写作的创生与革新,创意写作的强大生命力和学科合法性正得益于它鲜明的行动性、介入性,用文化创意来驱动写作与社会公共空间的发展、演化,进而成为一种具有历史本体意义的文化创生行为,并在战后种族文化的融合、女权主义、民族国家文化创新驱动等不同层面扮演了重要角色。在本土学科创生的视野下,中文系在创意产业发展的背景下开设"创意写作"课程，既是中文系文学教育改革的产物，也是现代创意产业不断发展、社会不断发展的内在需要。创意写作的学科设置前提之一，就是创意活动和创意产业不断发展，创意活动不断升级。而以学科的形式存在的创意写作，正是"创意写作"最常见、最基本的存在形态之一。"理解创意写作的基础视角"这一章从宏观方面来认识创意写作，它要解决的问题是：在现代多重语境下，创意写作存在的理由、发展动力，即从创意写作与创意教育、创意产业、生活实现的关系展开阐述。"创意写作的可能性初探——禅与创意写作"部分探讨的是如何利用本土的文化资源丰富创意写作，即用中国禅宗的智慧来引导创意能量。主要从创意的维度、文学经验的层面、教育实现的角度三个方面阐述，即在创意写作本土创生的背景下，思考创意写作的可能性问题，而对创意写作的可能性问题的探讨，正是对创意写作不断加深理解、拓宽理解的过程。这是一个崭新的领域，即使是在美国、澳大利亚、英国等国家，这一方向仍处于尚待发现的阶段，也有许多亟待厘清的概念，以及具有深刻思想的个案。这是一个大胆而富有创新，也具备极大挑战性的研究方向。它实质上是在本土的创意写作学科创生的背景和际遇下，思考创意写作教学与实践的未来可能性。再者，它也反映了前述创意写作学科发展国际化趋势与本土化创生之间的实际境遇。"创意写作的可能性初探：文学公益性"部分主要立足于文学公益性的视野，思考创意写作本土创生和发展的可能性。该部分从作家工坊、社区、文学之都、创意国家等各个层面的内在联系出发，分别阐述了文学公益性的着眼点、价值取向、实践路径等问题。文学公益性视野下的创意写作探索，是本书在创意写作教育国际化、本土视野双重维度中展开的创意写作理论与实践方面的探索。它与"禅与创意写作"的主题构成本书的两大理论创新与实践途径的探索。这些创新的立足点则建立在对美国、英国、澳大利亚、新加坡、韩国、日本、以色列以及其他国家和地区创意写作发展现状的客观认识基础上，是在思考创意写作发展可能性的基础上，基于文学价值的实现进行的创造性探索。

创意写作潜能激发论纲

雷 勇

（西北大学文学院）

潜能指的是一个人潜在的能力或能量,它一旦外化,与某种实践活动相联系并发生了效力,就变成了显在的能力。能力只是潜能的外化,占潜能的极小部分。创作潜能指的是作者尚未显现的潜隐的创作能力,激发作者的创作潜能应该成为培养写作能力的基本途径。

一般来说,作者的创作能力大体上包括了观察力、表现力、想象力、联想力、结构力和统摄力等等。这些能力也是传统的文学创作论所研究的主要对象,比如传统写作学注重研究作者的观察力和表现力,文艺心理学注重研究作者的想象力和联想力,叙事学注重研究作者的结构力和统摄力,等等。与传统文学创作论不同的是,创意写作潜能激发理论注重研究到底是哪些潜能在背后支撑作者的观察力、表现力、想象力、联想力、结构力和统摄力等,这些显在的创作能力坐落在什么样的基石之上,植根于什么样的沃土之上,"冰山一角"下面到底藏着什么。

本文从三个相对重要的方面分析创作潜能:创作动机、创作灵性、创作智慧。作者的创作动机驱策着他去不停地创作,成为他创作的持久动能;作者的创作灵性支撑着他的整个创作,为其创作提供灵感源泉;作者的创作智慧保护着他的创作状态,并且提升他的创作层次和创作境界。我们将通过精神分析学去召唤作者的创作动机,通过心灵学去开发作者的创作灵性,通过禅学去提升作者的创作智慧。这是本文所要论证的基本内容。

一、精神分析学与作者创作动机的召唤

但凡要创作的人，会碰到的第一个问题一般是：为什么创作？这就要追索他的创作动机到底是什么，他的创作动机强不强烈，是不是到了如果不写就活不下去的地步？不言而喻，作者的创作动机驱策着作者去不停地创作。正是基于这一点，我们才把创作动机列为创作潜能的一个很重要的维度，这就是为什么要去召唤作者的创作动机。

一般情况下，人们往往运用精神分析学说去解释和回溯作者的创作动机，用精神分析去阐释作者和文本之间的关系，而本节内容主要探讨的是如何通过弗洛伊德学说，通过他的自由联想、释梦等方法，探索将这种心理机制反向应用于创作的方式，尝试发掘作者内心深处精神压力的核心，查找出作者潜意识当中的一些矛盾和症结，将这些矛盾和症结应用于激发作者的创作欲望和召唤作者的创作动机上。将被压抑的欲望升华为创作的欲望，将潜在的焦虑转变为显在的创作动机。这是本节的基本思路。

弗洛伊德将梦定性为"梦是一个（受压制的或被压抑的）欲望的（伪装）的满足"[1]。在弗洛伊德看来，梦的意义在于它背后的梦念、它所暗含的一个人的潜意识，梦是最接近潜意识的。于是他说道："梦的解释是通向理解心灵的潜意识活动的皇家大道。"[2]因此，梦是我们进入潜意识的一个非常重要的途径，精神分析的自由联想方法所运用的原始材料正是梦的片段。简而言之，释梦，就是为了解释梦的显义和梦的隐义之间的关系，从梦的显义去追溯梦的隐义——核心的梦念。

然而话又说回来，要查找出梦念是不容易的，梦念不是我们所记住的梦的景象。梦的工作首先表现为："每个人的梦由于两种精神力量（倾向或系统）的作用而各有其不同的形式。其中一种力量构成欲望，用梦表现出来；

---

[1] 弗洛伊德：《释梦》，孙名之译，北京：商务印书馆，2009年，第156页。
[2] 弗洛伊德：《释梦》，孙名之译，北京：商务印书馆，2009年，第602页。

另一种力量则对梦中欲望行使稽查作用，迫使欲望不得不以化装形式表现出来。"[①]梦正是欲望和稽查作用这两种力量角逐的结果，这导致表现出来的梦与一开始的梦念呈现迥异的态势，梦念进行了化装而变为可被允许的梦象。梦念为了躲避意识的稽查作用，经过了种种化装才产生了梦象，此时的梦象已经距离原始的梦念很遥远了。

弗洛伊德所主张的释梦方法，一般是："采取一种联合的技术，一方面利用梦者的联想，另一方面则利用释梦者的有关象征知识以弥补联想之不足。"[②]首先是让做梦的人根据他的梦境进行联想，继而让做梦者对这些梦境以及联想到的东西做出象征性的解释。在这个过程当中，"联想始终居于首要地位，而且应认为梦者所做的评论具有决定性意义。至于象征翻译，只是一种次要的方法"[③]。这个整体性的过程可以大致概括为：对梦的某一个片段进行自由联想，直到漫无目的地突然中断于某个因果联系；对第二个梦的片段，再进行自由联想，如同第一次一样，以此类推。因为后一次的自由联想总是以前一次为基础，最后的象征性含义的范围会越来越窄，乃至最终追溯到那个梦念。具体的操作要根据梦者的态度和配合程度，视具体情况而定。以上是释梦的基本方法。

落实到具体的操作层面，我们鼓励作者们去记录自己的梦境，记录下几百个梦境的片段，通过以上所说的自由联想和象征性解释相结合的方法，基本上可以查找出他们自己的梦念。

当我们找出了梦的核，找到了梦念，我们便找到了潜意识中精神矛盾的症结所在，就找到了我们内心深处的根本矛盾和冲突所在。可以说，所有的梦都是梦念的衍生物，都是潜意识的表达。倘若我们把化解这个精神矛盾作为创作的动机和欲望，这将使我们的创作目的更加明确化。倘若由分析所得的矛盾是人类共性的，那甚至可以写出非常优秀的作品。

人活着就是一个不断解决矛盾的过程，精神矛盾比现实生活矛盾更为根

[①]　弗洛伊德：《释梦》，孙名之译，北京：商务印书馆，2009年，第140页。

[②]　弗洛伊德：《释梦》，孙名之译，北京：商务印书馆，2009年，第349页。

[③]　弗洛伊德：《释梦》，孙名之译，北京：商务印书馆，2009年，第356页。

本,不解决它,寝食难安。我们知道,这种精神矛盾是躲在潜意识深处的,是隐形的,很多人想要解决它,却无从下手,久而久之,就造成了焦虑。这种心态已经成为大都市的一种基本的心态。"焦虑是危险逼近的时候产生的警告……自我的工作就是应对焦虑,为了降低客观性焦虑,自我必须有效应对物质环境,为了应对这些焦虑,自我必须使用弗洛伊德所谓的自我防御机制……一般而言,他是用一个对象或目标取代引起焦虑的对象或目标。当移置表现为用非性欲的目标取代性欲的目标时,这个过程称为升华。升华是文明的基础,我们被迫以间接的方式,通过诗歌、艺术、宗教、政治等其他体现文明特征的方式来表达。"①将这种焦虑诉诸文学看起来是一个步入文明的渠道。"由于文学创作的过程本质上是作家被压抑的本能转移的过程,以至于许多作家在创作前常常感到内心充塞了一种紧张的压迫感,产生了一种非一吐为快不可的冲动,并且在创作过程中常常感到一种无形的力量在支配着自己的行动,使意识不能自已。"②这就是作者创作的根本动机所在。中国古人也提到过"愤怒出诗人",而愤怒正是精神矛盾的集中爆发。

　　这个根本的精神矛盾,不仅仅关乎个人自身,实际上也是每一个故事的真谛。美国著名创作导师克利弗在其《小说写作教程:虚构文学速成全攻略》中就说道:"没有冲突就等于没有故事,冲突是讲故事的核心秘密。而冲突的秘密在于迫使人物行动起来,强迫人物利用自身条件,以一种揭示他们自身性格特征的方式采取某种行动。"③他同时进一步指出:"你必须拥有两个故事要素:一个是渴望,一个是障碍。因为渴望加障碍就是冲突。"④这个渴望和障碍不就是我们上面所说的欲望和压抑吗?"人类文化中最有价值的东西恰恰

---

① 徐洁莹:《从精神分析视野看张爱玲的小说创作》,《安徽文学》2009 年第 3 期,第 53 页。

② 叶中强:《压抑、转移和文学——精神分析学说和中国现代文学创作某些现象的断想》,《社会科学》1995 年第 6 期,第 54 页。

③ 杰里·克利弗:《小说写作教程:虚构文学速成全攻略》,王著定译,北京:中国人民大学出版社,2011 年,第 26 页。

④ 杰里·克利弗:《小说写作教程:虚构文学速成全攻略》,王著定译,北京:中国人民大学出版社,2011 年,第 28 页。

是建立在对人的本能的抑制上的，压抑、转移而后始有文学。"①精神矛盾的中心就是世界上每一个优秀故事的精髓。倘若我们希望能够创作，那么我们就应该进行自我分析，找出那个潜藏在我们内心深处的核心矛盾，让它成为我们创作的素材，成为我们创作的不竭动力。

二、心灵学与作者创作灵性的开发

随着心理学的发展，人们逐渐认识到很多心理现象是难以解释的，理性并不能认识全部心理现象，人们对心理的探索逐渐转向心灵层面，于是心灵学也呼之欲出。心灵学到目前为止应该还不算一门严谨的学科，但规模已经蔚为壮观。有狭义的心灵学和广义的心灵学。狭义的心灵学专指西方的超心理学（Parapsychology），主要研究超感现象；广义的心灵学则包含了很多现代心理学的理论成果，它广泛汲取西方超个人心理（Transpersonal Psychology）、神经语言程式学（NLP）、东方的禅学、瑜伽学等理论，开展各种形式的灵性疗愈，创作了诸多灵性歌曲和灵性戏剧，面向社会各类人群，极大地帮助他们克服自身局限，帮助开发他们身上的灵性和力量。本论文所使用的心灵学，是广义上的心灵学，也可称为心灵研究。在运用这种理论之前，我们先来看看：心理学和心灵学之间到底有什么区别和联系呢？

第一，心理学是讲究理路的，而心灵学是讲究非理路的。心理学认为人的心理有一套运行规律，是有迹可循的，只要掌握了这套理路，就可以掌握心理运行规律，继而就应用于心理咨询和心理治疗等。而心灵学并不认为人的心理有绝对意义上的理路，每一个人的心灵是复杂的，心灵是非关理路的，比如禅学就讲究见性和直解，根本就找不出其理路所在。

第二，心理学侧重于智性研究，心灵学则侧重于灵性研究。心理学主张的是人能够通过大量的临床试验和科学的调研统计去掌握心灵运行规律，相

---

① 叶中强：《压抑、转移和文学——精神分析学说和中国现代文学创作某些现象的断想》，《社会科学》1995年第6期，第55页。

信人的智性可以主导人的整个心灵,意识可以冲破无意识的阴霾;而心灵学则主张人的灵性高于一切,主张通过各种灵修方式,包括静坐、奉献、歌舞等方式去回溯自己的灵性,从而与自身的本源重新联结,升华自己的生命。

第三,心理学和心灵学其实是对人之心的研究的两个不同阶段。弗洛伊德的精神分析学找出了每个人内心深处被遗忘的记忆和精神压力根源,倘若能够得到澄清尚可,倘若得不到澄清,则使人陷入道德的谴责和自身的愧疚之中,其效用适得其反。因此必须找出一种力量能使人走出这种雾霾,能够化解这种负面效果,这就是灵性的力量,灵性所表现出的创造性的愉悦能够极大地促进人的潜能的释放。

本文所持的灵性概念主要援引自超个人心理学家肯·威尔伯对灵性理论的研究。肯·威尔伯是超个人心理学的集大成者,他本人有过禅修和瑜伽修行经历。他不满意精神分析学说并指出:"我们有关灵魂的科学已经衰退到研究老鼠在迷宫中摸索的反应、个体的'恋母情结',或者底层的'自我'发展的地步。"[①]于是他把目光投向东方哲学和东方宗教。这些包括中国的佛学理论(禅那)、道家思想、气功等,古印度的梵、瑜伽等哲学思想,苏菲密教、印度教、巫术,等等。他试图将世界的精神传统整合进现代心理学脉络里面,他的代表作《意识光谱》,被哲学家约翰·怀特誉为"集心理学、心理疗法、神秘主义和世界宗教四者之大成,是一场有关人类认同的独一无二的讨论"[②]。另一个代表性著作是《万物简史》,同人本主义一样,他也关注人本身,不过他把关注对象更多地放在了人的意识的最高阶段——灵性。

这里,我们必须提到肯·威尔伯所提出的"意识光谱"(The spectrum of consciousness)。肯氏所谓意识层次,也可以说是意识光谱,都不过是一种模型而已。"在谈到意识是由许多色度、带,或者阶层所组成的时候,戈文达宣称这些阶层'并非相互割裂的阶层……而是一种本质上相互渗透的能量形式,从最细致的"普照一切""渗透一切"的光明意识,一直堕到最稠密的"物欲

---

① 肯·威尔伯:《意识光谱》,杜伟华、苏健译,沈阳:万卷出版公司,2011年,第7页。
② 肯·威尔伯:《意识光谱》,杜伟华、苏健译,沈阳:万卷出版公司,2011年,第3页。

化意识"，这些都作为我们的色相躯体出现在我们面前'。"①也就是说，意识层次可能是无限的，这就像彩虹一样，我们可以分出赤橙黄绿青蓝紫，但其实彩虹的每一个色阶之间是没有明确区分的，因此也可以把彩虹划分出无限个色阶来。但我们为了便于认识，还是只会说七色彩虹。那么同样的道理用在意识上，就是这里所说的意识的九个层次，即下面的意识光谱图。我们之所以分外强调这一点，是因为在弗洛伊德学说占据统治地位的时期，很少有人区分潜意识和超意识，都只把人根本笼统地划归到潜意识里面。这很容易走极端，虽然弗洛伊德只提倡适度解放性的压迫，但很多人总会将其极端化，过分强调人的动物性本能。这使得人们完全忽视了还有另外一个与潜意识对立的维度，那就是超意识。

在光谱的上端是灵性阶段。但是，这并不等于说灵性是高高在上的。"虽然从某种观念上讲，灵性是存在光谱中最高的维度或者阶层，但它也是整个光谱的基底或者条件。灵性仿佛既是存在阶梯中最高的台阶，也是制作整个阶梯所使用的木材。灵性既是全然内在的（就像木头一样），也是全然超感知的（就像最高的阶梯一样）。灵性既是起点，也是终点。"②灵性处于宇宙的最高端。从超感知的角度来看，灵性则是我们成长和演化的最高阶梯，是我们必须努力体会、理解、联系、认同的东西。

"大精神"（Spirit）是肯·威尔伯心理学的一个非常关键的概念。世界不同的文化中其实都有相近的概念，例如，中国的"天""道（Tao）""空"，西方的"上帝"，印度的"梵（Brahman）"，等等。它们是万物之本原，又是万物运行的总规律，具有至上性和绝对性。肯·威尔伯用 Spirit 这个词来概括所有这些说法，而不偏爱其中一种文化，或者用其中任何一个词语，这也体现了他研究后人本心理学及整合学的立场。当然，不同的人对于上述概念，例如道、理、上帝等会有不同的理解。

大精神是一种具备宇宙意识的神秘宇宙观。大精神存在于每一个层次，

① 肯·威尔伯：《意识光谱》，杜伟华、苏健译，沈阳：万卷出版公司，2011 年，第 4—5 页。
② 肯·威尔伯：《意识光谱》，杜伟华、苏健译，沈阳：万卷出版公司，2011 年，第 11 页。

又包容了每一个层次。由于实现这种终极同一的人数微乎其微,因此,每一个人都应该培养自己的灵性,从内在去追寻这种终极同一。因为大精神存在于每一个人,每一个人的身上都有相同的深度,只是一些人还没有发现而已,终极同一也是最终的认同。他还认为,大精神的存在昭示了打通我们自己命运的道路,最终你在大宇宙这面镜子中认清了自己的面容:"你的本体实际上与万事万物是同一的,你不再是那条溪流的一部分,你就是那条溪流本身,万事万物是在你之内而不是在你之外展开。"①

灵性是什么呢?灵性(Spirituality)就是大精神(Spirit)的外在显现。人的灵性经验、神秘体验、高峰体验就是这种大精神的表现形式。肯氏认为:"这个世界上有两种(幻觉的)灵性运动:一种是失落(lost),另一种是找回(found)。前者是从'一'(oneness)变为'多'(manyness),而后者则从'多'变为'一'。"②前者指的是大精神生长衍化出外物,后者指的是人应该培养自己的灵性,去同大精神合一。

中国有两个很有名的成语:"视而不见"和"听而不闻"。我们每一个人能够做到"视而不见",说明我们是有选择性地看这个世界;能够做到"听而不闻",说明我们是有选择性地听这个世界。那么反过来说,我们看到的东西和听到的东西都是我们所截取的世界的某个片段。我们在意识中建构了一个世界。"思想通过将实相切割为便于掌握的小块,从而创造了事物。"③我们必须从全新意义上来重新审视这个世界。

每一个人的实相并不是外在世界的种种,也不是身体,而是灵性。我们必须清醒地认识到两点:第一,这种灵性存在于内在源头合一的那种不分彼此的境界之中,佛教称其为"不二"境界。我们所有的创造力都源自这个本源,我们只是没有意识到这个本源,它实则内蕴于我们,从来没有与我们分裂过,只是被遮蔽起来而已,倘若我们能重新向内追索,就有与之实现重新联结的可能。第二,我们每一个人感觉到自己的生存依赖着这个身体,同

---

① 肯·威尔伯:《万物简史》,许金声等译,北京:中国人民大学出版社,2009 年,第 23 页。
② 肯·威尔伯:《意识光谱》,杜伟华、苏健译,沈阳:万卷出版公司,2011 年,第 13 页。
③ 肯·威尔伯:《意识光谱》,杜伟华、苏健译,沈阳:万卷出版公司,2011 年,第 65 页。

时也活在眼前的万事万物和形形色色的人当中,这是因为我们已经与自己的本源分离了。实则我们对生命真相的记忆,就像上文所说的集体潜意识,流淌在我们的血液里,深埋在我们的心底,等待着被发现。我们每一个人都应该去发挥自己的心灵力量,寻觅真理,不受小我的分裂、罪咎和恐惧所误导。

狭隘的自我与完满的自性之间的对决,是这个世界上最根本的对决之一,是阻止人走向灵性的最大障碍之一。"自我概念与自性的对决指的是:世俗所学习的都是建筑在为了适应世界的现实而形成的自我概念上。它们相得益彰。因这个形相与充满阴影及幻觉的世界搭配得正好。它在此宾至如归,它与所见到的一切都是同类相聚。世俗的学习不外是为了建造一个自我概念。这就是世界的目的;你来时没有一个自我,它是你一路上营造成的。"①我们要不断地消解这个"小我",最后要达到的目的就是与"大我"合一,拥抱我们的至高灵性。

当我们理解了灵性的具体内涵之后,我们就会理解灵性与爱的逻辑是一致的,这也是所有的灵修和宗教都强调爱的原因。因为贪婪狭隘自私之人只是在无限制地助长自己的"小我",这束缚了他的眼界和心胸,这让他与自己的灵性背道而驰。发心去救赎别人,其实是救赎自己。这只不过是不断地祛除"自我"的过程,祛除那些厚厚的覆盖在灵性之上的东西。台湾戏剧大师赖声川就提到过:"一个人的'才华指数'有多高,就是看他和自己的源泉联结的程度,以及屏障去除了多少。创意的原始能量不是被培养出来的一个特质,而是等待被发掘的本能,等待被揭露的能量。"②贪婪狭隘自私之人很难达到灵性,无慈悲之人很难成佛,我们也未见狭隘自私之人最后能够写出多好的作品。这就是那些最伟大的作品中总是会表现出一种超越种族、阶级和宗教的大爱之心的原因。

---

① 海伦·舒曼、威廉·赛佛:《奇迹课程》,若水译,昆明:云南人民出版社,2011年,第614页。
② 赖声川:《赖声川的创意学》,北京:中信出版社,2006年,第15页。

三、禅与作者创作智慧的提升

本节希望将禅理引入文学创作，以期继承中国传统理论资源，探索创意写作的本土化。

"禅"是"禅那"的简称，梵语"dhyana"的音译，简称为"禅"。它是一个佛教用语，是佛教所讲的"六度"之一，这"六度"分别是布施、持戒、忍辱、精进、禅那、智慧，"度"是"到彼岸"的意思，通过这六种方法可以到达与此岸相对的彼岸，即极乐世界。作为佛教最基本的修行方式之一，"禅那"一般指的是把自我的心念收摄住，不向外攀缘，对自我进行内观。中文将"禅那"意译为"思维修"或"静虑"。"思维修"的意思是说通过思维心念的释空而达到定心，"静虑"指的是通过安定心念而生得智慧，静即定，虑即慧。通过这两层含义，我们发现，"禅那"是一种定慧相生相伴的状态。

作者的智慧保护着他的创作，不仅保护着他的创作状态，还保护着他的创作层次，那么这里的智慧究竟指的是什么呢？说到底，就是我们看待事物的方式。

第一种是改变我们的"名相分离"的思维方式。现代人大多数被裹挟进一种快节奏的生活中，很多事情来不及体验就有了先验的判断，这个判断的依据是概念而不是经验。这样的结果使我们活在概念的世界里，感受力急剧退化。见了什么东西，先贴标签，然后用标签去引导感受，标签贴错了，感受完全不是自己的，这就造成了分裂。这也就是佛教所讲的"名相分离"，名称和实相之间是分离的。问题就出在这里，名字本来就是我们贴上去的一个标签，是我们为了方便认识事物，给它赋予的一个语言符号。我们每一个人的名字其实不见得和我们有直接的关系，叫什么其实都无所谓。所以关键在于有没有那个实物，实物能安上这个名字，有没有那种经验能安上那个概念。佛法是突破和超越自我，先中立地去感受，继而总结概念，然后继续感受。我们接了大量的概念系统，我们需要停下来恢复我们自身的感受。禅坐就是一种恢复我们自身感受的过程。其实这就是作家和理论家一个非常重大的区别。作家是讲感受力的,他一开始就不落名相,反而没有割裂名与相;而理论家往往是以概念推演概念,概念就是抽象出来的,一有概念就是名相分离。只有很少数的理论家是能够把感受和概念统合起来,超越名相的。

第二种是改变我们的"能所对立"的思维方式。二元相对是人类认识事物的基本思维范式。例如,说这里有个杯子,那么一定是指有个叫杯子的东西与周围其他东西有所不同。让杯子与周围环境这样对比起来,才可以说有个杯子,或者说杯子存在。这样的认识方法,就是以杯子与周围环境二元相对为基础的。传明法师认为:"更为基础的二元是我们将自己与周围的环境、他人等相对。这样的相对,从心行的角度去看,就是将自己作为'能动'的一方,简称'能',与被我们'所认知'的一方,简称'所',相对立起来。这个对立简称能所对立,有时候也叫作心——心所对立。或者叫心境相对。"[①]我们把"能所对立"以后,就会产生好多种对立,有心和境的对立、自和他的对立、心和心所的对立。我们追求任何事物,经常抱着有所得的心态,如果有我的话,就有所得,如果没有我的话,就谈不上有所得,也就不会被功名利禄所惑。没有所缘,就没有对象可得。我们通过身上的六扇窗口——眼耳鼻舌身意,不断地延伸到世界里去,去感受外在事物,但是我们的感受都是有局限性的。因此,传明法师认为:"能所对立进一步具体到心与境的连接上来,就有眼耳鼻舌身意六根与色香味触法六尘的相对,统称根尘相对,这些都是最基本的相对在不同侧面的表达。"[②]"能所对立"和"根尘对立"使我们迷惑于四相,看不清事物的实相,这大大局限了我们的思维。

我们提到了这两种智慧,那要如何获得这两种智慧呢? 通过对禅理的研究我们发现,止心止念是最好的修慧方法。

止心止念,就是为了要对抗我们日常的惯性心态,让我们的心更加集中,心无旁骛地去处理该处理的事情。我们的日常心态之所以涣散,没有章法,

---

① 2011 年大学生禅修夏令营中传明法师香海开示录音资料。"能所对立"是传明法师所提的一个非常重要的概念。

② 2011 年大学生禅修夏令营中传明法师香海开示录音资料。

主要是因为我们的心持不住所缘境。所缘境就是我们的心所面对的对象。一是流动相：所缘对象不停地变化，用新的代替旧的，构成一个流。如狗熊掰棒子，江河奔流，称流动相。二是局部相：所缘境是小相，是局部。我们可以认识张三李四，却不能直接认识更多的人。我们的心总是为物所役却不能役物，每天眼睛一睁开来就开始向外攀缘，尤其是在通信如此发达、信息如此灵便的今天。我们总是用新的代替旧的，眼前的代替方才的，这些流动相很容易把人的意识带走，让人不自觉地跟随，这些不仅造成了心理上的疲惫，而且耗费了大量的精力。此外，做这些事情时，人大多处于一种无意识的状态，自己不知自己在干什么，就好像自己并不由自己控制，但是心理定式一旦形成又很难改过来，这就容易造成对所缘境的依赖，没有对象的时候心里就开始发慌，丝毫不能忍受寂寞，也就失去了走向内心的机会。

我们知道，任何一位优秀的作者，一定是能够平心静气跟自己内心进行对话的。心理定式还造成了另外一个问题，即便我们在意识层面认识到这个问题的严峻性，认识到我们不应该轻易地被事物带走，可即便是心想到了，身体却不听话，心敌不过身，这就是禅修能够弥补的地方：第一是要能够认识到这些无非都是幻象，第二是要能够做得到不跟随。与流动相相关的是局部相，因为纷繁的流动相让我们应接不暇，所以我们便经常采用简单粗暴的方式对所缘境进行一刀切、贴标签，用特征或者表象取代了本质，这样就不能认识到事物的复杂性、深刻性和丰富性，那么自然不能洞悉人事和社会现象，文学描写也就不能深入人心。因此，倘若我们能安止下来，我们就可以不被流动相所牵引，不被局部相所蒙蔽，我们观照的世界是完整的世界，我们的写作境界也会得到提高。

禅修还必须注意理入和行入的问题。理入只是知见上面的，还必须通过实践去验证知见。理入不是开悟，理入只是让人们建立起正见。禅修并不在于我们能想到多少，关键在于我们能做到多少。

行入比理入要深刻得多，行入就是践行，而禅的行入更侧重于我们内在的行为，去观察到我们的心念发生的轻微的运动，它们有自己的运行机制，就像是在滚雪球，一点点地被观察到，一点点地变大。修禅还让我们突破意识层面的极限,我们认为我们的心是能动的,如果我们执着于那个能动性为我,那就会陷入我执;如果我们能够不执着于那个能动性为我,就能够释放它,让它活灵活现,让它鲜活地展开。这样的展开只是一个如是的缘起而已,没有加任何概念。只有把我们的控制欲和执着去掉之后,我们才可以进入更加精细的地方,这个地方就是解脱之境。它有很多细微的面相,比如禅定里面有内受定、内受感定,包括我们的思维和思想等等。它可以把我们的蠢蠢欲动的心完全封闭掉,不跟外界接触,这种状态叫"内守悠闲";同时它也可以直接伸展出去,跟周围的环境融合,这种状态叫"和光同尘"。

有没有真正的行入将会导致人的生命运转呈现出完全不同的方向,有些人向上走,有些人向下走,生命的高低取决于人的心行层面。禅宗有句话:"悟了还同未悟时,依然还是旧时人。不异旧时人,只异旧时行履处。"从外在看,悟了好像跟没悟也没有什么区别,但它后面所说的一句话表明:亲身体验到的和没有亲身体验到的是完全不一样的,在外表上看来,似乎没有发生什么变化,但是心所达到的深度和广度已经不可以相提并论了,后面的是一种纯粹的不二境地。禅宗中还有一个著名的公案:到底是风动还是帆动?六祖就说:"不是风动,不是帆动,仁者心动。"这个公案往往被认为是佛教唯心论的典型。可是六祖在这里侧重的并不是唯心唯物,因为佛教是讲究不二论的,何谈心物之分!六祖只是说在风动或者帆动这件事情上,心参与了进去。倘若心没有参与进去,那么也就不会提出风动或者帆动的问题。风是一个因缘,帆是一个因缘,观察到心也是一个因缘,它就是因缘和合而导致了这样一种现象。因为他们忽略了自己这颗心,六祖只不过要提醒他们,须向内求法。我们这里提到的行入,就是要向内求法。

我们主张将禅修纳入文学创作活动,尤其是"生活禅"的理念,以实现真正的行入。"生活禅"就是不拘一格地修禅,处处不离修禅,在生活中的每时每刻,在不脱离工作和生活的情况下修禅。早上眼睛即将睁开,便开始觉知,睁眼、翻身、起身、下榻、穿鞋、刷牙、漱口、洗脸……有条不紊,每一个动作都应该保持觉知。比如吃饭可以食禅:怎样拿筷子、怎样送、怎样咽,细枝末节都清清楚楚明明白白,动作之前必有动机,这样就可以吃出每一口饭的味道。

走路可以行禅：如何抬步、跨步、落脚等。推而及之，睡觉可以卧禅，这样生活才处处有禅意。"生活禅"道理很简单，只是行动起来很难，要持之以恒地练习。我们必须明白，创作绝不只是埋头伏案这么简单，智慧的提升一定是在更广阔的生活中完成的。

那么"生活禅"的作用是什么呢？"生活禅"可以正念（不是一种意念），帮助我们踏踏实实地活在当下。我们经常会感觉到累，那是因为我们一直逼自己"快"，遗忘乃至忽视了很多细节，总是在追求还没有到来的东西。未来的事情是无常的，岂不知只有当下才是真实的，这个世界是一个从来没有为任何人停留过的世界。脚步在当下行走，心思却在九霄云外，这种没有价值的心思在我们的内心沉淀，久而久之，就形成了焦虑。我们需要把自己吊举起来，断绝对过去的盘桓和对未来的妄想。不随妄想而流，要回到当下的意识流。不随不止，不来不去，不出不入。控制住自己，就要使自己的妄想变得冷静，绵绵密密、纷纷扰扰的状态变为收放自如。内修，就是了解自己，继而改变自己。倘若我们以"生活禅"的修行方式，先做一些缓慢的动作，注意走路的频率、说话的语速，注意这些行为本身，经常修行，我们正念的能力会显著提高。禅修就是让自己与自己接触，每一刻都让自己保持对自己的关注，踏踏实实地活在当下。"制心异处，无事不败，制心一处，无事不成。"如果我们能有制心一处的能力，将这样的智慧和心境用于创作，对创作来说将具有非常大的促进作用。

四、结语

论文当中，我们通过精神分析的方法，查找出潜藏在作者深层意识当中的矛盾中枢，让它去刺激作者创作，让它成为作者的创作动机；我们还尝试通过心灵学的方法去开发深蕴在每一个人身上的灵性，并让它成为作者创造力的源泉；我们还通过对禅理的梳理，进入对禅的理入，论证"生活禅"的实践，进入对禅的行入，以此来提升作者的智慧和心境。这三种方法都是带领作者去"内观"，写作的潜能、动机、灵性和智慧内蕴于我们，只是长久以来我们一味地向外攀缘而忽视了它们，我们建立起的社会制式观念掩盖了它们。因此，激发潜能也可以说是发现潜能，展现潜能。宋朝有一位高僧叫茶陵郁，他写过一首偈："我有明珠一颗，久被尘劳关锁。一朝尘尽光生，照破山河万朵。"我们所说的潜能就是这颗被尘劳关锁的明珠。

由传统写作学得窥创意写作学
发展的内在张力

朱林杏

（西北大学文学院）

国内创意写作学最早于 2009 年由复旦大学和上海大学引进，其鲜明特点是借鉴在国外已有几十年发展历史的创意写作学科，建立了与先前中国已有的写作学颇具差异的文学写作观念和学科教学体系。话至此，已经引出了关乎写作学的两个指向。文章将高校写作学学科称为传统写作学，以便于与创意写作学区分，而广义的写作学应将两者包含在内。

中国现代写作学的建设可溯源至 20 世纪 20 年代，且直至今日仍然处于自我探索与外在质疑的矛盾之中。对写作极其表层化的认识已经被时代发展中愈来愈丰富的横纵向研究取代，写作被分为主客观行动来看待，从而探索出写作学与心理学、社会学、美学、文艺学等诸多学科的可贯通之处。可瞻其全局，理论的驳杂异行，恰恰反映出本体的模糊。传统写作学的根本问题，在于其教学重点一直以来都落脚在代表精英文化的文学创作上，其过度注重文本的研读以至于忽视了真正的创作实训，以及在大时代背景下对创作工作视野格局认识的缺失。

本文从自身建设、文学发展、社会文化三个层次阐述创意写作学在建设过程中蕴含的巨大内动力。创意写作发展的张力，正是蕴于自身对实践和创意的极端重视、文学发展的内在需要和社会文化产业的诉求之中。

写作学建立的意义自始便被质疑，其学科地位也往往被边缘化，实在是有内因与外因两个层面。尽管如此，时代发展至今，与以往相比写作学建立的意义非但没有模糊消退，反而因为社会文化极具生机的发展和国家文化创新活力提升的需要而愈加显现。现实的需求与其说是一种促因，不如说是一种导向，在此导向之下写作的需求将不断被激发、被唤醒。我们说这是一个机会，不仅仅是对于备受质疑的写作学的发展而言，更是涉及了为创意写作正名并激发其内在张力这一视点。

一、自我建设层次——横向思考与纵向发展

（一）横向思考

传统写作学发展至今仍然没有获得应有的学科地位，并非只体现在人们仍然抱有"中文系不培养作家"的成见上。创意写作学的建设也绕不开这个问题，应从传统写作学的前车之鉴中获得些必要的横向思考。

现代写作学在最初探索时期，陈望道、鲁迅、夏丏尊、叶圣陶等人的研究为写作学的发展垫下第一块基石，诸如结构主义写作教育观、科学主义写作教育观等新型写作理念体现了这些写作学家的可贵思想和探索精神。但从现在看来，他们的视野仅仅限于对写作客体的研究，较少涉及主体层面。在随后的发展中，写作理论逐渐丰富，但是仍然处于太过重视文本审阅品鉴这一窠臼之中。

自 20 世纪 80 年代开始，写作学真正步入正式发展的轨道，出现了诸如《写作学高级教程》《高等师范写作教程》等较为成熟的著作，也涌出了不少新的写作理论。科学主义写作观是对写作过程的科学化讨论，并将之升到理论高度，力求探索出可处理的写作系统；人本主义写作观则将目光投向了写作主体，诸多种种皆可见对西方文艺理论的借鉴与吸收；而文化主义写作观视野开阔，在交织混杂的各类学术思想中有其独特意义。写作学涉及的层面之多难以尽数，给这一学科的理论建设带来了极大的不确定性，也带来了更大

的横向借鉴其他学科的可能性。

如今，在文化大背景之下写作学正面临着新的机遇。传统写作学仍然在中文学科建设的边缘徘徊，尽管它已经有一大批理论著作，其中不乏有分量之作，却仍然被中国文学传统和自身理论体系的混乱所牵绊。对写作的研究可以说不少，但具体到教学实践上其教学手段和效果却不尽如人意。为什么传统写作学的地位被边缘化？

首先，传统写作学尽管已有大量理论著作，却至今仍未建立起一个科学的理论体系，没有作为一个独立学科应有的、业内共同承认的自我本质认识。学者们为写作学体系提出了许多建设猜想，有的认为其应由基础理论、分支理论、训练体系构成，有的认为可将其分化为作者论、制作论、文章论三方面。传统写作学理论体系之分见可由此窥出。创意写作的发展尚未成熟，但从上述也可知学科理论建设是重中之重。其理论体系，应是以创意思维的培养为主要支点，并由此架构出创意写作实训操作、创意理论研究以及创意写作评价体系等诸多发散方向的研究。

其次，传统写作学至今在教学实践中仍然重视文本的研读和审阅，究其根本是在培养出一个鉴赏家、批评家之后，再通过对写作技巧的点拨和训练作品的批改来使得这一鉴赏家向作家靠拢。诸多理论仍待向实际操作层面转化实现。创意写作自创立之初，就明确彰显出对实践的极度重视，无论是创意工坊的形式，还是实际教学的内容，都直指力图能切实提升创作能力的目标。其借鉴了国外的学科理念和教学方法，涉及了一个全新的关注领域，系统化的教学法具有高度的能动性、可塑性和应用性。

再者，传统写作学的教学重点一直以来都是代表精英文化的文学创作，欣赏类文本写作几乎是其全部教学内容，若其要走出文化圈子随后走入社会难免有些曲高和寡。如今，文化产业急速发展，文学扩张自己的场域从而实现与其他产业的融合互动是大势所趋，在这个前提下，仅仅自顾芳影从而固足于欣赏类文本显然无法响应社会需求的呼唤。创意写作指涉的领域除了一般文学创作之外，更是与社会现实状况接轨，介入文化产业范围。创意写作的未来，是将文化产业前景和社会创作活力纳入新学科发展之中。

　　最后,文学传统的影响带来了根深蒂固的偏见,"中文系不培养作家""作家不可被培养"等论调直至今日仍然大行其道,他们认定写作学的功用可以被其他学科代替,并强烈反对淹没独创性和思想性的系统学习,认为这与个人思想和独创性这一文学相当重视的核心理念部分背道而驰。传统写作学没有对文学创意的培养,它教授的是语言文字学、词句文章学、文本分析能力,或者涉及对写作技巧的外在传授和平面批改,少有思考过写作教学应该是一个立体的过程。作家可不可以被教出? 创意写作以自己的方式做出了回答:创意可以培养,创作技巧可以教授,程式化的教学手段与个人私密性并不冲突,因为它自始至终都将视点投向创意思维的训练。传统文学教育的守旧及其急需改革自我的诉求相对应,形成了一个矛盾体。

　　上面讨论传统写作学被边缘化的原因时,已经蕴含了其与创意写作的横向对比。在创作过程的重点上,传统写作学和创意写作也有着明显的区别。它们一个侧重成文阶段,一个侧重构思阶段。创意写作注重对创意思维这一看似朦胧之物的培养。这一区别是传统写作观念与创意写作理念的碰撞,或可深化写作究竟应隶属于哪一学科的思考。

　　创作的环节包含两个阶段,即文格阶段和创作阶段。

　　文格阶段是素养生成时期,主要包含个人积累和文识构成,也就是文学素养的积累和个人文学观的建构。这个阶段直接影响一个人的文学审美、美学观念、行文风格和创作取向。这一时期的依托是作家的文学素养、见识阅历、个人认知、偏爱喜好。

　　创作阶段可分为两部分,即作品预生成时期和作品生成时期,前者可称为上游构思阶段,后者可称为下游成文阶段。

　　上游构思阶段是文格素养向作品写作过渡的中间阶段,即创意构思时期。其中涉及对个人审美认知的整合、激发与表现,对阅历经验的选择、加工和拓展,对创意思维的激活、发散与捕捉,对行文写作的组织、安排和架构。这一时期的依托便是创意与构思。

　　下游成文阶段是具体作品诉诸笔端的生成过程,也就是狭义的写作过程,涉及篇章、词句、叙述、架构等传统写作学写作技法点拨的部分,除此之外还有创意思维的流动和浸润。

创意写作不仅以自成体系的方法训练写作技巧,更对创意思维的培养给予了足够的重视,也就是说,相较于传统写作学来说更注重上游构思阶段,注重作品预生成时期的安排与架构,从实践层面拓展了对创作环节的理解。

(二)纵向发展

谈到创意写作,就必须给出一个有别于传统写作学的定义。

目前广为引用的定义是:创意写作是以文字创作为形式,以作品为载体的创造性活动,它是文化创意产业链最重要、最基础的工作环节。这个定义已经将创意写作有别于传统写作的两个要点指出:一是"创造性",将定义最终落脚到创造性活动而非写作活动上,显示出对创意的高度重视和在创作理念上与传统写作学的区别;二是"文化创意产业链",这里便涉及对创意写作来说尤为重要的一个方向——在当今文化大背景下将学科教学与社会需求进行黏合,实现同文化产业的互动和交接,进而使得自身成为文化产业链中的创作源头。

所以,创意写作是以创意的流动为根本依托,具有动态性、综合性和系统性特征,并以文字为最终呈现方式的创意展现。它注重作者的自我发掘和系统的实践操作,并在实现写作领域扩张的基础上与社会文化需求接轨,以文化产业需求为发展导向,以期成为文化创意产业的活力源泉。"动态性"指涉写作活动,它不是单一的文体写作,而是包含创意思维的流动交融;"综合性"指涉写作体系,它被视作一个理论、技巧与实践并重的立体过程,并最终在实践中得以综合;"系统性"指涉写作训练,以体现它所具有的高度能动性、应用性和可塑性。

创意写作学科仍需发展以至成熟,而这纵向发展之中确需由传统写作学科建设现状而来的横向思考。前文已经探讨了传统写作学在当今所面临的困境,之后创意写作未来发展的重点与脉络将会愈发清晰。

传统写作学是以写作这一特定的文化行为为研究对象,以建立写作理论体系、探索写作规律为目的,以研究写作的理论和实践为内容的一门科学。

它常常是文学审阅与技巧训练相辅相成，文化素养教育与一般创作并重，即使涉及实践技巧训练，也只是外在技巧的点拨，是将写作活动作为静态过程来处理，所沿袭的精神内核其实是一直以来文学教育的深化。创意写作学科的理想方向，应是以学校为基地平台，以教师为指导者，创意与创作并重，融合产业生产经验和形式，实时接轨社会现状与需求，寻求与产业接轨的实践机会，以使创意写作学科中的创作实践成为模糊学校与社会界限、模糊学生与从业者身份、模糊深造与从业范围的开放性存在。

正是基于这一学科教学理念和实践体系所蕴含的、极具内在继续性的巨大活力，创意写作发展的内在张力得以彰显。如此，从自身建设层次来看，无论是横向维度对传统写作学的借鉴及思考，还是纵向维度对自身的建设及定位，都显示着创意写作学未来发展的多种可能性。

二、文学发展层次——发展现状与学科改革

创意写作发展的张力，又从文学自我前进的需求和发展动力不足这两个矛盾之中孕育而出。谈及文学发展，便要说说当今发展现状和中文学科的建设。

（一）发展现状

中国文学面貌受其内在继承性和外在吸收性两个方面的影响而显得尤为多面，无论是古典文化还是西方文化都在此发展出了成熟的作品。就与创意写作息息相关的方面来说，现如今文学的发展指涉了以下几个要点。

首先，纯文学在当今社会形势之下所处的空间越来越逼仄，且愈显活力的缺失和视界的局限。激发创作活力，繁荣文学创作，是文学发展的内在要求。其次，文学的领域正在扩张。文学性正溢出纯文学边缘而大范围蔓延，自我意义发生裂化从而实现了大范围的他者融合，最终使得文学性涉足的范围极其广泛。文学性蔓延的重要前提，便是如今技术条件的优化和写作形式的变动，互联网时代的到来使得电子写作成为常态，也使得文字的传播方式

产生了革命性改变。网络让信息传播范围更广、速度更快、数量更庞杂,数字时代必然重塑人们的欣赏倾向:严肃而深沉的纯文学并不符合人们的审美期待,大众文化本身就有反精英特质,但文学趣味并没有消失在他们的渴求之中——他们需要的,是颇具文学性而又非纯文学的东西。

在这个语境下,传统写作学和创意写作学的学科建设重点便可窥见端倪。传统写作学遵从的是精英教育理念,但在言及培养成果如何以及是否符合文学现状之时却颇有可推敲之处。创意写作积极面向文学时代特点,在理清纯文学与非纯文学之间的关系后,不仅仅对纯文学创作给予应有的足够的重视,更将目光投向了非纯文学这一极其广阔而富有生机的领域。

(二)学科改革

为什么写作学一直以来备受质疑?归根结底是因为固有文学观念的影响和中文学科体系的固化。在我们的文学观念里,文学和语言学交融为一,中文教育的重心内容,无不是理论的研究和作品的批评。如果将之仅仅归为语言学的研究范围,确实是没有问题的。但是,中文教育现状和国外学科建设经验告诉我们,文学更应与艺术有贯通之处,学科体系建设需有一次新的变革。如果驻足在原有观念中,写作便是一个不需要习得的东西,更不应该拥有自己的学位授予权,但是教育改革将会重新界定文学和艺术的关系,并为写作学的建设意义带来新的阐释。写作学若要被真正承认,就必须进行中文教育体系的改革,其中牵涉到学科定位、认知重塑、培养方向等诸多有待解决的问题。

可以预见,在创意写作未来发展过程中,还将不断出现怀疑的声音,因为创意写作教学体系较之传统写作学更加凸显系统化和程序化。传统观念认为文学作品的内容思想是其魂魄所在,系统化的教学是否淹没了这一关键而代之以可以替代、处理、折叠的东西?人们始终怀疑由系统学习而来的作品中,个人的思想性和独创性能占多少,或是关于写作我们的教学是否真的有帮助。艾略特在《传统与个人才能》中提出,个人的才能无关紧要,真正具有决定性的是文学传统。若是以我们现在的审美眼光看待文学巨匠巴尔扎克的小说,会感到其开篇大段落、多藻饰的场景描写颇为刻意,可在当时这是相当受欢迎的小说写法。创意写作教学中的某些程式化体系,就是告诉学生当今"文学传统"的面貌。另外,若是跳出思想的窠臼,也可从西方创意写作学的发展历程中得到启发:创意写作不应该属于语言文学系,而应该属于艺术系——如此,写作的指向便在学科的归类中获得十分明确的阐释,创意写作应该作为一门实践性、艺术性、实用性兼具的学科而存在。

三、社会文化层次——矛盾体与产业诉求

2017 年 9 月份,国家统计局发布信息,2016 年全国文化及相关产业增加值较上年增长 13.0%,占 GDP 比重为 4.14%,比上年提高 0.17 个百分点。其中,文化产品的生产比上年增长 15.1%,文化相关产品的生产创造则增长 9.5%。从中可以看出,我国文化产业整体保持着强劲发展态势,其中尤以文化产品生产的发展潜力最为可观。

我国文化产业极其蓬勃的生命力正是基于人民对文化产品的需求长久不衰这一决定性因素,但国内的文化产品远不能满足人们的诉求。若将视野放宽进而展望全球,美国借出色的文化产品潜移默化地跨国输出其文化价值观,韩国、日本等国的思想文化也由电视剧、动漫传播而来,极大地带动了这些国家其他产业在中国境内的发展。文化这一利剑的力量确有切肤之痛。

我们必须看到,国内的文化事业尽管发展势头凶猛,却有诸多问题存在。例如,近年电视剧刮起改编网络小说之风,网络小说已有一定的固定受众群,且获成功和认可的小说必定有其出彩的地方。但不可否认的是,网络小说良莠不齐,有些究竟适不适合改编成电视剧也颇有可商榷之处。在这类电视剧欣欣向荣的面貌背后暗藏着创意的缺乏。又或,剧情式真人秀节目在中国兴起已有数年之久,但从目前情况来看,但凡引起大爆的剧情真人秀不是购买国外版权,就是借鉴了国外节目,其中种种观之令人嗟叹。

人们对文化产品拥有极大需求与国内文化产业仍不能满足人们的需求,

这两者构成了一个矛盾体。如何填平两者之间的裂隙？创意职业人员的缺乏，是形成这个现象的原因之一。中国文化产业若要高水平持续发展，便要解决好创意与借鉴、继承与发展之间该如何平衡的问题。创意写作不仅要培养作家，还要更多地着力于为整个文化产业发展培养具有创造能力的核心从业人才。

传统写作学显然无法满足文化产业对创作人员的诉求，而创意写作通过自我格局重塑，或可为解决这个问题提供一个可行方向。

创意写作如何实现自我格局重塑？可从以下几个方面予以阐释。

第一，视"实践"为教学工作的重中之重，"创意写作不是学习写作，其本身就是写作"。学科建设需要走出自己的风格，写作若是纸上谈兵便只是一个笑话，实践在创意写作中的重要性可想而知。这里的实践，并非单面化的写作训练和反复批改，而是由思维启发带来的创意的流动，浸润着直指本质的创意激发。

第二，引入"他者"概念，重视他者在创作中的重要影响。他者在这里姑且理解为处于写作主体之外的、将对作品产生观赏阅读行为的意识存在，为作者纯粹的自我意识提供了界定标准。创意写作将他者纳入创作期间考虑的范畴，实际上是重视受众的审美反应。创作并不完全是自我表白的过程，而应注意最终要使受众浸入其中。

第三，实现写作范围的巨大扩张，将创意文案、广告策划等也纳入创作中来。面向社会是写作学获得自我充实完善并保持不衰生命力的关键所在，纯文学与大众文化之间的裂隙确需被新的观念弥合，文学性的蔓延已经为这一动机提供了注脚。创意写作并不愿意封足于精英文学，以至于仅将目光放在小说、诗歌、散文的创作上，它更应该扩大自己的创作范围，为自己的学科发展提供诸多方向。

第四，重视创意思维的培养。前文在论述创意写作与传统写作学的横向对比时，已有关于创意思维培养的详细表达。对上游构思阶段的重视，体现了创意写作学科的独特性，它的理论体系和侧重点应是与传统写作学全然不同的。

正是通过这些,创意写作重新定义了自我的格局和重点,实现了格局重塑,对传统写作学的文学视野是一次可贵的更新。

需求矛盾体促成社会对创意的极大渴求,进而给予创意写作发展的巨大张力。从社会文化层次上来看,创意写作实现与文化产业的交接与融合是大势所趋,也是其发展的根本动力所在。

创意写作视域下文学创意的内涵与创生机制

——兼论 IP 价值评估方法

高　翔

（上海政法学院文学与传媒学院，上海大学中国创意写作中心）

一、"创意"的概念与内涵辨析

近年来，"创意"成为学界频繁提及的关键词。围绕"创意"形成了许多新概念、新领域甚至新学科，如创意写作、创意产业、创意城市等，不一而足。那么，"创意"的内涵究竟是怎样的？在全球化、产业化语境下，"创意"的概念是否发生了嬗变？这是本文首先需要探讨的问题。

（一）古汉语与古代文论中的"创意"

其实，汉语中"创意"一词古已有之，但从词源学角度看，古汉语中"创意"一词指涉的是"作者在创作中表达的主题、思想与意涵"，特指写作行为。如东汉王充的《论衡·超奇》一文写道："孔子得史记以作《春秋》，及其立义创意，褒贬赏诛，不复因史记者，眇思自出于胸中也。"这里的"创意"和"立义"相接，指的是，作者创作表达的意义与思想是独创的、自发的，并没有完全重复鲁国的史料。及至唐代，李翱在《答朱载言书》中提出了"《六经》创意造言，皆不相师"的观点，这里的"创意"与"造言"相对。"造言"是指形式上的遣词造句,"创意"就是内容和主题的表达。鲁枢元先生则从"说文解字"的角度解读"创意":所谓"创",就是"开创""表达"。"意"呢,从"音"从"心",就是指"根于心而发于言",是一种"介于心灵与言语之间的心理状态"。因而"创意"就是作者开始表达内心想法的一种状态或行为。① 与鲁枢元先生略有区别,朱光潜认为,古代文论中的"意"是作者的情感与思想这两种元素的动态组合,情感融合着思想,思想融合着情感。"创意"就是"作者的情感与思想的生成和表达"。②

由此可见,古代汉语和古代文论中"创意"的含义与我们当下的理解有很大不同。古语的"创意",与艺术行为中的"构思"一词近义,并没有"新颖性""新奇性"等意涵。而我们在"创意写作""创意设计""广告创意"等表达中指涉的"创意"一词,其词义主要来源于西方术语。

(二)西方心理学术语中的"创意"

在英文中,与"创意"一词表述相近的单词有 Create(创造、创作)、Creation(造物)、Creative(有创造力的)、Creativity(创造力)。其实,"创意"一词的表述最初起源于《创世记》(Genesis)中关于创始(Creation)的圣经故事,最早"创造力"(创意)一词只适用于对神和上帝的赞美,人自身的"创造力"是随着文艺复兴、启蒙运动逐渐被确认的。尤其是进入 20 世纪,西方心理学界开始关注人的"创造力"与"创造性思维"的研究,"创意"的概念、范畴和属性逐渐清晰起来。

《牛津心理学词典》对创意(creativity)的解释是:产生新奇的、原创的、富有价值的、合适的想法或实物,它们是有用的,有吸引力的,有意义的,符合公认标准的。③ 这个定义是比较权威的,我们可以从中提取两个属性,即创意应该具有"新奇性"(Innovative,Novelty,Original,New)、"有用性"(Valuable,Adaptive,Utility)。这两个属性在大多数心理学家那里都得到认可。

---

① 王克俭:《文学创作心理学》,北京:中央民族大学出版社,1997 年,第 2 页。
② 朱光潜:《朱光潜美学文集》(第 2 卷),上海:上海文艺出版社,1982 年,第 309 页。
③ 科尔曼编:《牛津心理学词典》,上海:上海外语教育出版社,2007 年,第 179 页。

除了以上两点,Gruber 和 Wallace 两位心理学家做了补充:"我们要加上第三个标准,意图或目的——创造性的产品是有目的的行为的结果;以及第四个标准,持续时间——创造性人物要花很长时间来完成艰巨的任务。"[①]在这里,"目的性"是相比于"无意识性"而言的,即创作者拥有明确的目标,创意是事先"设计"和"策划"的结果,是满足了特定需要的。而"长期性"这一特性则强调了"创意"是拥有难度的,是长期积累的结果,创作者应具有"工匠精神"。

如果站在创意产业的角度看,我们可以参照"创意经济"概念的提出者约翰·霍金斯的说法:"创意是催生某种新事物的能力……它必须是个人的,原创性的,有意义和有用的……"[②]在这里,霍金斯强调了创意的个人性特征(personal),它是相对于集体而言,即"创意"是个人的智慧,一个团队的合作可以诞生"创意群",但需要承认每个人的"创意贡献"。

(三)"创意"的本质内涵

综上,我们可以从两个角度确定"创意"的本质。从结果来看,"创意"就是一种经由思维加工的新颖的、独特的、有价值的、能够满足特定需要的产品。从过程来看,"创意"是一种有明确目标和方向的脑力劳动,它又分为隐性和显性两个层面。隐性创意,特指大脑中创意思维的活动,是那个尚未物化的"思想、观念、形象",正如画竹时的"胸中之竹";显性创意,就是我们通常所看到的创意产品,可以是一本书、一幅画、一个发明等等,它是创意思维的显化,是"手中之竹""画上之竹"。

---

① 罗伯特·J.斯滕博格主编:《创造力手册》,施建农等译,北京:北京理工大学出版社,2005年,第74页。

② 约翰·霍金斯:《创意经济——如何点石成金》,洪庆福、孙薇薇、刘茂玲译,上海:上海三联书店,2006年,第17页。

二、从"创意"到"文学创意"的提出

（一）文学创意的定义与属性

在明晰了创意概念的基础上，我们可以进一步提出一个细分概念：文学创意。从过程看，文学创意，就是指作家有意识、有目的地运用创意思维，借助口头的语言或书面的文字符号进行创作，这一过程具有"自发性"（强烈的创作动机）和"设计性"（创意思维引导下的构思、策划）。从结果看，文学创意的产品具有鲜明的新颖性、变革性，同时具有产业延展性，文学价值与经济价值并存。具体来说，一个好的文学创意具备如下 6 个属性：

第一，独创性与辐射性。首先，文学创意必须是原创的，而且要是新颖的、独特的，即"创意＝创异"。从文学史的角度看，它不同于前人已写的作品，在某一个元素上具有创新的特质，提出了新观点，采取了新方法，提供了新经验。从横向对比看，它不同于其他人创作的同类型（题材）的作品，它是作者独有的体悟和构思。其次，一个好的文学创意具有辐射性，即它能创造一种新文体、新类型，甚至创生一个新流派，带动其他创作者仿效、学习，由单个创意激发出更多的创意，形成文学创意群。例如，马尔克斯在《百年孤独》中表现的魔幻现实主义的写作创意手法，影响辐射了包括莫言、余华、阎连科在内的许多中国作家。外国文学史上的存在主义小说派、意识流小说派，中国当代文学史上的寻根文学、知青文学都是由一个"独创的文学创意"辐射而产生的"创意群效应"。

第二，变革性与约束性。一方面，好的文学创意总是"破旧立新"的，总是采取一种"实验态度"，对前人已有的成果产生反叛和超越，推动文学史的发展。例如，荒诞派戏剧的理念与表现手法就是对亚里士多德式的传统戏剧的一种颠覆，从而产生了戏剧史的变革。莫言的《红高粱》在"个人体验"和"民间视角"方面的创意，就是对革命小说的反叛，从而革新了历史小说的视野。另一方面，创意又不是天马行空、无中生有的，在变革性的背后还存在约束性,即一个作家无法完全推翻前人的作品,凭空创造一个完全新的东西。广告大师 James Webb Young 在《产生创意的技巧》中说,没有凭空产出的创意。创意本质就是"对旧元素的新组合"。从根本上说,所有的"创意变革"都遵循成规的约束。尼采曾经说过,成规是伟大艺术的产生条件。文学创作的成规是一种类型的规约①,是作者、读者、文本三者不断互动所达成的某种共识。作家在创新时总是保留了一些承载着历史积淀的共识,例如,武侠小说的"创意变革"总要保留"侠"的元素,保留仗剑天涯、快意恩仇的共识。同样地,读者根据自己积累的阅读经验,也对文本的内容和形式形成了某种期待,他们希望并且必须看到"某些元素",才能获得认同感。因此,我们发现,文学创作成规是一种历史生成的经验、一种互动产生的协调性方案、一种创造性的规则。对成规的打破意味着产生了新的成规。总之,创意是在革新与约束的矛盾中达到动态平衡的。

第三,延展性与开放性。一方面,一个好的文学创意是有张力、有弹性的,它可以不断拉伸、延展,改编为其他任何艺术形式,达到"全产业链"的效果。借用当下火热的 IP 概念,好的文学创意就是一个强大的 IP(原创知识产权)。以 J. K. 罗琳的"哈利·波特"系列为例,其被翻译成近 70 种语言,在全球销量达 3.5 亿册。不仅如此,文学创意的载体由图书还延展到电影、游戏、动漫、服装、文具、主题公园,打造了一个"文学产业链",创造出 1000 亿元的商业价值。"哈利·波特"这一虚构的文学形象成为人尽皆知的"文化符号",为英国的旅游业吸引了上百万的游客。近年来,网络小说因其内容的"创意价值",展现出极好的延展态势。《甄嬛传》被改编为电视剧、越剧、话剧,"鬼吹灯"系列被改编为电影,打造成主题公园,《花千骨》小说被改编为网络剧、手游、动漫,产出大量衍生品。另一方面,文学创意的延展性是与其开放性相关联的。正所谓"一千个读者就有一千个哈姆雷特",好的创意文本具有足够的包容性和阐释空间,像一片永不干涸的湖水,不同的读者都能获得滋养。正如伊瑟尔所说:"文学作品本文中的不确定性与空白绝不像人们想象的那样

---

① 葛红兵:《论小说成规》,《山西大学学报》(哲学社会科学版)2012 年第 3 期,第 137 页。

是作品的缺陷,相反,它们是作品产生效用的基本条件和出发点。"①文本的开放性造成了读者的不同解读,甚至争议,从而引发话题性。因此,好的文学创意总是能"创疑"(为读者留下疑问和想象、阐发的空间)和"创议"(创造议题,引发讨论),尤其是在信息传递便捷的今天,文学创意不能产生"话题性"和"争议性",必然失去传播生命力。

第四,目的性与设计性。尽管有许多纯文学作家声称"我写作从不考虑读者,我不为任何人写作",但是好的文学创意必须得到读者的确认。姚斯说:"文学本质上就是作者与读者之间的对话关系。"②从接受美学的角度看,文学文本是一种召唤性的语符结构,尤其对于那些进行创意实验的作家来说,对读者是否接受的焦虑感与渴望读者认同的期待感伴随写作始终。好的作家在写作时已预设了可能的读者,也通过文本在培育属于自己的读者群。因此,好的文学创意要考虑读者的需求,尤其是在读者阅读分层化、个性化的今天,在构思时就应具备"读者向度"。例如,在网络文学创意生产中具备的"爽文"类型和满足读者需求的"快感机制",并非一种审美的倒退,恰恰反映了文学创意也要考虑"对象性",它的价值与其他产品相似,都是"满足特定需要的"。另一方面,与目的性相关联的就是设计性,相比于"创意神秘论"来说,当下的"文学创意"生产需要事先"设计",即灵活运用创意思维的方法进行构思、调研。比如美国创意写作课堂教授的"过程写作法",提出了"故事设计学""诗歌设计学"的概念,即"设计感"需要伴随写作始终。当然,这不是"唯技术论",而是将"文学创意"的生发更加明晰化、科学化。

第五,地方性与普适性。文学创意虽然是独创的,但不可避免地蕴含着历史积淀的文化因子和民族特性。正如小说本质上是一种生成性的地方性知识。文学创意中突破个人性的"地方特征""民族特征""文化特征",可以大大提升创意的深度,建构起一个更为庞大的创意空间。例如,莫言小说所创造的"文学意义的高密东北乡",沈从文用文字搭建的"诗化的湘西",贾平凹

---

① 伊瑟尔:《阅读行为》,金惠敏等译,长沙:湖南文艺出版社,1991年,第210页。
② 中国社科院文学研究所编:《文学思维空间的拓展》,北京:工人出版社,1988年,第289页。

笔下"充满佛道文化气质的乡土世界"。当然,民族性与世界性,地方性与普适性,是相辅相成、一体两面的。真正好的文学创意,往往是从"地方性经验"切入,展现"普适性命题"或"普适性结论"。正如莫言的作品在外语世界依然能够被理解,正是由于它所表现的对"生命""苦难""尊严"的思考,是人性的普适命题。再比如好莱坞的《功夫熊猫》、迪士尼的《花木兰》,内容上表现的是中国元素,观念上传递的却是普适价值,这也正是美国文化产业成功的秘诀所在。

第六,当下性与超越性。一方面,套用克罗齐的话说,一切文学史都是当代文学史,一切文学创意都具有当下性。尤其是在网络发达的今天,文学创意总是"应时而生",最突出的表现就是各种"网络体"的创意段子——淘宝体、马云体、郭敬明体等等,文学创意的时效性越来越明显,各种新的文学类型层出不穷:霸道总裁文、重生文、同人文等。另一方面,好的文学创意又不拘泥于当下,它能够超越时间的淘洗,沉淀下来。当然,并不是说只有被经典化的文本才是好的文学创意。套用心理学家博登"个人创意"与"历史创意"的概念:前者是对个体的心理来说具有突破性的创意,后者是对整个历史而言具有根本新颖性的观念。① 我们在对"文学创意"价值进行评估时,必须将其纳入历史的脉络,并采取发展性的、前瞻性的眼光。

(二)文学创意的创生机制

从体裁上看,文学创意的表现形式是多样的。一个独创的热门词("浮云""屌丝"等流传度极广的新词)、一句富有表现力的语句("世界那么大,我想去看看"已经申请版权备案)、一个新颖的段子(笑话、寓言、微博故事)、一篇小说、一个戏剧剧本、一首诗等等都隶属于欣赏类文学创意文本,它们是文学创意产品的主体,也是我们需要研究的重点所在。虽然不同体裁的文学创意拥有各自的特征,但总的来说,所有的文学创意都遵循一定的机制,都是在形式、内容、概念三个层面上生成的。

形式创意,即通过对文本的结构、元素的组合方式、表现手法等形式上的

---

① 罗伯特·J.斯滕博格主编:《创造力手册》,施建农等译,北京:北京理工大学出版社,2005年,第332页。

变革与实验，而达到创意的效果。我们可以参考一个极端的例子——成立于1960年11月的法国文学团体"乌力波"（Oulipo，潜在文学工场）。该团体致力于"系统地、正式地革新文学生产与改编的种种规则"，创造新的规则与形式。1961年，该团体的发起人格诺发表了作品《百万亿首诗》。这一作品由10首十四行诗组成，每首诗的任一诗行都可以与其他9首相应的诗行互换，因此形成了10的14次方（100万亿）的可能。即使24小时不间断读此书，也需要1.9亿年才能读完。[①] 可以说，这是一种对于诗歌的"结构主义"实验。在小说领域，类似的"结构拆分与重组"的实验就更多了，如卡尔维诺的小说《寒冬夜行人》以第二人称呈现的"套盒结构"，法国新小说派作家马克·萨波塔创作的扑克牌小说《作品第一号》，全书100多页，却没有装订成册，没有页码，读者可以随机抽取组合，像玩扑克牌那样阅读小说。及至计算机技术普及的当代，形式创意的产生变得更为迅捷。例如，结合软件做成的"超链接小说""文字剧情游戏"，读者可以任意选择路径阅读。

除了结构上的创意，格诺的另一作品《风格练习》则是对文学如何写这一形式问题的有益探讨。《风格练习》是格诺对一个日常生活事件的99种讲述方式的实践。这件事非常简单：我在公交车上遇见一个脖子很长、戴着奇怪帽子的小伙子，他一直在抱怨。下车后，他的朋友提醒他整理一下扣子。对于这一看似没有任何戏剧性的事件，格诺尝试了"隐喻""梦境""错序""官方信函""喜剧体""十四行诗"等99种风格的表述[②]，差不多可以涵盖文学形式创意的所有技法。可以说，自卡夫卡以来，无数现代主义文学大师都对"文学形式"的创意方法进行了深入的探讨。尤其是20世纪80年代先锋文学所尝试的"碎片化叙事""迷宫叙事""仿像写作"等创作方法都在尝试抵达文学形式创意的极限。当然，这种形式创意并不能脱离读者存在，否则就进入了作者"自说自话"的极端，就失去了价值。

再者，语言风格、标点使用、文字排版等细节方面的变化也能产生形式创

---

① 亚伯拉罕·蝼冢主编：《乌力波2·潜在文学圣经》，北京：新世界出版社，2014年，第284页。

② 亚伯拉罕·蝼冢主编：《乌力波2·潜在文学圣经》，北京：新世界出版社，2014年，第61页。

意。例如,贾平凹的《废都》,有意采取一种"文白结合"的语调,产生与众不同的效果;金宇澄的《繁花》,尝试用"沪语"写作,在排版上也大胆地突破标点的规范,采用大段叙述的方式,从而产生别致的韵味。当然,形式创意不能盲目追求"异质性"和"惊奇性",需要为内容和主题服务。

内容创意,即文本表现了作者独特的新的人生经验,建构了奇特丰富的文学世界。最突出的表现就是"类型文学"的自我更新。天下霸唱的"鬼吹灯"系列开辟了盗墓小说的先河,以奇崛的想象力构设了一个灵异恐怖的地下世界,J. K. 罗琳凭借"哈利·波特"系列所创造的魔法世界,托尔金的《魔戒》与《霍比特人》所想象的精灵世界,等等,不一而足。这是内容创意的主要表现形式——借助于强大的想象力、变形思维的能力,可称为"幻想式"内容创意。除此之外,真诚地表述个体经验,采取"以情动人"的方式也能产生创意效果,我们称之为"共情式"内容创意。例如,青春小说、校园小说、韩国爱情剧等类型,并没有宏大叙事,但表现出极强的"移情效果",作家与编剧的情感经验引起了观众的共鸣,也不失为好的创意。

概念创意,也可以称为观念创意、主题创意。它提供了一种新的阐释角度,如杜牧的诗《题乌江亭》"江东子弟多才俊,卷土重来未可知",一反前人赞赏项羽英雄气节的论调,指出真正的英雄应该有远见和忍辱负重的品格,在主题上采取了"逆向思维"的手法,达到了创意效果。诗歌史上的禅诗、哲理诗,小说中的哲理小说、寓言小说,都属于"概念创意"的范畴。正如米兰·昆德拉所说:"小说分三种,叙事的,描绘的,还有思索的小说。在思索的小说中,叙述者即思想的人、提出问题的人——整个叙事服从于这种思索。"好的"思索小说"提供了一种新的世界观、文化观,往往能引起思想的变革。同时,概念创意还可以引发形式创意与内容创意,它是文学创意中最深刻的类型。

三、"文学创意"的价值评估体系

在创意产业领域,IP 的概念方兴未艾。所谓 IP,即"Intellectual Property",翻译为知识产权、原创版权。强势 IP 可为创意产业提供优质的原文本,打造全产业链。如何筛选出优质 IP 呢？文学创意的价值度无疑是最为重要的考量因子。换言之，一个好的文学 IP，首先要具有足够强的文学创意。

那么，文学创意的价值能够进行系统、科学的量化评估吗？笔者认为是可能的。我们可以将"文学创意内涵、属性与类型"作为理论基础，从文本、读者、市场（产业）三个维度出发，建构文学创意的价值评估模型，为文本的创意价值进行打分，以期对创意产业的决策、创意文本的批评和筛选提供参考。

文学文本内容的创意价值评估体系，可参考三大指标和十一个亚类指标，详见表 1：

表 1　内容创意价值评估指标

内容创意评估主指标	主指标评估准则	亚指标分类	亚指标评估准则
类型竞争力指数	确定该内容的类型定位，从类型学角度考察其竞争力程度。权重35%	类型元素热度	拆分类型元素，识别其跨类、兼类（如：奇幻＋都市＋治愈）模式，判断其类型元素是否为市场热门类型。权重10%
		类型创新度	纵向与横向对比，考量其在同类型作品中的创新性，新增元素的稀缺性、独创性。权重15%
		类型接受度	依据类型推测受众特征，包括性别构成、购买力水平、消费偏好等，判断该内容是否为小众类型，评估其市场可接受程度。权重10%
传播生命力指数	调研该作品现有知名度和热度的持续时间，判断其创意开发的度：一般创意、重点创意、超级创意。权重30%	观读热度	在线上、线下平台的观看量、阅读量统计，在各排行榜的排名情况。权重10%
		关注热度	内容携带的话题性、争议性，在线上贴吧、论坛、微信群等讨论的频次，在百度等搜索引擎搜索的频次，在线下被评论家引用、提及的频次。权重10%
		开发热度	是否已改编为其他类型，是否已形成品牌效应。权重5%
		粉丝忠诚度	通过问卷等形式确定持久追随的粉丝数量，鉴别忠诚度。权重5%

续　表

内容创意评估主指标	主指标评估准则	亚指标分类	亚指标评估准则
延展性指数	该文本在多大程度上适合改编，以及内容在产业链上的衍生空间。权重35％	系列生产可能性	推出续集或打造为系列剧集的可能性，确定其成为现象级IP的可能性。权重5％
		游戏化程度	通过互动叙事、结构语义学等理论评估其可改编为游戏的可能性。权重10％
		衍生品创造空间	按照符号学、形象思维学等理论梳理其可开发的符号体系，评估其可开发的玩具、创意产品的种类，判断其是否可以运作为超大规模主题公园品牌。权重10％
		影视化程度	确定其改编为电影、电视剧、网络剧等影视载体的可能性。权重10％

四、结　语

明晰文学创意的概念与内涵，摸清文学创意的独特规律，不仅对创意写作的学科研究与教学具有深远意义，还能促进文学创意文本的产业化进程。我们可以借鉴国外创意写作领域的"潜能激发""突破作家障碍""自主诗化""创意思维开发"的理念与方法，建立一套符合文学创意思维特征的训练体系与评估体系，形成一个围绕文学创意设计、研发、评测的闭环系统，为作家培养、创意产业发展提供帮助。

创意写作:源自对艺术创造力的深刻同情

王 岩

(江苏第二师范学院文学院)

一、研究现状:犹疑在"创意"和"写作"之间

在仔细检视国内外创意写作(Creative Writing)的实践和研究成果之后,我们发现,创意写作的真正要义乃是"回到写作本身",发掘出写作这一人类最切己的生存方式、行为方式和思维方式的必然性、必要性和规律性。正如葛红兵教授所言,创意写作是要恢复文学教育应有的独立学科地位,确认其作为艺术教育学科的本质品格。尽管国内学人对这一理解渐趋达成共识,但在具体研究时,仍难以较深入地触及创意写作的核心特质。总体看来,目前的研究主要集中在两方面:一是继续探讨创意写作概念的内涵与核心理念;二是探讨我国创意写作学科体系如何构建。无疑,这两个维度的研究在较短时间内,让我们了解了创意写作的意义,也初步明晰了我国推进创意写作的方向,但其依旧尚未真正触动数十年来传统写作学的传统,也没有给高校中文系写作教学提供具有可操作性的范本。

造成上述困境的一个原因是,创意写作,作为刚引进不久的概念,其本身即容易引起误解。对于绝大多数人而言,"写作"是不陌生的,从基础教育开

始,到大学中文系的高等教育,传统写作学的方法、规律和知识,构成了我们关于"写作"的主要认知。所以,面对这一新概念,"写作"一词无法提示新的内涵,"创意"便成了核心。但在我国当下的社会语境中,"创意"主要是指对事物的理解和认知所衍生出的抽象思维和行为潜能,它鼓励打破常规思维和套路,破旧立新,思维碰撞,激发智慧。当"创意"与"写作"结合时,便会造成认识的模糊,遮蔽其本身真正的意涵。因为,我们通常会带着之前积淀下来的对"写作"的粗疏认知,在"创意"这块并不熟悉的领域内摸索,只能犹疑不前,不知所终。于是,"创意写作"带给人的第一印象多是,回避那些久已成熟了的传统文体的写作,而着意于对各种新型写作方式的探索,比如微信写作、广告写作、跨媒介写作等。它们追求新的语言风格、表达方式和思想内涵,尽量标新立异,这仿佛是"创意"之所在。与上述理解相比,这一认识显然是偏颇的。

此外,长期以来固化的学科体制是阻碍创意写作走向深入的又一原因。多数学者均已深刻指出,我国的文学教育主要局限于文学史知识的传授、文学基础理论的讲解和文学鉴赏方法的介绍,是以高度理性化的思维来规训学生体悟高度感性的文学艺术。久之,学生只有知识,没有灵感,而灵感恰是创意之源。2009 年上海大学成立国内首个创意写作学科,并成为硕士和博士学位授权点,这确是我国文学教育的一件大事,它标志着回归文学、回归文学艺术赖以存在的"写作"终于迈出坚实的一步。

经数年探索,国内学者对创意写作本质的认识已不断深入,突出代表是对写作的本体论分析。"自我发掘论""文类成规""种族叙事论""性别叙事论"等即是近年来影响较大的成果。但是不难发现,这些研究并未超出传统文艺心理学、创作论的范畴,大多只是提取已有文学理论成果中对文学创作有指导意义的公论,别开生面的论述较少。这些理论只能在宏观上对创作予以规范,不能给人更多具有启发性的洞见。与之相比,近年来由中国人民大学出版社组织翻译和推出的创意写作书系,包括《一年通往作家路:提高写作技巧的 12 堂课》《情节与人物:找到伟大小说的平衡点》《写作魔法书:让故事飞起来》《小说写作教程:虚构文学速成全攻略》等,则力求避免陷入相对空泛的本体论界说,在一个较为具体和技术性的层面上切入创意写作,以求给写作爱好者提供实用的技法训练,可谓独树一帜。然而,其随之而来的负面效应也是不可否认的,即过度倾心和依靠具体写作技法的归纳和训练,虽然在短期内可以提升写作能力,但长此以往,必将导致写作思维的固化和写作技法的套路化。尤需警惕的是,这一创意写作训练的思路往往将原本浑然一体、生气灌注的创作过程,肢解为若干彼此相对独立的部分和元素,然后对其分别进行技术层面的训练。于是,写作工坊似乎成为生产、加工和装配作品的工厂。词句、故事、情节、人物等元素尽管有无数种排列组合方式,但由于技术痕迹过重,再加上思想之源的干涸,作品无法摆脱千篇一律的困境,有何"创意"可言? 由此可见,不论是瞩目于写作本体论的探讨,还是引进写作"工具箱",都难以有效抵达创意写作的根底。正是基于这一判断,笔者尝试提出,创意写作得以成立和实践的根由,在于对文学艺术创造力的尊重、发掘和提升。

二、艺术创造力:创意写作的起点和归宿

艺术创造力,窃以为,有广义和狭义之分。广而言之,它是文学艺术创造过程中,人的一切知识、技巧、灵感等能力的总称。狭义上,它是指作为个体的写作者,在艺术创造过程中,独具个性的感悟、发现、想象和叙述生活世界的眼光。这一眼光是创意的真正开始,是写作的深层原动力,也是创意写作的起点和归宿,需要深入探讨。

艺术创造力的灵魂应是对生活世界保有独特的看法,申言之,写作者需要在生存哲学层面上对生活世界有独特的见解。它既需要从日常生活的鸡零狗碎、一地鸡毛中超越出来,保持精神的相对纯粹性,也要避免被任何形式的宏大叙事话语所同化,守护生存的感性丰富性、完整性和浑然性。在实际生活中,写作者将在日常生活世界、宏大叙事话语所编织的世界和艺术的虚构世界之间来回穿梭,反复越界,找寻三者最佳的结合点。这个点,就是写作的"创意"之点,也是艺术创造力最微妙、最动人之处。加洛蒂在《论无边的现

实主义》中曾对卡夫卡《城堡》的艺术创造力做过精彩分析,即"卡夫卡把我们一直领到异化的边界"。的确,"城堡"世界所叙述的是现实生活中的琐事,所以,虚构世界与现实世界的边界似乎很模糊。一切都是如此平常和熟悉,一切又是如此异常和陌生,人的经验顿时失去指向性,而这正激发了人更深入思考自身生存状态的本能,激发了人厘清甚至超越已有经验边界的渴望。这里,加洛蒂逆向还原了卡夫卡艺术创造力的核心特质,卡夫卡正是凭借对这一创造力的精准拿捏,抓住了现代人异化生存的真实状态,并用与众不同的叙述方式与风格特征将其淋漓尽致地呈现出来,这正是"创意"的最高境界!

当然,艺术创造力是高度个人化的,与作者的经历、个性、教育背景等有密切而复杂的关系,殊难从中归纳出统一的原则和标准。尤其是在很多情况下,作家对自己的艺术创造力并没有较为强烈、清晰的认识,而是在一种极为复杂的契机、动机、感觉的驱使下完成作品的。但是,这一切并不意味着艺术创造力就无从捕捉,从接受者的角度依旧可以逆向探测艺术创造力形成的个中奥秘,主要有两种渠道。

第一,成功作家本人夫子自道,他有意识地反思创作过程中的点滴心得,并上升为一些更具概括性的规律,往往三言两语触及创造力的本质。纳博科夫、毛姆、博尔赫斯、鲁迅、王安忆等作家均有这类文字。比如,纳博科夫在《文学讲稿》中就深刻揭示出日常生活经验的局限性以及文学对经验边界的拓展,这正是艺术创造力的精髓。他说,文学艺术所欲呈现的经验,"它们意味着细节优越于概括,是比整体更为生动的部分,是那种小东西,只有一个人凝视它,用友善的灵魂的点头招呼它,而他周围的人则被某种共同的刺激驱向别的共同的目标。对冲进大火救出邻家孩子的英雄,我脱帽致敬;而如果他还冒险花五秒钟找寻并连同孩子一起救出他心爱的玩具,我就要握握他的手了"①。的确,火中救人,置个人生死于不顾,是普适伦理道德体系中赞扬的行为,理应"脱帽致敬"。但这一行为并没有给文学艺术的想象留下更多可供深度开掘的情节空间、思想空间和审美空间,它是单向度的。而多用五秒钟

---

① 刘克敌、黄岳杰:《在美的王国里轻轻呼吸》,北京:中国文联出版社,2006 年,第 90 页。

救玩具的行为,则突破了普适伦理道德体系的藩篱,也突破了日常生活经验的边界,它以卓异的色彩激起我们的"惊奇"(海德格尔语)感,对主人公五秒钟的内心世界和行为举止燃起极大的兴趣。因为,这一行为的"陌生化"效应,创造出了耐人寻味的美感。具体而言,这个英雄不仅认识到要保全孩子的肉体生命,他更认识到要守护孩子童年心灵的光明和完整,而心爱的礼物正是孩子童真心灵的化身。纳博科夫通过这一例子,深刻揭示了文学艺术创造力与庸常生活的区别。

第二,文艺理论家独辟蹊径,将艺术创造力的奥秘抽丝剥茧般地揭示出来。就国内而言,著名文艺理论家孙绍振先生堪称这一方面的代表。他用独创的"还原法""错位法"等对大量经典作品进行文本细读,切中作品的筋骨和血脉,还原了一幅幅令人拍案的审美图景。质言之,孙绍振先生的细读理论不是剥离开具体文学语境和情景之后,对写作技术、技巧的机械归纳,而是凭借精深的审美艺术眼光,力求将作家微妙的艺术创造力还原出来,因此保留了文学创作的活气和生气。这对于创意写作实践而言,是难得的可学、可用的理论,因此具有重要的启发意义。

三、艺术创造力:创意写作技术与艺术的平衡点

艺术创造力不仅是一种高渺、玄妙的艺术眼光,它还内含着文学写作技术层面的要求,二者均为创意写作实践过程中必不可少的组成部分。其一方面扎根于饱满的文学艺术血肉之中,另一方面也对写作实践具有切实的指导意义,如何找准二者的平衡点,是当下创意写作面临的重要问题。

在创意写作实践过程中,需要将上述两点进一步"落地",在不违背艺术创造规律的前提下,将已取得的成果转化、提炼为更具有操作性的教学手段和方法。比如有老师在创意写作教学过程中,成功运用了"关键词法""追问法""自传法"等,引导学生将这些词语串联起来叙述,或者将创意的目光投向自身,引导他们拓展了思维空间。一个个关键词,好比河水中的石头,学生踩着石头过河,每一次跳跃都是一次创造力的蓄积和勃发。需要指出的是,这

里强调的可操作性，不是那些可直接照搬照抄的写作套路，而是在尊重文学写作规律的前提下，提取出来的艺术思维形式，它应具有启发性、发散性、探索性、反思性、延展性等特点。如何探寻更多这类创意写作思维的训练方法，是一个迫切的问题。至于具体的写作技巧，在习作初期自然也是需要熟悉和练习的，但不能喧宾夺主，一切技法只是艺术创造力实现的手段。而且，由那些经典文学作品可知，技法不是一套固定不变、独立自足的体系，它应是由蓬勃的艺术创造力自然而然、不得不然地孕育、生长出来的，这样的技法就是艺术创造力本身。比如意识流小说独特的语言表达方式，是由作家对现代社会人生存状态的独特发现和书写欲望所直接决定的。这样的技法已完全化入作品的艺术感觉之中，我们体会不到这一新技法带来的不适感，反而最后认为非如此不可，这便真正实现了技术和艺术在艺术创造力中的平衡。

此外，欲实现创意写作技术与艺术的平衡，还必须处理好写作与媒介技术之间的关系。其中，以微博、微信等为代表的新媒体是关注的焦点。不少学者认为，所谓创意写作，不过是新媒体文化语境下，借写作由头开拓文化产业市场，谋取经济利益的商业行为。这一看法确有偏激之处，但也指出了当下创意写作的某些困境。正如葛红兵教授认为的，创意写作可分为一度创意和二度创意。一度创意，是在纯文学艺术层面探寻"创意"之源，二度创意即是在前者基础上，将创意的火花、灵感和思想与其他媒介形式、艺术形式、社会生活进行"嫁接"，以求创造经济效益。可见，获得经济收益是创意写作的应有之义。但我们认为，能否将艺术创意转化为实际的经济收益，其根本还在于对艺术创造力能否有独到、深刻的认知。当下炙手可热的微信写作、广告写作、跨媒介写作、微电影写作、清口相声写作等创意形式，其根底必然是文学写作。无此，其他写作便没有筋骨，没有创意的原动力，只能是博人眼球的噱头和炒作。

放眼当下依附于新媒体的创意写作，可谓生机无限，但也鱼龙混杂。一方面，新媒体对文章的传播速度和更新速度是传统媒介不可比拟的，全民阅读正以这一形式在推进。但在方寸屏幕上，人们很难对作品的深意进行反复品读，多流于碎片化。与之相随的是，众多创意写作从业者，也依据大众的这一阅读习惯和心理,只创作篇幅较短小的文章,这在形式上便束缚了"创意"的深化。另一方面,由于人们对阅读的渴求,许多专业创意写作人员便组织起生产流水线,将原本复杂的创作简化为固定几道工序和几组元素、模块的排列组合。这样便大幅提升了写作速度,尽快将文章推向媒体平台,收获点击率,最终获得经济收益。比如,许多文章的标题表述都在刻意制造吸引力,思想上往往剑走偏锋,大有媚俗之嫌疑。第一眼望去的确新鲜,但掩卷沉思,亦无甚新意。与早已被人厌弃的心灵鸡汤不同,这类作品不再煞有介事或故作平淡地讲述普适的大道理,而是挖空心思从身边的小事和人物中发掘"创意",往往可以出人意料地揭示庸常生活的某个侧面。但是,这些"创意"多是从少数人经历中总结而来,只能激起多数人的好奇,一时的小启迪、小智慧无法沉淀为对人们品格、人格与胸襟的锻造,这样的"创意"无疑还是乏力的。

四、结　语

写作,是人之感性生存的必然要求;创意,是写作得以发展的原动力。创意写作,要以艺术创造力的探寻为起点,同时也要回到艺术创造力。值得一提的是,我国有数千年悠久的写作历史,创意之思薪火相传,已形成独具民族特色的写作方式和思维。在大力引进西方创意写作学科理念并建构自己学科体系的过程中,本民族的写作资源仍需要充分发掘和珍视,寻求其与创意写作之间的最佳结合点,让民族传统的血液滋养今天的创意之花。如此,我们对创意写作的认识不必再犹疑于"创意"和"写作"之间,也不必徘徊于"西"与"中"之间,而是围绕艺术创造力,走出一条自己的路。

批评生态建构与创意写作的空间拓展

——基于当下文艺批评的观察

夏 秀

（济南大学文学院）

现代媒介的高速发展对人类生活及文化已经产生了巨大影响，也已经引起了艺术生态格局的全面变化。新的文艺作品类型诞生，新的文化形态崛起，传统文艺类型和形态发生更新。在此背景下，文艺批评自然也应做出一系列调整，否则难以应对已然发生了变化的文艺创作、传播、接受现状。然而，盘点当前的文艺批评状况即可发现：在变化了的文艺现象面前，我们的文学批评生态建构却并不理想。那么，当前我国批评生态的构成到底如何？专业批评效果怎样？这种状况给创意写作发展提供了哪些空间？很显然，回答上述问题既是当前文艺发展的需要，也是文艺批评实践的需求，更是促进创意写作更好发展的需要。

一、当前批评生态与专业批评的盲区

（一）批评生态与专业批评

法国学者蒂博代在其《六说文学批评》中曾将批评分为三类：自发的批评（媒介批评）、教授的批评和大师的批评。他认为三种批评各有特色，三者共存，互通有无，共同构成了合理的批评生态。蒂博代的批评生态的构成自然有其当时的现状为基础，未必可以作为普适性的批评生态结构，但是对照这一结构却可以发现特定地域特定时间中批评生态构成的变化。就中国批评生态变化来看,从 20 世纪初期开始,批评结构已经发生了多次转变。20 世纪前 40 年间,批评者的身份相对丰富驳杂。作家的批评、政治家的批评、教授的批评等大量存在。新中国成立后,政治家的批评相对突出,而现在,则处于作家的批评萎缩,媒介的批评不甚发达,教授的批评一家独大的格局。

这里所谓"教授的批评"当然直接借用了蒂博代的命名,实际上也可称之为"专业批评"或"职业的批评",主要指受过专业训练同时又在高校、研究院所从事文艺批评和研究者所做的批评。从总体上看,这类批评带有明显的职业化特征。批评的职业化是在 20 世纪批评理论蓬勃发展和批评范式演进、转换过程中形成的。确切地说,批评的职业化始自结构主义和原型批评。原型批评强调文学研究对系统文学知识体系的依赖,结构主义则创造了一批只有结构主义者才明了的术语和方法。这些共同导致了批评的职业化。在 20 世纪中国文学批评中,批评的职业化大致是新中国成立之后,尤其是 20 世纪 80 年代之后的事情。在三四十年代蓬勃发展的文学批评中,有影响的批评家身份构成非常复杂,其中相当一部分批评者同时又是作家,比如周作人、李健吾、沈从文、茅盾等。而到了当代,作家、诗人同时又是批评家的就少了,多的是科班出身专门从事文艺批评的职业批评者。

显然,从批评生态构成方面来看,中国当下的批评生态是不健全的,批评生态过于单一。受大众文化的冲击,自 20 世纪 90 年代起,精英文化逐渐让出主导地位,大众文化、平民文化强势发展。到了新世纪,随着网络等新媒介的发展,精英文化受到更为强劲的挑战。而从整体艺术格局来看,批评生态的单一使得批评在丰富的创作形式和艺术类型面前极为尴尬:"电视、电影、网络新媒体不断挤压传统文学的空间,现实被大众媒体劫持。新媒体在反映社会、讲述故事方面的能量远大于小说;现实生活的戏剧性远大于文学虚构的戏剧性;影像的信息传递效果远大于文字的信息传递效果。"[1]

---

① 师力斌:《从文学看当下中国的社会心理和精神状态——2013 年中篇小说综述》,《文艺理论与批评》2014 年第 1 期,第 43 页。

(二)面对复杂的文艺创作现状,专业批评力有不逮

从理论上说,批评生态结构应当与文艺生产、传播、接受的现状相适合、相匹配。换句话说,如果专业批评独霸天下也不是问题,只要它的关注领域足够宽广、批评范式足够丰富,能够与文艺生产现状相呼应即可。但事实显然并非如此。面对复杂的文艺创作现状,当前一家独大的专业批评显然力有不逮。有学者直言:"如果把文化分为政治文化、精英文化和大众文化,其实精英文化是处于特别无力的状态……就像做专业评论的人是处于两种文化的夹缝中,既没有那么多粉丝,也没有权力,很尴尬。还有一个问题,就是专业做批评的人,到最后讨论的也不是自己心目中认为的好作品,他也只能谈《小时代》这样的作品,因为大家都在谈《小时代》,如果你不谈,你的评论也无法被人关注。"①

按照传播学的相关理论,效果评价指标包括多个方面。英国学者戴维·洛奇在其《小世界》中列出了包括道德、存在主义、原型批评、马克思主义等14种分析角度;另一美国学者保罗·M.莱斯特则认为分析视觉形象至少可以从个人、历史、技术、道德、文化、批评6个视角入手。②专业批评拥有与传播学不同的精神指向,但不妨碍我们用传播学的效果评价指标来反思专业批评的效果。参照上述相关指标可以发现,当前我们的专业批评似乎处于一种尴尬状态,一方面是致力于传统精英批评的不多,另一方面是面对纷繁艺术现象,尤其是与当代媒介技术以及市场密切合作的创作产品的无所适从。这实际上反映出的恰是当下批评生态的不健全。或者换句话说,正是批评类型或批评标准、视角的单一化,才造成当前专业批评效果弱化。

所谓专业批评效果弱化主要是指对新兴文艺领域,尤其是新媒体环境下的文艺现象应对节奏慢,甚至忽略新兴文艺领域和现象。主要表现就是关注

---

① 孙佳山等:《当前文艺作品的价值观和评价标准问题》,《文艺理论与批评》2014年第2期,第63页。

② 保罗·M.莱斯特:《视觉传播——形象载动信息》,霍文利、史雪云、王海茹译,北京:北京广播学院出版社,2003年,第229页。

领域断层，即专业批评与当前的文艺创作、传播、接受现状脱节。

当前的批评领域，尤其是学院派批评对大众文化产品并不热衷。一个明显的案例就是：每当热销大众文艺产品出现，热闹的批评往往出自网友自身或者已渐成规模的平台，比如豆瓣读书等，专业的学院派批评少有声音。20世纪90年代曾经流行一个词叫"失语"，意指中国传统文论话语面对西方理论难以发出自己的声音，而我们以为把这一概念用到当下大众文化产品面前的专业批评上也正合适。只不过，造成"失语"的原因不尽相同：中国文论话语在西方文论面前是想发声而不能，专业批评在大众文化产品面前是压根就不想发声，大致有瞧不上的味道。

专业批评在大众文化产品面前失语，造成媒介环境中文艺批评的两个奇特对比：一是媒介批评节奏快速但难以深入，专业批评有深度但无速度，缺乏现实针对性。最终造成专业批评沉闷、陈旧、缺乏动力，而媒介批评花样迭起但标准混乱、水平参差。这种状态对两类批评的长远发展来说都无益处。二是学院派批评之"热"与大众接受领域之"冷"的奇怪现象。也就是说专业批评成果颇多，但是对于接受群体或社会文化风向影响不大。一个典型的案例就是在"80后"群体文艺记忆中"新文学"或经典文学影响有限。导致这一"冷""热"对比的原因很多，其中与学院派批评和大众文化对立的现状不无关系。长期以来，由于缺乏成熟的文艺系统，文艺批评大致上呈现学院派批评与大众文化发展相对独立的现状。学院派精英批评在批评对象、批评方法、批评标准等方面坚持传统既有规则，无视或者忽略当下艺术创作、传播、接受现状；而大众文化领域对于精英文化批评也不关心，彼此兀自运转。这样，专业的学院派批评与大众文化之间就形成隔阂和断层。而当下很多文艺现象恰恰与媒介发展、大众文化密切相关。

二、专业批评的症结分析

专业批评面对当前文艺创作力有不逮，实际上代表的是整个文艺批评的尴尬状态。导致这一尴尬状况的原因是多方面的。

　　首先是源于专业批评的先天特质。职业的批评,善于探讨体裁及其规则,并按照这些规则对文学进行分类、分析和评价。这样就形成了专业批评的两大先天气质:一是长于文史、艺术史研究,二是自觉隔离了与创作实践及传播、接受的联系,将批评运作成自给自足的独立存在。这一特征在特定时期有其合理性,但时过境迁,可以发现这种封闭操作有诸多弊端。关于这一点,有学者曾经这样评价:"那些来自启蒙传统的精神资源和来自人文主义的概念,在本质上是与'心灵叙事''日常生活审美化'虽不同源却趋向同质的东西,它们都缺乏深刻的改造和整合。这路批评还在不厌其烦地重述着这两种大同小异的话语方式,表明日常生活话语实践的深层危机已经出现。一是缺乏介入当下具体社会语境的视野(虽然看起来纳入了当下流行文化现象乃至全球化文化视野);二是批评主体普遍缺乏介入文化政治的现实主义精神;三是严重学科化,导致文学批评或文学研究可以不参照日常生活完全独立自洽。这就让人担忧,文学批评自己是否也已经进入了'安全消费'文学的时代?"①

　　其次,当下批评界的尴尬状态与现行文化体制以及既有偏见造成的惰性密切相关。从某种意义上说,体制保护是专业批评在大众文化产品面前失语的重要原因之一。体制内虽然也存在竞争,但毕竟不像市场内的淘汰性竞争那样激烈或者残酷,这在一定程度上造成了批评者的惰性,使得批评者缺乏与现实对接的主动意识。同时,批评界也存在一定的偏见,比如"由于多数文学批评者眼里的'文化',是'为艺术而艺术'或专业学院分工意义上的文化,文化是要免谈政治,似乎谈政治就是对知识界自主性的削弱"②。客观地说,当前以学院派为主导的专业批评,不仅免谈政治,而且免谈网络文化、网络文学,似乎谈论这些就意味着浅薄、庸俗。实际上,无论是从艺术生产还是当下艺术发展的现实境遇来说,专业批评与现实对接、与政治对接都是必要的。从根本上说,"在当前'全球化'和文化多元的语境中,文化如果不能与经济生活、社会生活和日常生活的根本价值取向相结合,它就变成了一种毫无意义

---

① 牛学智:《消费社会、新穷人与文学批评的日常生活话语》,《文学评论》2014年第1期,第44页。
② 牛学智:《消费社会、新穷人与文学批评的日常生活话语》,《文学评论》2014年第1期,第44页。

的抽象。离开'我们要做什么人'的问题,离开'我们如何为自己的文化作辩护,说明它存在的理由'的问题,文化就会要么沦为一种本质主义的神话,要么蜕变为一种唯名论的虚无"①。

再次,批评惯性的制约也是造成批评界的尴尬状态的原因之一。20世纪中国文学批评始终在处理两大关系:一是批评与政治的关系,二是批评与西方理论资源的关系。就第二个层面来说,整个20世纪文艺批评始终受西方理论资源的影响,整个特征在新时期以来的三十年间表现尤其明显。在这一背景下,专业批评已经习惯从西方理论资源中找应对中国文艺问题的方法。客观地说,这一思路无可厚非。因为西方社会发展先于中国,西方社会中的社会问题、文艺问题在很多方面早于中国,因此,借鉴西方的思路和方法来诊治中国文艺问题有时候是有效的。但问题是,中国的社会发展及艺术实践有其特殊性,有些文艺问题在中国的表现未必与西方社会一一对应。当西方理论范式太过急切地涌入中国学界,而我们并不足够了解自己的文化现状和问题时,理论与实践存在距离也就难免了。因此,对于当下的很多文艺问题,若仍习惯于依靠既有的批评惯性,从西方理论资源中寻找恰切方法,甚至局限于西方理论所探讨的问题显然捉襟见肘。以网络文学为例。网络文学在欧美国家并不十分发达,而中国的网络文学恰恰相反,从其诞生一直到现在方兴未艾。造成这一区别的原因是多方面的。一方面,西方发达国家有发达、成熟的畅销书生产运营机制;另一方面,也与技术在中国的运用有关。这一案例足以说明,单纯借鉴西方理论来阐释中国文艺问题是行不通的。

最后,当前不完善的批评生态所面临的尴尬也与实践领域的客观难题有直接关系。专业批评者的学缘结构直接影响了批评者对接当下艺术现实的积极性。专业批评者多是传统中国语言文学学科科班出身。而当下的文艺生产、传播、接受恰与市场、技术、资本、营销、社会心理等诸多因素密切相关。理论背景与艺术实践之间的巨大距离在一定程度上造成了当前专业批评者

---

① 张旭东:《全球化时代的文化认同:西方普遍主义话语的历史批判》(第2版),北京:北京大学出版社,2006年,第2页。

的困顿。相对于精英批评或者学院派批评的固定性,当下媒介环境中的文艺批评对象是灵活的,发展方式是变化的,无论是生产还是传播、接受,都与传统艺术发展方式迥然不同。因此,新媒体环境下的文艺批评没有惯例可循。这是当下批评界的难题。它时刻面对的是"未完成"的文化作品和未完全的"显形"文化现象,做出令人信服的阐释是必需的,但显然是有风险的。概而言之,大多数专业批评者的学缘结构与媒介时代艺术生产方式的冲突是根本性的。专业批评需要判断,而媒介时代的艺术现象恰恰瞬息万变;专业批评需要雄厚的理论背景,条分缕析,言之凿凿,而新媒体时代的文化感受恰恰无先例可循。在专业批评理论、范式与媒介环境中的文艺实践之间的"敌意"造成了专业批评的无力感。

三、基于创新写作视域的新的批评路径

当下文艺批评生态的欠缺以及专业批评的尴尬,恰恰为创意写作提供了巨大的发展空间。

创意写作开放的姿态打破了固有的壁垒,尤其是去除了对类型艺术的偏见。由于特殊的历史文化原因,尤其是近代批评强调艺术与现实、艺术与人生之关系,对近代文学、艺术创作与批评影响极大,因此中国的类型艺术一直不甚发达,也存在偏见。当前,随着社会发展和艺术观念的变化,尤其是在媒介技术以及西方艺术的影响下,中国类型艺术创作的风起云涌使得类型艺术研究和批评成为迫切需求。而这恰是当下很多专业批评者不甚擅长的领域。这就为创意写作提供了充分的发展空间。创意写作在实践过程中,一方面要在创作基础上深入探讨各类型艺术的基本特征,另一方面也要关注类型艺术存在的意义与限度,尤其要对各种类型艺术的经典作品有清晰的把握,并做出恰当的解读。

创意写作从创作内部入手,更清楚特定文体艺术的本质规定性,更易于进行准确的内部批评。相对于传统的写作教学和理论研究,创意写作的重要品质在于更接地气。它不仅关注吸引人的作品是怎样的,更关注创作过程应

该是怎么样的，更关注创作与接受、创作与市场的关系。这就与媒介时代文艺创作的现实更为契合，因此，当创意写作转而关注媒介时代的艺术现象，要比传统的专业批评更便捷、更敏锐。或者换句话说，创意写作关注文艺批评，将会更着眼于当下的文艺创作实践，是更直面现实的批评。这是非常重要的。因为与文艺实践脱节的批评，无论是出于姿态的傲慢还是力不从心，都是打了折扣的批评。立足于当下的批评，无论是否成熟、是否周延，都是富有价值的。与艺术实践有距离的理论研究固然重要，但关注艺术实践、直面现实更是理论研究和批评应有的姿态。

创意写作相对宽泛灵活的内容范围，与艺术生产系统的特性密切契合。这也使得创意写作更适合做整体的艺术批评。从艺术生产系统自身而言，艺术本就是一个包含创作、传播、接受等在内的过程，而不是创作出来就束之高阁的物品，因此难免与经济、政治、文化发生这样那样的联系。这就恰如本雅明曾指出的："艺术像其他形式的生产一样，依赖某些生产技术——某些绘画、出版、演出等方面的技术，这些技术是艺术生产力的一部分；是艺术生产发展的阶段；它们涉及一套艺术生产者及其群众之间的社会关系。"[①]相较于传统的创作与批评，创意写作具有充分的读者意识，这就使得其天生关注艺术创作与受众、市场的关系，更容易对艺术生产的各个环节进行相对准确的判断和把握。

里尔克曾经写下这样的诗句：因为生活和伟大的作品之间/总存在某种古老的敌意（《安魂曲》）。借用里尔克的表达方式，我们可以说，在当下单一的批评生态环境中，一家独大的专业批评和当下媒介环境中的文艺现状之间存在隔阂，存在某种紧张和悖论。这恰恰为创意写作的发展提供了契机和巨大的空间。再者，批评实践的发展也已经说明，批评已经并非精英批评者的专利。一个典型的案例就是，我们非常容易发现，一篇让人拍案叫绝的评论极有可能出自一个"业余专家"之手。种种现象都已经说明，传统的"精英批评"已经不能完全适应当下需求，单一的批评生态也亟须完善和重新建构。

---

① 转自伊格尔顿：《马克思主义与文学批评》，文宝译，北京：人民文学出版社，1980年，第67页。

年轻的创意写作学科的包容性、灵活性和以创作为基础的发展路径,都为一种新的批评路径提供了可能。创意写作学科的努力,一方面,将有利于扩大批评者群体,在传统的教授批评之外,为批评队伍培养生力军,另一方面,也将有助于拓展整体批评界的视野,使得新兴艺术类型能够得到及时、全面的关注。若果真如此,则批评生态的构成或许将呈现专业批评、作家批评及媒介批评三足鼎立的结构,批评王国将更加丰富繁荣。

非虚构写作的"特权"与"创意"

吕永林

(上海大学中国创意写作中心)

一、非虚构写作的"特权"

在谈及非虚构写作的品格和伦理问题时,威廉·津瑟写道:"错误的做法是在作品中杜撰引语或猜测某人可能说了什么。写作是一种公共信任。非虚构作家少有的特权是拿整个世界上的真人真事来写。当你让人们说话的时候,对待他们所说的话要像对待贵重的礼物一样。"[①]在我看来,威廉·津瑟所说的"真人真事"以及人们说的"话",可被视作对事实的喻指,如此一来,不能"杜撰引语或猜测某人可能说了什么"就意味着:在非虚构写作中,"虚构"有着某些不可逾越的界限;而非虚构写作者对待人物所说的话"要像对待贵重的礼物一样"则意味着事实有着非同寻常的分量和力量,同时它也构成了非虚构写作"少有的特权"之根源。

在此,有必要对所谓"事实"和"真实"做一个简单界定。我认为,"事实"是指已然发生和正在发生的事情,而"真实"还可容纳无数尚未发生的"可

---

① 威廉·津瑟:《写作法宝——非虚构写作指南》,朱源译,北京:中国人民大学出版社,2013年,第97页。

能"。如果做个最直观的比对,那么"事实"就如同"实事求是"中的"实事",而"真实"则不仅可以包括前面的"实事",还包括后面的"是"。换句话说,真实非必是已然发生或正在发生的事实,真实可以超越事实,如陶渊明笔下之"桃花源",其存在虽非事实,却直指人内心深处的某种真实。[①] 因此,相对于真实而言,事实显然离非虚构写作更近。

尽管被限定于"已然发生和正在发生的事情",非虚构写作所朝向的事实依然无限广阔,而在这无限广阔的事实的汪洋大海之中,有一种事实,人常谓之"现实"。无限广阔的事实包蕴着无限丰富的力量和内涵,现实也是如此。人对事实或现实最为敏感的时刻,往往是人对事实或现实产生极大爱意与兴趣,以及事实或现实给人以极大逼压与苦恼的时刻。前一时刻,可称之为"爱恋时刻";后一时刻,可称之为"危机时刻"。颇为不幸的是,在今天无数中国人的精神世界里,遭遇后者的感觉似乎比拥抱前者的感觉更加猛烈,而这对当下中国的非虚构写作和阅读所产生的影响,可谓既微妙又深远。《中国在梁庄》《出梁庄记》《女工记》和《一个博士生的返乡日记:迷惘的乡村》《贵州毕节留守儿童之殇》等作品之所以会引发广泛关注且成为大家持续讨论的焦点话题,与此有着极大关联。借此,我更愿意将当下诸多优秀的非虚构写作命名为一种"危机叙事",即写作者在遭遇事实或现实给人以极大逼压与苦恼的各种"危机时刻"的写作。[②] 其实数十年前,在非虚构写作猛然走向勃兴并改写后来文学史的美国,情况也有很大的相似之处,只不过,不同时空的写作者所要面对的具体危机不同而已。"第二次世界大战将七百万美国人送往海外,开阔了他们对于现实的视野:新地方、新问题、新事件。战后,这个趋势又由于电视的出现得到加强。……每天晚上在自家客厅目睹现实的人们对小说家的慢节奏和随意幻想失去了耐心。一夜之间,美国变成了一个只注重事实的国家。"[③]

---

① 《桃花源记》是虚构作品,陶渊明写《桃花源记》却是非虚构,历代读者读《桃花源记》也是非虚构,这牵挂古今的一写一读,恰恰是非虚构写作的极佳对象。

② 当然从其更内在或原初的动机来看,它们同时也都是相应的"希望叙事"。

③ 威廉·津瑟:《写作法宝——非虚构写作指南》,朱源译,北京:中国人民大学出版社,2013年,第81页。

不用问,现代环保运动肇始之作《寂静的春天》(1962)绝对是一个典型的"危机叙事",美国前副总统阿尔·戈尔称赞它"犹如旷野中的一声呐喊","如果没有这本书,环境运动也许会被延误很长时间,或者现在还没有开始"。[①] 而被《纽约时报》誉为"美国有史以来最好的非虚构作品"的《冷血》(1966),则是在奋力勘探和深度解析当时美国青少年乃至全体美国人精神危机层面达到了令人叹服的成就。

值得特别一提的是,以上历史和现实的情形同时还暗示了另一种危机的存在:一种写作上的危机,一种虚构写作者及其作品无法有效回应现实和时代需要的危机。这样说尽管有些片面和不太动听,但事实恰恰就是:在今天的语境中,非虚构写作的分量和力量,首先呈现为种种现实危机的分量和逼压,而非虚构写作的"特权",也就首先呈现为直面现实和直呈危机的"特权",呈现为非虚构写作者必须背负的"话语政治"和"写作伦理"。不过,也正因为非虚构写作背负着直面现实和直呈危机的"特权",背负着"用事实说话"和优先取得"公共信任"的"特权",因此随之而来的是,非虚构写作还拥有另外两项很容易被轻视,甚至是被反对的"特权":其一,非虚构作品可以"不好看";其二,非虚构作品可以"不久远"。

非虚构作品可以"不好看"是说,非虚构写作完全可以卸去一些来自形式审美层面的负担,甚至有意识去抵制和反抗某些人们习以为常的"审美的暴政"[②],从而敢于允许自己的文字不那么迷人,修辞不那么高妙,气韵不那么婉转动人……在这方面,《寂静的春天》和《中国在梁庄》就是很好的榜样,作为非虚构作品,尽管它们在形式审美层面无法同《瓦尔登湖》《冷血》相提并论,但它们在思想认知和情感实践层面,特别是在现代世界环境保护运动和当代中国农村状况考察呈递领域的出色表现,使它们一样成为千百万读者争相阅读的对象。

---

① 阿尔·戈尔:《〈寂静的春天〉引言》,蕾切尔·卡森:《寂静的春天》,吕瑞兰、李长生译,上海:上海译文出版社,2011年,第 V 页。

② 关于"审美的暴政"这一概念的具体界说及相关讨论,请见拙文《那些与情欲缠绻一处的审美》,《上海文化》2014 年第 9 期,第 39—47 页。

非虚构作品可以"不久远"是说,非虚构写作可以卸去一些经典化、殿堂化、上史册的包袱。1935年底,鲁迅在为他的《且介亭杂文》作序时曾这样写道:"我只在深夜的街头摆着一个地摊,所有的无非几个小钉,几个瓦碟,但也希望,并且相信有些人会从中寻出合于他的用处的东西。"①先生之意在于:他这些杂文首先只希望能对革命者现时有用,而不刻意追求泽被后世、芳华永驻。"况且现在是多么切迫的时候,作者的任务,是在对于有害的事物,立刻给以反响或抗争,是感应的神经,是攻守的手足。潜心于他的鸿篇巨制,为未来的文化设想,固然是很好的,但为现在抗争,却也正是为现在和未来的战斗的作者,因为失掉了现在,也就没有了未来。"②我想,今天许多读者对于《出梁庄记》和《女工记》等非虚构作品,也正是在此意义上给予特别的尊重和珍视的。

二、非虚构写作的"创意"

倘若换一个角度观之,非虚构作品可以"不好看"和"不久远"的特权,同时就构成了非虚构写作者可以放胆尝试和拥抱的两种"创意",因为打破成规、甩掉包袱,挑战由各种虚构写作所"虚构"出来的各种文学信条和原则,本身就是一种先于其他创意的创意。此诚如梁鸿所言:"通往文学的道路有多条,好的文学作品总是能够挑战既有的文学概念,从而使我们对文学本质、文学与生活的关系进行新的思考和辨析。"③

譬如在表现形式上,非虚构作品就可以更加自由、灵活地去实现各种跨界呈现,从而将人类学、社会学、史传、新闻等领域的叙述方式杂糅一处,无须"过分"考虑文本形式的内在统一性或完美性。举例来说,《中国在梁庄》第六章"被围困的乡村政治"之"县委书记:农村正在度过一个危机期"一节,就基本是一篇来自基层干部的政论文章,中间不过简单插入了几句梁鸿本人的访

---

① 鲁迅:《〈且介亭杂文〉序言》,《鲁迅全集》第6卷,北京:人民文学出版社,2005年,第4页。
② 鲁迅:《〈且介亭杂文〉序言》,《鲁迅全集》第6卷,北京:人民文学出版社,2005年,第3页。
③ 梁鸿:《非虚构的真实》,《人民日报》2014年10月14日,14版。

谈提问，然而这样一段大篇幅的政论文字放在书中，却并未削弱整部书对读者的打动力量。近几年畅销的两本生态文学作品《看不见的森林》和《一平方英寸的寂静》，前者是由当代生物学家哈斯凯尔用日记体写就，后者则是由声音生态学家戈登·汉普顿同自由撰稿人约翰·葛洛斯曼联手完成，二者都是融科学、博物叙述与文学表达于一炉的当下书写范例，十分值得借鉴。

同样是表现形式层面，非虚构作品还可以进行广泛而大胆的"媒介融合"。其中最易于实施的，无疑是文字与图片的综合使用，当然这一"综合"并非只是简单的图文并置，而是希图实现最大程度的图文交融，以求图文一体化、立体化的"双媒"呈现。例如《中国国家地理》杂志社资深图片编辑马宏杰的《最后的耍猴人》一书，就是以作者跟拍耍猴人12年之久所收获的体贴认知和幽微观察为精神底色，将深度写实的摄影照片与客观平静的文字叙述匹配一处，从而生产出一种冷暖交织、悲喜同在的动人效果。而国内第一本本土原创自然笔记类著作《自然笔记——开启奇妙的自然探索之旅》，则将原本即是图文一体的自然笔记手绘作品和文字故事相结合，用一种平凡人间简单质朴的零距离交流招呼大家一同去亲近自然和记录自然，所得效果也很是喜人。

另外，对于非虚构类的自然书写，无论是单一的文字书写，还是选择"媒介融合"式的表达，都有必要留意约翰·巴勒斯曾经提到的"创意"："艺术家的特权是提高或加深自然效果。他可能给我们画比我们见过的都漂亮的女子、英俊的马或美丽风景，尽管他超出了自然，但我们没有受骗上当……我们知道这是从不照到海上和陆地的光，亦即精神之光。事实没有被歪曲，它们被变形了。艺术的目的是美，不是超越而是通过事实。"[1]"不是超越而是通过事实"，巴勒斯的这个说法不仅仅可以被接受为一个事关自然文学写作的理念或原则，更可以被理解为一种事关所有非虚构写作的"十字真言"：首先，巴勒斯所言"事实"，乃指世界上无限辽阔而深沉的事实，既包括物质的事实，也包括精神的事实，以及由二者交织而成的整个自然界和人类社会生活的事实；其次，面对"无限辽阔而深沉"的事实，非虚构写作者只要能够诚心诚意地

---

① 约翰·巴勒斯：《自然之道》，马永波、杨于军译，合肥：安徽人民出版社，2012年，第169页。

去发现事实和走近事实，就必定会拥有取之不尽、用之不竭的创作源泉。当然在这个时候，对于一个非虚构写作者而言，如何充分打开自己与事实相匹配的写作视野，如何让自己有能力深入各种事实的"田野"并将它们"如其所是"地展示出来，就变得格外重要。《最后的耍猴人》的作者马宏杰实可谓此中高手，也正因为如此，才会常常感慨：中国的百姓故事实在是太多了，其中好的、可做的选题简直多得让人做不过来。而《乱时候，穷时候》和《苦菜花，甘蔗芽》的作者、一位近乎传奇的大龄平民书写者姜淑梅老人，则以其本然的生存经历和社会记忆，以其置身社会末梢的肉眼所见、肉耳所闻，以其字字钉在纸上、句句戳到心里的本分书写为当代非虚构写作提供了一面分外明亮的镜子。

不过，在所有事关非虚构写作的"创意"当中，我认为最根本也最迷人的创意是创造新的世界生态和生命情态，并用恰如其分的媒介记录它、呈现它或展示它。这新的生态既包括已经遭受巨大破坏和污染的各种自然生态，也包括一个社会的政治文化生态，还包括我们每个人日常幽微的生活生态和心灵生态……在此，除上文已经提及的非虚构作品之外，我还愿意特别推荐饶平如的《平如美棠》、陈冠学的《田园之秋》、苇岸的《大地上的事情》、李娟的《我的阿勒泰》、陈桂棣和春桃的《中国农民调查》、张新颖的《沈从文的后半生》、曾海若导演的纪录片《第三极》、秦秀英的《胡麻的天空》和约翰·缪尔的《我们的国家公园》、亨利·贝斯顿的《遥远的房屋》等作品。其中，《平如美棠》一书曾获 2013 年度"中国最美的书"称号，它是饶平如老先生在妻子毛美棠女士离世之后，"一笔一笔，从美棠童年画起，以画笔细细记述他们在时代转变、世事波折的背景下，度过的平淡、艰辛却相爱并有精神守持的生活"。书中，当然更是在两人的真实生活中，有爱，有情，有欢喜，有忍耐，有恩慈，且永无止息，因此整本书"是饶老先生与美棠两个人的故事，也是饶先生的一生，是他亲手构建和存留下来的饶家的家族记忆，更是中国人最美、最好的精神世界"①。应该说，《平如美棠》是近年来中国非虚构写作的一个意外收获，

---

① 网友"VIVI"：《爱情就是平凡岁月里的美好，就是永不相忘》，2013 年 5 月 12 日，https://book.douban.com/review/5950385/。

它既体现了一种难得的非虚构写作创意,更体现了一种极其难得的平民日常生态创造。我认为,它将一个平凡的百姓(饶平如)一生的"道义坚强"及其和家人共同缔造的"情义传奇"(甚至是"情义神话")恰当地传递出来,并最终成就了当代平民书写领域的一则镌刻人心的佳话。它也使我记起100多年前梭罗在其传世之作《瓦尔登湖》的"结束语"中写的一段话:"做一个发现你内心的新大陆和新世界的哥伦布吧,开辟新的海峡,不是贸易的海峡,而是思想的海峡。每一个人都是一个王国的君主,和这个王国相比,沙皇的尘世帝国只不过是个区区小邦,冰原上留下的小圆丘。"[1]梭罗的这句话本身无疑也属于本文自始至终都在讨论的"事实"范畴,而如果将句中的"你内心"和"思想"换作"事实"一词,并在"王国"的前面加上"非虚构写作"的限定语,这个句子仍将成立,并且仍将具有应有的分量和力量。

---

① 梭罗:《瓦尔登湖》,王家湘译,北京:北京十月文艺出版社,2009年,第324页。

报告文学和非虚构写作之争的
辨析与考察

丁增武

（合肥学院语言文化与传媒学院）

2014 年 8 月，文学界发生了一桩不算太大但颇具轰动效应的新闻事件，著名作家阿来的长篇纪实作品《瞻对：一个两百年的康巴传奇》（以下简称《瞻对》）在第六届鲁迅文学奖评选中的最终得票数为 0 票，无缘该奖，让许多本来看好《瞻对》的人大跌眼镜。阿来本人对此结果也很不认同，公开发文从评奖体例、评奖程序和作品质量三个方面对评选结果进行了强烈质疑，一时引起文学界和读者的广泛关注。但事情的发展没有停留于此，而是继续发酵，最终在文学界引发了报告文学和非虚构写作两种文体之间优劣短长的激烈论争。在论争的背后，隐藏着当代作家和文化学人渴求当下文学通过"立足现实、重返现场"来重建与现实紧密关联的焦灼心态。

一、报告文学与非虚构写作的相遇

还得从阿来《瞻对》的 0 票说起。《瞻对》是阿来耗时三年完成的一部长篇历史纪实作品，参与的是鲁迅文学奖中"优秀报告文学奖"的评选。[①] 也就是

---

① "鲁迅文学奖"与"茅盾文学奖"同为中国文学界的至高荣誉，由中国作家协会主办。"鲁迅文学奖"各单项奖包括以下奖项：全国优秀中篇小说奖，全国优秀短篇小说奖，全国优秀报告文学奖，全国优秀诗歌奖，全国优秀散文、杂文奖，全国优秀文学理论、文学评论奖，全国优秀文学翻译奖。

说，《瞻对》参选的身份是"报告文学"。但这部作品在《人民文学》2013 年第 8 期公开发表后，还获得了另外一个荣誉背景或者说身份，就是《人民文学》主编施战军所界定的"'历史非虚构'长篇力作"，并且获得了该年度"茅台杯人民文学奖"中的"非虚构"大奖。"报告文学"和"非虚构写作"这两种不同的身份在同一部《瞻对》身上相遇了，却又导致了截然不同的两种结果。显然，这两种同中有异的文体及其代表的写作方式在当下文学界的不同阵营那里得到的评价是大相径庭的。要厘清这一点，则必须要对二者与现代中国文坛的渊源及其内涵演变做一个简要的追溯。

报告文学这种文体并非产生于中国本土，而是舶来品。学术界比较一致的看法是，作为西方近代工业社会的产物，报告文学伴随着近代印刷业的发达和报纸杂志的出现而产生。确切地说，是伴随着近现代新闻通讯报道的繁盛和需要而产生的，即 Reportage，是基于 Report 一词新造的术语。据现有史料来看，可能具有部分文体特征的写作可以追溯到 19 世纪末，但是报告文学作为一个现代文体概念，最早通过翻译介绍见于 20 世纪 30 年代初的现代中国文坛。陶晶孙在 1930 年 3 月 1 日的《大众文学》（新兴文学专号）上发表了他翻译的中野重治（日本）的《德国新文学》一文，第一次正式提出"报告文学"（中文译名）这个文体概念。[①] 此后，以日本为中转站，[②]在左翼阵营基于意识形态宣传目的的大力倡导之下，报告文学写作运动蓬勃开展，出现了《包身工》(1936，夏衍)等经典作品。中国 20 世纪 20—30 年代的特殊语境，奠定了报告文学这一文体追求新闻性、政论性、文学性等基本品质，其中新闻性又包容了事件人物的现实性、选题及传播的时效性和主题的时代性等基本内涵；同时，赋予了中国报告文学作家在写作中极强的主体倾向性，并由此形成了自觉"报告"自己所处时代的主体责任与精神传统。

---

① 陶晶孙在《德国新文学》中有这样的译文："刻羞（今通译为'基希'，笔者注）……所谓'报告文学'的元祖，写有很多长篇，而他的面目尤在这种报告文学随笔纪行之中。"

② 在报告文学作为现代文体概念进入中国文坛初期，通过对日本学者川口浩、中野重治等人的报告文学理论的介绍，特别是对川口浩的《报告文学论》的译介，中国左翼作家接触到了以基希（捷克裔德国作家）为先驱的新兴国际报告文学写作运动。报告文学当时在日本的译名是"调べる文学"，意思是基于调查的文学纪实。

综观 20 世纪中国文学史,报告文学经历了三次大的创作高潮,和特定时代的政治、经济、文化语境结合,凝聚成三种不同的写作范型,分别是 20 世纪 30 年代的救亡型报告文学、50 年代的建设型报告文学和 80 年代的改革型报告文学。[①] 进入新世纪以来,随着社会现实与心理的日益多元化,报告文学的写作范型也开始多元化,出现了史志型报告文学[②]、世俗型或者说商业型报告文学等新的范型。时代的变迁、写作范型的多元,在一定程度上造成了报告文学初期的一些基本特征的变化和调整。新闻性方面,传播的时效性要求有所弱化,而选题及人物、信息的客观真实度的要求则被提高到一个新水准;政论性的特点随着时代变迁自然淡化了,但批判性与思辨性加强;文学性的表达没有变,但文本中可虚构的空间越来越小,而且面临越来越多的质疑;等等。宏观上看,报告文学作为一种"危险的文学样式"和揭发世界罪恶的"艺术文告"(基希《一种危险的文学样式》),新世纪以来其基本特质和文体传统并没有大的改变,作家们的精英意识、道德良知和批判立场依然在延续,我们依然可以看到《中国农民调查》(2003,陈桂棣、春桃)、《蚁族》(2010,康思)这样直面冷峻现实的长篇力作问世。不过,置身于市场化、世俗化的浪潮之中,报告文学写作正在面临和已经出现这样那样的问题:

首先,部分作家或杂志在世俗利益的诱惑面前,有目的地歌功颂德或贬斥、丑化某些特定描写对象或人物,偏离了客观、真实、理性的基本标尺,甚至严重违背现实,变成了有偿报告或广告的变体,造成不良的阅读与传播后果。2008 年《报告文学》杂志的"付费发稿"风波即是一例。其次,部分作家的作品格调开始低俗化,打着"报告文学大众化"的旗帜,迎合某些阅读趣味不高的读者,以客观记录为名,大量展示诸如"打工妹"生活、"包二奶"现象、鸡零狗碎的名人逸事、耸人听闻的都市奇闻等低俗内容,脱离了对社会阴暗面的批判精神。再次,随着时代的变迁,部分作家仍然没能摆脱"十七年"和 20 世纪 80 年代那种过于抒情化的表达方式,在处理一些主流题材时太过意识形态化

---

① 龚举善:《20 世纪中国报告文学的三次浪潮》,《文艺理论与批评》2000 年第 2 期,第 105 页。

② 这一概念来自李炳银,参见李炳银:《当代报告文学流变论》,北京:人民文学出版社,1997 年,第 281 页。

和情绪化，细节部分虚构成分过多，现实感、思辨性和批判性不足。在社会价值导向多元化的今天，必然会导致部分读者阅读兴趣的转移。

正是由于上述问题的存在，新世纪以来文学界出现了诸多质疑的声音，甚至波及了报告文学作为一种现代文体存在的合法性。代表人物有李敬泽、叶匡政、吴俊等人。李敬泽早在2003年就在《南方周末》上发表了《报告文学的枯竭和文坛的"青春崇拜"》一文，认为"我们不大可能创造出一种奇迹般的精神废墟：在全世界消灭小说、消灭诗。然而，有一种文体确实正在衰亡，那就是报告文学或纪实文学，真正的衰亡是寂静的，在遗忘中，它老去、枯竭"[①]。概括起来，这些质疑主要集中在两个方面。一方面是质疑"报告"的内容要么是"向上"或"唯上"的，因而充斥着大量美化、理想化、主观化的宣传话语，严重脱离底层生活的实际；要么是"媚俗"或"从众"的，充满低级趣味的内容和铜臭味。另一方面是质疑报告文学作为一种文体的叙事伦理不能成立，即"报告"和"文学"是不相容的。"文学的特性在虚构和想象。只有当报告文学进入虚构和想象的世界中时，它才是文学。当然，这时也就没有报告文学了。""报告文学想鱼和熊掌兼得，既想让人相信它是完全真实的，又想把自己圈定在虚构的世界中。"[②]而他们提出的即将完全替代面临衰竭的报告文学的文体，正是在当下国外写作界所谓"三分天下有其二"的非虚构写作。

国内文学界对非虚构写作的热衷和宣扬，或者说非虚构写作正式成为一个文学话题，应该始于2010年。该年初，李敬泽任主编的《人民文学》专门推出一个"非虚构"专栏，开始将非虚构写作作为"一种新的文学可能性"来讨论、推广。10月10日《人民文学》高调推出了一个"人民大地·行动者"非虚构写作计划。该计划的宗旨是：

> 以"吾土吾民"的情怀，以各种非虚构的体裁和方式，深度表现
> 社会生活的各个领域和层面，表现中国人在此时代丰富多样的经验。

---

① 李敬泽：《报告文学的枯竭和文坛的"青春崇拜"》，《南方周末》2003年10月30日，"文化"版。
② 吴俊：《也说"报告文学"身份的尴尬》，《文汇报》2004年1月18日，第10版。

　　"行动者"非虚构写作计划，要求作者对真实的忠诚，要求作品具有较高的文学品质。

　　"行动者"非虚构写作计划，特别注重作者的"行动"和"在场"，鼓励对特定现象、事件的深入考察和体验。①

　　由于《人民文学》在当下文学体制中所能够获得的话语阐释权及对文学事件的推动能力，之前文学界关于非虚构写作的零散讨论很快被整合在上述写作计划的大旗之下。创作方面也很快有了收获，梁鸿的《中国在梁庄》与《出梁庄记》、慕容雪村的《中国，少了一味药》、萧相风的《词典：南方工业生活》、乔叶的《拆楼记》与《盖楼记》、丁燕的《工厂女孩》、王小妮的《上课记》、李娟的《我的阿勒泰》与《冬牧场》、阎连科《北京，最后的纪念》等，一时间让非虚构写作显得盛况空前，成为一个极为张扬的文学事件。其实在此之前，"非虚构"的概念就已经在文学界出现，例如《中国作家》自2006年开辟了"纪实"专刊，从第1期开始，隔期推出"非虚构论坛"专栏，不过只是作为一种写作方式来评论报告文学和纪实文学，并未将"非虚构"视为一种新的文体以及一种新的叙事类型来讨论。《人民文学》对"非虚构写作"的张扬，很容易让人想到20世纪80年代中后期《收获》等文学期刊对当时的"先锋小说"的推波助澜，二者极为相似。当年的先锋作家们高举"个人化小说形式实验"的大旗，与传统现实主义叙事实行了坚决的"断裂"。纵观中国现代文学史，不难发现，每次新的文学思潮或写作文体的出现，都与它所面临的写作传统进行了"断裂"，似乎不"断裂"便不足以标榜自身的存在，这已经形成了一个"革命"的"传统"。而此次非虚构写作的强势崛起，"断裂"的对象直接指向了与它大有交集的报告文学。

　　至于非虚构写作的渊源，提倡者们自然不愿从中国文学史中寻根问祖。他们追溯到了20世纪60—70年代美国开始兴起的"非虚构小说"，其概念的来源和文体的生成都与当时美国的"新新闻主义"（New Journalism）密切相

————————

①　参见《"人民大地·行动者"非虚构写作计划启事》，《人民文学》2010年第11期，第10页。

关。美国作家杜鲁门·卡波特和诺曼·梅勒的一些作品目前受到中国批评家们的极力推崇，卡波特的旧作《冷血》以及梅勒的《刽子手之歌》等被批评家们和出版社热炒，成为当下中国非虚构写作效仿的典范。而卡波特、梅勒这些作家，大多有新闻工作的背景。非虚构写作最初脱胎于新闻写作，是新闻写作的一个旁支，应是一个基本的事实。从起源看，非虚构写作与报告文学似乎"本是同根生"，但后来"花开两朵，各表一枝"。至于《人民文学》推出的这个"人民大地·行动者"非虚构写作计划，该杂志现任主编施战军谈了他自己的理解：

> 目前有些中国作家在创作方面缺乏现实感，写作自备一格之后常常发生与丹纳所言的"环境、种族、时代"三要素脱节的状况。"非虚构"栏目的意向之一也是为了提示写作者"现实感"的不可或缺。……我们还是希望作家关注现实，多写一些与现实相关的作品，展现作家深入到现实中观察、体验、记述的行动能力，从中发现世道人心。这是设置"非虚构"栏目的首要目的。
>
> 这种写作本身就是吸了地气的写作，大地散发出来的生命气息和"非虚构"的写作意识是交融的。在这个过程中，作家从切身体验和真正感触出发，是作家"情愿"的劳动，作家和大地构成了一种亲密的互文关系，二者同呼吸、相映照、共命运。[①]

至此，我们可以大致归纳出当下非虚构写作的几个基本要点："行动""在场""现实感""接地气"和"较高的文学品质"。而这几个特征，在李敬泽等人看来，恰恰是 20 世纪 90 年代以来的中国报告文学日益缺失的品质。即便如阿来的《瞻对》这样的"历史非虚构"作品，对现实中汉藏关系的启示也是不言自明的。因此，他们认为，非虚构写作更切合当前的中国现实，非

---

① 施战军、梁鸿、丁燕、乔叶：《非虚构写作：贴着大地飞翔》，即《生活新报》就非虚构写作对四人的访谈，《生活新报》2013 年 8 月 6 日，第 A34—A35 版。

虚构写作取代报告文学，既是文学反映当下现实的需要，也是合乎文学自身逻辑的发展。

二、碰撞与断裂是否成为必然

非虚构写作与报告文学在新时代条件下重新相遇，似乎是一件必然要发生的事情。问题并不在于相遇，而在于二者相遇后产生的碰撞与断裂。碰撞显然导致了论争双方在一些基本理念方面的冲突，如报告文学类作品反映现实的姿态、方式和途径是否已经脱离了现实语境？非虚构写作是否能更好地表现当下读者需要的、更贴近个体本身的"现实感"？更具体一点地说，含有新闻因素的"Reportage"式写作是否已经彻底脱离了"人民"和"土地"的支撑而成为主旋律的伴舞者？这种脱离是否因为报告类的文体本身而不可避免？等等。对这些问题的判断、梳理和辨析有助于我们了解非虚构写作之于报告文学的断裂是否成为必然。

首先，报告文学是否因为报告类的文体本身而丧失了与当下复杂社会对接的"现实感"，从而走向必然的衰竭之途。当下报告文学面临的乱象，固然给了非虚构写作倡导者们以非议的理由，但我们真正需要弄清楚的是，报告文学写作中存在的这些乱象，是写作者的问题、社会的问题还是文体本身的问题？如前所述，报告文学在 20 世纪经历了三次辉煌，《包身工》（夏衍）、《谁是最可爱的人》（魏巍）、《哥德巴赫猜想》（徐迟）等各阶段的经典之作支撑起报告文学的发展框架。我们首先需要确认，这些作品都切合并充分体现了当时的时代发展主流，甚至充当了潮流的急先锋。即使以今天非虚构写作提出的"行动""在场""现实感""接地气"以及"较高的文学品质"等写作标准来看，它们也堪称典范。需要指出的是，我们特别需要坚持历史的标准，不能站在今天的立场和现实语境中来指摘过去这些作品中包含的意识形态因素，不能以今天我们认为更具有迫切性的"底层叙事"来否定当时的"宏大叙事"，因为回到那些年代的语境里，不难发现，这些今天所谓"宏大叙事"同样具有迫切性。仅以《哥德巴赫猜想》为例，歌颂知识分子的主题之所以成为当时的时代主潮,是基于"文革"的"反知识、反文化、反文明"造成历史脚步错乱的现实。陈景润作为知识分子本身就是一个弱者,知识分子叙事在当时本身就是具有迫切性的"底层叙事",只不过因为切合了时代主流的需要而具备了"宏大性"。我们不能因为所谓"宏大叙事"来指责当时的报告文学脱离现实、脱离底层的写作姿态和方式,毕竟对于某个时代来说,还是存在相对迫切、相对凸显的主题的,报告文学的"现实感"及作家的主体责任感由此而来。这里牵涉一个对所谓"现实感"的具体理解的问题。诚然,今天为底层民众而写作的"底层叙事"是具有"现实感"的,甚至能成为当下叙事的主流,但我们不能断定像《哥德巴赫猜想》这样的知识分子叙事仅仅就是为当时改革派的意识形态造势,是"媚上"。我们不能强求作家的写作脱离这个符合历史发展规律的时代主潮。这不是文体的问题,而是创作主体基于特定时代精神对"现实感"如何理解的问题。因此,当下报告文学面临的问题,主要是复杂的社会干扰了作家对"现实感"的判断,削弱了一些作家直面现实真相的主体责任,问题意识缺乏,甚至企图把报告文学这种"危险的文学样式"转变成有利可图的写作手段。但如果断言报告文学这种文体已经脱离了当下这个时代和底层民众的生活而走向衰竭,甚至从媒体是否关注的角度来判断报告文学已经死亡,[①]从理论上说是不客观的,也是不科学的。那种有意识地把报告文学作为意识形态宣传工具来对待的观点,罔顾了报告文学在世界范围内的发展事实。

其次,非虚构写作能否克服报告文学面临的写作难题并展现当下读者更需要的、更贴近个体生活本身的"现实感"? 甚至如某些学者所言,代表中国当下文学的方向? 尽管前者方兴未艾,但这个话题目前也不可能有结论。其实,在很多提倡者那里,两者的区别与界限并不明显:

> 非虚构的写作当然需要更多的东西,首先要有调查、还原真相的能力,这里的调查不仅仅是采访,而是要能够在纷繁的世象中找

---

① 参见腾讯网 2014 年 8 月 18 日"腾讯文化"专栏中署名"阚恪"的文章《鲁奖观察:报告文学已死,"非虚构"当立》中提供的关于报告文学的百度指数统计,http://cul.qq.com/a/20140818/009531.htm。

到真相。其次,要有一定的文字功底,能够真实而顺畅地描述出事件的原貌。其三,要有更广阔的视野和知识,非虚构的写作往往涉及各种不同的领域,必然要求写作者具备这些领域的基本知识。……真正的非虚构写作,和报告文学不同,必然要站在公众的立场、真实的立场上,反映这个社会真实的状态。而且,一个作家写作,必然会关注那些别人忽略的、受伤害的、被人们遗忘的一面,而这样的真实写作又往往和主流的价值有差距,难以出版,缺少资助者,所以好的作品难出现。①

叶匡政作为非虚构写作的主要支持者,他的这段话传达的信息并不够准确,从专业角度看模糊而含混。他所列举的"调查、还原真相的能力""一定的文字功底"和"更广阔的视野和知识"三项要求,在他看来是非虚构写作区别于报告文学的更高标准。而在专业研究者看来,这三项标准实在是报告文学写作者同样应该具有的素养(当然并不是所有人都能严格做到),并不能作为非虚构写作与报告文学之间的界限,而是共同的要求,因为不具备这些标准的写作难以称得上真正的报告文学。此外,叶匡政认为真正的非虚构写作是站在公众的、真实的立场上来反映社会的真实状态,是"关注那些别人忽略的、受伤害的、被人们遗忘的一面"的写作。时间较远的作品姑且不论,难道新世纪以来的《中国高考报告》(何建明)、《中国农民调查》(陈桂棣、春桃)、《中国新生代农民工》(黄传会)、《蚁族》(康思)、《十四家——中国农民生存报告(2000—2010)》(陈庆港)、《共和国粮食报告》(陈启文)、《毛乌素绿色传奇》(肖亦农)等等产生良好社会反响的报告文学作品就不符合叶匡政的这些标准? 可见,非虚构写作诚如一些人所言作为一种新的文体的话,那么,拥趸者们尚没有找到精准的边界,对之进行精确的界定。只是在贬斥报告文学过于靠近主流意识形态和商业化的同时,以强调"行动""在场"及"田野调查"为标

---

① 参见人民网 2014 年 8 月 20 日"文化"专栏《非虚构类写作繁荣,报告文学应该死亡?》一文,即叶匡政就非虚构写作接受《北京晨报》记者的专访,http://culture.people.com.cn/n/2014/0820/c172318-25502982.html。

志,为非虚构写作争取取材于底层和民间的个人化写作空间。以《中国在梁庄》等为代表的《人民文学》杂志刊登的诸多作品皆属于此列。这在一定程度上切中了报告文学的软肋,但并不意味着只有非虚构写作能拥有这些写作空间,也并不意味着它一定比报告文学做得更好,认为其代表文学发展方向就更是愿景了。

就非虚构写作在当下的实际展开来看,还存在着几个需要厘清的问题:

一是非虚构写作概念的边界问题。如果它的外延无限扩大,把各种类型的纪实类写作都包括进去,那么它就不是一种新的文体,而是一个文类。但在时下的文学界,对非虚构写作做这种宽泛理解的并不少见。除去阿来的《瞻对》外,2013年8月,中国首个"非虚构写作大奖"在第二届"南方国际文学周"上颁出,《出梁庄记》(梁鸿)、《故国人民有所思》(陈徒手)和《梁启超传》(解玺璋)分获文学、历史和传记类大奖;获得公共关怀奖的《洪流——中国农民工30年迁徙史》(《南方都市报》特别报道组)就是一部典型的报告文学;而获得时代表情奖的《中国制造:欲望年代的干露露们》(李宗陶)则难免让人从中窥见报告文学通俗化的面影。仅从该评奖活动的运作方式看,传媒介入的痕迹过于明显。如此一来,非虚构写作的概念无限膨胀,和一般的纪实文学并无多大区别,只是名称的替换而已。

二是当前非虚构写作倡导者极度强调作家的"行动""在场"以及"田野调查"等在写作中的重要性,但如何在个人化的叙述中体现"现实感",则不可避免地涉及文学的因素,"较高的文学品质"也是一个不可或缺的要素。施战军说:"无论现实题材还是历史题材,我们对'非虚构'更热切的希求是:人性意味、结构、语言等经典性文学要素,能够更自然从容地渗透在写作意识中。"①但是,假如没有想象和虚构,这些经典性文学要素能否在写作中呈现?就已经发表的非虚构作品看,结论并不乐观。那么,非虚构写作是否会面临李敬泽等所质疑的报告文学的叙事伦理问题呢?

---

① 施战军、梁鸿、丁燕、乔叶:《非虚构写作:贴着大地飞翔》,即《生活新报》就非虚构写作对四人的访谈,《生活新报》2013年8月6日,第A34—A35版。

三是非虚构写作的评价标准问题。写作边界与写作要素的不确定性必然导致评价标准的紊乱。目前非虚构写作的倡导者们尚热衷于概念的推广，并没有做扎实的基础研究工作。但在非虚构作家那里，理解是不一致的。梁鸿认为"真实不是'非虚构'的唯一品质"，丁燕主张"写艺术的真实而非客观真实"，乔叶推崇"有温度和色彩的'非虚构'"，等等。[①] 这起码说明，如何评价写作边界与要素都尚不确定的非虚构写作，文学界眼下还缺乏相对一致的看法。

回到开头的问题上来，非虚构写作与报告文学在新时代条件下的相互碰撞与断裂，非虚构写作作为后来居上者取代报告文学在文学界的位置，其必然性与必要性在目前显然还不够充分。

三、话语权之争与叙事伦理的限度

对于非虚构写作的公开质疑，文学界从事报告文学写作与研究的阵营进行了回应。2014 年 10 月，在平顶山市举行的"全国报告文学创作会"专门讨论了非虚构写作。何建明等人认为，"非虚构写作"把自己演绎成虚构文学的对立面，其概念的内涵与外延过于宽泛，内在逻辑也不够清晰，只能是一个文类而非独立的文体。而报告文学本身就是开放性的，其写作方式各不相同，表现形态也各有类型。以"非虚构"来重新命名长期以来以报告文学为主体的纪实文学写作，只会造成文学研究的混乱。[②] 长期从事报告文学研究的李炳银更是在会上认为，"非虚构"的提出其实就是试图借用和开发真实的价值。但是在这个开发和借用的过程中，部分编辑、作家又想给自己留下足够的自由表达空间，不使自己被紧紧地捆绑在事实上，避免因事实真实带来某些压力和纠缠。这其实是缺乏对真实承担负责的勇气的表现……近年来因

---

① 施战军、梁鸿、丁燕、乔叶：《非虚构写作：贴着大地飞翔》，即《生活新报》就"非虚构写作"关于四人的访谈，《生活新报》2013 年 8 月 6 日，第 A34—A35 版。

② 魏建军：《为人民而写作——2014 年全国报告文学创作会侧记》，2014 年 12 月 9 日，http://www.chinawriter.com.cn/news/2014/2014-12-09/227314.html。

为很多人对报告文学的陌生和偏见，试图取消报告文学，并把"非虚构"概念强势推出，"水由此变浑了"。大众的目光都被吸引到这一"概念"身上，却不知道它与报告文学曾经的渊源。① 通过对比、梳理论争双方的观点，旁观者不难嗅出双方在纪实文学这一大的文类领域开始争夺话语权的气息。

争夺话语权的表现除了前述理论上的相互诘难之外，另一个突出的表现便是对有影响力的作品的宣扬和争夺。这中间还夹杂着写作者自己对作品定位的摇摆不定。例如，梁鸿的《中国在梁庄》曾是非虚构写作主推的力作，而这部作品又入围了中国报告文学学会主办的"2012 年中国报告文学优秀作品排行榜"十佳作品，排名第四。丁燕的非虚构作品《低天空：珠三角女工的痛与爱》被收入李炳银主编的《2013 报告文学》，该作品和《瞻对》一样，也参与了 2014 年鲁迅文学奖报告文学组的评选。而梁鸿的《出梁庄记》在参与鲁迅文学奖评选时申报的则是散文组。反之，非虚构写作在编选非虚构作品集时，也把一些人们通常认为是报告文学的作品收入囊中。如李敬泽和丁晓原合编的《中国非虚构年选（2011 年）》就收入了《让百姓做主——浙江省琴坛村罢免村主任纪事》（朱晓军、李英）、《啼血试验——朱清时和他的南科大命运》（刘元举）这样的完全符合报告文学特征的作品。更有甚者，一些非虚构拥趸者把《中国农民调查》《蚁族》等有广泛影响的有深度的报告文学作品都纳入了非虚构写作，以此来彰显后者与他们印象中浮夸、虚假、媚上、只知道唱赞歌的报告文学的区别。如此看来，大凡真实程度与典型性好、社会反响强烈、艺术水准高的纪实作品，无论题材之大小，都是非虚构写作和报告文学所欢迎的。以有影响力的作品来构建、坚定自己的理论自信，是历来文坛写作潮流之间出现话语权之争时的常用手段，并不鲜见。但这一点恰恰说明一个问题：非虚构写作和报告文学所追求的理想的写作方向和写作路径是相似的，两者拥有相近的叙事伦理。然而，两者正在为谁能主导中国当代纪实文学的走向而冷脸相向，互抛不睦之词。

---

① 魏建军：《为人民而写作——2014 年全国报告文学创作会侧记》，2014 年 12 月 9 日，http://www.chinawriter.com.cn/news/2014/2014-12-09/227314.html。

　　话语权之争的背后其实关涉着双方叙事伦理的限度及其边界。客观而论，无论是非虚构写作还是报告文学，其叙事伦理的核心本质都在于"非虚构"，但各自的限度和边界却不尽相同。报告文学的写作动机自然是"报告"，而"报告"的内容则因时代的发展不断变化，当然，基本都是具有一定热度和时效性的现实题材，但已经不再捆绑在主旋律的战车上，关注的社会范围更广，探索的思想维度更深。能否"为人民而写作"，这是时下考察报告文学叙事伦理能否维持的限度，也是其面临生死存亡的关键。在 2014 年全国报告文学创作会上，这一点已经成为时下有责任感的报告文学写作者的共识。因此，"报告"的对象，不应该也不可能再定位于官方、领导和利益群体，而只能是最广大的读者，也就是"人民"。非虚构写作非议报告文学的报告对象一直是"向上"的，不是面向底层大众，从而背离了真正的现实。从文体角度看，在这种人为设定的"向上"与"向下"之间，正是一个写作伦理上的误区和陷阱。作为以"非虚构"为核心生命的文体，非虚构写作将和报告文学同样面临游走于"上""下"之间的诱惑与困惑。谁又能保证，非虚构写作如提倡者那样，能够始终怀有"吾土吾民"的情怀呢？这取决于写作者而非文体本身。其实，仅就两者的核心本质"非虚构"而言，绝对的"非虚构"在作品中是难以实现的。文学对人类生活的描述由"虚构"和"非虚构"共同构成，"非虚构"原则在相关文学作品的生成及文类谱系构成中的可行性是有限的。"'非虚构'是个具有似真性和相对性的美学判断，其哲学依据和伦理诉求都是有限的。正是这种限度，为非虚构文学叙事的文类生成以及跨文体写作的交叉融汇同时提供着基本规范和创新空间。"①共同的核心本质和叙事限度，使得论辩的双方都不拥有绝对的真理，也使得双方的话语权之争在文心分流的当下文坛具备了生存合法性竞争的意味。

　　新世纪以来，史志型报告文学的写作逐渐变热，在保持历史本来面目与题旨的现代意蕴的双重前提下，作为展示历史与现实对话的一种特殊文本，此类作品和阿来《瞻对》这样的"历史非虚构"属于同一类型，还具有较强的现

---

① 　龚举善：《"非虚构"叙事的文学伦理及限度》，《文艺研究》2013 年第 5 期，第 43—53 页。

实感。此外，近年来，写作视角越来越平民化，类似于通讯特写的短篇报告作品写作也在复苏。这些都是报告文学对自身叙事边界的拓展，也是对作为一种写作伦理的"非虚构"的理解的深入。但基于"报告"这一叙述前提，报告文学的叙事边界不可能如非虚构写作那样包罗万象。在后者的冲击之下，固守自己的创作阵营，充分发挥自身作为知识分子典型写作方式的精神传统，是报告文学在这场论辩中的首要任务。

相比较而言，由于历史积累的原因，报告文学在当前的文学体制内拥有更多的文坛资源，在话语权之争中处于相对强势的地位。这次阿来的"历史非虚构"作品《瞻对》在鲁迅文学奖评选中最终以 0 票收场就是明证。但非虚构写作提倡者们似乎更熟谙时下文化市场规律的运作，在现代传媒的介入之下，他们制造了一个又一个以"非虚构"为主题的文坛热点，吸引了众多的眼球和知名文人的参与。在创作实践方面也有一定的进展，已经推出了一批有影响的、异于传统报告文学的写实作品，可谓风生水起。但一个显在的事实是，在当下这个数字化、网络化、全媒体的时代，非此即彼、你死我活的单边思维和话语霸权正日益变得不合时宜，开放兼容、互惠共生的文体观念的养成至关重要，而且迫在眉睫。只有这样，才能给报告文学和非虚构写作以存在、对话、交融的自由与权利，让两者在和谐共处、"和平演变"中实现叙事边界的位移与整合。面对当下文学严重边缘化的现实，有一点可以确定：同是视"非虚构"为自己的生命，两者谁能通过"纪实"重返这个时代，真正发掘与坚守这个时代的底色和方向，谁才能赢得文学史的认同。

试析葛红兵小说类型学的理论构建、运用与意义

邱建丽

（广西师范大学文学院）

　　类型学本是建筑术语。随着现代主义或功能主义出现危机，人们对类型学重新开始重视，这也是类型学的复兴。对类型学的重视是由于现代主义之后更广泛地对建筑意义的追求。因为类型与历史建立了联系，人们认为与历史建立了联系便是在一种特定文化内赋予建筑以合法性的必要步骤。结构主义为类型学的复兴奠定了理论基础，根据作为结构主义基础的符号学理论，在任何符号系统中符号传达意义的能力有赖于特定系统中约定俗成的关系结构，而不在于符号与外在的先存在，或与外在现实的某种固定联系上。语言与建筑相似，在这两个领域内，历史呈现的过程不是那种一个阶段彻底抹去前一个阶段的过程，而是每个阶段都有遗痕留存，这些不同阶段的痕迹又保持在今日我们看待世界的方式上。类型犹如语言，语言总是先存在于个人的或团体的语言能力之前。正是先前存在的类型使该系统得以传输意义。

一、类型理论框架的构建

　　葛红兵在《小说类型学的基本理论问题》中对理论建构的基础、理论借鉴的源头、理论本体的立体结构和理论的未来趋向做了详细的阐发。

随着全球市场经济的高度发展,行业精细化逐步加强,阶层间及阶层内部的分化日趋明显,而人们的审美趣味也会随着这些社会特征的细微变化而改变。与传统媒体的承载方式相比,网络时代的创作与传播媒介有显著的优越性,自媒体的交流平台使文学有了新兴的消费契机。类型标签为我们找寻所爱节省了时间和精力,与快速跳跃的生活节奏很和谐。在文学的格局划分上,也为我们呈现了多元的可能性分法,开阔了文学视界。

小说类型理论的基石稳固。逻辑学的种属关系研究、中国古代文体学和形式分类研究成果、中国现代小说类型研究成果都是其理论资源。小说类型研究试图寻找类型小说的能指和所指以及二者之间的关系,从而为小说类型评论和小说史的研究切面寻找新的关键点。关于树状结构上的各个结点——类型、类型研究、类型小说和小说类型,葛红兵也做了详尽的介绍与分析。类型学的步骤也得以还原:具体—抽象—具体。不是从具体到具体的直接模仿,而是由具体到抽象的高度提炼,抽象理论的生成无疑有利于解决历史疑难;而从抽象到具体的回归又解构了现实难题。通过这样的循环,吸收新的元素,完成理论的吐故纳新。

在理论的结构上,葛红兵用了四章的篇幅来组建。三、四章的历时和五、六章的共时结合,揭示了小说的共性与个性,种属特色,从而实现对小说的"分门别类"。将具体的文本抽象为一个图形或者一种符号,这样便于不同"种"的直接比较,然后根据特征再归到不同的"属"中,这是将具体的文本形式化的过程。当然,我们不能仅仅停留在形式的层面,而要通过分析形式所携带特征的社会、历史、文化意义,透过文本内部这个显微镜去审视文本外部的历史与现状。小说的叙事语法理论也经历了漫长的发展历程,不断地推陈出新。从普罗普的形态学到格雷马斯的行动元理论和行动元符号矩阵,再到托多罗夫的句法理论和双层叙事语法结构法,每一步都在前进。普罗普对故事中恒定要素——功能的发掘,将故事与关键性动词几乎画了等号,为整体把握故事提供了一种有益的思路。在普洛普强调"动作"的基础上,格雷马斯提出了"动作的方式"对动作产生意义的重要性,并做了普罗普没有完成的步骤——对行为背后的意义揭示。从最初三对对立的"行动元范畴"、强调对立的语义矩阵,到兼顾"对立中的'转换'"的行动元模型,再到高度形式化的意义生成结构"行动元符号矩阵"。最后的成果就像一个函数公式,当赋予不同的自变量,得到的因变量也不同,但是自变量和因变量的关系却是固定不变的,这就是它的生成性特征。如果说以前的理论只是强调各个行动主体间的关系,那么托多罗夫的句法理论就转向强调关键行为主体的连续动态过程。他将故事比作一个陈述句,而故事的看点在于变化,他抓住变化的不同,创造了叙事转化公式,通过对陈述句中的三个特征的前后对比,找出句法特点。这个转化虽然让我们更加关注故事始末的不同,但是略显粗糙,随后的行动模态理论将上一转化精细化,产生了行动的四个分段:产生欲望—具备能力—实现目标—得到奖赏。再结合情节动力学原理,上面的序列可进一步改进为:心有欠缺—产生欲望—锻炼能力—实现(未达)目标—奖惩。将这些理论整合为叙事语法,建立一套叙事共同模式的规则,而这个语法中的"主因素"则被认为"基本叙事语法",托马舍夫斯基也将它作为判断各类型文学的主要标志。在语法累积的基础上,成规的生成也是水到渠成。成规即法则,法则并非源于自然,而是人类心灵的建构,它是集体意识一致性的体现。文本内的成规是文本外成规的投影,透过结构的表层去寻求深层含义是科学理论应该追求的。

如果成规是让我们"古今融通",那么把小说视为"地方知识"的一种叙事形态就是让我们将小说视为不同地域上的"特产",它们只生长在某一特殊的"生存环境"中,从而构成了某一地域文化独特的符号标志。小说中的语言更是彰显地方特色的"主角"。小说主要是书面的载体,语言中的词汇、语法在表现地方差异时戏码更多。内容和形式不是绝对对立的,内容和形式的组合也是有规则的,不是任意的。甚至极端一点,不妨采用贝克特的观点"形式即内容,内容即形式",将"语法形式"和"语义内容"视为一体,不偏不倚。

随着基石、主体结构的完工,对小说类型的未来展望也是顺理成章之事。正如自然界的生物一样,为了适应大自然的变化,就必须改变自己,增强自身的生命力来获得生存的权力。小说类型也会出现新子类的产生、发展和消亡,自由活泼的兼类和跨类现象,求异审美心理导致的反类现象,类型的基本生长轨迹，等等。而这些现象受诸多因素的影响，它们是如何影响类型的生长和组成，各种因素的不同组合情况是否会影响最终的类型形成，对类型研究又有哪些启示，这是我们应该关注的。

二、类型理论的具体应用

在葛红兵的理论指导下撰写小说类型理论与批评的专著很多。例如张永禄的《类型学视野下的中国现代小说研究》、谢彩的《中国侦探小说类型论》、许道军的《千秋家国梦——中国现代历史小说类型研究》、杜建的《权力关系的多重变奏——官场小说的类型学研究》和赵牧的《"后革命"作为一种类型叙事》。以下我们将对这些著作一一做简单的叙述与评价。

张永禄的《类型学视野下的中国现代小说研究》系统地整理了中国现当代小说的类型角度的批评史，讨论了重要理论家的小说类型研究思路。他将古今的类型学研究囊括进来并总结了现代小说类型的"中国经验"，为类型研究提供了借鉴思路——流派类型构想、审美类型想象、类型检视和结构类型尝试。通过对经验的辩证对待，以期将小说理论、批评、小说史的研究与创作、阅读结合起来，增强小说批评的科学性和理论性。

谢彩《中国侦探小说类型论》的题目足以让人眼前一亮，选题大胆、视角新颖。她拒绝传统的历史描述道路，而是运用类型学理论进行了理论透析。形式上，作者采用了"行动元"理论，将侦探小说的对立行动主体——侦探、罪犯和他们的关键行动——侦查、罪行一一细化。在内容上，她没有停留在侦探小说表面反映的现象上，而是升华至民族志、地方志的高度，打通了作品内外的世界。但是文章在理论层面上的创新不多，可以说是葛红兵的理论在"中国侦探小说"这一新对象上的应用，而且限于精力，这种应用缺少全面性。总之，它作为本土类型研究的新尝试，是比较成功的。不过，可能限于某些客观因素，在类型成型后的繁衍和变异方面，作者少有谈及。

许道军《千秋家国梦——中国现代历史小说类型研究》的特点在研究对象上，不只兼收今古，而且考虑到网络小说的物质存在形态。他强调三级分类理念:小说—小说类型—子类型(类型小说)。他同等重视类型间的区分和类型内的演替,不偏废一方。他抓住了中国历史小说不同的文体特征,以文体作为分类的依据也成为历史小说特有的标准。他对叙事模式的考察,没有从故事中的人物或事件着眼,而是从创作者、叙述者和"历史"的不同互动关系着手,这一着力点为我们开辟了一条新的可行途径。内容上,没有满足于泛谈民族志,而是深入到民族的历史知识、思维和智慧的探讨。

杜建的相关著作是《权力关系的多重变奏——官场小说的类型学研究》。杜建和许道军一样,将涉及的网络小说纳入研究范围。他尖锐地指出了传统的社会学和美学批评法的弊端——没有揭示官场小说作为一种特殊的小说类型的本质特征。他引用了葛红兵的话来说明类型学方法的绝对优势:"把小说发展的历时性与共时性统一,把内容的形式化与形式的内容化统一,把类型的共同风貌和典型文本的个案性统一。"[①]所以他在自己的论著中对四个典型案例做了深度描述,给读者展现了具体的、实在的操作过程。最后,难能可贵的是他对官场小说进行了价值反思,探讨了作家的精神气质与类型作品叙事成规的某种内在联系,指出了官场小说创作遇到的瓶颈难题——民族文化认同焦虑。

赵牧的《"后革命"作为一种类型叙事》也有新颖之处。同以上诸位的研究对象略有不同,赵牧的类型学工具要实践的对象是"类型叙事"。这个对象的提出似乎有利于解决一些不足以被称为"类型"的小说,启示我们关注一些文学作品在某一局域呈现出未成型的一致审美趋向。"革命"的历史叙述、"革命"观念的再生产、"后革命"中"后"的双层内涵,为我们展示了"革命"的生长历程。本著的另一个特点就是对西方某些方法的恰当采用,作者借鉴"德国悲剧起源"的"象征""寓言"来解释革命叙事和后革命叙事对革命的态度;借助杜赞奇"复线的历史"的方法分析"去革命化"叙事的"主观加工"方式。在描写中国革命叙事的发展和转化历程后,进一步探讨了这个转化折射

---

① 葛红兵、肖青峰:《小说类型理论与批评实践——小说类型学研究论纲》,《上海大学学报》(社会科学版)2008 年第 5 期,第 65 页。

出来的社会、政治、文化心理的集体意识。

理论的生命体现在实际使用上,我们期待在实践中发现更多问题,进一步完善、优化理论体系,为文学批评、文学史研究和作品创作提供更有价值的思路和方法。

三、小说类型理论的讨论意义和启示

小说类型研究开拓了小说研究的新思路。类型研究视角有很强的包容性:"类型视角不仅可以超越以时间、空间对小说的分割,也可以超越内容和形式的小说二分法。"①小说类型研究自足的理论体系使其研究层次更加多样化、科学化。小说类型理论对文学创作和文学接受有重要意义。

小说类型理论属于文学理论的范畴。文学理论的主要任务是研究文学活动的规律。文学活动的流动系统是一个从文学创作到文学作品再到文学接受的过程。文学理论和文学活动参与者密切相关。正确的理论指导可以提高文学活动参与者的文学素养,参与者对理论的多样反馈也有益于理论的再发展。具体来说,作家可以借鉴理论成果完善自己的作品,读者在解读类型作品时也有了更专业的工具,"读者需要类型小说批评,以便在识别什么是好的小说上得到专业的帮助,作者也需要类型小说批评,以便更好地认识自身、寻求理论认可,类型对于作者而言,不仅仅是一种规范,更是一种启示"②。小说类型理论可增强对文学史的阐释能力,增加小说批评的新范式。小说类型理论植根于对类型小说的分析、发展史的研究,否则类型理论体系成了空中楼阁;小说类型史、小说类型批评需要小说类型理论的哲学指导,否则前两者只能停留在感性的组合阶段。文学史研究中历史文本与当代文本常是断裂的,而类型理论却可以解决这个难题。"类型学把小说发展的历时性与共

---

① 葛红兵、肖青峰:《小说类型理论与批评实践——小说类型学研究论纲》,《上海大学学报》(社会科学版)2008 年第 5 期,第 65 页。

② 葛红兵、肖青峰:《小说类型理论与批评实践——小说类型学研究论纲》,《上海大学学报》(社会科学版)2008 年第 5 期,第 65 页。

时性统一,把内容的形式化与形式的内容化统一,把类型的共同风貌和典型文本的个案性统一,可以提高小说史阐释的有效性。"[①]类型批评的新范式会让文本展现出不同的品格。"把具体文本放到相应的类型长河中,用该类型的基本叙事语法尺度考察其艺术规范性和创造性,使文学批评具有更严格的学术性和规范性。"

　　类型理论作为一个新兴事物,很多相关概念、分类有待商榷,对于研究者来说,保持开放、宽容、严谨的心态是必要的。同时,历史与逻辑的关系也要处理好。前者处理历史性文类,后者处理理论性文类。视具体情况运用两种方法才能增强理论的科学性。

---

① 葛红兵、肖青峰:《小说类型理论与批评实践——小说类型学研究论纲》,《上海大学学报》(社会科学版)2008 年第 5 期,第 65 页。

第二章

创意写作学实践

创意写作的诗意如何可能

——中国高校写作工坊发展方向初探

班易文

（南京林业大学人文社会科学学院）

　　20 世纪 60 年代，美国创意写作系统已粗具规模，美国的文学创作机制和环境随之发生着革命性的变化，以爱荷华大学为代表的创意写作工坊，为"作家"和"写作"祛魅。写作工坊，这种发源于作家俱乐部传统，由沙龙等文学小团体演变而来的新模式，塑造了一个文学的新世界。从此，艺术和技术相连，由这种极其现代的文学理念出发，高校创意写作课程在设计之初便带有强烈的解决问题的意识，以求"创造性写作与高校专业性、学术性的教育联系起来，赋予创新与学术以联合的生命力"[①]。受益于这种联合的生命力的群体，既有参与创意写作的学生，也有老师。一方面，具有一定的天分或兴趣的学生，由工坊找到了突破个人写作面临的种种技术问题；另一方面，伴随工坊模式而生的作家驻校模式，为一些愿意贡献于创意写作学科的小说家、诗人、艺术家们提供了职位和资源。而二者同时都能够突破个人写作的限制，找到面向市场、接受读者考验的直接路径。爱荷华作家工坊的成功，并不仅仅体现在这两方面，更重要的是由其培养出来的众多的作家，进一步成为创意写作

[①]　Norman Forster, "The Study of Letters," in *Literary Scholarship: Its Aims and Methods*, Chapel Hill: University of North Carolina Press, 1941, pp. 26-27.

学科的教师，从而形成了创意写作的庞大系统。而高校在这一机制中，无疑承担着必不可少的平台功能。在中国创意写作学科发展如火如荼之际，正应当反观美国写作工坊和创意写作发展经验，立足中国高校教育的特殊性，来探讨中国高校内的写作工坊如何在全球化的视野下进行本土化的改变与设计。本文试图从工坊模式中的阅读（Reading）、写作（Writing）、反馈（Response）三个方面切入，这三点是创意写作工坊倡导的文学活动必要且基础的三个方面，同时也可以此为导向，构成创意写作课程体系所要建立的目标框架。

一、工坊引导下的形式阅读

作家工坊的明确目的就是培养作家，那么作家工坊所引导的阅读，自然就是让学生能够养成创造性阅读的习惯，以作家的思维去阅读。这种要求面临的首要的现实困境在于：读多少，读什么。信息技术的迅猛发展，给处于这个时代的人类造成了剧烈的影响，其阅读体验与阅读方式也发生了革命性的变化。2008年，美国 NEA（National Endowment for the Arts，即国家艺术基金会）报告的调查结果显示美国大学生的阅读量堪忧，"有65％的学生，在一周中，只花费一小时甚至不足一个小时的时间进行阅读活动"[1]，这与大学的竞争体制之下，学生面临就业等压力，专注于职业化的培训有关。在中国，大学生的阅读量同样不容乐观，新媒体的发展，使得学生在有限的闲暇时间，更愿意通过电子设备获得感官化且互动性强的娱乐体验。新媒体带来的社交软件、游戏、影音娱乐，多少替代了传统书籍的地位。阅读领域本身也体现着媒介更新所带来的变化——现如今，学生们更加青睐搭载于移动终端的电子书，网络文学在文学市场的地位也逐步变得举足轻重。

在这样的背景之下，大学中的创意写作工坊应当倡导怎样富有独特性的阅读方式呢？首先，创意写作虽然强调培养创意思维之下的创造性阅读，但

---

[1] Burriesci Matt，"NEA Report shows that Steep Decline in American Reading Skills will have Significant Long Term Negative Effects on Society," *AWP Writer's Chronicle*，vol. 40(2008)，pp. 1-2.

仍旧是尊重和根植于文学研究批评阅读传统的,正是这种尊重区分了接受创意写作教育的写作者和高校之外的自由写作者。在中国大学传统的文学课堂上,学生接受的比较常规的"第一课",就是抄写老师开出的书单。无论是学习批评还是学习文学史,无论是学习古代文学、现当代文学还是学习外国文学与比较文学,都是如此。在创意写作工坊的课堂上恐怕也是如此。只不过阅读书单包含的书目更加卷帙浩繁。笔者曾经为创意写作专业入学者列过一个基本阅读书单,其中不仅涉及文学作品,也包括哲学、历史方面的书籍。可以说这个书单是无限扩充的,最终由写作者自己列出个人化的书单,但其中经典文学作品必不可少。此外,大量的阅读必须以学生的兴趣为导向,同时注重系统化、专题化,比如通俗小说阅读可以以小说类型划分,以便加强以写作为导向的针对性阅读,旨在引导学生归纳类型叙事的成规,解决类型小说写作技巧的实际问题。

解决了读什么的问题,更重要的是怎样读。工坊阅读强调创造性地阅读,这是一种突破文学理论话语的阅读,同时也是一种打破作品权威的阅读。加里·霍金斯(Gary Hawkins)在谈到工坊制度的阅读课程时也特别指出:"事实是,今天的文学课程,越来越少地关注小说和诗歌的阅读,而越来越多地关注莫利斯·曼宁(Maurice Manning)所指的'文学理论和伪政治话语',他指出这种现象会导致'无聊的、不言而喻的糟糕写作'。"[1]"曼宁观察到,这种不幸的现实是'当学生们来到工坊时,我们就知道他们已经丢失的:对于英语语言文学历史和传统的基本理解'。"[2]中国大学中文系的教学同样存在这样的问题,尤其是在研究生阶段,学生们学习使用各种批评话语,但是这些话语本身就带有政治倾向或者根本就是舶来品,长此以往,这样的文学教育模式便会造成学生丧失对中国语言文学传统的个人化理解,中文独特的审美意蕴便会消弭在话语的桎梏之下。此外,就现当代文学教育而言,以中国 20 世纪

---

[1]　Dianne J. Donnelly, *Establishing Creative Writing Studies as an Academic Discipline*, London:Multilingual Matters, 2011, p. 110.

[2]　Dianne J. Donnelly, *Establishing Creative Writing Studies as an Academic Discipline*, London:Multilingual Matters, 2011, p. 153.

80年代兴起的"寻根文学""先锋文学"为例,这些作品影响深远,其中不乏具有一定艺术实验性的作品,但是学生的阅读应当从作品本身出发,而不是从文学史出发。忽视基本的叙事练习,一味追求风格甚至是片面地模仿大师风格,无疑是对叙事本身的不尊重,对文学传统的不尊重,这恰恰便是曼宁所言的糟糕的写作。

约翰·怀特海德、多萝西娅·布兰德、R. V.卡西尔、詹姆斯·福尔松等著名的创意写作研究者,在实践中形成了对阅读方法的共识,那就是"像作家一样读书"。作家阅读,重视的不是文本的来源,而是关注文本是如何生成的,这就要考虑文本的构成形式。正如R. V.卡西尔阐明的那样,我们的读法区别于文学研究以及作品修辞形式的研究,他坚称所有的创意写作者都对文本是如何被制造出来的感兴趣,对各部分如何组合成整体感兴趣,这意味着创意写作者承认文本的生成过程是可以被改变的。因此,笔者认为,在创意写作工坊中,改写练习应当被推广,尤其针对小说这一题材,改写对象既可以是严肃文学作品,也可以是通俗文学作品,由此来对学生的写作能力进行一些基本的提升,例如改变叙事视角、叙事风格,改写情节走向、人物命运,等等。毕竟工作坊的本意就是一堆工匠在一起,敲敲打打,而在创意写作视角下,真正的问题不是"这个故事表达了什么",而是"这个故事是怎样表达的"。

二、工坊氛围中的激励式写作

通过"像作家一样的阅读",我们经由改写练习的方式,很自然地讨论到工坊如何引导写作的问题,创意写作的工坊模式,虽然提倡积极地阅读和写作,但二者的界限是清晰的。这是指工坊写作和读者之间应当保持一定的距离,作品面向市场需要考虑读者群即受众的问题,但是在工坊里,需要首先忘却条分缕析的写作规则,这也是和传统的作文教学所不同之处。也因此创意写作的潜能激发才至关重要。写作的前提,必须是写作者相信自己,突破心理障碍,认同自己的作家身份,然后想清楚作家的写作是一条艰难但是富有魔力的道路,通过练习自我施压,同时由工坊的领导者的激励与共同参与者的良性竞争带来一定的压力,比如最常见的限定写作时间的"速写式"写作练习。

　　一个完整成熟的写作工坊课程体系应该包括虚构写作和非虚构写作两大类,前者包括短篇小说创作、中长篇小说创作、散文创作、诗歌创作、剧本创作,后者包括传记写作、论文写作、媒体写作、文案策划(又细分为广告文案、项目文案写作等)等。笔者所在的上海大学创意写作专业所开设的工坊课程,已经囊括了虚构写作工坊和非虚构写作工坊两者。上海大学在富有特色的短学期制度之下,用为时一个月的夏季实践性学期为创意写作工坊提供了学制上的保证。上海大学创意写作中心与上海大学中文系主办的创意写作夏令营,自 2011 年开始到去年(2014 年)已经有四届了。这个写作夏令营就是一个规模较大的写作工坊,前三届参与者是文学院的全体学生,而第四届伴随着上海大学通识教育和大类招生的改革,学生们选课的自由度更高,创意写作夏令营也开始面向全校各专业学生,只要报以兴趣和热情,都可以通过选课参与进来。如上文所述,工坊的有序进行,依赖于合理的分类。由上海大学的创意写作老师领队,参与者根据自己的创作兴趣分为小说组、散文组、诗歌组、剧本组、文案组等几个小工坊,人数多的再细分小组,由创意写作中心的研究生作为助教带队,以保持每组成员十个以内,充分地保证工坊讨论的质量。工坊还邀请校外的著名作家作为写作导师,保证学生和作家有直接交流的机会,而作家们也会开展一些关于写作的讲座。不同于一般的学术讲座,学者侧重于介绍自己的课题论文、研究领域的科研成果等,作家的讲座更为感性,就是介绍自己的创作经验。比如青年作家王若虚的讲座就介绍了他的成名作《马贼》的灵感由来,以亲身经验鼓励同学们描写熟悉的事物和日常事务,因为熟悉的事物联系着内心体验,日常事务写作同时又能够提高对日常的观察力;再如竹林老师的讲座就详细地叙述了她创作长篇小说的整个过程,甚至是遭遇的一些困难,真诚地告诉同学们写作是快乐的,但做作家却是要有毅力来克服种种困难的。这些经验无疑都为同学们提供了巨大的帮助。之后校内老师的带队工作则更加细致,同学们会自由地讨论自己想选择的题材与体裁、内容与形式,互相评价,再由老师和助教提出建议。在第四届创意写作夏令营,老师们总结之前的经验,又加以创新。沿用之前线上、线下同步讨论的方式,线上利用互联网即时交流创作细节,线下则不断拓展空间,老师甚至会带领同学去名俗街、博物馆采风。在工坊课程中,学生们都会完成自己的作品,最后利用暑假时间,继续完善。最终,由学生自己校对、编辑、美化,做成精美的杂志。其中的优秀作品也有选送至校外著名期刊发表的机会。可以说,这一过程不仅仅是文学创作的过程,而且涉及了出版发行,使得工坊写作真正意义上成为完整的文学生产活动。

此外,上海大学的创意写作特色工坊还有剧本工坊,由葛红兵教授带领学生进行剧本的创作。工坊历时一学期(大约十周,每周一次),工坊领导者还有影视学院的老师,以及来自影视制作公司的具有丰富从业经验的专业指导者,所有参与者围坐在教室一同讨论,在前两周会定下基本人物设定,完成人物小传,之后两周分集创作,定下分集故事核,再之后三周讨论梗概,最后三周打磨剧本整体风格。在一门工坊课后,全体成员可以呈现出的是一个完整的可供直接投拍的网络剧剧本。

由上述工坊教学的实践经验可见,创意写作专业的工坊是充分发掘个人潜力,激励个性发展的集体创作工坊,它打破了传统的写作是个人私密性的艺术活动的观念。在集体创作中完善作品,提高每一个参与者的写作技巧。在这个集体中,每一个人包括老师都是谦逊的,整体氛围是平等而自由的。中国基础教育往往以老师为权威,但是写作工坊更像是文学创作的"民主形式",强调每个人的参与、讨论、相互激励。

"囚禁在创意写作的主观主义、表现主义牢笼中,唯一的法则就是事物的内在表现原则,就连最好的老师也必须承认自己有太多不知道的东西,也许只有彻底打破这个体系,才能够传授和习得文学知识。创意写作大概可以提供另外一种知识,告诉人们优秀的故事怎样构建人生的可能性;但要实现这一点就必须放弃作为评价创作成就唯一标准的主观满意度,开始回应本体之外的、可能存在着他人的客观现实。"[①]这是梅尔斯对于创意写作专业内部改革的担忧:美国的创意写作工坊虽然表面上看发展迅猛,但实际上强调主观

---

① D. G. Myers:《美国创意写作史》,高尔雅译,上海:上海大学出版社,待出版,再版后记。

的个人表达,无法带来具有真理性的价值判断和价值系统,这在美国这样一个崇尚自由主义的国家是很难有根本性突破的,而年轻作家在其中最底层则是备受折磨。但在中国高校,情况恰恰相反,传统文学批评的主流话语权力十分强大,正需要创意写作工坊这种自由激励式的课程解放年轻写作者的天性。当然主观的诗意和创造力面对汹涌的文化产业与文化市场仍旧是脆弱的,但限制本身恰恰就是蕴藏无限能量的机会所在。

三、工坊打开的反馈空间

在上一节介绍上海大学工坊课程倡导的写作方式中,创意写作的学科特征已经显而易见,那就是不仅仅强调写作这一行动,而且强调对写作的反馈。在创意写作的视角之下,文学生产是一个有机动态的过程,其间的反馈从工坊内部而言,既发生在学生和老师之间,也发生在学生和学生之间,而学生或者老师本身有可能就已经具备作家、写作者身份,因此也不妨将其看作是作家、写作者之间的讨论交流;从工坊的外部而言,工坊超越了一般大学课程的职能,是一个连接更多社会文化资源的有效平台,艺术家通过这个平台也可以面向读者和市场,在文艺市场的洗礼中不断保持创新的创作思维和积极进取的创作态度。

写作作为个人情感表达和诗意体验,首先必定是主观的,作家可以拥有权威和为自己保留的冥想空间,只有具有自足的内在王国,成为一个足够自信的国王,才能将丰沛的情感转化为故事,转化为一个由文字构成的具有异质性的世界。但是这个笔下王国诞生之后,其最终面临的是公共空间反馈的声音。普遍意义上说,任何作品都期待被阅读和批评,卡夫卡交代朋友焚稿的逸事,多少散发着天才迷人而易逝的光晕,但是写作作为文化生产活动,少不了出版与发行的环节。甚至于网络文学和读者的互动模式,可以改变作者的创作思路,在创作过程中就产生了反馈带来的即时调整。

而创意写作的野心不仅仅在于文学作品的生产和作家的培养,更在于输出创意人才,支撑后工业时代的文化产业发展。在美国,就其文化输出的最大出口——好莱坞电影工业而言，就和创意写作学科有着千丝万缕的联系，该行业的巨擘罗伯特·麦基（Robert McKee），本身就是南加利福尼亚大学的创意写作导师。现如今的中国高校和 20 世纪的美国高校一样，面对的是资本控制力空前强大的激变时代，全球化的发展也在逐步深入，作为文化大国，中国发展文化产业，将人文学科建设与社会文化产业紧密结合是必然的改革方向。上海大学建立创意写作学科在中国最初遭到的质疑之声，足以表明中文教育改革并不是一个自发的过程，而是由学生获得的学术知识无法适应社会需要，造成就业压力逐年增加的不良局面倒逼的。但随着 2014 年北京大学这一文学重镇，继复旦大学、南京大学、上海大学、广东外语外贸大学等高校开设创意写作专业后，开始正式招收创意写作专业硕士研究生，未来高校对产业化运作模式的接受度将越来越高，创意写作学科的发展也会越来越系统化、机制化。

当然，在高校转型过程中，市场的主导作用会给人文精神带来不少威胁，我们不得不发问产业之外，那些"纯文学"怎么办？投射在工坊实践中，担忧即是过于重视"反馈"机制是否压制艺术中的"诗意"。其实这是一个伪命题，在足够成熟的产业思维观照下，"纯文学"也必将成为一种具有号召力的产品，它始终会拥有基数庞大且相对稳固的受众群体。而批评，也不会因为产业的发展而丧失应有的阵地，相反，可以通过这一过程更有力地回应文学作品，与创作者进行更有效的对话，甚至批评行为自身也可以成为一次富有冒险精神的创意写作体验。对此，劳伦斯·康拉德曾说，创意写作课的"核心内容"就是讨论学生的作品，这样做的目的在于培养批评的勇气——"提高每个学生客观评价自己的作品，甚至自我批评的能力"，同时锻炼所有学生"将课堂评价当作自己作品所引发的'公众舆论'，而且要将批评者戳到的每一个痛处铭记于心"。[①] 从这个角度说，工坊打开了一个新的批评空间，打通主观与客观、个人与集体，甚至是来自不同民族、国家的学生们，来自社会不同阶层、拥有不同身份或职业的写作者们的讨论（当然这个民主化与民间化的过程将

---

① George Pierce Baker, *Dramatic Technique*, Boston: Houghton Mifflin, 1919, p. iv.

涉及高校以外的创意写作教育体系的建立以及更多的公共文化领域的实践，本文将不予赘述）。创意写作的兴起，其实也会带来高校之内"纯文学"批评复兴的希望：一方面，批评必须突破话语生产的困境，回归文本内部，而创意写作工坊引导的阅读恰恰就是进入文本的内部，甚至是讨论文本是如何生成的；另一方面，批评作为文学空间中最为重要的一种"反馈"，需要"在场"，需要直面正在创作的作品、正在发生的文化现象，而不是或者仅仅是回溯文学史，写作工坊无疑提供着这样一种"在场"的可能性。

论创意写作中的"故事创作"实训

代智敏

（广东财经大学人文与传播学院）

写作课程是高等学校中文专业的基础课程，创意写作是在传统写作基础上，针对写作对象，结合写作动机和目标进行的创作。创意写作教学侧重关注学生创作灵感的激发，通过教学活动，促使学生写出富有创意的作品，使学生获得实际的写作能力。因此，教师在课堂教学中强调引导并鼓励学生发现真正的自己，激发学生的创作灵感。

高等学校中文专业的创意写作课程旨在更专业地激发学生的创作灵感，让学生真正倾听心灵深处的声音，勇敢真实地表现自己。"故事创作"是鼓励学生发出自己声音的最简单的方式，因为每一个人都是独特的，每个人都有自己的精彩之处，讲出你自己，就是你的故事，只要你拥有一颗诚实、愿意表达的心，你就能写出你自己与众不同、独特的故事。

什么是故事？故事是真实的或虚构的用作讲述对象的事情，有连贯性，富有吸引力，能感染人。故事所叙之"事情"一般是完整的、有头有尾的、有"开端—发展—高潮—结局"的阶段性。故事有各种各样的来源，它可以是记录生活中原原本本的事情，也可以是改造平淡的故事，化平淡为神奇。如何写故事？刚进入校门的大学生，哪里会有故事？如何去编故事？针对创意写作课程中的"故事创作"课程，笔者设计了以下四点，来丰富课堂教学，激发学生的兴趣，让他们真正有故事可创作。

第一，写作的基础是阅读。阅读经典文本是培养写作主体素质，引导写作主体点燃理想的灯，追求真、善、美的最佳方式。通过对一篇又一篇具体文章的感性接受（观看、诵读、感受、理解），某种文章或几种文章的特征就不知不觉地感性地积淀在读者的心中，成了一个鲜活、具体的经验模式，将长期保存在读者的头脑里，这也是前人"能读千赋则善赋""读书破万卷，下笔如有神"等理论经验的总结。多读几乎成了古人教人作文的必谈之义，阅读有助于提高文章的建构能力，阅读也是学习文章的结构、体裁、逻辑等理论的最好方式。比如汪曾祺的短篇小说《陈小手》，是典型的戏剧情节小说。这个故事情节很简单：陈小手医生会接生，尤其能快而好地解除难产。联军姨太太难产，找到了陈小手，他帮助姨太太顺利接生，母子平安，临别之际，团长表面上十分感激，给他银圆作为酬谢，实际上却趁他上马返回的一瞬间一枪把他打死了。这段故事写出了团长的暴戾性格、封建意识和草菅人命的无良。但从艺术上看，正是团长的一枪，打出了小说读者的意外：为什么团长要一枪打死救自己姨太太命的恩人呢？"我的女人，怎么能让他摸来摸去！她身上，除了我，任何男人都不许碰！你小子太欺负人了！"团长觉得怪委屈的。故事到此戛然而止。艺术的手法使《陈小手》成为单纯而有教科书价值的戏剧化小说。通过对经典小说情节的分析，可以对故事的实训操作获得感性的印象。可以说，阅读对写作的影响是潜移默化的，包括兴趣的培养、感情的陶冶、知识的灌输、技巧的汲取等，这些都会影响每个人的写作过程。

第二，激发写作灵感，不断练习。引导学生的创意思维，让学生进行自由创作练习。创意写作实训的精华就在这里。现代心理学揭示了人类的最大秘密：每个人都是一个沉睡的巨人。每个人都有无限潜能，我们相信每个人都是"有故事"的人，如何把自己的故事写出来，激发写作灵感，写成优秀的作品，这就是教学成功的关键。

1.挖掘内心深处的故事。在一次写作课堂上，我进行一个回忆性故事的写作训练，我给的问题是："在你的个人经历中，有哪件事是最难忘的？用回忆的方式讲述或撰写一个难以忘怀的故事。"这个题目看似普通平凡，不少同学都认为从小学开始就会有"记寒假（或暑假）里一件难忘的事"这样的题，写过多少回了。在同学们看完这个题之后，老师让学生拿出一张纸，迅速开始写作，能写多少写多少，能写多快写多快，老师会在规定的时间提醒大家停笔。于是，整个课堂开始只听见笔与纸的声音，大家经过短暂的思考之后，开始了创作，八分钟之后，老师宣布停止。然后四人为一个小组，交流讨论自己的内容。这时候，大多数同学开始讨论了。讨论结束后，请同学上台讲自己的故事。互相交流讨论之后同学们会发现，他们在八分钟之内所写的故事，与中小学不断练习的"一件难忘的事"完全不同，因为这是我们在大学写作课堂练习的，这时的我们，不必担心主题，不必担心写得好不好，也不用担心能不能得高分，我们需要做的是释放自己的热情，说实话、真诚地表达自己的内心。在讨论中，很多同学都大胆地表达了自己。有位同学讲述了自己儿时的经历，他写的内容大概是这样的：七岁以前，他是有家的。那时候，爸爸妈妈带着哥哥、妹妹和他在浙江某地做生意，一家人在一起，度过了一段其乐融融的时光。后来，哥哥因为要上小学，回老家爷爷奶奶身边。等到他七岁的时候，他也要离开父母回老家上小学了。他写道："在知道要与父母分开的随后几分钟里，一阵幻觉控制住了我：我哭着求父母别把我送走，小手死死地抓着妈妈的衣服不肯松手，大滴的泪珠不停地从眼里涌出，我声嘶力竭哭喊着'我不走'。而事实上，当时的气氛似乎紧张得过了头，我的记忆仿佛暂停，我长大后的记忆里完全没有我如何回到老家，如何开始小学一年级、二年级的任何印象，最终我在爷爷奶奶的身边待到小学读完。但是内心里，我再也没有家的概念，我想念七岁以前，我有家的日子。"这样的练习，往往能触发人内心深处的故事，让学生能自由地写出自己想写的，写作不再成为学生的负担，而是乐于写作，乐于表达，通过写作达到心灵的释放。

2.做回应练习。拿出一篇作品或一部简短的小说，让学生在课堂上阅读，或者播放一段舒缓的轻音乐，根据看到的或听到的，让学生做回应练习，写一个故事。这种练习不是主题练习，没有好与坏作为评价标准，他只讲创意，写想写的，写能写的，写自己认为值得写的，写出自己来。看看自己能在这样的情境下编出一个怎样的故事。通过长时间的积累，能培养学生有感而发的习惯。也许开始写下的只是只言片语，杂乱无章、情节凌乱的小故事，但是一旦打开写作的阀门，形成写作的习惯，就能够让写作者更清晰地表达自己，理清自己的思路，让我们自己能看见自己的想法，日积月累，一定会渐入佳境。当学生感到写作不再是一件痛苦的事情而是有趣的、愿意去做的事情的时候，那么，他就能自由地表达，快乐地写作了，享受创作过程本身所带来的满足感。

第三，修改。在进行创意写作过程中，修改是必不可少的。首先是自我修改。间隔三五天或者更长的时间，拿出自己初次创作的作品，往往能更客观地看待自己的故事，也会明白为什么读者会有和自己不一样的反应了。所以，学写作，一定要对自己有耐心。仔细看看你想表达的故事内容是什么，为什么读者看了之后的关注点和你想表达的不同，这时候，一定要让自己安静下来，确认故事的核心是什么，这也是我们说的写作"故事"的核心情节。如前所述，那位同学觉得七岁时的"离别记忆"对他影响太大了，他修改之后，突出了对"家"的温暖的想念，以及对父爱母爱的期待，后来，他把故事的大环境设计在北方的除夕之夜，一个人静静地过春节，抒发着"寒冬时节对家的想念"。

第四，作品分享。我们写出了优秀的故事后，如何让作品展示出来呢？创意写作课程可以尝试在课程结束时举办作品朗读会，学生们分享优秀的作品，倾听别人的声音，让每一个人的故事都会被关注，拉近心与心的距离，体会友情，也能促进情感的激发。甚至对于优秀的作品，比如戏剧作品，可以直接进行表演演绎，真正让学生体会到创作的乐趣。另外，中文专业的学生一直有一个优秀的传统，就是让学生精选自己大学四年来的优秀作品，结集印制出来，即"百篇文章"。从百篇文章的优秀作品中，我们可以看到学生从大一的青涩到大四的从容，从不谙世事的鲁莽到初入社会的忐忑，看到的是十八岁的青春激荡飞扬到二十二岁大学毕业的胜利，这里有他们的故事，有他们书写的青春，这是每一位学生毕业时沉甸甸的收获，也是他们的大学故事。

此外，创意写作练习过程中，需要有好的写作伙伴。写作伙伴可以是你的挚友，可以是你身边的同学，也可以是兴趣相投、和你一样爱好写作的人。写作伙伴能带给你无穷的写作动力，好的写作伙伴将与你相伴一生。一位作家曾经讲述过自己的创作经历,他原本想写一个女孩在森林里邂逅了一个孤单的影子,女孩与影子之间发生了精彩的故事,虽然作者并不能完全确定这个故事讲述了什么,但是他内心总有一些精彩的片段涌出,只是不知道怎么把它们联系在一起,于是他找到了自己的写作伙伴,两人开始讨论这个故事,无论是涉及人物关系问题、数学问题,还是写作中需要的哲学问题,伙伴总是帮助作者理清思路,大声把问题说出来。两人不断互相讨论,经常提出参考意见,最后,写作中遇到的障碍终于被一一消除。一次又一次地沟通,从不同角度去探讨,作者终于厘清关系让故事发展下去,最终形成一个精彩的故事。

写作伙伴这样的角色非常重要,他的建议、批评与赞美共存。写作伙伴随时提供可靠的反馈,有时甚至是一些难得的建议。每位作家,都不仅需要批评、赞美,也需要一些鼓舞人心的反馈。作为一个写作者,每一个读者都意味着一种不同的阅读口味,朋友们说"不"意味着你写得不好,同在进行创意写作的同龄人会直截了当地告诉你这个问题。你的写作伙伴会为你提供一些精神上的庇护,即使他告诉你,有些部分你写得不好,但他会以一种积极乐观的方式告诉你——你可以突破的!我相信你的能力!你很有天赋!你很用功,你会找出这个故事的瑕疵!这与那些看你作品但并不关心你创作心理的人或其他陌生人的做法是截然不同的,这就是写作伙伴。

找到合适的写作爱好者,一起写作,阅读彼此的作品,会加深写作者之间的友谊。互读对方的作品总是一种亲密的行为,一种爬进别人内心去窥探他最私密的心理的行为。分享自己作品的感觉就像与朋友分享自己的幸福,交出自己喜爱的东西时会十分紧张,几乎要立即把它抓回来。将其移交出去需要信任,作者也会相信我的朋友们会用爱与尊重来对待它。当一切进展顺利时,写作者之间的关系会比以前更密切。写作伙伴非常稀缺,但并不是没有。每一个写作者漫长的写作生涯本质上都是一个人的旅途,如果你在旅途中能找到一个伙伴那是极其珍贵的,他能分担你的快乐与烦恼,能帮助你前行。擦亮你的双眼,也许在前方你就会发现一两个这样的好朋友。

创意写作就是心灵的激发,创意写作课堂就是引导学生激发自我,使学生的个体性得到发挥,写出真实的自己,从自己的故事入手,写出每个人与众不同的"我"的故事。在写作过程中寻找合适的写作伙伴,互相鼓励,共同努力,抓住灵光一闪的瞬间,与写作伙伴探讨,激发创作灵感,提高写作水平。

［本文为广东省教育科学研究"十二五"规划 2013 年度研究项目"'创意写作'学科中国化之道路探索"(项目编号:2013JK070)及广东财经大学 2014 年度校级"创新强校工程"教研教改一般项目"'创意写作中国化'探索与实践"的阶段性成果。］

非虚构写作工坊建设初探

——本科创意写作教学中的非虚构写作

王雷雷

（广东财经大学人文与传播学院）

创意写作，在引入中国之后，从一个研究方向，逐渐发展成为一门学科。我们所知的创意写作，包括欣赏类阅读文本写作、生产类创意文本写作、工具类功能文本写作三种类型。欣赏类阅读文本写作指向的是具有欣赏效用的文学写作，生产类创意文本写作对应的是创意活动的环节，工具类功能文本写作对应的是公文写作或应用写作。其中，欣赏类阅读文本写作在创意写作工坊里出现得最早、被实践得最广泛。而当下，生产类创意文本写作逐渐被重视，各种形式的创意活动也出现在了创意写作工坊里。因此创意写作工坊的成果不仅包括文学作品，还包括出版提案、电视节目脚本、广告设计、活动策划案、电影剧本等创意活动的文本载体，甚至延伸到诗歌朗诵、话剧表演、社会实践等具体的创意活动展示。

尽管创意写作已经包含如此丰富的写作类型和实践活动类型，但高校中的创意写作工坊，仍然以欣赏类阅读文本写作为主。这倒不是因为文学写作看起来最"高大上"，而是因为欣赏类阅读文本写作练习在培养写作者的审美能力、文字功底、写作能力方面效果最明显。这些能力的获得，则是其他类型的创意写作、创意活动的基础。

选择非虚构写作作为写作工坊展开的方向，是充分考虑了非虚构文学自身的发展历程、文本特点、写作技巧等基本属性的。

　　这里要简单介绍一下非虚构写作。尽管"非虚构"（Non-fiction）这个概念也是从西方引入的，但是当代中国的非虚构文学在本土的文学史上可从战地通讯、报告文学、口述实录文学、纪实文学、游记、传记等文类中发现其文脉渊源。广义的非虚构写作，指向包含"非虚构""叙事性"等要素的新闻性非虚构写作、历史性非虚构写作、社会性非虚构写作、个人性非虚构写作等。

　　中国当下的非虚构写作，在写作策略上，已形成自身独有特征，包括：

　　第一，在写作立场上，中国的主流非虚构写作主张"重回民间"或者"重回底层"的立场。这一点，可参考《人民文学》杂志的"非虚构写作"专栏。

　　第二，在内容上，非虚构写作的对象是已经发生的客观事实，非虚构写作实际上是对已经发生的事件的"发现"和"挖掘"。写作者往往是某种现实社会生活的参与者和体验者。

　　第三，写作以真实性为原则。作者对所书写的事实保证内容真实，并以写作追求面向真理的本质真实。

　　第四，以叙事为主的多元的写作技巧与手法。非虚构写作，一方面试图回到历史或者生活的真实，一方面也必须保证作品的阅读性、审美性。在具体写作手法上，非虚构写作包容小说、散文、诗歌、电影、新闻中的各种手法。

　　总的来说，非虚构文学的写作便利在于：第一，人们所经历的真实的社会生活可以直接作为写作内容；第二，对多种写作技巧的包容，使得写作者可以在非虚构写作的实践中训练多种写作技能。除此之外，在我们已有的创意写作历史和教学实践中，非虚构写作工坊也已初步显示出它操作性较强的一面。

　　从历史来看，创意写作与非虚构写作实际有个"共生"的关系。创意写作理论中的关键词"寻找你要表达的""客观叙事""经验""自我表达"等，落实到具体的创意写作教学中，对写作者提出的要求是"写你知道的"。以真实的社会事件或个人经历为写作内容、具有真实性特征的非虚构写作，是最容易实现创意写作在这方面的主张的一类文学写作。这么一来，许多创意写作的学习者，最早的习作往往是对自身的个人经历的叙述，作品大多属于自传体小说、家族史，也就是非虚构文学。

　　在教学方面，以爱荷华写作工坊为代表的创意写作教学方式，在引导学生"针对当天所观察到的自我体验进行主题写作"时，最先指向的写作实践就包括了非虚构写作，最先产生的一批创意写作成果则是典型的属于个人经验的作品，即包括了大量的非虚构作品，如自传小说。创意写作的学习者，在进行写作实践的时候，把"写你知道的"实践成了"写你的自身经历"——最容易为学习者所把握和表达，这使得非虚构写作先天具有较低的学习门槛，因为自身经历的故事最容易把握和表达。

由以上可见，非虚构写作是比较容易令写作学习者进入写作练习的一类写作，并且，非虚构写作工坊有可能成为创意写作在本科阶段教学中的第一个方向。

但是，如何将这种可能性转化为可操作性？

写作能力的培养曾是中文系本科教学的传统板块。相对于传统的写作教学，创意写作保留了传统写作中对写作技能的重视，并认为纯熟地使用语言文字进行表达的能力，是精确地表达创意思维的基础。另一方面，创意写作以创意思维为基础，以写作能力为表达途径，重视创意活动，重视写作与市场的对话，则把写作能力在更为普遍的意义上视为本科生所掌握的应用型技能。

所以，创意写作专业的本科教学，甚至中文专业的本科教学，不仅应该包括知识与信息的积累、文学的审美方法的掌握，更应该包括在创造性思维的基础上，对文字的把握与使用能力，也就是写作能力、表达能力的培养。其中，使用语言文字进行流畅、精确的表达，是创意写作专业乃至整个中文系本科生应该掌握的技能，是专业素养。

尽管写作技巧是可学习的技能，但是从结果（作品）来看，在写作这种表达方式上，学习者的水平并不一致。有人坚持"天赋论"，认为写作的才能是上天赋予的。诚然，天赋在写作实践中有积极的影响。不过，就实际的创意写作教学过程来看，写作者作品面貌的不同，跟写作者的个性关联更大。有的作品充满了情绪的表达，有的作品逻辑思维严谨，有的作品看起来乱糟糟的，像是"意识流"。但是不论作品面貌如何、风格如何、遣词造句水平如何，每个作品总会有一两个内容上的亮点。因语句不通而诟病写作者的天赋不足，最不应该。因为遣词造句，恰恰是写作中最容易通过练习而获得的技能。

除了写作风格、文字技巧之外,更有难度的事情是如何打开自己,如何保持睿智的感知能力,如何让自己获得创意丰盈的大脑,最终成为一个思想丰满、有创意的人。

在这个过程中,"流畅的表达"是非常重要的指标。非虚构写作之所以是一个合适的选择方向,是因为用文字来书写生活中的真实,实际上就是初步使用文字来进行表达、传递真实的信息与情感。这是因为,即使我们在了解和表达外在世界的时候存在障碍,我们也至少是了解自己,并有可能很好地表达自己的。

在具体的方法上,笔者提倡使用情境写作的教学方法。阐述如下:

通过对某个现实情境的拟真或者对虚拟情境的创造,写作实践的引导者(大部分情况下是老师,有时候可能是写作小组中的核心成员)提供一个写作的情境,并在这个情境中引导写作者发掘内在经验,展开对情境的想象,将自己的情感经验融入写作情境中。同时,学生以冥想、追溯内在经验、寻找关联信息、发现自我的情绪等为基础,产生创造性思维,并将"创意"以文字或者其他形式充分、精确地表达出来。这个过程有助于培养应用型人才,其最终产品亦可能与市场对接。这里所指的情境,可以是具体的场景设计,也可以是某一类容易引起共性的话题,还可以只是一种气氛。在情境写作的过程中,引导者必须通过描述、暗示、举例等方法控制情境并刺激学习者的思维火花,然后引导学生进入情境,展开写作。

具体操作方法大致如图 1 所示:

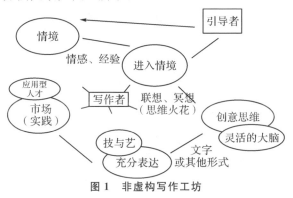

图 1　非虚构写作工坊

图1展示了以"情境写作"为方法的非虚构写作工坊的完整模式。下面，将对这一模式展开详细介绍。

在非虚构写作工坊中，首先要选择一个有写作价值的话题。

笔者倾向于设定既能引发写作者的个性，又具有共性，令人有话可说的一类话题。因为对于每一个人来说，从自我意识觉醒的时候开始，人们对自己的关注就远远超过了对外在事物的关注。个体与外在世界产生的交流，是自我观察、自我反省、自我成长的方式。人们在审视自己与外在世界的关系的过程中，逐渐成为社会人，既习得"社会人的共性"，又相对应"挣扎着"保持自己的个性。每个人都无比珍惜自己的个性，也珍惜自己在这个世界中所遭遇的事情、所产生的情绪。

所以，在非虚构写作工坊活动展开之初，选择一类既能引起大家共鸣，又能让大家保持写作个性的话题，有利于写作者内向地发掘个体经历作为创意写作的素材，也有利于写作者之间的交流，比如旅行、远方、长辈、故乡、爱情、自我介绍等。

在话题选定之后，引导者将通过场景描述来进行暗示或者通过案例陈述来营造气氛，使得写作者（包括引导者本身）进入一个特定的写作情绪之中。方法如图2：

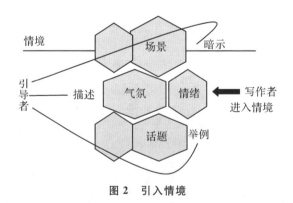

图2 引入情境

图2所示是写作者唤醒个人经验，并选择它作为自己写作内容的过程。

人们经历的事情很多，但是并不是所有经历过的事情都能转化为个体的经验。在你熟悉的家边路上，擦肩而过的路人甲不大可能进入你的个人经验——除非他天赋异禀,令你瞩目。如果有一天,这条路上发生了事故,你对此印象深刻,于是迫不及待想跟你的小伙伴倾诉,那么这事故就是你的经验。为什么我们所经历的生活有些成为我们的经验,有些被遗忘? 因为我们日常"遭遇"的信息太多,我们所重视的只能是引起我们注意的那一部分。其余部分有的完全没有留下痕迹,有的变形地存在于我们记忆的边缘地带。比如你身处嘈杂的酒吧中,周围很吵,你听到你的名字在别人口中出现,你会将视线转向声音发出的方向。为什么? 因为"名字"这个信息是跟你相关的。这种情况即心理学上所谓"非注意盲视"。反之,我们所注意到的,就是令我们印象最深刻、对我们影响最大的。

对于创意写作来说,我们所注意到的种种讯息,将转化为我们的自我经验,并成为创意发生的土壤。在非虚构写作工坊活动的第一个阶段,我们最强调的正是经验发现和潜能激发。在此过程中,我们可以使用一些外在刺激,如音乐、视频、画面等,帮助写作者发现、挖掘自己的内在经验——这也包括你原本可能会忽略的信息。这一步完成,准备工作也就完成了一大半。

接下来,以"旅行"为话题,来展示非虚构工坊的写作案例。

首先,在这个话题之下,引导者需要引用外在刺激来帮助写作者引入写作情绪(即图 2 所示内容)。

导 语

请大家排空思绪,来回忆一次自己的旅行。特别是那种坐着"吭当、吭当"的铁皮车,不紧不慢开着。

我们是否曾经在某个旅途中邂逅此生只见过一次的人。但是那个人甚至比你日常所见之人更要令人印象深刻?

或许你们萍水相逢,互相坦露心迹,然后下车挥别却不留下联系方式?

其他种种,譬如手绘的地图、迷路的经历、错过的班车、喜爱的纪念品、寄出的明信片……

在进入情境的过程中,引导者有时候需要借助音乐、成熟的案例、关键词等来刺激学生追溯自身的经验。在第一次情境写作中,学生可能会因为写作成规限制、性格保守、态度犹豫而不敢放开自己,这时候引导者可以以"经验分享""共同创作"等方式,获得学生的认同感,让大家放松并进入"打开自己"的"忘我"状态,产生表达的欲望,然后迅速将脑中思维的火花记录下来。

有时候,在这样的情境下伴随脑力风暴产生的文字作品显得有点凌乱——因为写作者在思维爆发之后,大脑运转太快,笔端的文字跟不上脑中思维的信息输出。这时候,引导者需要在大家激情稍退的时候鼓励写作者保持热度。因为写作不是一蹴而就的事情,后期的修改有时候比第一遍动笔要花费更多的精力。第一次动笔的过程,其实就是记录自己的思维火花的过程。在创意思维发生的过程中,这是一个基础。

第一次情境写作的设计,目的在于让学生适应创意写作中"打开自己"的状态。以后所有的情境写作练习,都将在"打开自己"这个状态下进行。

第一次写作完成之后,写作者所收获的不仅有文字产品,同时获得的是创意思维激发的经历和方法以及对自己的重新认识。在第一次写作完成之后,将是两到三次的互相评论和自我修改过程,然后写作者才能得到定稿。如果是初学写作者,定稿一般是一千字到两千字之间的散文或者一个小故事。

非虚构类文章的修改,要求写作者反观自己的写作并进行自我询问:是否有效地表达了自己想要表达的东西?读者是否能够充分地理解我要表达的东西?

当写作者经过初步的写作练习,可以坦诚地面对自己和流畅地表达自己的时候,非虚构写作工坊将提出进一步的写作要求——写他人的真实生活。进一步的写作练习包括:采访自己身边的人,为他们完成人物小传;采访家族中的老人,探索家族的历史;调查社会群体事件,探索社会事件真相;等等。在后续的写作练习中,写作者们要完成的工作不仅仅是写作,还包括访谈、资料搜集、策划等一些需要付出创意思维的活动。

以家族史的写作为例,写作者需做出充分有效的访谈计划,并在小组内讨论访谈大纲的可行性。然后开始访谈,接着进入写作步骤,最后在反复的讨论中完成文章。作品的交流与讨论对于每一次非虚构写作工坊活动来说，都是必要的。每个作品都有独特的情绪，也有自己的片面性。展示并讨论作品，这要求展示者想尽办法来表达自己，让所有的听众进入他的作品情绪中，去感知他想要传达的信息，然后发表意见。作者可以基于第三方意见修改文章。在这一阶段，在流畅表达的同时，写作者可以尝试使用一些比较高级的技巧，借用诗歌、小说等文体的技巧让自己的作品变得更美好。

对于创意写作来说，创意写作外在地与市场相对接，内在地强调写作是一种技能。非虚构写作工坊的目的即在于，写作者至少能够在技能意义上掌握写作的能力。即使一个写作者不能成为文学作家，也可以成为会写作的人。

对于追求多种类型的写作练习的写作者来说，非虚构写作工坊中的写作实践则是一个基础。在非虚构写作工坊中，写作者将通过反复的练习获得阶段式进阶，掌握流畅表达的写作能力。以文字为媒介流畅地表达信息、表达情绪，这是其他类型写作的基础经验。即相对于小说的故事设计、戏剧写作的"三一律"学习，非虚构写作更容易令写作者进入，更容易使写作者获得进阶，进而进行其他类型的写作。

诗、小说与创意写作学

——如何创意？怎样写作？或作为生活方式与本体论

谢尚发

（上海大学中国创意写作中心）

一、诗、诗人与诗意地栖居

追问诗是什么，或者什么是诗，在这样一个诗意贫瘠的年代多少显得有些不合时宜。然而正如荷尔德林的诗歌所言说的，"但哪里有危险，哪里也生出拯救"[①]。在聆听着诗意的拯救之召唤时，作为怀揣着诗意地栖居之伟大梦想的诗人们，就不能不动容于这种召唤来自何方，并且希望能够跟随这种召唤踏上诗意地栖居之永恒而又艰辛的路程，去开始幸福人生的寻美之旅。那么，掉过头来，追问诗是什么，或者什么是诗，在诗意贫瘠的年代里又显得尤为必要，因为正是诗意贫瘠的年代才是生出拯救之召唤的呼声的来源和方向。毕竟，"在贫困时代里作为诗人意味着：吟唱着去摸索远逝诸神的踪迹"。而且，"在这样的世界时代里，真正的诗人的本质还在于，诗人职权和诗人之天职出于时代的贫困而首先成为诗人的诗意追问"[②]。在聆听到诗意贫瘠时

---

① 海德格尔：《林中路》，孙周兴译，上海：上海译文出版社，2004年，第310页。
② 海德格尔：《林中路》，孙周兴译，上海：上海译文出版社，2004年，第284页。

代里对诗意的迫切召唤之后，重新追问诗是什么，就使得诗具有了拯救的意味，具有了出于神圣性而来的对于生命存在的关切、安抚与慰藉之达成。

　　然而历来论诗者和说诗者对诗的本质的道说又总被淹没，尤其是在诗意贫瘠的年代里，诗意匮乏者对诗的无知、愚昧和误解加深了对诗及其本质的遗忘，于是诗就仿佛成为一种附属品，寄托在生活之外而与生活了无相关。因此，重新聆听伟大的论诗者和说诗者对诗的本质的道说，就成为追问诗是什么或者什么是诗的合理起始点。论诗者和说诗者关于诗的显白或隐微的教诲，一如历史长河的奔流，淘洗着诗的经典和尘沙，使真正能够给生活以诗的教诲的作品留存下来，这些作品也就构成了重读文化经典必不可少的地基。作为诗人们所聆听的方向，书写诗的生活与创意地书写诗本身，就成为重新思考创意写作学的合理的起点与终点。

　　那么论诗者和说诗者究竟是如何对诗及其本质进行道说的呢？这一追问已然踏上了追问诗是什么，或者什么是诗的路途之上了，循着论诗者和说诗者所开辟出来的道路之痕迹，诗及其本质也就逐渐彰显了。当我们聆听先行者们之伟大召唤的时候，当我们重新踏上追问之途的时候，海德格尔关于诗的伟大思考就首先清晰地映入了我们的眼帘。在海德格尔的论述中，作为"词语性建构"的诗是取向于"存在"的。不过，海德格尔的"存在从来不是某个存在者"[①]，而是在更为本质的意义上从众多的存在者/诗人中抽象出来的"存在"。那么海德格尔的"创建性"的词语，便不再是某一个进行文学书写的诗人的情志、言语与文字，而是一种普遍的生命存在之本质与生命的生活之本质。用海德格尔本人的话语来解释，"诗的本质是真理之创建"[②]。那么存在就是存在之真理，就是使存在者成为存在者的存在/存在性。不唯此，就是对创建的解释，海德格尔也有着自己独到的论述。"诗人的道说不仅是在自由捐赠意义上的创建，而且同时也是建基意义上的创建，即把人类此在牢固

---

　　① 海德格尔：《荷尔德林诗的阐释》，孙周兴译，北京：商务印书馆，2000 年，第 45 页。
　　② 海德格尔：《依于本源而居——海德格尔艺术现象学文选》，孙周兴编译，杭州：中国美术学院出版社，2010 年，第 52 页。

地建立在其基础上。"①也就是说，海德格尔的"'创建'有三重意义，即作为赠予的创建，作为建基的创建和作为开端的创建"②。同时，"创建是一种充溢，一种赠予"③。创建就在别具一格的意义上，成了存在之于存在者的馈赠，成了存在者之成为存在者的建基与开端，如此，则诗就同样被置于存在者的一种别具一格的意义上了。通过诗，存在者能够通达自身的存在，能够向着存在之真理大踏步前行，能够更加切近地依靠着存在之真理，并最终实现诗意地栖居的诗之梦想。正因为如此，"诗不只是此在的一种附带装饰，不只是一种短时的热情甚或一种激情和消遣。诗是历史的孕育基地，因而也不只是一种文化现象，更不是一个'文化灵魂'的单纯'表达'"④。

那么海德格尔所谓"存在之真理"到底为何呢？沿着海德格尔的思路，可以清晰地看到，他是如何进行一个近乎圆形的论证踪迹的。通过对诗及其本质进行界定，海德格尔将诗提升到形而上学的高度，使之具有鲜明的形而上特性，然后再通过诗的形而上性下潜到诗的形而下的意味上，论证诗的形而下性。循着海德格尔强调诗是存在之真理的词语性建构而来，考察真理的概念就成了下一步重要的工作。海德格尔认为，"存在者整体之无蔽状态亦即真理"⑤，也就是说，真理乃是"存在者整体"的"无蔽状态"，是存在的无蔽状态，无蔽就成了真理的本质。虽然存在之无蔽乃是真理，但是如何开敞存在的无蔽状态，如何表达、描述和提供这种无蔽状态，就成了考量的一个标准。最合适不过的是诗，因为诗在表达、描述和提供存在的无蔽状态上，有着独特的优势。毕竟，"建立一个世界和制造大地，乃是作品之作品存在的两个基本特征"⑥。由

---

① 海德格尔：《荷尔德林诗的阐释》，孙周兴译，北京：商务印书馆，2000年，第45页。
② 海德格尔：《依于本源而居——海德格尔艺术现象学文选》，孙周兴编译，杭州：中国美术学院出版社，2010年，第52页。
③ 海德格尔：《依于本源而居——海德格尔艺术现象学文选》，孙周兴编译，杭州：中国美术学院出版社，2010年，第52页。
④ 海德格尔：《荷尔德林诗的阐释》，孙周兴译，北京：商务印书馆，2000年，第46页。
⑤ 海德格尔：《依于本源而居——海德格尔艺术现象学文选》，孙周兴编译，杭州：中国美术学院出版社，2010年，第40页。
⑥ 海德格尔：《依于本源而居——海德格尔艺术现象学文选》，孙周兴编译，杭州：中国美术学院出版社，2010年，第34页。

此,诗与世界和大地就产生了不解之缘,因为作品乃是艺术之作品,而"艺术的本质是诗"①。诗作为世界的构建者与大地的制造者,开敞着真理的无蔽状态,在诗之中,存在以无蔽的形式而呈现为一种澄明的状态,于是诗就是存在者入于存在之无蔽的澄明之境的路径,存在者就皈依于自身的存在,安居于存在的真理之中。于是诗就是一种途径,这种途径依赖于词语性的创建,并且通过词语来言说自己,甚至可以说,是真理,也就是存在的无蔽状态借助词语来言说自己,描绘存在之无蔽的澄明之境。事实上,"作为存在者之澄明和遮蔽,真理乃是通过诗意创造而发生的……诗歌仅只是真理之澄明着的筹划的一种方式,也即只是宽泛意义上的诗意创造的一种方式"②。诗之本质显然正是对存在之无蔽的澄明之境的词语性言说,唯独通过诗意的言说方式,真理才得以发生。正因如此,从更为根本的意义上而言,"筹划着的说道就是诗:世界和大地的道说,世界和大地之争执的领地的道说,因而也是诸神的所有远远近近的场所的道说。诗乃是存在者之无蔽状态的道说(die Sage)"③。而海德格尔在论述诗是如何对存在者的无蔽状态进行道说的时候,引入了"世界"和"大地"两个关键概念。也正是这两个概念成了海德格尔将诗从形而上地位下潜到形而下地位的论述节点。在海德格尔的观念中,"世界是自行公开的敞开状态",而"大地是那永远自行锁闭者和如此这般的庇护者的无所促迫的涌现"。作为敞开者与闭锁者,"世界和大地本质上彼此有别,但却相依为命。世界建基于大地,大地穿过世界而涌现出来"。因此,"世界与大地的对立是一种争执"。④ 诗作为建立世界与制造大地的作品,就体现了世界与大地的争执,然而世界与大地又是如此完美地统一于诗本身。诗的存在就是"建立一个世界",然而诗最终的"回归之处",却是大地。"作品回归之处,作品在这种自身回归中让其出现的东西,我们曾称之为大地。大地乃

---

① 海德格尔:《在通向语言的途中》,孙周兴编译,北京:商务印书馆,2004 年,第 34 页。
② 海德格尔:《依于本源而居——海德格尔艺术现象学文选》,孙周兴编译,杭州:中国美术学院出版社,2010 年,第 50—51 页。
③ 海德格尔:《林中路》,孙周兴译,上海:上海译文出版社,2004 年,第 61 页。
④ 海德格尔:《依于本源而居——海德格尔艺术现象学文选》,孙周兴编译,杭州:中国美术学院出版社,2010 年,第 35 页。

是涌现着庇护着的东西。大地是无所促迫的无碍无累和不屈不挠的东西。立于大地之上并在大地之中，历史性的人类建立了他们在世界之中的栖居。"①诗于是就成了存在者在大地之上栖居的表征，甚至可以说，诗本身就是存在者所栖居于其上的大地。诗最终成了栖居之所，诗的本质就是栖居。作为栖居之所的诗，营造着存在者的存在之无蔽状态的澄明之境，从而"人在其中达乎安宁；当然不是达乎无所作为、空无心思的假宁静，而是达乎那种无限的安宁，在这种安宁中，一切力量和关联都是活跃的"②。诗从它的形而上学的神坛走下，贴地前行，拥有了形而下的属性。可以说，诗无他，贴地的生活之呈露而已。诗便是存在者安居于其中的生活，生活奠基于大地，依赖着大地提供的一切丰饶的馈赠与献礼，诗就是存在者与大地处于一种宁静状态中的赠予者与受赠者的融洽状态。一言以蔽之，诗便是诗意地栖居之所。由此，更为本真地，我们可以看到，诗是一次生命存在的居持事件。然而，"灵魂之漫游迄今尚未能通达的那个地方，恰恰就是大地。灵魂首先寻找大地，并没有躲避大地。在漫游之际寻找大地，以便它能够在大地上诗意地筑造和栖居，并且因而才得以拯救大地之为大地——这就是灵魂之本质的实现"③。

正是因为诗呈露着一种与生俱来的形而下的生活属性，诗便吁请存在者与大地达成和谐融洽的相处之道，而存在者却总是威胁着拒绝这种和谐融洽的处境之到来，存在者与大地处于对峙与敌视的状态中。诗作为存在者栖居于其中的处所，聆听来自诗意地栖居的处所之召唤，便是写诗者、读诗者与解诗者本真的使命。诗人作为书写者，是将诗情泼洒于生活之中，让诗成为一种生活的居所，甚至让诗径直地成为一种生活方式，让生命存在安居于其中，自洽而怡然。

---

① 海德格尔：《依于本源而居——海德格尔艺术现象学文选》，孙周兴编译，杭州：中国美术学院出版社，2010年，第35页。

② 海德格尔：《荷尔德林诗的阐释》，孙周兴译，北京：商务印书馆，2000年，第49页。

③ 海德格尔：《在通向语言的途中》，孙周兴译，北京：商务印书馆，2004年，第34页。

二、小说：叙事、抒情与生活事件

诗的时代俨然已经远离目下的生活,在重新获取对诗的界定之后,我们只能返归于文字书写所营造的想象的故乡之中,恬然而栖居于这一片饱含着浓郁乡愁滋味的家园,守护、照料并体悟着自我与天地的存在之境界。诗一变而为生活,当生活之诗也无以为继的时候,我们不禁要追问:"当诗的写作不再得心应手,诗人还能用什么来表明他生存的情境呢?"①换言之,当诗的写作难以为继,诗的生活更成为虚无缥缈之存在的时候,人应该如何生活呢?这一追问一俟提出,小说就跃然出现于我们的眼前,于是,在一个诗意贫乏的年代,我们追索诗之生活的本质之后,却不得不无可奈何地转向小说,那个我们的生活所寄居的文字天地。"相对于诗,小说是个'众声喧哗'的文类,小说是个充满杂音的写作和阅读经验。"于是,"小说的出现解构了诗曾经享有的至高无上的纯粹性,而诗的不可复得性,又反证了小说是我们的时代所必须不断实践的文类"。② 小说在叙述的过程中讲述故事,抒发情感,它是实实在在的生活事件的书写、描述与呈露,或者径直可以说,小说就是生活事件本身。作为对生活本身进行书写的小说,总是牵连着记忆、时间与历史,在一个时间的限域之内重构生活的空间,让生活事件成为时间与空间交错进行中生命存在的斑斓光辉与生动活泼的呈露。奠基于对生命本身的时间之观照与对身体的空间之观照,小说总是面对着生命进行抒情,面对着身体进行描摹,在生命和身体的存在世界里勾勒出时间和空间的痕迹,作为语言和文字表达的基础,作为叙述和叙事的文本世界,敷衍出感人至深、动人心扉的美妙故事。这一过程中,生命存在的记忆、情绪与体悟一同参与到小说的创造之中,无论是书写者还是阅读者,都在另一个世界的时空之中迷醉自我,认同于文

---

① 王德威:《抒情传统与中国现代性:在北大的八堂课》,北京:生活·读书·新知三联书店,2010年,第250页。

② 王德威:《抒情传统与中国现代性:在北大的八堂课》,北京:生活·读书·新知三联书店,2010年,第247页。

字的书写，更是认同于小说作为生活事件的本质，抑或径直认同于小说所揭示的生活事件本身。

作为讲故事的人，书写者总是在回忆中触碰时间的隐秘所在，以之填充生命存在的空虚渺茫，让生活事件尽量丰满、充盈，从而造就别一样的生活与别一样的人生，在其中歌哭命运的坎坷悲欣、扼腕生死的聚散别离、怜惜人生的苦楚心酸，并进而构造一个自我与他者的存在之镜像，从镜像中寻觅生命存在安居一己身体与魂灵的栖居之所，探究一种最佳的生活方式，去回应死亡的逼问和生存的鞭挞。由此，小说作为生活事件，乃是对"人应该如何生活"这一旷古绝今且一以贯之的问题最贴切也是最神秘的回答，更是对"生命存在的意义与死亡问题"最交心也是最无关痛痒的指引。但无论如何，作为生活事件，小说以其斑斓多姿的人间往事之回忆、历史故事之传达、时间痕迹之刻画与空间栖居之歌赞，获得了对"人应该如何生活"和"生命存在的意义与死亡问题"的双重回答与解释。由此而来，小说无非是"用自己的方式，讲自己的故事"，"自己的故事总是有限的，讲完了自己的故事，就必须讲他人的故事"。[1] 在众多的故事所构成的集合中，小说完成了一次自我的救赎，也同时完成了一次对生命存在的救赎与解脱。小说的世界所呈现的正是生活世界的事件，通过事件的关联、解释、沟通与共存，促进了人世间的生活事件之发酵、扩展与延伸，进而从别一种方式中获得对生命存在的意义探究，研读作为哲学存在的自我与世界的丰富意义，造就独异的生命体系，以之深入生活内部，打造人生的故事。小说的叙事总是将自我的焦点放在生活事件之上，通过彰显放荡、恣意、蛮横、荒唐的故事与温良、谦恭、和善、自尊的故事之间所形成的张力，试图再造生活的全新面貌，实现对生活事件的双重抽离——一次是通由书写的行为所造成的小说叙事之于生活事件的抽离，一次则是通由阅读而形成的生活事件之于小说叙事的抽离。通过从生活中剥离、择取并讲述生命事件，小说叙事获得了全然丰富的自足世界，构成了生活世界之外

---

① 莫言：《讲故事的人——在诺贝尔文学奖颁奖典礼上的讲演》，《当代作家评论》2013 年第 1 期，第 7 页。

的文学世界,鲜活地存在于当下的世界之中。通过生活事件的这一剥离行为,阅读者就可以反其道而行之,再从小说叙事中窥探生命事件及其神秘、诱人又饱含情绪的面相,带着一种朝圣般的虔诚与恭敬,返归生活之中,塑造全新的自我生活方式,力图以自足、自尊、自洽并自适的精神栖居于人世间。因之,小说叙事就豁然地成为生活事件的聚集与累积,也是生命事件的沉淀与储藏,且通过记忆关联时间与历史,又通过行为关联空间与地理,其所寻找到的支撑点恰恰是生命与身体。于焉,则"生命存在的意义与死亡问题"一变而成为"人应该如何生活"的炙热拷问,不亚于站立在海子所谓"痛苦质问的中心"(语出海子《答复》),震撼了阅读者的心灵。恰如莫言所说,小说"写的还是人的命运与人的情感,人的局限与人的宽容,以及人为追求幸福、坚持自己的信念所做出的努力与牺牲"①。这恰是小说作为生活事件的起点与终点,也是生活事件成为小说的起点与终点,因为生命之河亘古长流,生活之流生生不息。作为生活事件,小说的叙事并非脱离于生命本身的情绪与感悟,恰恰相反,是深深植根于此,并由此一点深入开去,转变成为小说的抒情根底。

小说的抒情虽从生活事件之中来,却撇开生活事件本身,着力于生活事件中所透露的有情生命,去书写有情生命的情感、情绪与情愫,点化生活事件的同时,绝然而成为生命存在的必然,一如生活事件之于生命存在的意义。在此基础上,我们可以说,小说就是有情生命本身,通过抒情的方式去书写生活事件中生命存在的歌哭、悲欣、聚散、离合、浮沉等,在关注存活、行为与生命的同时,将有情生命带入原初的情感境域,从魂灵、精神与心理的层次上丰富对生命存在的书写。之所以小说会以叙事与抒情的方式来呈现生活事件与有情生命本身,其原因之根深埋于生命存在的红尘世界,且作为生命存在的人间景象与生存图景的经历与见证。毕竟,我们的生活世界,"'有情'和'事功'有时合而为一,居多却相对存在,形成一种矛盾对峙"②。"合而为一"

---

① 莫言:《讲故事的人——在诺贝尔文学奖颁奖典礼上的讲演》,《当代作家评论》2013年第1期,第9页。

② 沈从文:《致张兆和、沈龙珠、沈虎雏》,《沈从文全集》第19卷,太原:北岳文艺出版社,2002年,第318页。

的情况自然是将生活事件与有情生命融合于生命存在之一体中，而"矛盾对峙"的情况则只不过体现为生活事件与有情生命的可见的分离，实质上始终相连，可以名之曰"抒情"，因为即使是叙事本身，本也该看作抒情的一种，是对着"我的亲人们的故事，我的村人们的故事，以及我从老人们口中听到过的祖先们的故事"①不能忘却而奋起的抒情，其根本则在一己生命的人间之体悟。基于此，小说"说什么写什么差不多都像是即景抒情"②。小说将生活事件一并作为有情生命的一部分，进而抒发之、撩拨之。然而终究，"事功为可学，有情则难知"③。属于叙事的一部分之生活事件，并不能包裹有情生命的一切，而有情生命的世界则可以囊括生活事件的全部，最起码有其基本。细细思量，有情生命的本质存在则是寂寞与孤独，是生命存在的沉潜与默然，更是生命存在的虚静与达观，恰是庄禅境界的一己之于世界的吁请与呼唤。因为，"寂寞能生长东西，常是不可思议的"④。小说作为有情生命正是这"不可思议"的生活事件。小说的抒情最终成了包揽宇宙、欣慰众生并宽恕世界的生命存在之悲悯情怀。在不恣意、不骄纵、不蛮横、不奢侈、不放任、不虚伪之中，抒情将有情生命表达为纤若游丝、轻似蝉翼、柔如绸缎的款款深情，以赤子之心、拳拳之意去体谅人间红尘的万事万物，与生活、苦难、辛劳、仇恨、哀怨等和解，并恬然自居于诗意的处所，安顿一己的生命存在，缥缈进而逍遥游，齐万物进而天地人合一。正是在这一点上，作为抒情的小说就可以宣称："照我思索，能理解'我'。照我思索，可认识'人'。"⑤这"人"，正是生命存在的人间神话、红尘寓言，表征了生命存在的外在与内在，象征了生命存在的大化流行与生生不息。在人间的生活世界中，生命存在将自身投射而为空间的身

---

① 莫言：《讲故事的人——在诺贝尔文学奖颁奖典礼上的讲演》，《当代作家评论》2013 年第 1 期，第 7 页。

② 沈从文：《抽象的抒情》，《沈从文全集》第 16 卷，太原：北岳文艺出版社，2002 年，第 535 页。

③ 沈从文：《致张兆和、沈龙珠、沈虎雏》，《沈从文全集》第 19 卷，太原：北岳文艺出版社，2002 年，第 318 页。

④ 沈从文：《致张兆和、沈龙珠、沈虎雏》，《沈从文全集》第 19 卷，太原：北岳文艺出版社，2002 年，第 318 页。

⑤ 沈从文：《抽象的抒情》，《沈从文全集》第 16 卷，太原：北岳文艺出版社，2002 年，第 527 页。

体与时间的生命,小说尽着叙事与抒情的本事,描摹一切人世间的众生相,聚焦于生活事件与有情生命,构筑别一种生活方式,虽来自生活本身,又构成相互映衬的他者的生活世界。这他者的生活世界,便是小说所诉求的方向。

　　基于此,我们尽可以说,小说是一个生命存在的生活、人生与命运的叙事文本,更是一次生活方式的呈露与生命存在的书写,它以叙事和抒情作为书写面相,本质地彰显为生活事件与有情生命的聚集与沉淀。在一个诗几乎消失殆尽的年代,小说起而拯救作为诗意地栖居之地的生活,为芸芸众生设坛说法,一方面肩负起对生活事件之叙事,另一方面则又肩负起对有情生命之抒情。在诗消亡的年代而诗意未消亡,在故事的年代歌唱抒情的往事,在叙述的书写中尽量体现生命存在的情怀之抒发,屹然独立于生活世界的泥淖之中,不卑不亢、不忧不喜、不增不减、不多不少,刚刚好充实了我们的生命,丰盈了我们的生活,而且本身就是我们的生活。这生活就是生命存在于无涯的时间和空间之中留下的微茫的痕迹,看看清晰可辨,看看又模糊一片,真实而虚无,空灵而充沛。小说于是就是这生活,就是这痕迹。纵然字迹清晰,往事的追忆却情何以堪,然而,"生命在发展中,变化是常态,矛盾是常态,毁灭是常态。生命本身不能凝固,凝固即近于死亡或真正死亡。唯转化为文字,为形象,为音符,为节奏,可望将生命某一种形式,某一种状态,凝固下来,形成生命另外一种存在和延续,通过长长的时间,通过遥遥的空间,让另外一时另一地生存的人,彼此生命流注,无有阻隔。文学艺术的可贵在此。文学艺术的形成,本身也可说即充满了一种生命延长扩大的愿望。至少人类数千年来,这种挣扎方式已经成为一种习惯,得到认可。凡是人类对于生命青春的颂歌,向上的理想,追求生活完美的努力,以及一切文化出于劳动的认识,种种意识形态,通过各种材料、各种形式,产生创造的东东西西,都在社会发展(同时也是人类生命发展)过程中,得到认可、证实,甚至于得到鼓舞"[①]。

　　基于此,小说或者说文学写作,正在吁请一个生命之途的流浪者与漂泊者,围聚在文学的场域之中,听讲故事的人讲述人间的故事,听抒情的歌者抒

---

① 　沈从文:《抽象的抒情》,《沈从文全集》第 16 卷,太原:北岳文艺出版社,2002 年,第 527 页。

发人间的情怀,然后走向自我的生活,打造别一种生活方式。这种生活方式将诗作为居持事件,将小说作为生活本身的文本以及生命痕迹的书写,在书写中阅读,在阅读中书写,以身体为笔端,以大地为纸张,以血液为墨水,将生命作为书写的主题与内容,将身体作为书写的表达与形式,将生活纳入时间之痕迹中,完成一次从生到死的充满无限创意的写作之涅槃。因此,创意写作学呼唤一种作为生活方式的文学书写,更呼唤作为生活本身的文学书写且径直将生活本身作为文学书写。

三、生命存在与创意写作学,或作为生活方式

许多年之后,当沈从文的写作在新中国的大环境中难以为继的情况下吟哦着文学能够带给生命以永恒与不朽的时候,他或许会在书写的过程中有意无意地对多年前偶然间所阅读到的周作人的秀美文章发出万千的感慨。其时,周作人正一个人优哉游哉地徘徊在其用文字所营造的"自己的园地"中,喝着茶,听着雨,悠然地踱步在属于自己的诗意人生境界里,品味生死、命运以及故乡、记忆所带来的人生真谛,完全一副淡然而超脱的禅者形象。"所谓自己的园地,本来是范围很宽,并不限定于某一种:种果蔬也罢,种药材也罢,——种蔷薇地丁也罢,只要本了他个人的自觉,在他认定的不论大小的地面上,应了力量去耕种,便都是尽了他的天职了。"[①]临了,还不忘记宣称,"我们自己的园地是文艺",这无异于指出文学书写乃是一条通达生活之途的康庄大道,因了文学的书写而能够为人们开辟一方有别于世间喧闹、狰狞、倾轧图景的恬淡自适的天地,可以在其中引吭高歌、怡然自居。"在这样的时候,常引起一种空想,觉得如在江村小屋里,靠玻璃窗,烘着白炭火钵,喝清茶,同友人谈闲话,那是颇愉快的事。"[②]文学所营造的自己的园地给了生命存在以诗意地栖息的居所,哪怕是片刻的遐想,也足以快慰尘世中劳碌奔波的灵魂,

---

① 周作人:《自己的园地》,《自己的园地》,北京:北京十月文艺出版社,2011年,第5—6页。
② 周作人:《自序一》,《雨天的书》,北京:北京十月文艺出版社,2011年,第1页。

从而造就了生命存在之于文学的居持，也即着眼于文学本身而恬然自居，将文学收归于自我生命存在之一隅，甚或直接将之融入生命的整全里，作为生命存在的底色与基石，或者径直地作为生命存在本身。遥想如此的时刻，文学所带来的梦境之感、幻觉之艳、想象之奇，不亚于周作人所念兹在兹的喝茶意境："喝茶当于瓦屋纸窗之下，清泉绿茶，用素雅的陶瓷茶具，同二三人共饮，得半日之闲，可抵十年的尘梦。"①在尘世中周旋于与他者之间的尔虞我诈、虚与委蛇，或缠绵于红尘中的灯红酒绿、花团锦簇，也或者流连于小儿女们的你侬我侬、卿卿我我，都只如在时间流逝中飘落的黄叶，作永恒的对于过往的怀旧与记忆，或对他日的甜蜜之告别与相望，却永不能达于一种解脱的、干净的、素雅的生命境界，恰如宁愿用"半日之闲"去换取"十年"之久的尘梦，周作人所彰显出的生命存在之于创意写作学的意义便于焉呼之欲出，或者反过来说，周作人的文学之梦表达了创意写作学对于生命存在的意义便一览无余地呈现出来了。须知，"艺术当然是人生的，因为他本是我们感情生活的表现……'为艺术'派以个人为艺术的工匠，'为人生'派以艺术为人生的仆役；现在却以个人为主人，表现情思而成艺术，即为其生活之一部，初不为福利他人而作，而他人接触这艺术，得到一种共鸣与感兴，使其精神生活充实而丰富，又即以为实生活的基本；这是人生的艺术的要点，有独立的艺术美与无形的功利"②。"为人生的艺术"恰是周作人对创意写作学之于生命存在意义的点拨，言在此而意在彼，甚至这种言说本身就已经敞开了一种作为生活方式的创意写作学之可能与必然。且不说其目的之明确，单单就书写本身的人生意义，便可以见出周作人"文学与人生"的思想之独特来。"生活不是很容易的事。动物那样的，自然地简易地生活，是其一法；把生活当作一种艺术，微妙地美地生活，又是一法：二者之外别无道路，有之则是禽兽之下的乱调的生活了。"③以文学为生活，以生活为文学，周作人的思路显然是将文学与生活同

---

① 周作人：《喝茶》，《雨天的书》，北京：北京十月文艺出版社，2011年，第58页。
② 周作人：《自己的园地》，《自己的园地》，北京：北京十月文艺出版社，2011年，第7页。
③ 周作人：《生活之艺术》，《雨天的书》，北京：北京十月文艺出版社，2011年，第102页。

而划一了,所以按捺不住,要一再地宣称"这文学是人生的"①,或为自己的主张进而辩解,"文艺是人生的,不是为人生的"②,以强烈的言辞与反复的言说指认文学与生活之间的融合为一。因此可以说,周作人的书写及其生活已经赫然昭示了一种作为生活方式的创意写作学,其存在过,并且如此辉煌地存在过,以至于后来者不得不将重新聆听伟大沉思者的召唤作为自己追问与思索的方向,再一次将文学的书写同于生活的存在,将生命之一息尚存惊艳地表达于文字之中,做千百次的回眸一笑与浅吟低唱,留存于时间之流逝的永恒中,像沈从文所言,在另一时另一地寻找能够深通款款情曲的知音,于人世间、红尘中迷醉一回,放浪形骸一回,也让自己成为自己一回。

那么,与其说创意写作学是教授一种文学创作的技巧与方法,意在培养一种全新写作人才,不如说创意写作学所提供的乃是一种体悟生命存在的意义、打造生命存在的价值并书写生命存在的情态的途径。通过创意写作学,任何一个生命存在都可以在生活与时间的流逝之中书写下自己的故事与抒情,在红尘与空间的转换中镌刻下一己的行走与忖思,而文字、语言、文本等只不过是生命存在的人间书写所遗留下来的痕迹罢了。因此可以说,生活便是生命存在于人世间的创意写作,柴米油盐酱醋茶无所不及,爱恨情愁喜怨怒无不了然于心,以至于姑娘的一颦一笑所传达的妩媚与妖娆,少年的抬手投足所呼唤的意气风发与凌云壮志,甚或老汉的闲坐东篱数落花的安闲与沉默所表征的淡然与了悟,都成为生命存在本身书写自我人生的种种来源与由头。所谓创意写作学,也就一变而成为以身体为笔椽在人世书写生命传奇与故事的生存叙事,抒发的是一己之情的流布与散播,至于文学本身的书写无疑成为这种生命传奇与故事的见证、记录与留存。如此,创意写作学就呼唤一种作为生活方式的存在样式与作为形而上学之本体论的存在样式并最终将两种存在样式合而为一的面貌,以此来改写针对其所发出的种种误解与批评,通过生活方式与本体论来确证自我存在的理论品格。

---

① 周作人:《新文学的要求》,《艺术与生活》,北京:北京十月文艺出版社,2011年,第22页。
② 周作人:《文艺的统一》,《自己的园地》,北京:北京十月文艺出版社,2011年,第32页。

　　从生活本身与创意写作学之间的交融关系及其在周作人的人生之中所体现出来的独特性可以看出，创意写作学以其独特的存在方式，造就了生活本身的书写行为并将之与生活中的书写行为进行调和，从而将文学与生活完全统一起来，文学书写既是生活中的文字书写行为，也是生活本身的行为。在这一基础上来思考，创意写作学毋宁说更是一种生活方式，它诉诸生命存在的故事、抒情与生活世界的悲欢离合、酸甜苦辣、生离死别，关注于生命存在本身的悲欣与歌哭、浮沉与生死、仇恨与宽容，指归于生命存在的幸福、愉悦、自适与恬然而居，呈现为生命存在的诗意地栖居与人生的书写。借助创意写作学所提供的这种生活方式，作为人的生命存在达于天地且立乎天地之间，并能以诗的途径来书写叙事的人生路程，以诗情与沉思着色于纷纭杂乱的生活世界，规整生命路途上的荆棘与坦途，写就自我生命存在于历史中所留下的足迹、印痕与意义。由此，创意写作学所关注的乃是人生的文本，而非是纸张的文本，或者抒情与叙事的文本。在人生的文本之中，创意写作学所能够提供的内容就不再仅仅只是技巧、方法与套路，而是思想、精神与体悟，以及对生活的独具匠心的涂抹与装扮，人生的文本也就呈现为一种别一样的文本，从而具有创意的特质。同时，作为生活方式的创意写作学，诗与小说是其两翼。诗以其诗意地栖居的宣言来创造一个属于生命存在的心思、灵魂与精神的世界，小说则以其叙事与抒情的手法去摹写一个属于生命存在的行为、思想与生活的世界。诗以传达生命存在的境界，小说则彰显生命存在的故事。于是便形成了一个以创意写作学为核心，以诗和小说为两端的生活方式，这种生活方式极端地属于诗人，极端地属于文人，也极端地属于每一个知识分子以及每一个自觉的生命存在的生活。

　　创意写作学从以语言、文字和痕迹为资质的文本，通过对生命存在本身的参与和改造，变成了作为生活方式的存在，关注生命存在本身的生存经验，写就生命存在的热腾腾的生活。恰恰是在这一层意义上，创意写作学显然不满足于只是对生命存在的生活做一种调整与着色，甚至是刻画与书写、亲历与见证，也无意于入乎其中而混同一色，它更重要的使命是通过创意的方式，塑造别一种属于生命存在的意义与价值，其创意之体现即在于向普通与平凡的生活汲取诗意与伟岸，书写生命存在的寥廓、邈远与高尚，描画生命存在的雅致、精细与尊贵。创意写作学本身要书写的内容也从烦琐的人间事务中跳脱开来，变成了对"生命存在的意义与死亡问题"的沉思与探究，在此基础上设计、安排与实践一整套对"人应该如何生活"这一问题所提供的答案，书写的结果自然就成了独特思想的事实，也就是创意地书写生命存在于人世间的生活。在这种创意写作学所书写的生活中，充满了对生命存在本身的全新理解，也就是着眼于生命存在而来的独特的思索与领悟，以之区别于一般的人间生活与书写。因此，创意也就显然成为一次哲思的行为，是对生命存在之生活事件的意义与价值的哲理性沉思，其皈依在于对生命存在的重塑。于此，创意写作学便是作为生命存在的本体论书写方式，是一次语言、文字、故事、抒情对生命存在的见证及其价值与意义的表征。同样地，创意写作学作为生命存在的本体论书写方式，更是一次生活事件的展示、书写与镌刻，是一次塑造生命存在意义与价值的公然行为，也是一次对作为终有一死者的存在者的照料、守护与居有。生命存在本身开始言说，以其生活的行为、言语和遭际作为表达的形式，因为作为书写的主体的存在者始终在聆听来自存在的召唤与呼喊，并最终走上通往澄明之境的路途，奔着诗意地栖居而去，最终达成对生命存在的安顿、抚慰与释然。与此同时，作为生命存在的本体论书写方式的创意写作学，显然正是运思，换一种方式我们可以说，创意写作学恰好是一次思与诗的对话，是一次运思与作诗的会心一笑。

四、语言·文学·生活·世界·思想

文学是语言的艺术，写作便是语言的艺术之摆置与操弄。流俗意见之于文学和写作的误解便是奠定在对语言的误解基础之上的，由于对语言本身的呼声听而不闻，也就成为对文学和写作喑哑无声的默者，即便发出声音，也是刺耳的聒噪与无谓的呻吟。因此，要思及创意写作学，就必须首先进入语言的言说世界，在其中聆听来自语言本身的召唤与呼声，并最终走向通往文学与写作的道路，发现文学与写作的本质所在。走向通往语言之途，乃是因为

"语言是最切近于人之本质的。触处可见语言"。毕竟，"作为说话者，人才是人"。① 如此，要切近地沉思语言，就必须言及语言之言说。而事实上，语言竟然是不曾言说的，存在者更不曾从语言那里听来关于人世一切的言说或言说的内容，因为"语言，即寂静之音"②，纵然语言有一天开口说话了，也有别于流俗的言说方式，须知，"语言作为寂静之音说话"③。从这一点来说，人从不曾说话，而只是"语言说话"④。然而"寂静绝非只是无声"⑤。如此，作为"寂静之音"的语言也就不是"静默无语"，而是来自遥远的故乡与家园的声声召唤，正是因着召唤之声，作诗便成为一种独特的聆听，聆听本身保持为对语言之寂静之音的应合，因为语言本身的说话以及人所说之语言，"这种既倾听又获取的说话就是应合（Ent-sprechen）"⑥。书写无疑正是行走于这条应和着作为寂静之音的语言之说话的路途之上，然而这召唤之声最终将书写者带向何处？那个召唤之音所从出的故乡与家园又在何方？踏上通往语言之途的书写者这一迷思，最终被遥远而又切近的召唤之音牵引着走向了语言本身，毕竟，"语言是存在之区域——存在之圣殿（templum）；也即说，语言是存在之家（Haus des Seins）"⑦。语言作为寂静之音说话，其所说正是一种急切而又苍凉的召唤，召唤之所从来正是让书写者回归到语言之中，并且以诗意地栖居的方式居持着语言本身，如此，书写本身便成了一次对于语言作为故乡与家园寂静之音的召唤之聆听，并从而应和这种召唤，淡然自适地栖居于语言本身之中。须知，书写在这一意义上便体现为筑造，"筑造不只是获得栖居的手段和途径，筑造本身就已经是一种栖居"⑧。语言不是书写的工具或者媒介，它径直地就是作为生活方式的创意写作学本身，就是作为生活本身的栖居，

① 海德格尔：《在通向语言的途中》，孙周兴译，北京：商务印书馆，2004 年，第 1 页。
② 海德格尔：《在通向语言的途中》，孙周兴译，北京：商务印书馆，2004 年，第 24 页。
③ 海德格尔：《在通向语言的途中》，孙周兴译，北京：商务印书馆，2004 年，第 23 页。
④ 海德格尔：《在通向语言的途中》，孙周兴译，北京：商务印书馆，2004 年，第 11 页。
⑤ 海德格尔：《在通向语言的途中》，孙周兴译，北京：商务印书馆，2004 年，第 22 页。
⑥ 海德格尔：《在通向语言的途中》，孙周兴译，北京：商务印书馆，2004 年，第 26 页。
⑦ 海德格尔：《林中路》，孙周兴译，北京：商务印书馆，2018 年，第 350 页。
⑧ 海德格尔：《演讲与论文集》，北京：生活·读书·新知三联书店，2005 年，第 153 页。

甚至语言本身就已经是一种栖居。然而实际上，书写者在书写，那么语言就以一种被书写的形式体现为作为栖居的书写。如此，书写本身作为栖居，其所筑造的居所收留了存在者之本质，使其能够在其中安居。这筑造所带来的居所，自成一个世界，是向着所有存在者敞开的世界，也是作为呼唤之声所从来由的世界之存在。沿着这样一条通往语言的诗意栖居之途，创意写作学便踏上了聆听着语言之召唤、应和着来自故乡与家园的呼声以及作为栖居的语言和世界的筑造之路途，开启诗意地栖居于语言之居所的旅程，书写属于生命存在的大美篇章。

书写居留于语言之故乡和家园之中，筑造了一个属于生命存在的独特世界，书写所构造的文本，即作品，同样以文学的名义敞开着作为生活的世界。"作品在自身中突显着，开启出一个世界，并且在运作中永远守持这个世界。作品存在就是建立一个世界。"[1]生命存在于这个作品所铸造的世界之中，歌哭着自己的歌哭，悲欣着自我的悲欣，通过寻觅知音的方式来与他者共在，并诗意地栖居于作品所铸造的世界之中，吟哦人生之大美境界，构筑自我的生活，书写自我的生活。然而世界作为书写者用语言所铸造的作品之开敞，其居所的特性总是隐而不显，尤其是作为栖居之所的世界，总是环绕着生命存在本身，难以给出实在的"立足之地"，因此生命存在呼吁一种能够居持的实在之地，也即是生命存在能够居留且持有的世界。这样一种呼唤之所从来，便是大地之所从出的地方。"由于建立一个世界，作品制造大地。"[2]书写作为对语言的寂静之音的聆听，居留于语言之所，筑造着属于生命存在的世界，同时，又让作品因开敞为一个诗意地栖居之居所，也制造着大地，并且"把大地本身挪入一个世界的敞开领域中，并使之保持于其中。作品让大地是大地"[3]。由此，书写本身就显然成为一次实实在在的大地之上的书写。也恰是

---

① 海德格尔：《依于本源而居——海德格尔艺术现象学文选》，孙周兴编译，杭州：中国美术学院出版社，2010年，第32页。

② 海德格尔：《依于本源而居——海德格尔艺术现象学文选》，孙周兴编译，杭州：中国美术学院出版社，2010年，第33页。

③ 海德格尔：《依于本源而居——海德格尔艺术现象学文选》，孙周兴编译，杭州：中国美术学院出版社，2010年，第33页。

由于这一点，创意写作学从作为技巧、形式的文学书写一变而成为生活本身，文学也摆脱了旧有的文本的纸张存在形态，大踏步地走向了生活，最终消融于生活之中，成为生活本身。由于书写所筑造的诗意地栖居之所开敞出一个居留的世界，将世界的筑造开敞为大地之现身，于是遮蔽者不再遮蔽，而显现为一种澄明之境，这恰是生命存在所孜孜以求的栖居境界。遮蔽者一改遮蔽的面貌，以清晰、凸显的方式呈露自身为生活，且将生活本身作为生命存在的居持事件一同收纳入书写行为之中，文学或者作品就一换而转为生活之无蔽的呈露，亦即生活本身便是文学或作品的书写，生活就是书写行为本身。如果从筑造本身而言，书写乃是一次聚集，更是一次邀约，或者说是一次优游，因为作为生活的居留之所，语言成为诗意地栖居之故乡与家园，书写就摆置为一种在语言之中筑造诗意地栖居之所的筑造，这种筑造开敞为对世界和大地的亲昵，更是对作为生活的世界和大地的栖留，"栖留有所居有（Verweilen ereignet）。它把四方带入他们的本己要素的光亮之中"①。这聚集而来的四方便是天空、大地、诸神与终有一死者。生命存在以聚集四方的形式来构筑自我的生活，生活又总以这样或那样的方式吁请着天空、大地、诸神与终有一死者返归为一，书写恰好是这种聚集与吁请，它作为邀约将天空、大地、诸神与终有一死者摆置在作为世界和大地的作品之中，从而开敞为生活和文学，以聆听来自寂静之音的召唤为存在样式，优游于其中，从而达成生命存在之诗意地栖居的化境，诗意地栖居之所居留着天空、大地、诸神和终有一死者。于此，书写之于作为故乡与家园的语言，恰如语言之于作为世界与大地的作品，此时，作品就正好开敞为作为生活与文学的场所，这一场所所提供的正是思与诗的对话之领域。思与诗的对话在生活与文学所提供的场所之中优游，毋宁说思与诗的对话本身就是优游，就是诗意地栖居。对话本身牵引着世界之广袤与大地之寥廓，它本身就是筑造，由于筑造又是栖居，所以对话也径直地就是栖居本身了。天空、大地、诸神与终有一死者的优游就是运思与作诗，是在筑造之中居有处所，在处所之中筑造世界与大地，并最终呈现为生命存

① 海德格尔：《演讲与论文集》，北京：生活·读书·新知三联书店，2005 年，第 181 页。

在的生活。

从本质上而言，"语言是存在之家"，这一判断经由对作为寂静之音的召唤之分析，以及从这种分析之中所发现的对世界和大地之筑造，进而上升为语言就是诗意地栖居本身，已经开始呈现为别具一格的书写，创意写作学也在其中获得了对生活与文学的双重筑造的特性，并且以或隐或现的形式指向了运思与作诗，指向了思与诗的对话。书写作为对运思与作诗的聚集与摆置，已经行进在通往思想的路途之上了，或者书写本身就是思想之路途。如此，书写"始终在一种思想中游动"，这"思想在存在之野上开犁沟垄"。① 或者毋宁径直地将思想摆置为一种追问，亦即书写与其说是一种既成的生活之表达，不如说是对未然的生活之追问。在追问中探究生命存在之生存的最佳方式，探问生命存在之意义与死亡问题，从而将书写带入形而上学的本体论地域。作为始终在思想中游动的书写，其追问正是思想的追问，"思想的追问始终是对第一性的和终极的根据（Gründen）的寻求"。"追问并不是思想的本真姿态，而是对那个将要进入问题之中的东西的允诺的倾听。"②作为追问的思想所问及的那个东西，亦即生命存在，就表露成为书写的核心，书写就是对生命存在的"第一性的和终极的根据"进行追问的行为。追问作为思想的表达，不是一味地对着生命存在进行拷问或者盘问，而是以返归的形式慰藉着思想本身，也就是作为对着生命存在前行的一种指向、牵引，因为作为追问的书写之思想，"行进在地带之道路上，从而栖留于地带中"③。一方面，思想本身是追问，不停地在道路之上寻觅追问之所追问；另一方面，追问本身又摆置为是一种栖居。书写作为思想的行为，总是牵连着思与诗的对话，又在追问的路途之上，呈露为一种既是寻觅又是栖居的道说。书写一方面见证思与诗的对话，另一方面又将两者摆置在自己的周围，让"诗与思相互面对而居住，一方面对着另一方而居住，一方定居于另一方的近处"④。通过这种聚集的摆置，

---

① 海德格尔：《在通向语言的途中》，孙周兴译，北京：商务印书馆，2004年，第163页。

② 海德格尔：《在通向语言的途中》，孙周兴译，北京：商务印书馆，2004年，第165页。

③ 海德格尔：《在通向语言的途中》，孙周兴译，北京：商务印书馆，2004年，第169页。

④ 海德格尔：《在通向语言的途中》，孙周兴译，北京：商务印书馆，2004年，第178页。

思与诗的对话就深入生活之中，作为生命存在的书写行为，筑造着诗意地栖居之所。因此可以说，书写就是一次基于运思的作诗行为，也是一次思想对文学的献礼与索求，正是文学的作诗之书写行为，让思想在对生命存在进行追问的过程中，开敞为诗意地栖居之所，运思就成为作诗，作诗也同样变成了运思，二者难分难解，融合为一。从而创意写作学就从文本的书写变为了生活本身，筑造着诗意地栖居之所，运思着去作诗，作诗着去运思，让居留成为一次思与诗的对话，在追问"生命存在的意义与死亡问题"的同时，探究一种"人应该如何生活"的答案。

　　所以，创意写作学就不仅仅只是写在文本上的文学叙述或抒情，它更应该是写在生活里的，或者径直就是生活本身。然而，如何实现一种由文字叙事所构成的文本世界转变为一种由思想和生命所构成的生活世界，是创意写作学所不得不考虑的一个重要问题，因为创意写作学理应摆脱它的技术性面貌，而强调其哲思的一面。如果仅仅是简单地诉诸技术性的文学操作，尤其是外在的形式、结构、言词等，那么创意写作学无疑就沦为了技艺，书写也就成了一种匠人们的活计，而非是赞天化地、浸淫天下的大化流行之存在了。很显然，创意写作学应该摆脱世人加诸其上的文学帽子，重新缝制一顶叫作文化的桂冠，将其触角深入生活世界之中，将人生作为创意写作的大舞台，尽情地书写属于生命存在的绚烂多彩的大文章，以作为生活方式和生命存在的本体论为存在的特质与本性，筑造思与诗对话的场所，开敞出一片属于生命存在的世界与大地之所在，让一己的生命存在能够诗意地栖居于其中，恬淡而居，优游而生。

切换与选择：场景的构造问题

孟 盛

（上海市第五十四中学）

一、问题与概念

先看一下哈金的一个短篇小说《作曲家和他的鹦鹉》：

> 三个月前，《盲人音乐家》签合同的时候，那位住在塔腾岛上的流亡诗人坚持作曲家不可以改变剧本中的任何地方……
>
> 一天早上范林专程去斯塔腾岛，去见奔永，要他允许改几个词……
>
> 这是一个晴朗的夏日，天空被昨夜的阵雨洗得明净。一路上范林站在渡船的甲板上观看海岛的飞旋……①

这三个片段是连续的段落，其中包含了三个时间，省略号省掉的分别是两个场景，其中第一个是文章第二段的"公寓外"，第二个是第三段的"渡船甲板上"。如果再往下引用原文，隔开一个段落，又会进入第三个场景"坐在会

---

① 哈金：《作曲家和他的鹦鹉》，《落地》，南京：江苏文艺出版社，2012年，第17页。

客厅里的沙发上"。从三个段落的字数上看,每段百字左右,三百字两个场景加三个无序的时间。从创作角度来讲,哈金的场景展开叙述力度不够。即使将这些场景作为"省略叙述"的一种,即并不重要的场景,而进行"概略"[①],也存在问题。这些"概略"大多用"一天""一天下午"等时间上的词语充斥全文。此外,这篇小说的许多场景属于无效场景,删去并未对全文形成过多的影响。我们知道哈金的杰作《等待》《南京安魂曲》等长篇小说都引起过很多人的共鸣,余华读了《南京安魂曲》后甚至失眠一个晚上,为他写了序。但为何他在短篇小说中出现了"技术问题"? 余华说:"哈金的叙述也像纪录片的镜头一样诚实可靠,这是他一贯的风格。"[②]对这句话笔者的解读是哈金的叙事就像是真实展开的历史画卷,像《等待》《南京安魂曲》等都有类似纪录片的叙事视角,而纪录片注重的是具体文本的内容而非时间的折叠性。但是,短篇小说不同于长篇小说,它需要强有力的场景来支撑故事结构的变型和时间的折叠,以此满足文本的趣味和悬念,笔者给这样的一个场景命名为"黄金场景"。

连著名作家都会有场景叙述技巧上的疏漏,更不用说那些以故事为主的小说家、写作爱好者,他们的小说场景描绘错误随处可见。

再看一篇初学者向我投送的小说,仍然是两个连续段落:

我再看她,侧面都看得出这个女孩子眼睛不大,但是眼光里面无处不透着温情和生活的美好。便觉得她定是一个为人随和,简单,想事情不多,而且深谙矜持的女孩子,在教室奋笔疾书……

漫步在田野。极目远眺,望见了她,翩翩,花香溢入心田,花瓣肆意地飘着天。她抚摸着那株郁金香,眼神里映着爱怜,缓缓走着,她诵起了诗篇:我们之间,隔着一道道防线,我们为何接近,结果又何从实现? ……

---

①　热那特在《叙事话语研究》中对"概略"的解释是:概略始终是两个场景之间最平常的过渡形式,犹如舞台的"背景"。张寅德编:《叙事学研究》,北京:中国社会科学出版社,1989 年,第 220 页。

②　余华:《我们的安魂曲》,哈金:《南京安魂曲》,南京:江苏文艺出版社,2011 年,第 3 页。

上述段落涉及两个场景,一个是教室,另一个是田野。撇开非小说般的散文式语言不谈,从场景切换角度来看,读者都会对"漫步在田野"感到疑问!为什么主人公会突然从教室转换到田野,去田野是为了"她"?可是在上一段中"她"在教室,"我"不就离开了"她"吗?

当然,这些问题在长篇小说可以作为"闲笔"模糊处理,但是对字字珠玑的短篇小说而言,某些技术问题的缺陷会被无限放大。所以说,初学者的写作瓶颈之一便是场景的延展性问题,如何去描述一个场景,将这个场景做足做实,展示场景而非叙述一个场景,这是他们首先要面对的难题。而对有一定创作基础的作家来说,场景间的自然过渡是他们不断提高写作技术的体现。

此外,当下的写作研究者也会有一些困境,虽然摆脱了传统写作的刻板教学,有了许多国外的写作教材。教学可以从人物出发,分析故事结构、视角的选定等,但是具体落实到真正的笔下文本,仍然具有一定的隔阂。相同的故事梗概,一致的人物设计,作家和初学者最后形成的文本就是不同,一个能在杂志上发表,另一个却只能藏在茫茫的旧纸堆中。关键是两者在解决实际场景问题时采用的方法策略不同!

Palmer 在文化语言学中提到场景理论。他指出:"场景理论是伴随着行为意象、偶然事件和情感价值的简单的社会图式和模式,是一个包含层次范畴链的复杂范畴。"[①]行为意象、偶然事件、情感价值组成了一个完整的依据,也是唯一的依据。因为这是"理论",从成千上万的实例中获取的概念。但对有一定积累的写作者而言,场景理论并不能帮助他们构造细微的场景。

二、场景的来源

无论哪位作者,有名无名,创作何种文体,他都需要用场景来展开叙事,即使是 20 世纪 80 年代先锋作家们通过梦境、元小说的插入等改变了小说叙事的

---

① G. B. Palmer, *Towarda Theory of Cultural Linguistics*, Austin: University of Texsa Press, 1996, p. 76.

手法,但他们能模糊故事,却无法模糊场景。一个有效的场景描写能让读者牢牢记住,而无效的场景往往导致小说的断片。[①] 但是,场景从何而来,真的是从作者的脑中想象出来的? 答案是否定的。优秀作家笔下的场景都来源于对生活的认识,对脚下这片土地的情感。架空穿越小说虽然处处以虚构时间、虚构地点、虚构事件著称,却处处反映了现实的遗憾。问题不只是小说场景从何而来,也在于小说场景的具体界定。下面举两个作家的实例来说明场景来源问题:

> 外滩的问题在于外滩的档案绝大部分是英文的,是侨民留下的,所以中国人没有太多的外滩的档案,这是我最困难的。后来我有将近一年多的时间是来做这个。外滩又动迁了很多年,原来的居民也很难找到。后来找到了很多的资料,觉得非常宝贵想要都用进去,但是很多不能用,所以非常地痛苦。[②]

陈丹燕寻找场景的方法类似于文献考究,从一段段史料中获得完整的场景信息。这样的探寻作者花了六年的时间。

当被问询写作《致我们终将逝去的青春》《山月不知心底事》都提到了婆源这个城市是什么缘故的时候,辛夷坞答道:

> 其实婆源这个地方我没去过,《致我们终将逝去的青春》里面的女主角郑微是南昌人,因为我一个朋友是南昌的,所以我就把郑微的家乡定在了南昌。婆源首先在南昌附近,也是我比较喜欢的一个景区。有一段时间我看过婆源的一组照片,拍得挺有感觉的。如果郑微有故事,或者是我心目中的故事应该是发生在这样一个地方。[③]

---

① 断片指的是在某种特定环境下,由于时间、地点、人物、事情、起因、经过、结果六要素不完整,或者逻辑顺序颠倒产生的语言片段,或者思维暂时短路的情形。
② 陈丹燕 2010 年在新浪读书的访谈实录,《作家陈丹燕谈新作〈读城〉》,http://blog.sina.com.cn/s/blog_6a59ed7a0100tuit.html。
③ 辛夷坞新浪读书频道的访谈实录,https://www.sohu.com/a/84850277_101718。

辛夷坞采用了"联想"的方法。

无论是陈丹燕还是辛夷坞，他们的场景都取自现实场景的转换和改变。也许有人会举出反例，罗琳的"哈利·波特"系列中霍格沃茨魔法学校并不是真实存在的。但是细想，霍格沃茨首先是一所学校，里面有校长、学院、老师、宿管等，这和现实的学校本质上并无区别。那么，童话小说呢？它也取自现实的场景。意话故事的主人公无论是小熊维尼，还是灰太狼，它必须要会说话！会说话的熊、狗、狼，和人又有什么区别？它所身处的场景还能说是绝对的虚构吗？

小说中的场景来自现实场景，但是要对现实场景进行简化。简化的程度取决于故事的起承转合，如果故事到了最高潮，那相应的场合为"黄金场景"。这需要对场景进行一番细微描述，越是重要的场景，就越接近现实的场景。

三、戏剧场景的构造

所有的场景都要有戏剧性的冲突，所有的场景都要有人的存在，哪怕是场景中的景物描写也要带着人的主观情感。

托马斯·曼的《布登勃洛克一家》对节日有过一段描述：

> 大客厅已经神秘地关起来，饭桌上摆出杏仁泥做的糖人和咖啡色的蛋糕，城里面已经是一片节日景象，下过雪天气变得非常寒冷，在那澄澈的、浸入肌肤的空气里……不论到什么地方去，都闻得见和陈列出售的树的清香交融在一起的节日的香气。[①]

这段描述看似是场景的修饰，但仔细通读会发现"肌肤""闻得见"都带有潜在的人的维度。

作家龙一曾提出"场景目的"的概念："人物进入场面的时候，他必须要带

---

① 托马斯·曼：《布登勃洛克一家》，傅惟慈译，北京：人民文学出版社，1962年，第529页。

有明确的目的……作为一个有目的的人物进入场面，结果自然就会有成功与失败两种可能，这是与他是否实现了场面目的相关联的。而一个场面之所以能够上升为戏剧性场面，关键在于主要人物的阻碍因素也存在于这个场面之中。"①龙一关于戏剧场面的观点近似于上文对"黄金场景"的塑造。一个大的场景往往是展现故事高潮的载体。许多写作初学者出现的问题往往是写作场景展示得不够，并不是说描述的语言不到位，场景设计得过于简单，而是场景游离在故事之外，归根结底是对场景所起到的功能认识不足。一个好的场景描写是可以推动情节发展的，能够更加深刻地体现人物的性格。所以，能推动情节的场景永远处在矛盾之中，"黄金场景"的构造不仅要有主角，也要有对手，而反映人物性格的场景又增加了场景的趣味性。像王安忆的《长恨歌》对早晨上海屋檐的描写，便和主人公的性格形成呼应，从而形成其特有场景展示的风格。

四、结语：场景的切换与选择

当写作者具有一定单个场景描写能力之时，他们更多地会思考场景的连贯性，也就是文章开头提到的哈金与初学者共同犯的技术失误。这个问题的提出其实是有一定的误区的。成熟的作者往往会有完整的故事逻辑，因而并不存在场景的切换问题，这只是一个伪命题。仍然举两个例子：

第一个是当代作家薛忆沩的短篇《出租车司机》：

> 那个女人也递过来一张一百元的纸币。出租车司机回头找钱给她的时候，发现她的脸上布满了泪水。
>
> 出租车司机将一张纸巾递给他的女儿。"擦擦你的脸吧。"他不大耐烦地说。②

---

① 龙一：《为了小说而学习》，2007年11月14日，http://www.chinawriter.com.cn/56/2007/1114/5971.html.

② 薛忆沩：《出租车司机》，《流动的房间》，上海：上海文艺出版社，2013年，第117页。

薛忆沩场景切换的方法是利用"泪水"这个中间物。第一段是出租车司机正在驾驶时的故事,第二段是司机回忆与死去女儿吃饭的日常生活。"泪水"对应"纸巾"形成场景的切换,当然,这并不是场景切换上的策略,而是不得已而为之。

再看第二个例子,推理作家松本清张的《点与线》:

> 三原对探长说道:"现在就去现场看看吧。我不敢打扰你,就请鸟饲先生带路,好吗?"
>
> 探长带着毫无办法的脸色,表示同意。
>
> 上了电车,三原警司对站在旁边的鸟饲……①

松本清张的小说场景切换非常频繁,像上述"上了电车"仅仅四个字就已经从上一个场景切换到下一个场景了,十分轻巧。但是,仔细看,可以发现,三行文字中,第一段包含了第二段的诱因——探长表示同意。

场景的转换在剧本写作中非常频繁,以时间或地点的改变直接形成转换,如《你的剧本,逊毙了》一书提出:"当你转到一个新的地点,先用一个场景时空提示行和一点场景描述介绍它,然后就可以继续下面的正文了。"②无论怎样,场景间的切换需要有一个逻辑,薛忆沩提供的是外在逻辑,也就是传统上的过渡,而松本清张提供的是故事逻辑,按照情节的需要进行转换。

至于说场景选择问题,《故事技巧》作者杰克·哈特曾经在该书中画了一条故事发展的弧线,并将弧线与场景的强弱相对应。③ 与场景转换相类似,场景的选择同样依据故事的发展。切换与选择是场景构造最重要的修改方法,值得研究者进一步思考。

---

① 松本清张:《点与线》,北京:群众出版社,1979年,第44页。
② 埃克斯:《你的剧本,逊毙了》,周舟译,北京:世界图书出版公司北京公司,2011年,第199页。
③ 杰克·哈特:《故事技巧》,叶青、曾轶峰译,北京:中国人民大学出版社,2012年,第107页。

异质人与小说创意写作

安晓东

（西北大学文学院）

小说中的主要人物常常是异质人，这些异质人有些是完全虚构的，有些是有生活原型的。从异质人的发现这个角度来寻找故事显然是为小说写作寻找素材的一种手段。异质人在我们的周围一定有很多很多，我们在生活中碰到过的那些引发我们奇异感的人物以及他们的行动是不是能够揭示出生活的某些本质来？去反思"异质"的自己或者"异质"的他人吧，这里一定有你想讲出的故事，这些故事就是属于你自己的故事，虽然它们不需要过多的虚构和加工，但从"无"到"有"的创造性激发何尝不是另一种"创意"！

一、小说中的异质人不完全是生活中的异质人

一般而言，小说中的主要人物大多属于异质人，意思是，小说人物绝不是没有任何个性的人，当然无个性本身也算作个性的一种。在小说人物的塑造中，我们经常要从生活中获取源泉，去寻找各种各样的模特。他们之所以被称为"模特"，就是因为他们个性突出、与众不同。所以，人们会在小说中看到形形色色的异质人，詹姆斯·拉斯登笔下的焦虑人约瑟夫，梅尔维尔笔下孤僻的抄写员巴特比，村上春树《再袭面包店》中的那个"我"，理查德·耶茨小说《与陌生人共乐》中的那个古板的老师斯耐尔小姐，毛姆笔下的那个单身老

男人领事，奈保尔笔下的《曼曼》，契诃夫笔下的伊凡内奇，鲁迅笔下的阿Q、孔乙己等，无不是怪异的人，也或者是他们的怪异性格导致了怪异的行动。毕竟现实中的他们的确不讨人喜欢，但在小说中，我们并不觉得这些人面目可憎，还会因他们沉思。有很多学者试图从这些异质人中抽离出一些基本规律来，对这些异质人格的类型进行分类，区分了各种标准和类型。实际上，这是没有太多必要的，因为异质人最大的特征就是区别于正常人格，只要是反常人格都可以被纳入小说异质人之列。有些异质人格是先天发育不足造成的，比如傻、蠢，以及身体的侏儒等；有些异质人格仅仅体现为特定环境下的异质，人物大多数情况下是正常人格，但在特定的背景下有异常表现，例如王安忆小说《匿名》中那个失忆的人；有些异质人格是经过后天某个特殊环境的熏陶长期养成的，比如有些小孩子因为受到家庭的虐待变得人格偏执，又如有些小说中的知识分子形象、单身汉形象；有些异质人格属于固有的性格异常，比如过分骄傲、矜持、虚伪。所以，在生活中，我们要多多观察和体会异质人或者异质人格的存在。异质没有固定的标准，我们不可能去测验别人的智商和情商中获得异质的依据，我们也不知道某个人在你面前表现异常，是不是意味着他在生活中向来如此。只要靠我们自己的观察，从中选择合适的"模特"，截取一些有用的片段，再加上我们的强化或者弱化手段，让他变成异质的人。

异质人，顾名思义，应当是区别于同质的人，绝对意义上的异质人指的就是小说中的人物，因为我们知道，小说中的人物都不同于生活中的人，也就是说人物与人是两个不同的概念，米克·巴尔曾经在《叙述学——叙事理论导论》中提过这种观点，从这个意义上说，小说人物都是绝对意义上的异质人。从相对意义上讲，小说中的异质人之异质性也体现在两个方面：首先是小说中的异质人要区别于小说中的其他人物形象；其次，更重要的是，小说中的异质人要区别于生活中的人。我们知道，小说中的人物绝对不可能是生活中原原本本的人，一定是经过加工改造或者完全创造出来的形象。那么对写作者而言，这种加工和创造是否有迹可循？这个问题带来的一系列问题还有，在观察生活中应该寻找什么样的原型？哪些生活中实存的人物或行动可以成为原型？在现实主义小说那里，有一个对应的概念叫作典型人物，但事实上，典型人物仍不能说清这个问题。我们如何知道什么样的人物是典型人物呢？王安忆对此提出，我们应该以异质的人来称呼小说中的人物："小说中的人与现实生活中的人是不同的，是异质的人。"①也就是说，我们要擅长在生活中寻找与众不同的人和行动，当然，不是所有的与众不同都有价值，只有那些引人深思的与众不同或许具备成为小说素材的可能。在生活中，异质人和行动非常多，这根本不需要到小说中去寻找，但生活中的异质容易为人所忽略，我们会以自己的好恶来处理这些异质，而不能很好地将其升华，生活中有很多对应的词汇、符号已经对其进行了道德评价，但我们有时候难以从各种掩盖中揭开评价背后的不合理性。比如，有些人性格非常古怪，总是在与人交往中出人意料地说一些话，做一些不靠谱、出格的事情，周围的朋友往往认为这种人不堪交往，应该敬而远之，时间久了，身边的朋友越来越少，我们不太容易去思考他为什么会这样，他的稀奇古怪是不是真的就是在为交流设置障碍或者是对朋友的不信任和厌恶。有时候，我们自己也会做一些连自己都不能理解的行动，但我们随便找个貌似合理的借口放过去了。所有这些，都不能与小说写作中的异质发生关联。人们有时候说这是缺少发现生活的眼睛。

例如，现实世界中的盲人是异质人，这种异质是先天造成的，无法避免，如果仅仅去写一个盲人的不便生活显然也不能够让盲人变成小说艺术中真正的异质人，盲人介入叙事必须体现他的异质外貌造成的内或外的冲突。莫泊桑的小说《瞎子》讲了一个盲人的悲惨故事。在这篇小说中，瞎子人物形象的异质性并不是特别突出。小说讲一个每天晒太阳的瞎子，父母双亡后依靠姐姐生活，但姐姐一家都歧视他，因为他白吃白喝。很多年里，他是姐夫和农庄老少的撒气包。这个可怜的瞎子最终选择出走，但跌进了沟里，被冻死了。直到雪化了以后，人们才发现他的尸体。想一想，你的记忆中有没有类似的异质人？我们可以结合自己的回忆或者别人讲给我们听的类似故事，展开对瞎子这个异质人的重新塑造，将《莫泊桑》的这个故事进行创造性扩展和改编。比如说，我们可以塑造两个瞎子人物形象进行对比，他们一高一矮，一胖一瘦，一个眼睛完全看

---

① 王安忆:《小说课堂》,北京:商务印书馆,2012年,第143页。

不见但面目看起来慈祥，一个眼睛能看到微弱的光，他们是卖老鼠药的小商贩。模糊但看得见的那个瞎子总是没有完全看不见光的瞎子受人们欢迎，恰是因为前者能够看见坐在对面的竞争对手，能看见后者的"门庭若市"，后者看不见钱但人们从不欺骗他。这种因为眼盲与否而带来的人性反差就能体现出来了。

二、小说中的异质人可供呈现典型意义

生活中的异质我们难以忍受，但作为写作者一定要注意异质性的塑造。也就是说，你在小说中看到的人物形象，在生活中难以找到，或者压根就没有。那为什么一定要写异质的人呢？难道仅仅是因为文学是虚构的吗？或者说读者期待的一定是新奇的对象吗？我们认为，异质性无论对写作者而言还是对读者而言，都有较大的合理性。对写作者而言，异质让他有办法放大他对人物与行动的描写，只有写作者让人们坚信这是个与众不同的人，才能让人们更进一步理解人物的所有行动，所有的异质事件才有可能发生在他的身上，对于神魔类、历史类小说而言，异质体现得最明显，但对那些接近我们生活场景的小说而言，要理解异质就困难一些。

比如，苏童在短篇小说《沿铁路行走一公里》中塑造了一个独特的少年——剑，他就是一个异质人，因为他的行为举止跟与他同龄的朋友不同，跟在五钱弄生活的人们也不同。铁桥下吊死了一个男人，所有人都跑过去看热闹，但剑却在河里捞死者的裤腰带。剑有一个独特的生活习惯，就是常常在火车铁道两边捡拾乘客抛弃的垃圾，也喜欢捡拾在铁道上丧命死者的遗物，他将这些东西统统带回了家，但是在家里遭到了母亲的责骂。在正常人眼中，剑的习惯稀奇古怪，我们可能在生活中认为这样一个孩子脑子一定出了什么问题，他性格孤僻，而且喜欢扳道房老严的耳朵，喜欢在铁路上游荡。但非常有意思的是，对读者而言，人们并没有在阅读小说中对剑的种种进行指责，从来没有评论者会认为苏童塑造的人物形象出现了问题，脱离了实际，而是从中体悟到剑这个孩子的独特眼神看待生命的态度与成人世界截然不同。

再如莫言的短篇小说《卖白菜》中的母亲形象，通过小说前面大量的渲

染,让我们觉得,小说主人公的母亲是个吃苦耐劳的农村妇女,母亲没有什么生财的本领,只能依赖卖自家种的最后一棵白菜换取活命钱,但就这一线希望也破灭了,在市场上,他们遇到了一个刁钻的老太太,将他们的白菜剥了一圈又一圈,最终只剩下个芯,主人公在算账的时候多算了一毛钱,母亲得知之后,就到老太太那里告知了此事并将那棵白菜换了回来。白菜虽然没有卖出去,可母亲的诚实态度打动了人。我们看到这个母亲与众不同的地方,她尽管生活困顿,挣扎在饥饿边缘,却坚守道德操守,人格魅力在这种人物形象中拥有极大的张力。异质人的艺术魅力往往来源于此。

在贾平凹的小说《满月儿》中,异质人是月儿,因为月儿爱笑,不管在什么情形下,爱笑成为她区别于他人的本质特性。尽管她的姐姐工作一丝不苟、严谨上进,但满儿在其他人看来也只是一个普普通通、老实本分的女孩子,所以,在作者那里,月儿所承载的意义就比满儿要大一些。在霍桑的小说《威克菲尔德》中,主人公威克菲尔德也是一个异质人,因为做了一件不同寻常的事情,这是一件搁在正常人那里不可思议的事情。威克菲尔德突然有一天决定离家出走,而他所选择的离家出走的落脚点仅仅是在距离妻子数百米的另外一条街,他选择花费了二十年的时光离家出走并且在这二十年的时间里去反思家庭的意义。威克菲尔德的举止在我们看来是古怪甚至不可理喻的,但在小说家那里,他具有典型意义,正是由于他的行动以及对他行动背后内心的刻画,让读者对出走的人以及对家庭的意义有了新的反思,从这个角度上说,异质人尽管在生活中不是真实的人,但在小说中的确是带有艺术真实感的人。

通过以上分析,可以看到,异质人具有呈现典型意义的作用。异质人的关键作用也体现在这里,在大多数小说中,我们都能看到这种异质人,也能感受到异质人设定的基本价值。

三、小说中的异质人可替作者代言

小说中的异质人可以是主角,也可以是配角。关于这一点,我们从贾平凹的小说《极花》中可观一二。

　　在贾平凹小说《极花》中，老老爷就是一个异质人，因为他与众不同，可以预言。老老爷是一个出现次数不少的人物形象，我们通过阅读可知，除却老老爷这个人物形象，几乎所有的人物配置都是遵从现实主义的，也就是说，从情节的演化来看，从人物的行动来看，都是比较符合社会真实的，唯独老老爷这个角色与众不同。他给读者的基本印象是一个不知所然的农村老头，似乎谁也弄不清楚他是什么样的性格，他为什么与村里的其他老人不同，在看似真实的小说世界里，他的神秘性会不会影响整个作品的艺术真实性？按照正常的逻辑，老老爷既然是村子里的长辈，看起来也是一个朴实的人，应该是通情达理的道德化身，但他为什么看着胡蝶身陷囹圄而坐视不救？老老爷经常会说一些看似带有哲理的话，他到底是一个普通人还是一个参透世界玄机的"神仙"？这些问题指向一个共同点，此人特殊。老老爷在一定程度上扮演着作者代言人的角色，实际上，在《极花》中，胡蝶这个主人公本身就是作家的"传声筒"，在很多时候，贾平凹通过胡蝶之口展开了丰富的联想，但这种借口说话的方法不能施展过多，否则会影响作品的真实性。胡蝶是一个仅仅具有初中水平的女性，对她进行一定程度的心理描绘是必要的，但她不可能思索得过多，也不可能思索得那么深。在贾平凹的小说《带灯》中，带灯在某种程度上与我们所说的道理相通。比较合理的是，带灯是一个村干部，具有较高的学识素养，她完全是一个可以展开丰富内心世界的女性角色，因而，在《带灯》这部小说中就没有接触类似于老老爷这样的神秘形象来为其代言，带灯这个个体完全可以承担代言职能。老老爷之所以能够被选为代言人，是因为老老爷被刻画成一个年长者，他具有丰富的人生阅历，他看起来天赋异禀，因而具有可以承担代言的合理性，这一点贾平凹可能是受到道家思想的影响。在贾平凹的小说《高老庄》中，也有一个类似的形象，就是教授高子路前妻所生的儿子石头，石头也是异质人，同样也只是配角。石头终日不语，这跟老老爷有相似的地方。石头身有残疾，他的形象倒是非常类似于庄子笔下的那些身体残缺者。石头往往有一些惊人的预言，而且这些预言在一定程度上都得到了验证，乡村的人们自然不会注意，但是知识分子兼艺术家的西夏竟然发现石头的异禀。石头会画画，而且他的画画天分并没有得到一点的教授，他是如何学会画画的？而且他所画的画根本不像一个小孩子所能画出来的。这为整个小说增添了神秘色彩。那些描绘痴人形象的小说作品大多以偏远的山村为背景，这些叙事的空间带有浓烈的神秘色彩，在那里，自然的力量过于巨大，人们对自然的态度是敬畏的，如高老庄就处在深山老林中，在那些自然地理环境中还存在着离奇的传说，人们还笃信神灵，这样的叙事背景是痴人形象赖以存在的根本，没有这些背景，生活在城市的痴癫只会被收容，被城市快节奏的生活抛弃和隔离，老老爷形象的塑造也是如此。

基于对异质人特征的考量，我们认为，异质人的生成方式有如下两种：第一种是寻找原型。小说写作者大体上可以从现实世界人物"模特"上获得小说人物异质性特征。几乎小说中每一个鲜活生动的人物形象都可能在生活中有其原型，但一般而言，小说家对原型都进行过处理。且在大多数情况下，人物原型的观察在前，根据人物原型塑造小说人物在后，很少有这种情况，作家预先虚构了一个人物，而后到生活中寻找原型。第二种是多人物合成。小说写作者可以从现实世界多个人物中"集成"异质性特征。例如，如果想塑造一个文化庸人的形象，可以从你身边某个颇善于言传身教的"文化学者"身上截取一些性格特征，也可以从你听到的某个文玩爱好者那里搜集他的家庭生活，亦可以从你的老师那里发现他令人生厌的教条主义，还可以从大街上川流不息的人群中观察举手投足间文化气浓厚者，从而合成一个人物整体。这个人物整体包含的材料可能有其少年时的传闻、年轻时的绯闻、家庭的不幸、爱情的不顺、生活的艰辛，我们需要重新组合材料。最终，这个人物是新生人物，独立鲜活地存在。

［本文系 2017 年度教育部人文社会科学研究青年基金"美国高校文学教育中的创意写作参与研究"（17YJC751001）、陕西省教育厅 2016 年度专项科学研究计划"陕西创意写作人才需求调查研究"（16JK1730）的阶段性成果。］

网络小说空间化叙事技术的
变革与症候

——以网络小说《三生三世，十里桃花》为例

陈　鸣

（上海大学文学院）

　　20 世纪以来，小说研究界开始注重现代小说空间化叙事技术的问题。弗兰克曾较早地指出现代小说在叙述故事上的空间化取向命题。[①] 巴赫金曾在小说时空形式的探索中提出了叙事"时空体"的范畴。[②] 而福斯特则较早地发现并指出了小说的情节与故事之间的区别，强调作者是用因果逻辑关系组成的情节来叙述小说故事的。[③] 可是，由于故事和情节之间的界限在民间故事、神话故事，以及传统的小说作品里较为模糊，以至于小说的写作者和解读者往往会忽视小说情节在叙述故事时的空间化叙事功能，空间化叙事技术问题也未能得到小说研究界应有的关注和研究。

　　应该看到，空间化叙事技术，是小说创作和小说写作训练过程中普遍遵守和广泛使用的一些客观的叙事规则。网络小说的出现和成熟，尤其是中国网络小说的崛起和流行，带来了小说空间化叙事技术的一系列变革。本文从创意写作的角度，以网络小说《三生三世，十里桃花》为例，探讨网络小说空间化叙事技术的变革与症候。

---

　　① 约瑟夫·弗兰克等：《现代小说中的空间形式》，秦林芳编译，北京：北京大学出版社，1991 年。

　　② 巴赫金：《小说的时间形式和时空体形式》，《小说理论》，白春仁、晓河译，石家庄：河北教育出版社，1988 年。

　　③ 福斯特：《小说面面观》，冯涛译，北京：人民文学出版社，2009 年。

一、叙事穿越和叙事架空带来网络小说空间化叙事技术的划时代变革

从创意写作的小说叙事技术上看，以叙事穿越与叙事架空为标志，网络小说在空间化叙事技术方面开启了一个新的时代。

叙事穿越技术是指作者叙述主人公的身体从其原本生活的时代穿越到另一个超越其生命周期的时代后所经历的故事，通常是主人公从当代社会穿越至古代社会，或反之。

叙事穿越技术在小说空间化叙事技术史上的贡献在于，它在意识流类型小说的人物意识流时空穿越的叙事技术之外，创造出一种主人公身体层面上的叙事时空穿越方式，并成为穿越类网络小说的标志性叙事技术。作者可以依托主人公的身体穿越，将两个或以上相距数百年甚至数千年的日常世俗生活世界交集起来，把不同时代的价值观念、情感诉求、生活方式和科技状况等叙事元素引入主人公的现实生活，或者使主人公借助于身体穿越而获得某种优先知晓权等手法，在小说故事主线上制造因主人公的身体穿越而带来的矛盾冲突。

2005 年，桐华的小说《步步惊心》是较早发表的穿越类网络小说。小说叙述现代白领女子张晓因一次车祸而穿越到清朝康熙年间，成为满族少女马尔泰·若曦，继而身不由己地卷入了康熙年间"九子夺嫡"的宫斗之中。作者利用叙事穿越的叙事技术，为女主人公设置了一种优先的知晓权，她了解故事中被穿越时代的历史知识，以及自己身边主要人物的命运结局，只是不清楚自己的命运走向。因此，作者借助于女主人公在穿越之后所拥有的这一优先知晓权，布置小说故事线上的矛盾冲突。比如，女主人公早知道"九子夺嫡"的历史结局，所以刻意讨好四阿哥雍正。又如，女主人公早知道其他皇子的惨淡结局，所以小心翼翼地对待自己的感情，甚至逼迫自己放弃倾心爱慕且真心守护自己的八阿哥。

叙事架空技术是指作者通过架空的方式处置小说故事的历史背景素材，并将其日常世俗生活中的人物和事件与小说故事的核心序列融为一体。

　　叙事架空技术在小说空间化叙事技术史上的贡献在于，它在历史小说与戏说历史故事之外，创造出一种将虚构的核心故事序列与架空的历史背景素材进行有机融合的叙事时空嫁接方式，并成为架空类网络小说的标志性叙事技术。作者借用历史人物（如皇帝、太子等）和／或历史事件（如诸子夺嫡等）来设置小说故事的历史背景素材，却将历史背景素材中在知识层面上被认为是真实的社会生活事件加以架空式虚构重组，并使之构成主人公的小说生活世界。也就是说，作者将自己虚构的核心故事序列中的矛盾冲突置入一个被架空的历史背景框架之中，或者把架空的历史素材中日常世俗生活的矛盾冲突引入核心故事序列，并使虚构的核心故事序列与架空的历史素材的社会生活融合一体。

　　2006 年，海宴的小说《琅琊榜》是较有影响的架空类网络小说。小说叙述"天下十大公子榜"的琅琊榜首梅长苏，背负着十多年前的巨大冤案，假借养病之机来到京城，在诸王夺嫡中选择了最不受皇上青睐的靖王，并由此踏上复仇、雪冤与夺嫡之路。作者通过架空中国古代南朝萧梁大通年间的历史素材，叙述了男主人公梅长苏所参与的朝廷内外权谋争斗的故事。所以，《琅琊榜》不是穿越类网络小说，而是架空类网络小说。

　　也许正是因为作者依托叙事架空技术，将自己创设的核心故事序列植入架空的历史背景素材之中，使小说文本能够透过历史素材中的价值观念等历史话语来巧妙而隐秘地表达作者的叙事态度和价值取向，所以，国内学者在探讨网络小说《琅琊榜》时指出，所谓"家国忠义"只是皮相，"权谋斗争"才是爽点，"情义千秋"则完成了最终的升华。并认为，在该小说故事里，梅长苏与靖王的分裂与融合，实则是当下现代人内心境遇的一种折射。两人从分裂到融合，为焦虑之中的当代青年提供了一条完满的路径：以世俗的方式获得世俗的承认，为最终实现自己的理想争取机会。而这条路径的另一面，则为现实生活中的所有挫折和失败找到了一个合法的理由：平凡如你，不是没能逆袭，而是那些手段你不愿去做罢了。① 虽然人们可以从多种角度探讨和评价

---

　　① 薛静：《海宴〈琅琊榜〉：网络历史小说中的智谋与情怀》，2015 年 11 月 16 日，http://www.chinawriter.com.cn/news/2015/2015-11-16/258077.html。

《琅琊榜》,但可以肯定的是,作者确实在架空的历史背景素材框架里,叙述了主人公梅长苏的复仇、雪冤,以及协助靖王夺嫡的核心故事序列。梅长苏在小说故事中所经历的矛盾冲突已经跳出了南朝萧梁大通年间历史真实的疆界,并且,作者在这个架空的历史素材和虚构的核心故事序列之中传递了隐含作者的叙述话语。从这个意义上说,"家国忠义""权谋斗争"和"情义千秋",只是小说文本所传递出来的隐含作者叙述话语中的三个不同层面的叙述声音。

二、在叙事跨界与叙事装备的空间化叙事技术中生成的玄幻类网络小说

玄幻类小说是中国网络小说的重要类型。主要表现为,作者在叙事穿越和叙事架空的基础上,引入了科幻、魔幻、仙侠等类型的常规叙事要素,并通过叙事跨界和叙事装备两大叙事技术,叙述主人公在"三个世界"之间的转生和转世过程中所经历的匪夷所思和令人遐想的故事。

叙事跨界和叙事装备是玄幻类网络小说的基础性叙事技术。一方面,与叙事穿越和叙事架空不同,叙事跨界技术能使小说主人公往返于被架空的"三个世界"之间;另一方面,与科幻小说和魔幻小说中的工具性装备不同,叙事装备技术不仅具有超时代和超自然的叙事功能,而且是叙事跨界的技术支撑,在主人公的转生和转世过程中充当着不可或缺的叙事技术机制。

叙事跨界是指作者依托各种超自然或超时代的叙事装备,尤其是神仙等拥有的法术、神器或魔法,使主人公的身体在"三个世界"之间往复跨越,进而构建起具有玄幻特质的小说类型。

叙事跨界中的"三个世界"是写实世界、仿写实世界和超写实世界,也称"三世"或"三界"。写实世界是指作者将自己的生活世界以虚构投射的方式展现为小说的故事世界,故事中的主人公是人类的角色,只拥有人类的生命周期和特异法术。仿写实世界是指作者参照现实的生活世界来虚构设置小说的故事世界,故事中的主人公是仿人类的角色,如机器人、僵尸、吸血鬼等仿人类角色,以及狐狸、飞蛾等自然界的动植物角色,拥有超人类的生命周期

和仿人类的异能。超写实世界是指作者根据自己幻想的生活世界来虚构小说的故事世界，故事中的主人公是超人类的角色，如精灵、神仙、魔兽、超人等，拥有超人类的生命周期和特异法术，以及化身人类和仿人类的异能。因此，叙事跨界是玄幻类网络小说的标志性叙事技术。

在唐七公子的网络小说《三生三世，十里桃花》里，作者运用叙事跨界技术，为小说主人公白浅营造了三生的转生跨界和三世的转世跨界的故事。

1. 白浅的三生跨界的转生故事。

第一生，9万年前，白浅化身为男子，名叫司音，拜昆仑虚创世神的嫡子墨渊为师学艺。

第二生，9万年后的前300年，白浅化身为凡人女子，名叫素素，跟九重天太子夜华私定终身并未婚生子。

第三生，9万年后的后300年，白浅以神仙、凡人、狐狸、飞蛾等显身，名叫白浅，与九重天帝君夜华重续旧情，并通过各种还魂装备救活师父墨渊，而夜华却在与鬼族首领擎苍的交战中死去。

总之，小说作者运用转生式叙事跨界技术，叙述了主人公白浅从5万岁拜师学艺至14万岁之间的转生跨界，及其所经历的3段人生故事。

2. 白浅的三世跨界的转世故事。

第一，白浅从写实世界至超写实世界的转世跨界。如，在白浅的第二生故事里，素素在凡人世界跟九重天太子夜华私定终身而怀孕后，被夜华带到九重天。夜华轻信素锦天妃的挑拨而剜去素素的双眼，素素生下一个男孩后，一气之下跳下诛仙台。凡人素素原本是超写实世界里一只九尾白狐的仙胎，所以跳下诛仙台未被摔死，并降落在东海之东的十里桃花林。

第二，白浅从超写实世界至写实世界的转世跨界。如，在白浅的第三生故事里，白浅与自己第二生时跟夜华所生的男孩小糯米团子相认后，化身男子，吩咐小团子叫自己干爹，并与夜华和小团子三人一行离开超写实世界的仙界，去写实世界的凡界逛市镇。在三人逛凡界市镇时，上演了一出又一出搞笑闹剧，先是有人向夜华暗送秋波，后又有人调戏男身的白浅等。

第三，白浅从超写实世界至仿写实世界的转世跨界。如，在白浅的第三生故事里,白浅得知给自己师父还魂的仙丹是夜华炼制的后,就化身一只飞蛾,飞到九重天的紫宸殿与夜华会面做爱,并答应夜华九月初二把两人的婚事办了。所以,白浅从仙界的神仙化身为飞蛾,实际上是从超写实世界至仿写实世界的转世跨界。

总之,主人公白浅是仙界青丘国的仙女,天生拥有跨越三世的神仙异能。所以,作者可以通过各种超自然的叙事装备,叙述白浅化身为写实世界里的凡人、仿写实世界里的白狐和飞蛾等动物、超写实世界里的神仙等,进而在写实世界、仿写实世界和超写实世界之间进行三世跨界。

叙事装备是指作者借助超自然或超时代的人体异能、魔法、仙术、神器等,为主人公的叙事跨界提供必备的技术支撑,或者为故事情节的变化和转折提供驱动力量,进而在小说故事里营造出各种玄奥和幻变的奇观效应。

玄幻类小说的作者必须借助于叙事装备的叙事技术,叙述主人公在三世之间的往返跨界。与武侠小说中的功夫、科幻小说中的超时代科技设备、魔幻小说中的超自然魔法不同,玄幻类小说的叙事装备不只是一种工具性的叙事道具,而是小说主人公转生和转世的叙事跨界行动中必备的技术装备,因而也成为玄幻类网络小说的基础性叙事技术。

1.在装备的跨界功能上分为两类:一是转生装备,角色由一段人生转入另一段跨界人生,或者由死转生过程中使用的转生化身术、追魂术、还魂术等;二是转世装备,角色在写实世界、仿写实世界和超写实世界的转世过程中使用的转世化身术、隐身术等。

在小说《三生三世,十里桃花》中,作者叙述白浅使用多种转生装备,唤醒其师父墨渊依附在西海水君身上的魂魄,如白浅把燃着的结魄灯放在西海水君的床头,将夜华炼制的仙丹给西海水君服下。同时,作者叙述白浅使用不同的转世设备,出没于三世之间,如白浅在仙界青丘的神仙化身凡人素素,住在凡界的东荒俊疾山,后与夜华私定终身,未婚怀孕。所以,由仙变人的化身术便是白浅在两个世界进行转世的仙术装备。

2.在装备的叙事功能上分为两类:一是角色自带的身体装备,该装备是某个角色在写实世界中修炼的,或者在仿写实世界或超写实世界中胎生自带和进阶修炼的，如角色自身拥有的各类异能、魔法、仙术等；二是角色使用的工具装备，该装备是角色在小说的"三界"生活世界里所使用的，如角色在打斗或战争中使用的各种格斗装备和武器装备，以及生活工作中使用的交通工具、通信工具等。

在小说《三生三世，十里桃花》里，白浅用于唤醒墨渊魂魄的结魄灯和仙丹，是角色使用的超自然工具装备，而白浅由仙变人，或者由人形的神仙变身为飞蛾等所使用的化身术，就是角色拥有的身体装备。并且，在同一生和同一世的界面里，作者为白浅定制了一件超自然的工具装备——一把折扇。在小说的情节而不是故事里，这把扇子第一次出场是白浅借给小团子使用的神器[①]。当时，白浅误闯东海水君家的水晶宫后花园，见小团子正在拔去杂草寻觅珊瑚，十分辛苦的样子，就从自己的袖子里掏出一柄扇子递给他，关照道：

> 用这扇子，轻轻一扇，青荇去无踪，珊瑚更出众。

小说接着写道：

> 他（小团子）左手仍拽了把草，右手从善如流地从我手里接过扇子，极其随意地一扇。顿时一阵狂风平地而起，连带着整座水晶宫震了三震。乌压压的海水于十来丈高处翻涌咆哮，生机勃勃得很。

由此可知，在玄幻类网络小说中，叙事跨界与叙事装备是两种密切相关的叙事技术。一方面，叙事跨界技术必须依赖于叙事装备技术才能实施，即小说人物进行叙事跨界活动时，必须借助于某种叙事装备技术才能进行并完成；另一方面，叙事装备技术可以在叙事跨界与非叙事跨界的故事里使用，即

---

① 在小说的故事里则是9万年前白浅拜师学艺时获得的扇子。作者是在小说第五章以主人公"我"（白浅）的口吻叙述：我5万岁时拜墨渊学艺，墨渊座下从不收女弟子，阿娘便使了术法将我变作个男儿身，并胡乱命了司音这假名字。那时，人人皆知墨渊上神座下第十七个徒弟司音，乃是以绸扇为法器的一位神君。

小说人物既可以在同一个世界界面的故事里使用各种叙事装备,也可以在不同世界界面的故事里使用各种叙事装备。

三、从小说《三生三世,十里桃花》看玄幻类网络 小说空间化叙事技术的基本取向与主要症候

如果说,叙事穿越和叙事架空为网络小说作者的空间化叙事带来了叙事技术上的变革,那么,叙事跨界和叙事装备则为作者创造了两大玄幻类网络小说的叙事技术。作者可以借此在小说的情节和故事两个层面上进行更加大胆和更为自由的空间化叙事重组。然而值得指出的是,中国当下的网络小说作者在运用叙事穿越和/或叙事架空的叙事技术时,往往会游离社会历史的背景素材,使小说故事的主线受制于言情、仙侠、魔幻、悬疑、惊悚等类型常规叙事要素的操控,以至于小说故事的核心序列成为某种自我封闭的叙事"时空体"。而玄幻类网络小说作者采用了叙事跨界和叙事装备的叙事技术之后,则更容易将自己的小说故事抽离出历史背景素材的日常世俗生活,游离或脱离人类社会生活中的矛盾冲突,热衷于自己设计的小说故事世界里,沉醉于为自己的小说故事设计的核心序列,进而使小说的叙事"时空体"在深层结构上呈现出某种"自我循环"的闭锁式症候。

2009 年,唐七公子发表的小说《三生三世,十里桃花》[①]分为前传、楔子、23 章和最后结局 4 个部分,其中,23 章和最后结局是小说正文。在小说正文里,作者采取了第一人称的叙述形式,主人公白浅以"我"的口吻,叙述自己的三生三世经历,包括她和九重天太子夜华的情爱婚姻故事,以及和昆仑虚墨渊的师徒情义故事。[②] 笔者将从创意写作的角度,用文本分析方法探讨玄幻类

---

① 笔者以网络平台上发表的该小说文本为依据,作为文本探讨玄幻类网络小说的文本案例,并不讨论该小说的版权争议问题。

② 小说的第二部分"楔子"中,作者用第三人称小说的全知叙述者交代并确认第一部分"前传"故事中的核心事件:300 年前九重天的天君下诏太子夜华为继任天帝,白浅为夜华之后,但 300 年来白浅和夜华没有正式成亲。

小说空间化叙事的取向和症候。

1. 作者用叙事跨界的类型化叙事策略叙述主人公白浅的三生三世故事，进而在小说故事的框架上确立了玄幻类网络小说的空间化叙事形态。

在小说《三生三世，十里桃花》的正文里，作者大体上通过以下 3 个时间段落和 9 个故事片段的顺时序布局来叙述小说故事。①

(1)第一个时间段落，9 万年前。

第一个故事片段，白浅原是青丘国的仙女，出生时是一只九尾白狐。9 万年前，5 万岁的白浅变成化名司音的男身，拜师学艺，师从昆仑虚神仙墨渊。7 万年前，司音遭鬼族绑架，鬼族的太子离镜要逼娶司音，被墨渊救了出来。鬼族首领擎苍以墨渊夺妻为由发动战争，墨渊打败以擎苍为首的鬼族后死去。白浅用自己身上的鲜血来喂养墨渊的仙体，并在折颜神仙的十里桃花林待了几万年。

(2)第二个时间段落，9 万年后的前 300 年(以下简称"前 300 年")。

第二个故事片段，白浅化身凡人女子，名叫素素，住在东荒俊疾山的小茅屋里。后与九重天太子夜华私定终身，未婚怀孕。夜华带素素上九重天。天君的妃子素锦因夜华要娶素素而心生嫉妒，并在与素素的争执中掉下诛仙台，双眼烧坏。夜华以还债的名义剜去素素的双眼给素锦。素素生下一个男孩后，跳下诛仙台，并从十里桃花林的主人折颜神仙那里要了忘记往事的药喝下。

(3)第三个时间段落，9 万年后的后 300 年(以下简称"后 300 年")。

第三个故事片段，白浅收到东海水君儿子满月宴的请帖，从十里桃花林赶往东海水晶宫赴宴，途遇一名叫小糯米团子(以下简称"小团子")的小男孩认她为亲娘。小团子的父亲夜华叫她素素。白浅认了小团子为儿子，却告诉 5 万岁的九重天太子夜华，自己年长他 9 万岁，辈分应是姑姑。两人便因小团

---

① 需要说明的是，在小说正文中，由于作者在 300 年后的故事里反复多次提起 9 万年前和 300 年前的 2 个故事片段，以及在正文中间用"番外"的外传形式叙述，并在"番外"的叙述中补充小说故事主线上的事件，因而使小说故事中的事件变得扑朔迷离。笔者主要从小说正文的重要事件中梳理出较为清楚的故事主线，并将其分为 3 个时间段里发生的 9 个故事片段。

子的掺和做了名义上的夫妻，一同赴宴。后来，一家三口回青丘同住，并一起从仙界下凡，逛凡界的繁华市镇。

第四个故事片段，鬼族离镜的玄女王后，前来青丘骗取墨渊的仙体并抓走小团子，白浅腾云赶去大紫明宫追讨，并用玉清昆仑扇子的法器与众鬼将打斗，夜华赶来相助。

第五个故事片段，白浅以白狐狸原身与夜华在青丘的厢房里互诉衷情，夜华表示自己只爱白浅一人。不久，夜华带白浅上九重天揽芳华庭的桃花园，两人与从玄女那里讨回的小团子同住。

第六个故事片段，白浅从折颜神仙那里得知墨渊的灵魂附在西海水君的身上，就化身一少年，用还魂术在西海水君身上见到墨渊的魂魄。为了养护墨渊的魂魄，白浅向夜华借来结魄灯，后又从折颜手里要了一颗仙丹给西海水君吃下，养护墨渊的魂魄。从折颜那里得知那颗仙丹是夜华炼制的之后，白浅就化身一只飞蛾到九重天，在夜华的住处与其做爱，并答应九月初二办两人的婚事。

第七个故事片段，墨渊还魂转生后，告诉白浅，夜华是自己的胞弟，并赞同两人的婚事。

第八个故事片段，白浅去九重天向素锦要回自己的双眼后，夜华来青丘找白浅，白浅避而不见。鬼族首领擎苍要开启毁天灭地的神器东皇钟，白浅在赶去阻止的途中被夜华用法器绑住。夜华打败擎苍后死去，临死嘱咐白浅跟墨渊一起生活。

第九个故事片段，夜华死后 3 年，白浅从墨渊那里听说夜华回来了，正在青丘找她，就腾云回青丘。白浅在云端俯瞰青丘，见桃花树下站着一个黑袍青年，正用手抚摸着身前的墓碑，后转身招呼她过去。

由此可见，作者用叙事跨界策略来设计小说的故事框架。其中，小说的 3 个时间段落是主人公白浅的 3 个人生阶段，所以，白浅在自己的 3 个人生阶段之间的转生跨界，是小说中转生跨界故事里的核心事件[①]；而 9 个故事片段则

---

① 小说里另一个重要的转生跨界是墨渊的还魂转生跨界。

包含了各种转世跨界的事件，其中，白浅的三世跨界无疑也是小说中转世跨界故事里的重要事件。因此，作者通过主人公白浅的 3 个人生阶段中的转生和转世的叙事跨界构建小说故事的框架，进而在小说的故事框架上确立了玄幻类网络小说的空间化叙事形态。

2. 作者用核心序列设计故事核的策略，为小说故事主线设置了两大核心序列。

故事核是作者用来设计小说故事的主控创意点，一般称为母题或主题，麦基将其命名为"主控思想"，通常可以用叙述句表述。而核心序列则是作者在故事核中设置一个或以上能贯穿故事主线的叙事序列，并用若干个关键词按时间顺序标示。

小说《三生三世，十里桃花》的作者没有根据白浅的 3 个人生阶段来配置出 3 个小说故事核，也没有用 1 个核心序列来贯穿白浅的三生三世故事，而是从白浅的三生情义的故事核中设计了 2 个核心序列。

(1)师徒还魂报恩的核心序列，简称侠义序列。

9 万年前，白浅化身名叫司音的男子向墨渊拜师学艺。7 万年前，墨渊从鬼族那里救出被绑架的司音后，在与鬼族首领擎苍的争斗中死去，白浅养护墨渊的仙体，最终使墨渊还魂复活。我们可以将此核心序列概括为依次展开的 9 个大规模事件：拜师学艺—遭绑架并逼婚—师父成功营救—师父战死沙场—养护师父的仙体—追讨师父的仙体—找到并养护师父的魂魄—获得夜华的结魄灯和仙丹的援助—师父还魂复活。

(2)情人未婚生子的核心序列，简称言情序列。

9 万年后的前 300 年，白浅化身凡人女子素素，与九重天太子夜华私定终身，并怀孕生子，后来与夜华和小团子父子相认，并答应夜华办婚礼，最终因夜华在与鬼族首领擎苍的争斗中死去而婚姻未了。我们可以将此核心序列概括为依次展开的 9 个大规模事件：以身相许—未婚生子—剜去双眼—跳下诛仙台—与父子相识—追讨小团子—获得夜华的结魄灯和仙丹的援助—准备办婚礼—答应临终嘱托。

因此，作者设计了以情人未婚生子的言情序列与师徒还魂报恩的侠义序列为小说故事核的两大核心序列,叙述主人公白浅在 9 万年里所经历的 3 段人生,进而用两大核心序列的创意主控点来表征白浅的爱情婚姻诉求和师徒侠义追求。

3. 作者用首要核心序列前置的情节布局策略,把言情序列确立为小说故事的第一核心序列。

小说《三生三世,十里桃花》中的两大核心序列,时间次第上是侠义序列为先,言情序列为后。但是,作者没有按照两个核心序列最初发生事件的时间顺序来叙述故事,而是在小说开头的"前传"和"楔子"两个部分叙述言情序列中的事件,到了小说的第五章和第六章才集中叙述侠义序列中的事件。

在小说的"前传"部分,作者主要通过第一人称小说人物"我"来叙述白浅化身素素后所参与的故事事件,并用故事叙述者"我"的叙述来补充人物素素当时所不知的实情,即素素其实是由青丘神仙白浅化身凡人,因而是仙胎。在小说的"楔子"部分,作者则在第三人称小说的全知叙述者叙述中,以诸仙闲聊的方式再次叙述"前传"里叙述过的事件,即九重天的天君曾下诏,夜华成为继任天帝后将娶青丘的白浅为天后,又用仙界传说的方式补充叙述"前传"中未曾叙述的事件,即夜华和白浅的婚宴 300 年来未曾举办。小说写道:

> 三百多年前,天君诏告四海八荒封长孙夜华为继任天帝。
> 九天神仙满以为不日便将喝到夜华君同白浅的喜酒。可这三百年来,却从未有他二人将共结连理的传闻。

因此,在小说的"前传"和"楔子"两个部分里,作者以核心序列前置的方式,确立了言情序列为小说故事的第一核心序列。在具体的叙述方法上,一方面,作者采用了第一人称小说人物"我"来叙述第一核心序列中已发生的事件,即素素为夜华生下一个男孩后,跳下诛仙台,通过故事叙述者"我"的插入式交代来叙述小说人物"我"当时所不知道的事件,素素其实是白浅的转生跨界角色;另一方面,作者通过第三人称小说的全知叙述者,叙述次要人物的闲聊话题,以及仙界传闻,引出第一核心序列中未完成的事件,即 300 年来白浅和夜华并没有正式举办婚礼,进而为第一核心序列的后续事件预设了一系列的叙事悬疑话题:300 年后,身为青丘神仙的白浅能否和如何回忆起自己的上一生是凡人素素,以及与夜华的那段情爱纠葛,是否和如何与夜华相认,能否和如何与夜华重温旧梦,以及能否如愿和夜华举办婚礼。

4.作者用故事线前后接续的叙事序列组合策略,在白浅的第三生故事叙述中链接起两大核心序列的前后部分故事线索。

在小说《三生三世,十里桃花》的正文中,作者采用"从中间写起"的方式叙述小说故事,小说正文的第一章并不是叙述白浅的第一生故事,而是从白浅的第三生故事说起。小说正文的情节主线是从白浅自十里桃花林前往东海水晶宫,去赴东海水君儿子的满月宴开始,直到白浅在云端俯瞰青丘的桃花树下一黑袍男子,恍惚中看到该男子伸手招呼其走近为止。所以,在小说正文的情节上,作者并没有根据小说故事的时间先后顺序来叙述白浅的三生故事,而是在白浅的第三生故事中追叙其前两生的故事。虽然两大核心序列的前半部分事件发生在白浅的前两生故事里,而两大核心序列的后半部分事件则发生在白浅的第三生故事里,但是,作者在白浅的第三生故事的叙述过程中,以核心序列故事线的前后接续方式把两大核心序列前后部分的故事线索链接起来。

(1)侠义序列中,前半部分故事的最后事件是养护师父的仙体,即司音用自己身上的鲜血喂养墨渊的仙体;而该核心序列的后半部分故事的开始事件是追回师父的仙体,即白浅大闹鬼族的紫明宫,向鬼族王后玄女追讨被骗去的墨渊仙体。这样,在白浅的第一生故事里,白浅养护墨渊仙体的故事线索,因白浅在第三生故事里向玄女追讨墨渊仙体的后续事件而得以衔接。

(2)言情序列中,前半部分故事的最后事件是跳下诛仙台,即素素为夜华生下一个男孩后,因夜华剜去自己的双眼给素锦而深感伤情,最终以离开人世的方式斩断与夜华的情感纠葛,跳下诛仙台;而该核心序列的后半部分故事的最初事件则是与父子相识,即白浅在应邀参加东海水君儿子满月宴前往东海水晶宫的途中与小团子父子相认。这样,在白浅的第二生故事里,素素在九重天为夜华生下一个男孩后跳下诛仙台的故事线,通过白浅在自己的第三生里与夜华父子相认的后续事件而得以延续。

因此,在小说的故事结构上,作者将两大核心序列一截为二,两大核心序列的前半部分事件发生在白浅的前两生故事中,其中,侠义序列的前半部分故事发生在白浅的第一生故事里,言情序列的前半部分故事则发生在白浅第二生故事里。而两大核心序列的后半部分事件则发生在白浅的第三生故事里。所以,两大核心序列前后部分的故事线索在白浅的三生故事结构上是前后衔接起来的。

5.作者用叙述者的双重身份策略,通过第一人称小说人物"我"的双重叙述身份和转述者"我"的双重身份,交叉叙述或者转换叙述小说故事中的事件,造成小说情节结构上的叙事碎片化和信息含混的叙事特点。

(1)在白浅的第二生故事里,作者在小说人物"我"的叙述中插入故事叙述者"我"的方式,交叉叙述故事事件。

第一人称小说中的"我"通常可以由两种身份来叙述小说故事:一种是人物"我"的现在式叙述,即"我"以主人公正在参与小说故事的身份,叙述小说故事中当下进行着的事件;一种是故事叙述者"我"的过去式叙述,即"我"以主人公回忆自己曾经经历小说故事的身份,叙述小说故事中过往进行着的事件。小说《三生三世,十里桃花》的作者就是用第一人称小说人物"我"的双重身份来叙述小说故事,并在小说情节线上采取间隔性来回交叉叙述的方式,以及角色转换叙述的方式,叙述白浅3个人生阶段中的故事事件,导致空间化叙事过程中的情节碎片化和事件密集等特点。

在小说的"前传"部分,作者主要通过第一人称"我"来叙述"前300年"素素在九重天怀孕生子的故事,即白浅的第二生故事中的事件。作者先用人物"我"(素素)叙述道:

> 其他仙子大多看不起我(素素)。因为夜华并没有封给我什么
> 名分。也因为,我没有仙籍,只是个凡人。

上述句子中的"我"，是在九重天上身怀夜华孩子时的素素，所以，小说通过间接引语的方式，叙述人物"我"（素素）在白浅的第二生故事场景里说的话。并且，作者采用了一种假借可靠叙述者的方式说出人物"我"的话。因为当时的素素误以为自己是个凡人，说出了自以为可靠的话——我只是个凡人。

但在小说"前传"部分的后续故事中，作者却用故事叙述者"我"（白浅）的口吻揭示出，素素其实是仙胎化身的凡人。当时，九重天天君的妃子素锦嫉妒夜华要娶素素，后在与素素的争执中不慎掉落诛仙台，烧坏双眼。夜华却以还债的名义剜去素素的双眼给素锦。素素一气之下翻身跃下诛仙台。小说接着写道：

> 那时候，我并不知道，诛仙台诛仙，只是诛神仙的修行。而凡人跳下诛仙台，却是灰飞烟灭。
>
> 那时候，我也并不知道，自己其实不是个凡人。

显然，作者用两个"那时候，我并不知道"标示的叙述句所引出的话，实际上已不再是人物"我"（素素）说的，而是插入了故事叙述者"我"（白浅）的话。也就是说，故事叙述者"我"以白浅回忆自己第二生故事的方式，说出了人物"我"（素素）当年在翻身跳下诛仙台时所不知道的东西。

（2）在白浅的第三生故事里，作者用转述者"我"的双重身份，在转述白浅前两生故事的事件中传递出含混的信息，以此表现转述者"我"并不了解自己在被转述故事中的第二个身份，及其所经历的真实事件。

转述者"我"的双重身份是指，人物"我"在小说场景中转述事件的过程中，因"我"在被转述事件中的身份与转述时的身份之间的差异而产生的两种身份。

小说《三生三世，十里桃花》的正文里，作者在叙述白浅的第三生故事过程中，不仅采用第一人称小说"我"的双重叙述身份叙述故事，而且采用人物"我"的转述者双重身份来叙述白浅前两生故事中的事件。

首先，人物"我"在转述传闻中提供不确定的含混信息。在小说第一章里，作者用白浅的人物"我"回忆方式叙述道：

三百多年前，天君封了长孙夜华君做太子，继任帝位。

对这夜华，我可说是全无了解。只听说桑籍被流放之后，因座下的其他几个儿子均资质平平，天君一度很是抑郁。幸亏三年之后，大儿子央错为他添了个敦敏聪明的孙子，让天君甚是欣慰。

这孙子便是夜华。

依照天君当年颁下的天旨，我必得同这夜华君成亲。夜华那厢，据说已经娶了个叫作素锦的侧妃，恩宠盛隆，还生了个小天孙，自然无心与我的婚事。我这厢，虽不像他那般已有了心尖尖上的人，可一想到他晚生我近十万年，论辈分当叫我一声姑姑，论岁数当叫我一声老祖宗，便狠不下心来，逼自己主动来做成这桩婚事。是以拖累至今，搞不好已成了整个四海八荒的笑柄。

上述引文是小说正文里第一次较为完整地追述白浅第二生故事里的重要事件。因为白浅当时并不知晓自己第二生里曾与夜华之间经历过的情爱纠结，更不清楚夜华和素锦的情感关系。作者只好借用"据说"的传闻转述方式来叙述白浅第二生里的事件，而从"我这厢"起，则叙述了白浅当时所知晓的事件。从叙述身份上看，白浅既是小说场景中该传闻的转述者，同时又在被转述的传闻事件中拥有一个身份，"小天孙"（即小团子）的亲娘。所以，作为转述者的白浅拥有双重身份，而作者就是用转述者白浅的双重身份策略，在"据说"的叙述句里传递了某种含混式的不确定信息。

其次，人物"我"转述次要人物的话中传递不确定的含混信息。当时，东海水君儿子的满月宴结束后，小团子跟白浅说起缪清公主追求父亲夜华的事情，小说写道：

他（小团子）说得颠三倒四，我（白浅）倒也能顺藤摸瓜筹出个大概。

原来这糯米团子他亲娘并不是夜华君的侧妃素锦，却是地上的一个凡人。如今糯米团子的寝殿里，还挂着那凡人的一幅丹青。说是青衣着身白绫覆面，正是现下我这副模样。三百年前，却不知什么因缘，那凡人甫产下小糯米团子，便跳下了诛仙台。诛仙台这地方我有过耳闻，神仙跳下去修为尽失，凡人跳下去定是三魂七魄渣渣也不剩。

当时，白浅在小团子的掺和下与夜华父子相认，却并不知道300年前在自己的第二生里曾跟夜华未婚生子。所以，白浅从小团子的话里概括出的上述信息是真实的，300年前，小团子的亲娘是地上的凡人，生下小团子后跳下诛仙台，但是，白浅并不知道那个生下小团子后跳下诛仙台的人就是自己。

总之，叙述者的双重身份的空间化叙事技术策略主要表现为：一方面，作者用第一人称"我"的双重叙述身份交叉叙述白浅的故事，尤其是在小说正文叙述白浅第三生故事过程中，作者通过"我"的双重叙述身份，间隔性交叉来回叙述白浅前两生故事中的事件，[①]导致小说情节行文上的琐碎和繁复，却也在一定程度上表现出网络小说的碎片化情节结构的特点，以及通过反复重提核心序列中故事事件的途径来表现母题重复和事件密集的特点；另一方面，作者用转述者"我"转换叙述小说故事中的事件时，通过"我"拥有转述者身份与转述事件中身份的双重身份，并以作者与读者"共谋"的方式在小说情节结构上营造某种含混式空间化叙事效应，即人物"我"转述的另一个叙事时空里的事件是可靠而确定的，但人物"我"并不知晓自己在被转述事件中拥有的第二个身份。或者说，作为转述者"我"的白浅对自己在转述故事中经历的事件一知半解。与戏剧性反讽不同，转述者"我"的双重身份策略主要是一种空间化叙事技术表现，旨在通过转述者"我"并未意识到自己在被转述事件中的第二个身份，在两个叙事时空之间构成某种身份判断上的（转述者"我"）"缺位"和（作者或读者）"补位"，进而传递出某种含混信息："身份缺位"与"身份补位"在叙事语义上是兼容的，即作者或读者从小说前后文的叙事语境里，解读出转述者"我"在被转述故事中的第二个身份，及其所经历的真实事件。

---

① 小说第五章和第六章较为集中地叙述了司音拜师学艺至墨渊战死沙场的第一生故事。

6.作者用叙事技术设定叙事驱动机制策略,借助叙事跨界和叙事装备技术,引发、推动、实现或激化小说故事主线的转折,进而在小说故事线上植入玄幻类网络小说的叙事驱动机制。

(1)作者用玄幻类网络小说的两大叙事技术来设置白浅前两生故事的引发事件。

例如,白浅的第一生故事是因白浅从一只九尾白狐变为仙界男神司音后开始的,是白浅在超写实世界里的转世跨界结果,即白浅由仿人类的狐狸化身为男身神仙。所以,作者是借助于转世化身术的叙事装备技术来引发白浅的第一生转世跨界。

又如,白浅的第二生故事起始于白浅化身为凡人素素,实际上是白浅在超写实世界向写实世界的转世跨界,即白浅由仙界女神化身为凡界女子。所以,作者也是将转世化身术的叙事装备技术设置为引发事件,使白浅完成第二生里的转世跨界。

虽然小说只是用讲述的方式简要交代白浅的上述两次转世跨界事件,但这两个事件是白浅前两生故事的缘起,并且,作者也交代了白浅的上述两次转世跨界是利用了化身术。从这个意义上说,在叙述白浅前两生故事的由来时,作者用超自然的叙事装备化身术作为引发事件的技术支撑。

(2)作者用玄幻类网络小说的两大叙事技术来直接促成两大核心序列的转折。

在言情序列中,素素跳下诛仙台的事件,是这个核心序列前半部分的转折点;而夜华在与鬼族擎苍的格斗中死去,则是这个核心序列后半部分的转折点。在前一个转折点上,作者借用超自然的神仙之胎的叙事跨界实现了小说情节的转折,素素是仙胎化身的凡人,所以跳下诛仙台后没有死去。而在后一个转折点上,夜华的死去又是因东皇钟的法器在擎苍死后开启。所以,夜华是因超自然的叙事装备东皇钟的开启而死去的。

在侠义序列中,墨渊战死沙场是这个核心序列前半部分的转折点;而墨渊还魂复活则是这个核心序列后半部分的转折点。在前一个转折点上,造成转折的间接原因是,墨渊先前受了擎苍的三道天雷而大伤元气;直接原因则是,墨渊在与擎苍带领的鬼族交战中,无法驾驭具有毁天灭地功能的法器东皇钟。所以,超自然的叙事装备东皇钟直接导致墨渊之死。而在后一个转折点上,白浅为墨渊还魂复活过程中使用了更多的超自然叙事装备,诸如追魂术、结魄灯、仙丹等。

由此可见,两大核心序列前后部分的故事转折点都是借助于超自然的叙事跨界和/或叙事装备的叙事技术驱动而实现的。

(3)作者用玄幻类网络小说的两大叙事技术来设置侠义序列的引发事件和终极事件。

侠义序列在小说正文的情节中被分为前后两个部分。第一部分发生在白浅的第一生故事里,作者主要叙述墨渊成功营救司音逃离鬼族后,与鬼族首领擎苍之间的一场血战。墨渊战死沙场后,司音用自己身体里的鲜血来养护墨渊的仙体。所以,司音养护墨渊的仙体是这个核心序列的起始,标志着白浅以司音的身份承担起师徒还魂报恩的使命。

侠义序列的第二个部分出现在白浅的第三生故事里,作者叙述白浅为追讨墨渊的仙体而使用玉清昆仑扇,大战众鬼将的故事;白浅借助夜华的结魄灯和仙丹找到并养护师父魂魄的故事;师父还魂复活后赞同白浅与夜华成婚的故事。所以,白浅使墨渊还魂转生是这个核心序列的终结,标志着白浅所担负的师徒还魂报恩使命最终完成。

因此,司音用自己身体里的鲜血养护墨渊的仙体,白浅在夜华的协助下使墨渊还魂复活,是侠义序列前后部分上的两个故事线节点,前者是该核心序列的引发事件,后者则是该核心序列的终结事件。而作者都是通过超自然的叙事装备和/或叙事跨界来驱动这两个故事线节点的确立和终结。

例如,在侠义序列的前半部分里,司音用自己的血来养护墨渊的仙体,是这个核心序列的引发事件。作者在叙述这个引发事件时写道:

> 要保住墨渊的仙体并不很难,虽四海八荒其他地界的不了解,然整个青丘的狐狸怕都知道,九尾白狐的心头血恰恰有此神效。是以寻一头九尾白狐,每月取一碗它的心头血,将墨渊的仙体养着便好。

因墨渊是个男神,便得要寻头母狐狸,才是阴阳调和。可巧,我正是一头母狐狸,且是头修为不错的母狐狸,自是当下就插了刀子到心口上,取出血来喂了墨渊。可那时我伤得很重,连取了两夜心头血,便有些支撑不住。

这其实也是个术法,墨渊受了我的血,要用这法子保它的仙体,便得一直受我的血,再不能找其他的狐狸。

由此可见,作者通过故事叙述者"我"(白浅)的口吻,叙述了当年司音用自己的九尾白狐之血来喂养墨渊的仙体,这其实也是一种法术,是一种神仙异能的叙事装备。

7.《三生三世,十里桃花》文本中表现出空间化叙事的闭锁式症候。

巴赫金曾用"时空体"的原理分析古罗马作家阿普列乌斯的传记类小说《金驴记》,将该小说命名为小说叙事的"道路时空体"。并指出,主人公鲁巧的成长道路受制于小说的核心序列"过错—惩罚—赎罪—净化—幸福",而小说中的日常世俗生活只是垂直相交于该核心序列,并形成直角关系。笔者认为,巴赫金的小说叙事"时空体"原理,以及他关于小说《金驴记》的核心序列及其结构性关系的分析方法,为我们研究网络小说空间化叙事技术的变革和症候,提供了某种理论分析的思路。所以,在对小说《三生三世,十里桃花》空间化叙事技术的策略分析基础上,我们将探讨该小说在空间化叙事技术方面的主要症候。

(1)作者用一个大规模的叙事序列来汇聚两大核心序列上的故事突转点,并使之充当小说故事高潮的引发事件。

在小说《三生三世,十里桃花》的正文里,作者用第一人称"我"的方式叙述两大序列中前后两个部分的故事。一方面,作者用第一人称"我"的回忆方式,叙述两大核心序列前半部分故事中的事件;另一方面,作者用第一人称"我"的参与方式,叙述两大核心序列后半部分故事中的事件。与此同时,作者用一个"转折交集序列"来布局小说正文的情节结构。具体表现为:在叙述白浅的第三生故事里,作者从两个核心序列后半部分的故事线索中找出故事转折节点,并将其设置为一个大规模的叙事序列,使之不仅把两大核心序列后半部分故事线上的突转点汇聚起来,而且能够促使小说故事走向高潮。也就是说,在小说正文情节结构中,这个"转折交集序列"是具有促发故事高潮叙事功能的引发事件。

这个具有转折交集和引发故事高潮双重功能的"转折交集序列"是:白浅在给墨渊养护魂魄和还魂复活过程中得到夜华的结魄灯和仙丹的协助。一方面,它使白浅在第一生里养护墨渊仙体的行动出现转折,墨渊的魂魄有了复活的机遇,也就是侠义序列后半部分的故事突转点;另一方面,它促成白浅在第二生里与夜华未婚生子的故事进入了实质性的转机,白浅因夜华出手相助而答应跟夜华举办婚事,也就是言情序列后半部分的故事突转点。

因此,在白浅的第三生故事里,作者通过一个"转折交集序列"将两大核心序列后半部分的故事线索的突转点汇集起来,并以此引发整部小说故事高潮的来临。

(2)作者以"转折交集序列"来操控小说故事的决定性突转方向,在小说叙事"时空体"的深层结构上植入了"自我循环"的闭锁式运行机制。

如上所述,"转折交集序列"不仅成为两大核心序列后半部分故事转折的汇聚焦点,同时也是整个小说故事高潮的引发事件。其结果是,小说故事高潮的引发事件不仅依赖于同一个叙事序列,而且构成一种"自我循环"的运行机制,即言情序列后半部分故事上的转折点构成侠义序列后半部分故事转折的引发机制,夜华的结魄灯和仙丹的协助导致白浅最终使墨渊还魂复活,同时,侠义序列后半部分故事的转折点又是言情序列后半部分故事转折的引发机制,夜华提供结魄灯和仙丹又导致白浅最终答应夜华举办延迟了300年的婚事。

值得指出的是,作者通过"转折交集序列"来引发小说故事的高潮,不仅构成小说深层结构上的"自我循环"运行机制,而且表明,作者是在借助单个"转折交集序列"来操控小说故事的决定性突转方向。巴赫金在分析古罗马作家阿普列乌斯的传记类小说《金驴记》时指出,主人公鲁巧的成长道路完全由该小说的核心序列决定,小说中的日常世俗生活并没有与小说的核心序列建立起交叉的关系,而只是垂直相交的结构关系。[①] 与此相比,小说《三生三世,十里桃花》的作者之所以会用单个"转折交集序列"来操控小说故事的决定性突转方向,一个重要的原因在于,作者沉醉于玄幻类网络小说叙事技术所带来的转生转世的空间化叙事取向,并在用两大核心序列设计小说故事框架的过程中,游离乃至远离了历史背景素材中的日常世俗生活。

从创意写作上看,小说《三生三世,十里桃花》的作者,在用玄幻类网络小说的叙事技术叙述主人公白浅转生转世的叙事跨界过程中,没能打开核心序列与历史背景素材和日常世俗生活之间的叙事通道,没能在小说故事转折的驱动力量中引入历史背景素材中的社会矛盾冲突。一方面,在言情序列的故事里,作者在叙述素素与夜华私定终身而未婚生子的故事中,没能引入足够的日常世俗生活,在用嫉妒和误会设置两人的矛盾和冲突过程中,没能引入历史背景素材中丰富的社会矛盾;另一方面,在侠义序列的故事里,作者在叙述白浅与墨渊之间师徒情义的故事中,也没能搭建起与历史背景素材之间的桥梁,只好用报恩和还魂来支撑故事线的延续和展开。其结果是,作者不得不依赖于"转折交集序列",不得不从小说的核心序列中找出决定小说故事高潮的叙事驱动力,构成某种闭锁式的小说叙事"时空体"。

---

① 巴赫金:《小说理论》,白春仁、晓河译,石家庄:河北教育出版社,1998 年,第 303—323 页。

作为网文叙事技术的"前景化"跨界

——网络文学"两个故事世界"叙事研究

陈　鸣

（上海大学文学院）

　　关于网络文学的定义，国内文学研究界有过许多说法，以至于有学者用"约定俗成"来表述。[①] 王祥先生认为："网络文学是通过互联网发表传播的大众文学，目前其主体是指网络连载，并由此为基础进行版权运营的长篇小说。"[②] 诚然，以长篇网络小说为代表的早期网络文学之所以能成为纸媒小说之后的新型小说形态，不只是因为网络小说是依赖于互联网和移动通信网的传播技术而产生的文学形态，还在于网络小说的作者们创造出各种网络文学的叙事技术，并在文学虚构叙事的故事框架与情节的结构性驱动力量配置等方面，将小说创作历史推入了一个新时代。本文以《步步惊心》《斗罗大陆》两部网络小说为例，试图从"两个故事世界"的叙事框架角度，探讨网络小说的"前景化"跨界叙事技术。

---

① 梅红主编：《网络文学》（第 2 版），成都：西南交通大学出版社，2016 年，第 5 页。
② 王祥：《网络文学创作原理》，北京：中国人民大学出版社，2015 年，第 3 页。

一、"两个故事世界"的跨界叙事框架

所谓"两个故事世界",是指作者在同一部网络小说作品中设置了两个主人公的生活世界:一个是主人公现世的生活世界,简称"现世故事世界";一个是主人公前世(或后世)的生活世界,简称"前(后)世故事世界"。由于主人公的"现世故事世界"总是被设定为小说的情节主线,而主人公的"前(后)世故事世界"则被处理成小说的情节背景,或者说,为小说情节提供背景信息,所以,我们可以把"现世故事世界"命名为"前景故事世界",简称"前景世界",而把"前(后)世故事世界"命名为"背景故事世界",简称"背景世界"。

需要指出的是,网络小说的"两个故事世界",通常超越了人类的生命周期和人类的物种疆界,并且,这"两个故事世界",既可以是虚构奇异的世界,也可以是幻想架空的世界,却不是存在于主人公头脑里的意识世界,也不是活动于主人公梦境中的梦幻世界,而是小说作品中现实的物理世界。因此,网络小说的"两个故事世界",突破了传统小说中的"意识流"叙事技术,作者是在小说作品中设计跨界而实存的故事世界,因其在时空上跨越了人类的生命周期,在谱系上逾越了人类的物种疆界,所以,"两个故事世界"可以被称为网络小说的跨界叙事框架。

(一)桐华的网络小说《步步惊心》[①]

这是一部以第一人称为主的穿越类网络小说。在小说开篇的楔子部分,作者用第三人称的小说叙述方式叙述主人公的历史穿越事件。2005 年的深圳,25 岁的单身白领张小文在自家的浴室里滑倒,一动不动。康熙四十三年(1704 年)的北京,13 岁左右的女孩若曦在赏玩湖景时,从楼梯上滚到地上,一动不动。这样,作者运用主人公张小文穿越历史的叙事技术,营造起"两个故事世界"的叙事框架。

---

① 2005 年《步步惊心》开始在晋江原创网连载。

从小说第一章起,作者用第一人称的小说叙述方式布局小说情节主线,叙述女主人公张小文穿越之后,以若曦的身份与康熙的几个儿子之间的感情生活,以及被卷入康熙年间"九子夺嫡"的朝廷政治斗争旋涡之后,在四阿哥和八阿哥之间的争储角逐中陷入纠结、彷徨、惶恐、无奈的情感矛盾和行为冲突。所以,作者通过历史穿越的方式,为小说故事设置了"两个故事世界"。一个是主人公穿越前的"背景世界",一个是主人公穿越后的"前景世界"。在小说作品中,作者不仅采用架空历史的方式,在主人公穿越后的"前景世界"中虚构了若曦的人物及其事件,而且根据小说情节叙述上的需要,穿插引入主人公穿越前的"背景世界"中的事件,进而使主人公"背景世界"中的故事序列呈现出碎片化的间断和残缺。

(二)唐家三少的网络小说《斗罗大陆》①

这是一部第三人称的玄幻类网络小说。在小说开篇的引子部分,作者叙述主人公唐三转生前的"背景世界"故事序列中的最后一个事件:29岁的唐门外门弟子唐三,把自己修炼的暗器——佛怒唐莲丢给身后追来的唐门长老后,在巴蜀的鬼见愁山峰上跃身跳崖。在引子部分的结尾处,作者用全知叙述者的口吻写道:"他永远地离开了这个世界,但他的另一次命运却刚刚开始。"

继引子之后的小说第一章起,作者叙述主人公转生后在一个名叫斗罗大陆的异界里的人生故事。尽管转生后的主人公名字依然叫唐三,但其角色却是一个5岁多的男孩,而小说情节主线也是从少年唐三在斗罗大陆圣魂村的"前景世界"中展开的。因此,小说的主要情节是叙述少年唐三在"前景世界"中的人生故事,而转生前的唐三在"背景世界"里所经历的事件,是作者根据小说情节主线的需要而被断断续续地引入的。

---

① 2008年《斗罗大陆》开始在起点中文网连载。

二、"前景化"跨界叙事奇观

"前景化"的概念,是布拉格学派代表穆卡罗夫斯基在 1932 年发表的《标准语言与诗歌语言》中提出的。其认为,"在诗歌语言中,前推的强度达到了这样的程度:传达作为表达目的的交流被后推,而前推则似乎以它本身为目的;它不服务于传达,而是为了把表达和语言行为本身置于前景"[①]。也就是说,诗人通过违背标准语言的常规,将"表达和语言行为"的诗性语言"前推"至诗歌文本的前景之中。从这个意义上说,诗歌创作表现为诗人将自己创造的诗性语言在诗歌作品中进行"前景化"凸显的文学创意过程。其结果是,诗歌中的语言不只是传递诗歌内容的符号载体,并且在传递诗歌内容的过程中具有了诗歌内容的构成性功能,而跨界叙事奇观是指在"两个故事世界"的跨界叙事框架里,作者通过穿越、架空、转生、转世和装备等叙事技术,在"前景世界"中展示出各种灵异奇幻的叙事景象。因此,"前景化"跨界叙事奇观,实际上是网络小说作者将"背景世界"中的叙事要素进行"前景化"呈现,进而在小说的情节主线上营造出各种跨界叙事奇观。也就是说,这些"背景世界"中的叙事要素在"前景化"过程中,不只是用于交代背景信息,并且在"前景世界"中具有了引发、推进乃至改变情节主线发展取向的叙事功能,而在穿越类或玄幻类网络小说中,"背景世界"的"前景化"则总是通过跨界叙事奇观的方式来实现其在"前景世界"情节主线上的叙事功能。我们至少可以从戏剧性叙事奇观与视像性叙事奇观两个方面,举例阐释网络小说的"前景化"跨界叙事奇观。

(一)人物穿越的戏剧性叙事奇观

作者通过故事主人公的身体穿越至某个架空的历史时代,在虚构的主人公与知名的历史人物和历史事件的跨界组合中叙述故事,并且,主人公"背景

---

① 扬·穆卡罗夫斯基:《标准语言与诗歌语言》,赵毅衡选编:《符号学文学论文集》,天津:百花文艺出版社,2004 年,第 19 页。

世界"中的事件通过"前景化"叙事技术，在小说的主要情节线上构成各种戏剧性奇观效应。

桐华的小说《步步惊心》，是一部较早发表的穿越—架空类网络小说。小说女主人公——一个25岁的当代单身白领张小文穿越至清朝的康熙年间，变成一名豆蔻年华的满族少女马尔泰·若曦。虽然小说故事中的"九子夺嫡"是康熙年间的重大历史事件，而卷入该事件中的八阿哥、四阿哥等也是清代历史中的知名人物，但是马尔泰·若曦却是作者虚构的人物。所以，小说中若曦与八阿哥、四阿哥等人的感情纠葛，以及"九子夺嫡"事件，自然也是虚构的。

从整体上看，作者将主人公的身体穿越与历史架空两种叙事技术结合起来，进而呈现出一系列穿越—架空的戏剧性叙事奇观效应。

首先是主人公"前景世界"中的身份处境与"背景世界"中的价值观念之间的戏剧性跨界冲突。一个是"背景世界"中具有现代女性观念的张小文，一个是"前景世界"里作为清廷宫女的若曦，两者相距300年，作者通过"前景化"的方式，将主人公"背景世界"中的现代女性价值观念，与其"前景世界"中宫女身份的现实处境之间进行跨界叙事链接，在情节主线上造成主人公内心的碰撞和纠结，表现出各种扣人心弦的戏剧性奇观。

例如，小说第十章，中秋宴席间，康熙当众把明珠格格配给17岁的十阿哥当嫡福晋，并驳回了十阿哥要明珠格格做侧福晋的请求。"我"（若曦）看着十阿哥和明珠格格并排跪着的身影，心里十分气愤，想到：十阿哥不是有最尊贵的身份吗？为什么这最尊贵的身份剥夺了他最珍贵的东西——自由！宴席散后，"我"听姐姐跟巧慧说自己今后自然会想通认命的话，小说写道：

> 我心想不会，不会。我永远不会想通，为什么我的命运会由他人随便一句话就决定？从小到大，我只知道我现在的努力决定明天的结果。"今日花，明日果"是我的座右铭。我不能接受自己的命运就是别人的几句话。不能，我不能！我痛恨老天，为什么要让我到这里。要么索性让我就出生在这里，这样我也许可以认命。可是我

> 已经在现代社会活了 25 年，接受的教育是命运掌握在自己手里。现在突然告诉我，一切都是命，认命吧！我不能接受！

按照其清廷宫女的身份，若曦在"前景世界"中看到十阿哥屈从于康熙皇帝的旨意，被迫接受明珠格格当嫡福晋，是十分自然的事情。但是，作者却在若曦的内心独白中引入了"背景世界"中的叙事因素，表达了张小文的现代价值观念——自己的命运应该掌握在自己手里。这样，作者借助于"前景化"叙事技术，通过"背景世界"中张小文与"前景世界"中若曦之间不同时代价值观的矛盾冲突，在主人公内心深处展示出戏剧性跨界叙事的奇观。

其次是主人公在"背景世界"中拥有的"前景世界"中主要人物命运的可靠性叙事背景信息，与其"前景世界"中对自己命运不确定之间的戏剧性跨界冲突。一方面，若曦虽是清廷宫女，但其在穿越前的"背景世界"里掌握了有关清朝康熙时期的历史知识，作者设定了主人公的知晓权，所以，若曦对穿越后的"前景世界"拥有某种先知而可靠的叙事知情特权；另一方面，若曦是一个生活在架空历史的"前景世界"中的虚构人物，她根据自己在"背景世界"中获得的历史知识，知道"前景世界"中主要人物的历史命运，却不知晓自己在"前景世界"中的未来命运，更不了解八阿哥、四阿哥在"前景世界"中如何对待自己，因而时常困惑于自己如何在与这两个男人的情感关系中行走。因此，作者通过"前景化"的叙事技术，将主人公在"背景世界"中所知晓的信息，与其在"前景世界"中并不知情的信息之间构成某种叙事信息的不对称关系，并借此在小说情节主线上制造各种戏剧性叙事奇观效应。

例如，小说第二十章，穿越后的女主人公若曦喜欢八阿哥，却对四阿哥敬而远之。所以，当四阿哥教"我"（若曦）骑马时，总觉得不自在。小说写道：

> 可是我和他在一起时，总是浑身不自在，一想到他将来是雍正，和做事情的霹雳手段，就满是压抑。
>
> 这时我才惊觉我已经不是那个张小文了，张小文是喜欢雍正的，欣赏雍正的，她认为在争夺皇位时不是你死就是我活，对敌人手

下留情,就是对自己残忍。而且八阿哥和九阿哥也有置雍正于死地的心思,所以雍正最后监禁他们并没有什么不对的。可是现在我却抗拒着那个结局,原来现在我已经真的是马尔泰·若曦了。这是什么时候发生的?在我茫然不知时,流逝的时光已经改变了我。

也仔细思量过要不要趁这个机会,和四阿哥进一步拉拢关系,为将来多留几分机会和保险。可几次三番,思量好的讨好拍马的话到了嘴边,看着他喜怒莫辨的脸色就又吞回了肚子。

在上述案例中,若曦在跟四阿哥学骑马时,总觉得浑身不自在。于是,作者巧妙地展示了主人公因人物穿越而产生的内心矛盾。一方面是穿越前的张小文在"背景世界"中对清代历史人物的观点——喜欢和欣赏后来当上雍正皇帝的四阿哥;另一方面是穿越后的若曦在"前景世界"中对自身处境的思量——想着和四阿哥拉拢关系,为自己的将来留几分机会和保险。因此,作者并没有只是在"前景世界"中表现若曦与四阿哥之间的矛盾,而是将主人公在"背景世界"中所知晓的历史知识和拥有的价值判断,通过"前景化"叙事技术,构成引发小说情节主线变化的驱动机制,并借助于若曦的内心矛盾方式,营造了戏剧性跨界叙事奇观。

(二)功法转生转世的视像性叙事奇观

作者通过故事主人公的跨界转生或跨界转世等方式,将主人公"背景世界"中的事件进行"前景化"的叙事技术处理,在小说的情节主线上展示文学视像的叙事奇观效应。

转生是指主人公从"背景世界"投生至"前景世界"的跨界形态,因而是在超越人类生命周期的意义上实现叙事跨界,而转世则往往是指主人公借助其在"背景世界"里的跨界异能或跨界装备,在其"前景世界"里实现某种超越人类生命形态的叙事跨界,表现为主人公以超越人类物种的方式,在"三个世界"(写实世界、仿写实世界和超写实世界)之间化身变形。其中,写实世界是指作者将现实的人类生活世界投射到小说的故事世界之中,故事中的主人公或主要角色是人类的角色。仿写实世界是指作者将模拟的人类生活世界设置为小说的故事世界，故事中的主人公或主要角色是拟人化的各类角色，如机器人、僵尸、吸血鬼等仿人类的物种角色，以及狐狸、飞蛾等仿动植物的物种角色。超写实世界是指作者把幻想中的人类生活世界引入小说的故事世界，故事中的主人公或主要角色是超人类的物种角色，如神仙、超人等。① 因此，功法转生转世是指作者通过跨界异能或跨界装备的"前景化"叙事技术，使主人公在"两个故事世界"之间进行叙事跨界，并展示出各种具有文学视像阅读效应的叙事奇观。

首先，功法转生的视像性叙事奇观。唐家三少的网络小说《斗罗大陆》，是一部玄幻—转生类网络小说。小说的第一章，作者通过全知叙述者叙述了男主人公唐三是个转生投胎的男孩，住在斗罗大陆圣魂村的一户铁匠人家，那年才5岁多。斗罗大陆的武功界没有唐三前世的武功，但每个人都有属于自己的武魂，武魂分为器武魂和兽武魂两大类。斗罗大陆的每个孩子6岁时都要举行武魂觉醒，极少一部分人的武魂可以进行修炼，并形成一个魂师的职业，魂师修炼到一定的级别后称魂圣。于是，小说的第二章里，作者叙述唐三在素云涛魂师的引导下从事第一次武魂觉醒的场面。当唐三的武魂觉醒呈现为一棵蓝银草时，素云涛以从未见过废武魂的蓝银草出现魂力为由，拒绝再次测试唐三的魂力。但在唐三的一再恳求下，素云涛答应再次测试其魂力，并在自己的手掌中释放出蓝水晶球。小说写道：

> 手掌刚一贴上蓝水晶球，唐三的身体就剧烈地颤抖了一下，他吃惊地发现，那颗看上去很漂亮的蓝水晶球竟然拥有着巨大的吸力，自己的内力仿佛找到了宣泄口一般汹涌而出。他想要挣脱，但却怎么也无法逃开那股强势的吸力。
>
> 同样吃惊的还有素云涛，正在他以为这在圣魂村的最后一次魂

---

① 陈鸣：《网络小说空间化叙事技术的变革与症候——以网络小说〈三生三世，十里桃花〉为例》，《雨花》2017年第22期，第54页。

力测试只是走个形式的时候,突然,手中的蓝水晶球亮了起来,夺目的蓝光从开始的一点瞬间蔓延,眨眼的工夫,这颗水晶球就像是璀璨的宝石一般闪闪发光。淡淡的蓝色光晕外露,说不出的动人。

按照传统的测试,只要水晶球出现一点感应,哪怕是一丝光芒,就证明被测试者是有魂力存在的,而眼前蓝水晶球中闪耀着如此夺目的光芒,就只有一个解释。"天啊,竟然是先天满魂力。"[②]青光再次从素云涛身上释放,水晶球将唐三的手掌弹开,此时,他再看眼前这个男孩儿的目光已经变得截然不同。仿佛像是在看一个怪物似的。

在上述案例中,作者采用了跨界异能的"前景化"叙事方式,描述唐三测试魂力时显现满魂力的场景。在主人公的"前景世界"里,素云涛根据废武魂蓝银草不可能有魂力的判断,不想让唐三再次测试魂力。但当唐三再次进行魂力测试时,奇迹却发生了。只见唐三伸出手掌触摸素云涛手中的蓝色水晶球,那颗蓝色水晶球亮了起来,蓝光从开始的一点瞬间蔓延,顷刻变成璀璨的宝石般的光亮。素云涛惊讶地发现唐三居然有"先天满魂力"。当时,连素云涛魂师也无法理解和解释,唐三为何在第二次测试时能测出"先天满魂力"。而在后续情节中,作者才逐渐披露唐三是借助于"背景世界"里所练就的武功——玄天功内力,才会在"前景世界"中被测试出"先天满魂力"。因此,在叙述测试唐三魂力的场景中,作者实际上是通过"前景化"的叙述技巧,将唐三在"背景世界"中的玄天功内力的功法前推至"前景世界",进而在小说情节主线上营造出某种"前景化"视像奇观。

其次,功法转世的视像化叙事奇观。小说第九章,作者叙述唐三和大师去猎魂森林寻找魂环时,唐三用前世的唐门武功打败了一条百年曼陀罗蛇,并取得了蓝银草的第一魂环。小说写道:

随着百年曼陀罗蛇魂环的接近,他(唐三)感受到一种空前强大的压力,全身骨骼甚至都在这种压力下发出轻微的响声。

很快，黄色光环来到了唐三头顶上方，没有给他任何反应的机会，那黄色光环突然收缩，变成一个只有手镯大小，却无比凝实的金环直接套落在了他右手掌心处的蓝银草武魂之上。

…………

体内的玄天功内力仿佛也被这突如其来的力量点燃了一般，热流瞬间传遍全身每一处地方，唐三只觉得自己张开嘴仿佛就能喷出火来似的。

…………

唐三心中大喜，这似乎是内力中的内视境界，前一世他因为修炼玄天宝录时年纪已经太大，始终都没有感受过这种境界，没想到竟然在吸收第一个魂环的时候出现了。

在火焰的烘焙之下，蓝银草开始发生了变化。原本纤细的草叶开始变长、变宽，淡淡的蓝色也逐渐变得深邃起来，深蓝色的草叶在火焰海洋中蔓延开来，灵动地游荡，就像是无数条沙罗曼蛇在火中蹿行。

淡蓝色的草叶开始变成了深蓝色，上面还有着些许黑色纹路，正与之前那曼陀罗蛇身上的纹路一模一样。

最初，那条百年曼陀罗蛇的魂环是一个黄色的光环，随即变成一只手镯大小的光环，套落在他右手掌心的蓝银草上。接着，唐三在自己的内视境界中看到，自己仿佛沉浸在一片火焰的海洋之中，一株孤独的蓝银草随火焰轻摆，原本纤细的草叶开始变长、变宽，淡淡的蓝色也逐渐变得深邃起来，深蓝色的草叶在火焰海洋中蔓延开来，灵动地游荡，就像是无数条沙罗曼蛇在火中蹿行。最后，深蓝色的草叶出现与曼陀罗蛇身上纹路类似的黑色纹路。因此，作者在描述唐三的蓝银草获取百年曼陀罗蛇的魂环时，不仅引入了唐三在"背景世界"的前世中所修炼的异能——玄天功内力，使之成为一种"前景化"跨界转生的叙事奇观，而且在唐三的"前景世界"里生动而又形象地描绘了跨界转世的叙事景象，唐三的蓝银草武魂和曼陀罗蛇的魂环融为一体。虽然，唐三的蓝银草武魂吸纳曼陀罗蛇的黄色魂环的景象，只是一种角色的功法所呈现的玄幻视像，但是，这一玄幻视像表现为唐三的人类角色与植物（蓝银草）和动物（曼陀罗蛇）的物种生命形态之间实现了跨界融合。从这个意义上说，蓝银草吸纳曼陀罗蛇魂环的景象是一种"前景化"跨界转世的玄幻视像奇观。

由此可知，网络小说作者们通过"两个故事世界"的叙事框架，创造出架空、穿越、转生、转世等各种网文跨界叙事技术，进而通过一种"前景化"的叙述方式，在虚构叙事的文学作品中呈现出各种网文特有的戏剧性奇观或视像性奇观。从这个意义上说，网络小说的作者们在"两个故事世界"中，通过"前景化"叙事技术，将主人公"背景世界"中的叙事因素凸显于主人公的"前景世界"，不仅实现了"两个故事世界"之间的跨界叙事，而且在跨界叙事的过程中，使"背景世界"中的事件前推至"前景世界"的情节主线之中，驱动小说情节主线的变化和转折，进而在"前景化"中实现戏剧性奇观与视像性奇观的小说叙事修辞功能。

从小说创作史看，"两个故事世界"的"前景化"跨界，不仅是网络小说作者在设计故事框架和配置情节的结构性驱动机制方面的类型化叙事技术，而且给传统叙事文学带来了划时代的挑战和创新。作者可以在实存的故事世界里虚构"两个故事世界"，而不是像纸媒小说的"意识流"叙事技术那样，将这种虚构想象的空间限定于故事中人物的意识世界或无意识世界。作者在小说故事框架里设计了两个实际存在的物理世界，并通过"前景化"跨界的情节结构布局，使故事主人公在时空上跨越人类的生命周期，在谱系上逾越人类的物种疆界，并且，在主人公的"前景化"跨界过程中，将"背景世界"中叙事要素前推至"前景世界"，继而通过戏剧性叙事奇观与视像性叙事奇观等方式，表现并驱动"前景世界"情节主线上的发展取向。从这个意义上说，"两个故事世界"的"前景化"跨界叙事技术，从虚构叙事想象的创意写作意义上推进了文学叙事技术历史的发展，并从叙事技术上确立了以穿越类和玄幻类小说为代表的网络类型小说能够成为纸媒小说之后的新型小说形态。

第
三
章

创意写作学周边

世界文学之都的启示

——上海文化原创力培育与公共文化发展

葛红兵 刘卫东

（上海大学中国创意写作中心）

联合国教科文组织（简称 UNESCO）全球创意城市网络（Creative Cities Network）创立于 2004 年，作为国际性的城市网络联盟，旨在建立起以创意和文化作为经济发展要素的城市之间的联系，促进城市文化、经济的交流和可持续发展。目前，全世界范围内已经有三十多个城市加入该发展框架。按照 UNESCO 官方的划分，其城市类型包括"设计之都""文学之都""电影之都""手工艺与民间艺术之都""音乐之都""传媒艺术之都"和"美食之都"七大类。2004 年以来，全世界范围内共有七个城市被 UNESCO 认定为文学之都，分别是爱丁堡（Edinburgh，2004）、墨尔本（Melbourne，2008）、爱荷华（Iowa，2008）、都柏林（Dublin，2010）、雷克雅未克（Reykjavik，2011）、诺威奇（Norwich，2012）以及克拉科夫（Krakow，2013）。在这七座文学之都，文学对城市的文化原创力培育和公共文化发展起到了重要作用。对文学之都的发展个案研究，对探索中国以文化与创意产业发展为战略方向的城市文化原创力的提升和公共文化发展路径，特别是对于上海这样的国际化大都会的发展具有重要的参考价值和现实意义。

一、文学之都的概念及特点

文学之都是 UNESCO 全球创意城市网络框架下，以文学创造作为推动城市文化、经济发展重要驱动力量的创意城市类型。根据 UNESCO 对文学之都的定义，结合对文学之都的发展案例研究，文学之都的重要特点可归纳为以下两点：

第一，文学对城市的文化原创力培育具有提升作用。UNESCO 全球创意城市网络框架下的七座文学之都，每一座都拥有丰富的文学历史积累和传统，这些文学资源成为城市未来发展关键的战略力量。在爱荷华、墨尔本等城市，文学创造为城市原创力量的培育带来持续和稳定的支持，通过文学创造提升创意能力与创意写作能力，可以为现代城市创意经济发展输出各种文学创意型人才。

第二，文学对城市的公共文化发展起到重要的促进作用。在爱丁堡、爱荷华、都柏林、诺威奇等城市，文学创造已经和市民的日常生活、文化活动紧密结合在一起。在诺威奇提交给 UNESCO 的官方报告中还使用了"更广阔的文学景观"一词，以及用"文学、戏剧和诗歌成为城市文化生活的有机部分"[①]的理念来阐述文学对城市文化发展的价值。在这些城市里，各种充满创意的文学创造，成为公共文化生活的重要内容，成功地融入了大众生活。

二、文学之都的发展模式和经验

综观世界范围内的七座文学之都，其发展模式和经验有各自的侧重点，也有共通点：

1.以读写教育和工坊活动为基本形式，衍生多种类、跨媒介的文学创意

---

① Norwich，UNESCO City of Literature，p. 6.

产品,丰富市民公共文化生活,启发文化创新意识。

例如,爱丁堡以工坊活动为基础形式,衍生设计的文学创意活动按照类型划分为阅读团体(bookgroup)、儿童文学活动、文学竞赛(competition)、课程(course)、展览(exhibition)、文学节(festival)、讲座(lecture)、故事讲述(storytelling)、戏剧(theatre)等,适用于不同居民。

在爱荷华,以工坊为基本形式,形成了层次清晰、内容丰富的文学创意活动,成为公众文化生活中的重要组成部分。爱荷华的读写、作家工坊类型众多,比如各种翻译工坊(Translation Workshop)、戏剧工坊(the Playwrights Workshop)、非虚构写作项目(the Nonfiction Writing Program)等。这些活动面向公众开放,注重通过具有创意的文学活动策划丰富市民城市生活,进而激发其创意能力。

2. 善于整合、运用新技术和社会力量,促进文学创意向文化产品转化,注重文学资源的保护,使文学在城市发展中扮演重要角色。

以墨尔本为例,其发展模式特点在于广泛利用新媒体技术,鼓励社会公众参与文学创意活动,丰富公共文化服务的产品和体验形式。墨尔本除了借助图书馆鼓励全市范围内居民参与文学活动,还通过流动图书馆项目、有声书提供丰富的文学资源。这些措施使文学的价值融入城市生活,这与 UNESCO 对创意城市网络下的文学之都的认定要求是一致的,即"文学能够在城市中扮演整合的角色"[①]。

3. 发展创意写作教育,重视具有创意能力的高级写作人才培养,为城市文化创意产业发展培养复合型人才。

以爱荷华为例,在向 UNESCO 提交的官方申请报告之中,首先被提及的正是爱荷华大学的作家工坊。另据爱荷华大学官方发布的信息资料,爱荷华虽然只是一座不到 70000 人的城市,然而早在 2003 年前,爱荷华每年从创意工作(creative works)中获得的收益达 169 亿美元,并且带动相关就业高达

---

① UNESCO City of Literature, http://www.unesco.org/new/en/culture/themes/creativi-ty/creative-cities-network/literature.

195464 个。①

2013 年之前 UNESCO 全球文学之都体系中唯一的非英语城市雷克雅未克,则从 2008 年开始提供创意写作专业教育。此外,雷克雅未克的文学发展主要目标还包括通过文学来挖掘年青一代的创意能力。② 另外,波兰城市克拉科夫对创意写作也非常重视,在给 UNESCO 的官方报告中单独列出创意写作教育(Education for creative writing)进行阐述,创意写作方面的研究,将允许学生们获得文学能力,以及语言写作、修辞能力,这些将是克拉科夫文学相关的创意产业发展背景中的重要组成部分。③

上述城市,立足于城市发展趋势和文学教育的大格局,培养出大量高素质的创意写作人才,是其成功的关键原因,也是可供上海借鉴的重要经验。

三、文学之都启示:上海文化原创力培育与公共文化发展路径

文学之都的成功经验对上海的启示,主要集中在文学创造对文化原创力培育与公共文化发展促进两个方面。重视具有创意能力的高级写作人才培养,提升文化原创力,同时加大扶持文学发展,发挥文学创造在公共文化领域的重要作用,这两者对上海文化的发展都具有现实意义。

1.发展上海的创意写作教育,培养具有创意能力的高层次写作人才,提升文化原创力。

文学之都的发展策略,启发上海通过发展创意写作学科,发掘文学创意人才。爱荷华等城市的发展表明,创意写作的高度繁荣,可以为社会相关领域提供稳定的读写能力教育支持,对市民文化素养、文化原创力的整体提升有可量化的促进作用。

---

① Application for Iowa city, Iowa, USA to the UNESCO Creative Cities Network, P. 8.
② Reykjavik, UNESCO City of Literature, p. 21.
③ Krakow, UNESCO City of Literature, p. 36.

首先,上海作为国际化大都市,可以鼓励创意写作教育发展,采用艺术硕士(MFA)专业化教学模式,培育上海创意产业需要的具有创意能力的高质量写作人才。

对创意产业飞速发展的上海来说,具体的着眼点在于大力发展创意写作学科,建立起完整的创意写作学科教学研三位一体的机制,通过文学教育的改革来确立创意写作的学科高地,为上海培养更多具备文化创意能力的高素质新型人才。目前,在中国,北京大学、复旦大学、上海大学、中山大学等院校都在加快创意写作学科建设。

其中,上海大学中国创意写作中心是中国首家致力于创意写作理论研究并将之与创意写作教学、创意产业实践结合的科研单位。中心以创建中国化现代创意写作学科为目标,致力于欧美现代创意写作学科的整体引进和中国传统写作学的现代化改造,改革中国高校中文教育教学培养机制,培养具有现代意识的专业创作人才及具有原创写作能力的创意产业核心从业人才。上海大学中国创意写作中心的相关探索和实践具有重要的示范价值。

其次,立足于创意写作学科建设,开发社会化的创意写作教育产品,推动创意写作学科与文学创意的社会化、生活化运用。以上海市华文创意写作中心的发展模式为例,在实践步骤上,注重创意写作基础理论、潜能激发、写作能力量化评估、工坊制教学方法、创意活动的组织管理、文化公益等创意写作教研成果导向社会化教育。通过组织社会化的创意活动,向公众开放,并为特定的公众、团体、社区或部门服务。该中心注重在创意写作教育的框架下,强调相关的课程,如影视剧本、小说、故事、非虚构等课程要能培育具有创意能力的高层次写作人才,要求能出优秀作品,并开发面向高级管理人员工商管理硕士(EMBA)等受众的社会化精品课程。这些措施不仅可以帮助有抱负的学员知晓并运用国家的公共文化政策,了解及把握文化创意的规律,还可以学习并掌握文学创意的技巧,为企业文化和营销策略开辟一块新的天地。这些实践将创意写作课程、工坊与公共文化服务节点衔接,能够孵化更多的公共文化产品、服务模式,是在社会范围内有效提升文化原创力的现实途径。借此途径,可以让创意写作成为上海市文化与创意产业的重要推动力量。

2.探索文学发展与城市公共文化服务互为支撑的模式,促进公共文化发展。

在 UNESCO 全球创意城市网络理念下,文学之都的发展模式和经验表明文学创造与城市公共文化发展可以互相促进。

与 UNESCO 文学之都相比,上海本身就是创意城市框架下已认定的世界设计之都,上海的创意城市发展主要目标即在于"整合文化、技术和经济来改善城市环境和生活质量"①。上海作为国际化大都市,拥有丰富的文学资源以及发达的文化与创意产业,其中徐汇区名列中国第一批创建国家公共文化服务体系示范区名单,全市范围内的城市公共文化服务也在飞速发展中不断完善。文学之都给上海的启示正在于,应着手加大鼓励文学发展,借助文学创意激活上海文化资源,进一步丰富公共文化服务内容、产品和体验模式。上海可以加强以文学创意为驱动的文化公益服务创新模式与公共文化示范区域文化活动标准体系的对接,通过活动配套与服务产品开发,让文学创造力量为公共文化服务提供新产品、新体验,并在未来数字化智慧社区的建设中发挥更重要的文化服务力量。

上海通过鼓励以文学创意为驱动的文化公益服务向各个区县的公共文化活动场所、社区提供符合上海市公共文化服务体系标准、《上海市社区公共文化服务规定》标准化文化公益产品,以及参与市内各种文化创意活动。一方面,可以使文学通过文化事业发展,帮助解决学科实践问题;另一方面,还可以与各区县以及市内 15 分钟文化圈对接,打造市民家门口的文化客厅,实现居民生活圈内的 5 分钟文化圈。这一实践路径的特点在于,让文学实践融入整个公共文化生活、公共文化服务的价值链循环中,充分发挥文学实践在公共文化服务机制中的基础功能和整合力量。

以上海市华文创意写作中心为例。作为国内首家创意写作公益机构,上海市华文创意写作中心主要提供文化与创意产业发展中急需的创意写作人

---

① 参阅上海申请加入联合国科教文卫组织"创意城市网络"报告"Shanghai Municipality：Application to join UNESCO's Creative Cities Network As City of Deign"。

才培养、孵化服务,以及社区文化公益服务。该中心立足上海本土开展文化公益服务,已经开始在社区内提供丰富的文化服务。尤其是线下实体运作的创意生活书坊,注重与国家级公共文化服务示范区和上海市各区县公共文化发展服务体系标准的对接,加强社区与城市公共文化设施之间的联动,充分利用新媒体,做好公益阅读、公益展览、公益创意、公益读写项目等,形成符合城市公共文化设施、城市公共文化服务规章、体系接入标准的第三方公益力量。推动类似创意生活书坊文化公益项目的发展或创意生活书坊的公益活动,可以促进城市既有文化设施使用效率的提升,让上海的文学创作与相关科研力量转化为公众看得见、可量化,适应现代大都市生活节奏的公共文化服务产品。

在上述基础上,上海还可以通过鼓励文学公益性创新研究和创业项目,带动相关就业,并为公共文化发展注入新的有生力量。文学之都的发展经验说明,有效地将文学创造和城市公共文化服务的理念衔接,在城市发展的宏观层面,注重文学创造对社会公众参与文化创造的积极性的巨大带动力,在整体上有益于公共文化发展。基于上海的现状,鼓励文学公益性研究和创新创业项目实践,是促进公共文化发展的有效路径,能够持续地培育具有文化创新意识和高层次写作、策划能力的人才,孵化有创造力的文学创意为驱动的创业公司,进而为公共文化发展领域带来新生力量。

四、结　语

文学之都作为 UNESCO 全球创意城市网络的创意城市类型,文学创造对文化原创力的提升、对现代城市公共文化服务的推动的积极影响,已在国际范围内得到越来越多的认同。本文立足于对上述七座文学之都的多角度分析,研究文学创造对文化原创力提升和城市公共文化发展两个方向的重要意义。对作为全球创意城市网络成员的上海而言,充分借鉴文学之都的发展经验,对提升文化原创力、促进公共文化发展具有重要的现实意义。

"重新阐释中国"语境下
非虚构文学的可能性

谢　彩

（上海政法学院文学与传媒学院）

自晚清以来,在以梁启超为代表的文学领袖们振臂高呼、摇旗呐喊下,曾经在中国古典文学史上被视为不入流的文学样式——小说日渐取得话语权。1902年梁启超在《新小说》第一卷第一期发表《论小说与群治之关系》,把小说的地位抬高到"救国救民"的层次:"欲新一国之民,不可不先新一国之小说。故欲新道德,必新小说;欲新宗教,必新小说;欲新政治,必新小说;欲新风俗,必新小说;欲新学艺,必新小说;乃至欲新人心,欲新人格,必新小说。"

而五四以后,随着一批有识之士在翻译、创作领域身先士卒,为小说的话语权开疆拓土,小说译介、创作、评论渐成气候,日益成为强势的文学体裁,承载着阐释政治理论、启蒙大众等诸多功能。例如,在《新青年》的影响下,报纸副刊开始酝酿变革,产生了著名的"四大副刊"——《晨报》副刊、《时事新报》的《学灯》副刊、《民国日报》的《觉悟》副刊、《京报》副刊。"四大副刊"打破了通俗性文艺副刊一统天下的格局,使副刊成为精英文化的阵地。从小说创作看,新文学小说创作的最初成果"问题小说"有不少发表在"四大副刊"上;同时,"四大副刊"也为写实派小说与主观型小说的成长助了一臂之力。

以20世纪中国出版史上一项具有重要影响的工程——由赵家璧主编的上海良友图书公司于1935年至1936年间陆续出齐的《中国新文学大系》(后

简称《大系》)为例。它最初的版本,是由鲁迅、茅盾等编选的中国新文学运动第一个十年的理论和作品选集。全书十大卷,按文学理论建设、文学论争、小说、散文、诗歌、戏剧、史料索引分类编选,蔡元培作总序,编选人作各集导言。这部文学总集已经成为中国新文学的经典文献。但是,这十大卷所收的作品当中,虚构文学(包括小说、戏剧)占了较大比重,而非虚构文学的重要样式——纪实文学(报告文学)是不被重视的部分。

　　1981年6月,上海文艺出版社影印了《大系》,并着手赓续这项浩繁的工程。《大系》第二、三、四辑,于1997年先后出齐。2005年前后,上海文艺出版社决定续编第五辑,即选编1976年至2000年间出版过的各类中国文学作品、评论和相关史料,这是20世纪中国文学极重要的一个阶段——改革开放新时期的文学。值得一提的是,《大系》的第五辑收录了纪实文学卷。从这个编辑思路来看,我们可以发现,非虚构文学在中国文学版图中的位置,正在从曾经的边缘化日渐走向主流。而2010年《人民文学》开设"非虚构"栏目,某种程度上,意味着非虚构文学进入主流文学媒体的视野。

一、现状:创作热,理论冷

　　"非虚构作品"一词在文学领域中出现,较早是在20世纪60年代的美国,以"非虚构小说"和"新新闻报道"为代表的非虚构创作盛行一时,诺曼·梅勒、汤姆·沃尔夫、杜鲁门·卡波特等是其中的典型代表。而在美国高校的"创意写作"这一学科的教学当中,通常的做法是,把文学文体分为两大类——"虚构"和"非虚构"。本文所要讨论的非虚构文学,其内涵采用的是国内研究非虚构文学的专家王晖所做的界定:

　　　　相对于"虚构"写作,"非虚构"写作其实是指一个大的文学类型的集合,而不仅仅是一种具体文体的写作。它既包含非虚构小说和新新闻报道,也包括报告文学、传记、文学回忆录、口述实录文学、纪实性散文、游记等文体。非虚构文学最重要的特性即是它的非虚构性,或者说是"写实性"。田野调查、新闻真实、文献价值、跨文体呈现应该成为非虚构文学的基本内核。

关于非虚构文学的内涵,目前学界已有诸多讨论,但非本文关注重点,本文试图探讨的是:在"重新阐释中国"这一语境下,非虚构写作的意义与可能性。

从非虚构文学研究的现状来看,西方的非虚构文学研究是被放置到传播学里的。尤其是生产和消费领域,非虚构文学可谓非常发达,比如在美国,大概80%以上的畅销书是非虚构作品。

事实上,读者的阅读兴趣从虚构文学例如小说、戏剧,渐渐转向非虚构,是有其原因的。目前被学者们广泛认可的一个理由是:"二战"以后,随着科技发展和传播手段的飞速更新,现实世界的发展一日千里,而现实生活中诸多事件所呈现出的奇观特质及其戏剧性,事实上已经远远超出了作家们虚构的能力和想象力。越来越多的读者不再轻易满足于阅读虚构文学所带来的乐趣。而非虚构文学所能够描摹的现实世界,堪称光怪陆离,充满戏剧性,在某种意义上,比虚构文学更具吸引力。

近年来,在国内的图书市场上非虚构文学越来越受欢迎。例如,2011年1月,美国非虚构作家何伟①书写中国的第三部作品《寻路中国》(Country Driving)由上海译文出版社正式推出简体中文版。这样一本在中国并无知名度、貌似小众、最初在许多书店是和旅游类图书、地图类印刷品摆放在一起的作品,在没有主流媒体强势宣传的前提下,竟然意外畅销,出现大量盗版。至2012年4月,其正版已印刷了11次。何伟夫人张彤禾女士写的《打工女孩》简体中文版在2013年3月由上海译文出版社推出,面世仅仅3个月已印刷3次,正版印数接近5万册。这样的数据,在传统纸质印刷品日益式微、一本书能够累计发行超过2万册即已被出版商认为是畅销书的时代,确实堪称奇迹。

与此销售、阅读热潮形成鲜明对比的是,非虚构文学在中国学界并没有

---

① 何伟是美国人,原名为 Peter Hessler,又译为彼得·海斯勒,中文名何伟。

获得相应的重视。其原因是多方面的：在文学观念方面，一些文学研究者观念中的狭隘文学观和由此带来的陈旧的文体等级观导致他们的目光倾向于投向虚构文学（包括小说、戏剧等）；而在创作领域，非虚构文学的重要组成部分——报告文学近年来出现的一批作品良莠不齐，呈现出史料化、商业化与粗糙化等特征，导致学界对报告文学的非议、质疑、批判之声不绝于耳。

从 2010 年 2 月开始，《人民文学》陆续刊登了一批非虚构作品，以创作实践呼唤一种新的文学可能性。在这些作品当中，梁鸿的《梁庄》（后以《中国在梁庄》为书名出版单行本）、慕容雪村的《中国，少了一味药》、萧相风的《词典：南方工业生活》以及李娟的"羊道·牧场"系列作品均引起了较大反响。

2011 年，学者张文东针对当时《人民文学》已经开设了一年多的"非虚构"栏目提出，非虚构这种模糊的"中性"叙述，在带给文学某种"可能性"的同时，也有可能在一定程度上模糊了文学的"自觉"。同时，他还指出，文学的意义并不在于它仅仅告诉我们生活是什么样子，还在于它要告诉我们生活应该是什么样子，这也许才是它更大的"可能性"。

这样的观点背后隐含的是一种精英主义立场，是一种理想主义的期待，作者对非虚构文学的定位很明确：在兼顾"真实性"的同时，应该兼顾"思想性"，往前更进一步，使非虚构文学作品具有"反思""自省"乃至"启蒙"式的情怀与思想力度。

而这样一种理想主义式的写作状态与水准，在世界范围内，有没有已经做得较为成功的作家、作品范例呢？我们以创刊于 1925 年、至今仍然具有相当影响力的著名杂志《纽约客》（The New Yorker）为例[①]。除了新闻、评论等常见的体裁以外，《纽约客》也刊登非虚构作品，如何伟、张彤禾等美国作家用英文书写中国的一批非虚构作品，最初都刊登于该杂志上。

《纽约客》对国内、国际政治、社会重大事件的深度报道是其特色之一。其高质量的写作团队和严谨的编辑作风，令《纽约客》在世界范围内拥有一大

---

① 《纽约客》是一份美国知识、文艺类的综合杂志，内容覆盖新闻报道、文艺评论、散文、漫画、诗歌、小说，以及纽约文化生活动向等。《纽约客》原为周刊，后改为每年 42 期周刊加 5 个双周刊。《纽约客》现由康得纳斯出版公司出版。

批忠实读者，还有一大批优秀的专栏作家，他们都是各个时期该领域的领军人物。而长期为该杂志供稿的何伟，已经在上面陆续发表了和中国有关的若干作品（《江城》《甲骨文》《寻路中国》《奇石》），因为反响不俗，最后再结集出版单行本。

可以说，如果没有《纽约客》在经济上的资助，何伟不可能毫无经济上的后顾之忧而在中国"卧底"7年。作为外国作家，何伟也不必像中国的知识分子那样有那么多先入为主的判断（然后寻找案例去佐证自己预先的判断），也不用背负沉重的启蒙包袱，思考中国应该往何处去。他的任务是抛开一切成见，触角张开，去观察、记录、思考、写作，然后写出《寻路中国》这样的作品。《华尔街日报》因此称他为"关注现代中国的最具思想性的西方作家之一"。

何伟在中国意外走红以后，上海译文出版社乘胜追击，接连译介、出版了一批外国作家撰写的非虚构文学，包括《再会，老北京》《两个故宫的离合：历史翻弄下两岸故宫的命运》《与荒原同行》《最后的熊猫》。和这些作品在市场上取得的热烈呼应相比，学界的反应显得较为冷淡。

事实上，上述这几位作家堪称学者型作家，目前已经译介过来的作品，都有着"反思""自省"乃至"启蒙"式的情怀与思想力度，给予我们一个很好的参照系：原来非虚构文学可以达到这样的高度，可以不止步于描摹现实，还能超越现实的局限性，加入作家独特的冷眼旁观、自省意识。这些外国作家进入中国、观察中国的视角也非常独特，作品有着很强的"参与感"和"现场感"，同时作家又没有沉溺于还原历史、复制细节的琐碎之中，能够以出色的逻辑性和判断力提炼出所要表达的文化反思，使得他们的作品与中国传统的本土纪实文学相比，呈现出强烈的"辨识度"。

二、问题：如何向海外阐释中国形象

近年来由西方作家以独特视角和写作技巧书写的一批关于中国的非虚构作品在中国热销，在中国读者群体里所引发的各种反应当中，较为普遍的一种是:何伟讲述了许多中国人都不知道的中国。随之而来的疑问则是:为什么我们不能写出何伟笔下的中国? 对此何伟的回答很是善解人意:"工作性质不一样。你们节奏太快了,要短时间出稿子,而且,篇幅也不允许你们写那么长。"①

何伟的成名作书写他当年在中国西南的一所学校——涪陵师专执教经历的非虚构作品《江城》在美国已经出版 10 多年了,至今仍然是畅销书,甚至被美国一些高校指定为了解中国的必读书目。

一个美国人,被认为比中国作家更了解中国,这样的评价,对于作家而言是至高的荣誉,而对于中国作家而言,还涉及"民族自豪感"的问题,难免尴尬。

2008 年美籍华裔作家张彤禾《打工女孩:从乡村到城市的变动中国》英文版出版,它以个案跟踪的方式讲述了东莞几名打工女孩的经历,在 2013 年终于翻译成简体中文版引进中国,在中国受到了各界的热情追捧。而它此前在英语世界早就引发了诸多争议,有一条"罪名"让她背负得尤其沉重——有西方媒体认为她"美化中国"。张彤禾 2012 年在 TED 演讲②中,坦然面对类似的质疑与争议,她根据自己在中国持续了几年的观察,认为中国的农民工并不是美国主流媒体所想象的没有思想的一个可怜可悲的群体,事实上,新一代农民工出现的时候,大多数人都认为,迁徙是一条追求更好生活的路。他们比上一辈农民工更年轻,受过更好的教育,外出的动机也更多是对城市机会的追求,而不是受农村贫困所迫。事实上,张彤禾在写《打工女孩:从乡村到城市的变动中国》时所得到的这个发现,对于普通中国人来说,符合他们的日常经验,很容易接受与认同。但是对于英语世界的读者而言,显然超越了他们的经验范畴——这种经验通常是在"冷战"思维下,长期以来通过各种海外媒体关于中国的报道而获得的刻板印象。因此,张彤禾在观察中国过程中所获得的并不新颖的结论,在英语世界理所当然地就

---

① 《〈江城〉〈寻路中国〉老外作者何伟:我觉得我还不了解中国》,2014 年 10 月 11 日,http://www.takefoto.cn/viewnews-190559.html。

② 参见 TED 演讲集《中国工人的声音》,2012 年,http://v.youku.com/v-show/id_XNTExN-jk3MTE2.html。

会被质疑。

张彤禾作品在海内外引发的不同反应，不仅仅是文化差异的问题，还包括传播学领域的问题，它提示我们，在媒介融合的时代背景下，需要深入思考"中国形象"在海外的重新阐释与接受，尤其是如何避免中国被误读的情形发生。

与此同时，值得我们思考的另一个问题是：近年来，由于中国国力的上升，"中国梦"概念的日益深入人心，中国文化在国际上的影响力究竟是怎样的状况？

根据上海市"国家形象与城市文化创新战略研究基地"项目研究成果《美国人对中国传统文化价值观认同度影响因素分析——基于一项对美国民众的国际调查》来看，该研究以"美国人眼中的中国"大型国际调研数据为基础，通过对涉及中国传统文化价值观的 8 个问题与人口学属性（性别、年龄、受教育程度、收入、种族、党派归属）和媒介接触频率，进行归纳分析后发现：受教育程度高者及黑人/非洲裔美国民众对中国传统文化价值观的认同度相对较低，而保守党人士及较多通过广播收听新闻的美国民众对中国传统文化价值观的认同度较高。由此导出这样一个结论——在中国国际形象塑造和对美文化交流中，应该注重"分众"传播。

如果这个结论成立，那么，对于中国本土化的非虚构文学而言，它意味着，未来的非虚构文学除了技术层面上"内容为王"之外，在非技术层面，也要求创作者与传播者的"目标受众"以及"分众"意识必须强化。在大数据时代，如何精准地针对目标受众去制作、推送相应的内容，包括非虚构文学作品、纪录片等，如何通过恰当的内容去向不同层次的受众（分众）阐释并有效地传递中国形象以及中国文化的核心价值观，对于我们来说，都是全新的课题。在当今移动互联网和自媒体已经普及的时代里，对于互联网导引之下的媒介转型，有学者认为是一场革命。而应对这个转型的对策最基本的有三点：优质内容、好的技术平台、一流的用户洞察。这三点是今天互联网背景之下媒介运作的三大价值支撑点。

而在非虚构文学创作层面，就中国本土作家的创作水准而言，近年来，我们其实并不缺乏优质内容,事实上,技术平台也非短板,问题就出在传播领域。中国本土作家的非虚构作品能够在英语世界主流媒体出现的机会还是太少,反而是那些母语为英语的美国作家,以中国作为观察阵地,以中国普通百姓作为写作对象,借助美国优势媒体平台,发出自己的声音,继而"出口转内销"被译介至中国。

而中国本土化的非虚构文学要想取得发展,提升其国际影响力,当然也不能够脱离媒介转型这样一个语境。在这个意义上,未来非虚构文学无论是在理论还是在实践层面,都有较大的拓展空间。

三、反思:非虚构文学阐释中国的优势

在几乎人手一台自媒体(智能手机)的时代,只要手机安装了微信、推特、微博等社交软件,就意味着,我们所有人都是网络内容的消费者,同时也是网络内容的制造者。

当然,大多数人是消费者,这主要体现在阅读或浏览方面,内容制造者还是少数。当下的网络内容有一个很明显的现象是,优质内容被强势抢夺,大量垃圾内容进入了网络黑洞,内容呈现两极分化的态势。优质影视节目的版权、优质文字的版权,仍然是稀缺资源,被各大平台哄抢。所以,在传统纸媒纷纷关门大吉的浪潮下,1925 年创刊的《纽约客》,仍然焕发出独具一格的生命力。它实现了媒介融合,很早就与 i-PAD、i-PHONE、KINDLE 等移动设备"亲密接触",合作开发了能够在移动终端阅读的 APP,给予用户更人性化的阅读体验,成功地抢占了智能产品用户这一市场。

《纽约客》至今仍然被认为是解读美国乃至国际文化、政治等领域最值得重视的杂志之一,在这个平台发表过非虚构文学作品的作家,很容易成名,乃至获得国际性关注。尤其是在智能手机时代,这种影响力还有可能呈现几何级数的增长。因为,作为内容消费者,用户所阅读的内容来源可能是第三方给予的,可能是其他好友/用户,包括平台方(例如用户自发订阅的微信公众号)的推荐,或是用户自己随意在某个平台上看到的。点击、评论、

转发、分享数等成为评判内容好坏的标杆。越是好的内容，被点击的越多，越是优质的内容，被评论、转发、分享的就越多，这就像滚雪球一样，不断被滚大。

《纽约客》这样的优质内容提供方，较之于从前只发行纸质版的时代，有着更大的影响力——美国以外的读者可以通过 i-PHONE、i-PAD、KINDLE 等移动设备随时随地去阅读它提供的内容，包括各种非虚构作品。前文曾经提及，美国 80％的畅销书都属于非虚构，同时，美国还有着相当庞大的纪录片收视群体（同样属于广义的"非虚构"这一类别）。根据近年来中国图书市场以及中国纪录片的收视日益升温这一趋势来看，类似的文化产品消费格局，未来有可能也会出现在中国。非虚构作品在阐释国家形象时，较之于虚构作品，有着更为得天独厚的优势。

近年来，随着传播技术的发展、信息的高速流动，"众声喧哗"正在成为现实。而这也间接造成了舆论领域的信任危机，以及加剧了各种"误读"的可能性。作为虚构的文学样式——小说，是最容易造成误读的文本之一，因为小说的预设前提是"虚构"，而"虚构"与"现实"之间往往会被读者认为有着千丝万缕的关系，充满了"隐喻"的诸多可能性。所以，虚构的人物和情节走向，在不同政治、文化背景下，经过了"文化过滤"这一环节以后，都极有可能遭遇被"一小撮别有用心者"过度阐释、曲意解读的情形。

而以"真实性""多元化"乃至"平民化"为标签的非虚构文学的优势则尤其明显：以何伟的作品为例，他可以不吝笔墨地在《寻路中国》《奇石》里描写大量中国社会底层"无关紧要的小人物"，也可以在《甲骨文》里书写某些风云世界的人物（比如中国明星姜文）以及大事件（比如中国申奥）。非虚构文学的世界里，可以涉及的题材非常广泛，百无禁忌。

以何伟为代表的一批美国作家写作的非虚构文学，是以一种人文主义的态度去关注中国的历史、现实和精神的，作品中往往采用第一人称，体现出强烈的"参与感""在场感"，使之天然地免疫于"阴谋论"者的眼光，不太可能像虚构文学那样，遭遇各种奇葩乃至别有用心的解读及"误读"。

四、建构：非虚构文学领域的优化空间与可能性

作为商务部委托项目"实施文化走出去工程政策体系研究"及教育部重点基地广播电视研究中心资助项目"我国文化创意产业的政策与规制创新研究"的阶段性成果，李怀亮、虞海侠的文章《我国文化产品和文化服务出口结构及竞争力分析》对翔实的数据进行分类分析，其结论是：在总体规模上，我国已经成为文化产品出口第一大国，在国际市场上具备明显优势，市场份额达到了20％以上，然而在文化服务出口方面，我国竞争力并不强，市场份额不到2％。从世界范围来看，文化服务出口在文化产品与服务出口中占比30％左右，而我国不到5％。一般认为文化服务较之文化产品有着更高的文化含量，从这个意义上来讲，虽然我国文化产品及服务的出口结构并不理想，但存在很大的优化空间。

该项目的结论是：通过对文化产品出口商品结构的分析，可以看到我国具备明显优势的是在设计、手工艺品、新媒体、视觉艺术这几个方面。而在最具文化影响力的文化产品如影视媒介、表演艺术出版等核心文化产品出口方面，我国并不具备优势，而这应该成为我国今后大力发展的部分。

在这个前提下，本文所讨论的对象——非虚构文学，应当归类于上文所谓"最具文化影响力的文化产品"之列，值得大力扶植、发展。

何伟、张彤禾等美国作家的非虚构作品在国外以及"逆袭"中国取得的成功，也给我们提出这样的一个问题：我们本土化的非虚构文学，在面对来自国外同类作品的竞争时，是否做好了应对准备？我们的本土作家，有没有可能尽早凭借作品站稳国际舞台，把自己的声音传遍全世界？对于这样一个问题，传统而笼统的应对方案是：我们要利用好互联网。对于本土化非虚构文学的发展而言，仅仅利用互联网作为作品的展示平台，这样的传播方式其实效果甚微。我们过去的错误在于，无论是政府还是传统媒介，仅仅把互联网看成一个渠道、一个手段，而没有更多地去考虑技术层面以外的更多元素，比如传播伦理、内容的目标受众定位（分众传播）、营销手段、媒介融合等。因

此，在非虚构文学未来发展的诸多可能性中，在"重新阐释中国"这个层面上，或许可以尝试在以下几个方面对本土化非虚构文学的形态与功能进行重新定位、资源整合：

其一，在定位上，不迎合"快餐文化"，而应跟紧"慢风潮"。

亨利·鲁斯在创办《时代》周刊时，就说过：天下新闻有两种，一是快新闻，另一是慢新闻，《时代》要走的就是慢新闻路线。美国记者玛利亚·凯瑟琳认为，在信息流中错失新闻，尤其是那些优秀的新闻，是一件令人遗憾的事情。她目前正在斯坦福大学进行新闻研究，为了弥补这一缺憾，她创办了自己的网站，名为"慢新闻运动"（Slow News Movement）。她认为现在人们正处于一个需要"慢新闻"的时代。而以"短、平、快"为特征的实时新闻模式是：媒体快速生产，受众快速消费，虽然接收到量如大海的碎裂信息，但茫然不知信息的结构性意义。因此，在这个快节奏、碎片化阅读时代，非虚构文学的关键词必须是"慢"，颠覆快新闻的霸权，颠覆快新闻所形成的媒体文化及其所塑造的民主价值。以慢的方式，真实、专注、深入，才可能给读者带来更深刻的分析、更全面的视角。

"慢风潮"对于出版平台和作者都是有要求的，《纽约客》能够在经济上提供资助，让何伟衣食无忧地生活在中国 10 年，然后写出《寻路中国》这一本畅销书，名利双收，类似的成功模式，值得我们关注与借鉴。中国也有类似赞助作家的机构，如各级作协、文联以及一些非营利组织、基金会。那么，在当今"重新阐释中国"的语境下，如何让这些机构高效发挥其应有的作用，去真正切实地关怀、扶植有潜力的作家，帮助他们的作品实现优质传播效果，这是有待进一步讨论的话题。

其二，调整社会化营销的思路，坚持"内容为王"原则，进行分众传播。

如今，微信公众号、朋友圈、微信头像、签名甚至朋友圈的相册封面，都已经开始被彻底开发成了一个个可供营销的资源。

社会化营销成为生活的常态，包括以非虚构之名写作的一些软文以及为企业、各级领导干部等制作的没有任何客观反思倾向的涂脂抹粉、歌功颂德的"广告"，在微信中大量出现。但是，目前的趋势是，微信已经开始略显疲态,正走在论坛、微博的老路上。人们越来越难以被营销故事打动。带营销性质的微信公众号往往在被订阅后不久就被果断取消关注。正如王晖在《史料化、商业化与粗糙化》一文中指出的:商业化在报告文学(非虚构文学的一种)中的存在,实质上就是对这一文体本应具有的反思性的消解,对"批判性话语文化"的改写或颠覆。其结果就是放弃报告文学作为知识分子写作的身份特质,放弃对社会和人生的反思、求索和批判,进而成为权力或金钱的"吹鼓手"。

在社会化营销无处不在的时代里,我们应当更关注内容生产质量,而不是营销手段本身。优质的非虚构内容永远是稀缺资源,能够吸引最优质的平台。

对于内容生产者而言,独立性始终是一个必要条件。而在社会范围内,要保障内容生产者的独立性,也需要更多有可操作性、有诚意的保障机制和措施去跟进,否则"独立思考""独立写作"就成了空谈。当作者无法解决生存问题的时候,为了吃饭而不得不写带有营销性质的作品几乎就成了唯一出路。目前国内外的一些基金会、传媒、创意园区采用的项目制资助、运营方式,正在给有想法的艺术家们(包括画家/剧作家/设计师等)提供这样一种可能性。但是,真正落实到给非虚构作家的赞助,还是较为少见。

此外,在大数据时代"分众"概念叫嚣的当下,我们本土化非虚构文学的传播策略确实需要与时俱进。正如前文所述,我们对非虚构文学的定位是在理想状态下的,能够走向世界的本土化非虚构作品,应该呈现出精英化气质,相对高端,要能够兼顾真实性、思想性和艺术性,因此,它对于受众也是有要求的,它挑读者、观众。如何伟的作品,其中国读者的受教育层次基本都在本科及以上。

而中国的非虚构作家要想走向国际舞台,在作品的写作及传播阶段,对受众的定位很重要。那么,随之而来的问题是:在传播过程中,在掌握了优质内容的前提下,如何去占领有影响力的平台——例如《纽约客》这类目标受众相对精英化的传媒(即使这个平台相对于一些发行量巨大的日报而言较为小众),从而在上面恰到好处地发出声音,进而去影响"有影响力的人",而不是意图把所有人群都覆盖、一网打尽却未能达到理想的传播效果。这是非虚构文学研究值得进一步拓展的方向。

其三，非虚构文学的创作/推广（营销）人才培养的国际化接轨。

在虚构文学领域，中国作家莫言凭借其小说于 2012 年获得诺贝尔文学奖。这一事件的意义在于，它终于证明了中国作家的文学水准是"世界级"的，这个奖项的获得，类似于中国运动员在奥运会上拿到了金牌从而颠覆了从前"东亚病夫"的历史形象。中国终于可以当之无愧地对世界宣称自己是"小说强国"了。

与莫言获奖在学界重新引发对中国当代小说的关注热情形成对比的是，目前国内非虚构文学的研究相对较冷，而在图书市场上正呈现出的趋势是：一本又一本书写中国的非虚构作品被译介进来，"外来的和尚会念经"——中国读者乐于看到越来越多来自英语世界作家书写中国的作品，而中国本土作家写作的非虚构文学作品，在国际交流中却暂时"失语"，还较少有机会走向世界级的传媒，获得国际性的关注。这当中的原因非常复杂，对于人才培养重镇的高校而言，有必要反思并做出应对。我们亟须一批能够将中国本土优秀非虚构作品翻译成外语的翻译队伍和向国外媒体推广本土作家作品的营销队伍。

事实上，未来非虚构创作人才的培养方式，还有很多方面值得进一步探索。例如，在师资的配置上，可采用美国创意写作学科惯用的"作家培养作家"的方式，例如，《再会，老北京》的作者迈克尔·麦尔①成名以后，应邀到美国匹兹堡大学和香港大学教授纪实文学写作。而中国部分高校目前引进的驻校作家，例如格非、毕飞宇、张悦然等，从他们的创作特长来看，都是以小说创作见长的。非虚构作家目前还较少有机会进入中国高校。

综上所述，非虚构文学其实并不是一个新词，但是，在"重新阐释中国"的语境下，在互联网风头正劲的这个时代，非虚构文学的意义与多种可能性，仍然值得我们学界、教育界、业界去深思并做出及时的应对。

---

① 迈克尔·麦尔（Michael Meyer）1995 年作为美国"和平队"志愿者首次来到中国，在四川省一座小城市当英语教师。1997 年他搬到北京居住了 10 年，并在清华大学学习中文。他的文章多次在《纽约时报》《时代》《金融时报》《华尔街日报》等诸多媒体上发表。迈克尔·麦尔曾获得多个写作奖项，其中包括古根海姆奖（Guggenheim）。

新媒体语境下"段子"的生成
对创意写作的启发

王雷雷

（广东财经大学人文与传播学院）

"段子"是近两三年频繁出现的网络用语，但是它并不是网络原创词汇。"段子"这个名词本来被用于曲艺界，它指一段曲艺表演或曲艺表演的文字脚本。相声、小品、脱口秀演员们的开场白常说："下面，我（们）为大家表演一个段子。"而坊间对"段子"的印象则是一种调侃性的、幽默的文字片段。当网络普及之后，人们的语言环境发生了变化，"段子"的含义也发生了偏移。对于网络使用者来说，网络语言环境中的"段子"一词，有其特指：因为"段子"是一类简短的、碎片化的文字产品，带有谐谑或嘲讽色彩，它的最大特征和作用则是吸引眼球。"段子"内部往往有一个核心的短语——这个"段子核"在网络语境下有时候以"网络流行词"的形式出现。

以 2016 年流行的"段子"为例：里约奥运会奖牌得主、游泳队员傅园慧在接受采访时自我评价道："我已经使出洪荒之力了！"这略带夸张语气的幽默话语，在奥运会这个媒介事件[①]的背景下，在信息传播参与者们的共同作用下，借助网络迅速流行起来，成为流行词。"洪荒之力"原本是网络小说《花千

---

① "媒介事件"的概念指的是在大众传媒时代，观众群体庞大的电视直播的历史事件，包括政治事件、体育竞赛、交接仪式等。参见戴扬·卡茨《媒介事件：历史的现场直播》，麻争旗译，北京：北京广播学院出版社，2000 年，第 10—14 页。

骨》（后被改编成电视剧）中女主角的能力，这个词早就存在，在电视剧《花千骨》人气旺盛时也曾经小范围流行。然而，从傅园慧的口中说出来之后，这句话才在新媒体的传播环境中成了一个能带来高点击率的"段子"；"洪荒之力"也成了高热度的"段子核"，人们在幽默、放松的语境中来使用它，创造有趣的文字产品。

由此例子亦可见"段子"的生成对传播技术的依赖。实际上，"段子"，可视为近年来新媒体技术发达、网络文化特征明晰之后，所产生的一类新型的文字产品。在网络环境发展的过程中，最早的"段子""段子手"诞生于新浪微博——最早的微型社交网络。新浪微博明文要求每条微博不得超过140字，于是很多人挖空心思在140字以内使用各种文字策略来传达信息、表情达意，并吸引眼球。由此，出现了以网络平台为媒介，创作简短的、谐谑的文字作品的"段子手"；这种语言习惯延续到社交平台更加繁复多样的当下。有时候，"段子"创造出网络流行词；有时候，"段子"是寂寂无闻的。而当下的另一个新情况是：人们会把一句话，甚至结构不完整的谐谑短句也称为"段子"，即只考虑段子的眼球效应，而不考虑"段子"作为文字作品的完整性了。

这种情况看起来既像是"段子"概念的扩展，又像是人们在"段子"定义含糊的前提下对这个概念的混乱使用。但是"段子"为什么被允许越来越短？第一，网络交流便利的同时带来了信息筛选的困难，文字产品必须在极短的时间里吸引读者的注意力并迅速传达信息。第二，可归因于网络文化，尤其是网络文化中伴生的快餐阅读现象和网络文化中的娱乐精神。在手机移动终端出现、新媒体传播技术普及之后，使用者们通过微信、QQ、微博等社交媒体，百度贴吧、知乎应用一类的论坛和社区，以及豆瓣类的群组，陌陌、LINE类的小众社交媒体，即时分享信息、表达意见。总之，在新媒体环境下的信息传播层面上，社交媒体被前所未有地深度使用着，"段子"便在此时作为一种现象出现，并且迅速成为被大家所接受的一种传播方式，甚至形成了自身所具有的文化特质。

这里做一个简单的界定：在网络语言环境、网络媒介环境下，"段子"指的是一类形式简短甚至呈现碎片化、语言谐谑、创作自由的文字产品；它具有传播性,也可以在传播中被二度创作使用。

这种风格谐谑、语言碎片化的文字产品在新媒体技术普遍流行之前已见端倪。段子最早以流行语的形式出现。在全民春晚的时代,春晚小品的某句有趣台词就可能成为年度流行语,如赵本山的小品《昨天·今天·明天》中的台词"秋波,就是秋天的菠菜!""来时的火车票谁给报了?",《卖拐》中的台词"没事走两步!",沈腾的小品《扶不扶》中的台词"扶不扶?",等等。所以,在网络技术普及之前,在某种普遍的大众传媒方式(如电视)流行的时候,流行语就已经依赖于传媒技术而存在了。网络普及之后,网络流行语的出现也是同样的模式。

当下所流行的"段子",来源是非常广泛的。"段子"的来源,是新闻、广告、网游、电影、媒介事件等原本就处于传媒网络中的某个节点,即"段子"在成为"段子"之前就具有被广泛传播的潜在充分条件。比如 2011 年的流行"段子""膝盖中了一箭",这句话原本是单机游戏《上古卷轴 5》中 NPC(非玩家角色)一个士兵的台词:"我以前和你一样是个勇士,直到我的膝盖中了一箭。"后来,这句话被网游玩家群体发掘,成为"段子",用来表达"转折"和"否认"的意思,适用于"命运发生意外而造成境遇变化"的语境。并且,由此一句话而衍生出同类的"段子"群创作:"膝盖好疼""膝盖在流血"……比较有趣的是,《上古卷轴 5》这个游戏本身的市场占有情况,并不像这句台词的流行热度那么高。

"段子"也可能来源于社会事件,并在流行之后发生意义的偏移。如"叔叔,我们不约!"这个"段子"。这句话的出现有个网络讨论的大背景。2014年,女性遭遇性骚扰的事件连续被报道,这引发了网民们关于"女性自我保护"等话题的全网讨论。"叔叔,我们不约!"是在这场讨论中出现的一种态度:拒绝性骚扰。这句话甫一出现,便唤起了许多网民共识性的价值观,很快成为网络"段子"。这句话流行开来之后,在原来的"女性自我保护"话题的严肃性之外,又衍生出对某种人际关系的嘲讽态度。于是,此"段子"的使用,既可指向原本的女性安全问题的讨论,又可指向人际关系的处理,又或者一语双关,并同时因其流行性而自带眼球效应。

可见,传播性和流行性是"段子"先天具备的特征。"段子"来源于社会群体事件或媒介事件，依赖于人们的共同文化心理；"段子"生成之后，可以被直接使用，也可以被再创造而使用；在被使用时，"段子"的含义可能发生偏移。

但是，为什么"段子"在当下的新媒体环境中，会成为一种专有名词而出现？

首先，从信息传播的本质来说，传播方式的存在应与信息传播本身的需求相关，否则便容易失去生命力。美国学者道格拉斯·凯尔纳在《媒介文化——介于现代与后现代之间的文化研究、认同性与政治》一书中，将媒体活动归纳出几个关键词，包括传媒文化产品、媒介文本、媒介文本接受和运作等。[①] 在当下的传媒环境中，新媒体技术为信息传播带来了极大便利，并在实际的文化产业发展中加快了媒介文本、传媒文化产品产生的频率，加快了信息传播的速率，增加了传播参与者的相对数量。面对市场的筛选，文化产品在生成的过程中呼唤着有创意的、能赢得点击率的信息传播方式，文化产品想要获得市场优势，必须通过有策略的媒介文本的创作、传媒文化产品制作来实现。在信息传播"零进入门槛"[②]的网络环境下，在新媒体技术提高了输出信息的便利程度时，每一个人、每一个团队都可以在技术上成为信息传播的发源地——"人人都能成为传播者"[③]；因此，包括传统媒体在内的任何一种传播主体都必须在信息拥挤的时代，选择最吸引观众的表达方式、信息流通方式，否则就可能被淹没在信息的浪潮中。"段子"就在这样的背景下，悄然成为新的信息传播元素。

其次，在新媒体环境下，新的权力场域正在形成，大众文化、通俗文化扩张的态势明显。"新媒体"这个概念，"并不单纯指向传播技术和媒介形式本身，而是同时指向'用来交流或传达信息的制品或设备；传播或分享信息的活动和实践；围绕上述设备和实践形成的社会安排或组织形式'"[④]。在媒介化

---

① 道格拉斯·凯尔纳：《媒体文化——介于现代与后现代之间的文化研究、认同性与政治》，丁宁译，北京：商务印书馆，2004年，第9—26页。

② 方兴东、胡泳：《媒体变革的经济学与社会学——论博客与新媒体的逻辑》，《现代传播》2003年第6期，第80—85页。

③ 江冰：《新媒体时代的80后文学》，北京：人民出版社，2014年，第146页。

④ 韦路、丁方舟：《论新媒体时代的传播研究转型》，《浙江大学学报》（人文社会科学版）2013年第4期，第94—95页。

社会的大背景下,"新媒体"成为新的权力关系得以展开的场域。作为大众文化的主要承载者,同时也是新媒体使用者的主体的市民阶层,成为新媒体时代大众文化扩张的主要推动者。在网络环境中,他们不希望通过严肃、烧脑的方式来接受信息。对于更普遍的接受群体来说,人们也会消耗大量风格轻松的文字产品、文化产品。在大众文化扩张的同时,社会结构在弹性范围内发生变化,阶层的话语权壁垒、文化活动领域的制度障碍被打破,大众话语的民主性增强。而当"新媒体"遭遇"全球化",网络使用者们获得了比以往时代更加自由的话语权,并且具有了信息传播参与者的身份。人们在表达的中观层面呈现多元化的价值观和后现代主义的解构精神,在表达的微观层面则使用"陌生化"特征明显的语言文字来表达自己的想法。新媒体时代的信息传播,流通的信息,逐渐脱离大众传媒时代那种"被传播"的性质,具有了全民参与、民主性话语权的新特征。"新媒体文化……彻底打破了传统媒体传播方式,文化信息的生产者不仅是精英,也可以是大众。"①于是,通俗、新鲜、谐谑的文字风格,通过新媒体网络而蔓延,伴随着市民文化的扩张而传播,然后被文字产品的创作者所选择。摒弃完整文字产品的严肃创作态度,一类简洁而碎片化的文字,如果它触动了大家的兴奋点或者槽点,那么对它的仿写、使用它进行调侃或自我调侃的现象会大量出现。于是,这种碎片化的、具有大众文化特征的、具有市场优势的文字就成了"段子"。

最后,新媒体中"段子"的生成,内在地呈现出嘲讽的态度、解构的精神。"段子"这类语言形式,既保留了流行语的一些特征,如传播性、流行性、谐谑性,又在新媒体的文化环境中,呈现出独有的嘲讽与解构精神。以"不管你们信不信,我反正是信了"这个经典"段子"为例。这句话最早缘于温州动车事故发生后,铁道部发言人的讲话。当年,温州动车事故的发生,引起了全社会的普遍关注。在全民期待官方的合理解释的时候,官方发言人说了这句话。后来,原本应严肃的、权威的官方发言,居然在网民们的共同作用下,成为充满嘲讽意味的"段子"。大家纷纷使用这个"段子",来表达自己对某种事物的

---

① 侯巧红:《国外新媒体文化发展的现状及启示》,《中州学刊》2014 年第 6 期,第 175 页。

"游戏态度"。而我们更可以看到这句话成为"段子"其过程背后的东西：尽管网络的虚拟性给了人们较大的话语权，但是这话语权本身也是虚拟的，只会产生某种舆情，并不会立刻产生现实意义上的效果。尽管如此，网络背后的人们仍愿意嘲讽和调侃在过去时代不被赋予发言权、话语权的事物。所以，网络文化中流行的反讽精神，与网络的虚拟性相关。当事件热度过去，尽管以发泄愤怒为目的的"网络愤青""键盘侠"依然存在，但是网民们已经在最早的混沌的文化状态中形成了自己的语言特色：谐谑的态度、嘲讽的动作、解构的精神。以著名的"单身狗段子"为例。如果，你在网上看到一个人说"今晚吃狗粮"，那绝不是他因为减肥而采取的极端措施，而是他在表达看到别人秀恩爱时，作为单身人士的自己所受到的强烈精神刺激。从某个"段子手"嘲讽单身人士为"单身狗"的时候开始，这一词汇迅速获得了众多单身人士自身的认同。这绝不是偶然。上溯 20 年，大龄单身青年群体的存在可能引发家庭问题，甚至成为社会问题。然而时过境迁，社会开放，现在的大龄单身人士获得了更多宽容。于是，大龄单身人士不婚，不再是社会问题，而只是一种社会现象。但是，当矛盾出现，"大龄单身"仍容易成为吵架的导火索。干脆先自黑一把吧：单身者自称为"单身狗"了，请问旁人还好意思批判吗?！后来，对"单身狗"这个原始"段子"的使用又有变体，如"猝不及防被塞狗粮""单身狗受到一万点暴击"，甚至于以文配图配上狗的图片。

据以上论述可见，"段子"具有传播性、流行性、市场性、谐谑性、反讽性、碎片化、可创造性等特征。"段子"的出现依赖于当代传媒技术的发达，并与网络文化的内在特质具有共生关系。社会权力场域的重置是"段子"出现的深层社会原因。具体的"段子"产生在共同的文化背景或媒介事件背景下（如奥运会、温州动车事故、春晚这种全民关注的事件和话题），它能够触及人们的某种普遍性心理或者集体无意识，或群体意识（如人们对单身问题的群体性态度），并且语言本身是有趣的。然后，它才能在纷繁的信息传播中脱颖而出，成为大多数网络语言表达所选择的方式。

那么，"段子"流行的现实性意义何在？

新媒体兴起之后，信息传播的方式变得更为综合了。音频、视频、动画、漫画、文字、图文结合、GIF 动图都成为传播的手段，并且这些传播手段大多具有娱乐化的趋势。这些因素，和"段子"一起（或和"段子"融合），衍生出赢得点击量的文化产品——而点击量即决定着市场份额。作为传播环节中的微观要素，"段子"对信息传播方式的意义在于，"段子"自身的碎片化、谐谑性、市场性等特征，决定了"段子"是可以被创作或二次创作而使用的。出言精妙的发言人，是"段子"的创作者，可以被称为"段子手"，如 2016 年在里约奥运会的开幕式、闭幕式都有精彩解说的央视主持人白岩松。一个"段子"，有可能被再加工而使用；当傅园慧说出"洪荒之力"之后，这个词在一个时期内频率极高地出现在广告、新闻、微信公众号的标题关键词中。以"段子"为主题的网站、网络栏目保持着流行热度，如糗事百科网站、豆瓣中的"段子"专栏，民间"段子红人"出现——如 papi 酱和她颇具吐槽精神的公众号。使用有创意的"段子"参与信息的传播，会带来数值极高的点击量；而网络时代的点击量即决定着市场份额。这是"段子"本身对网络创意文化产业的正面作用。

"段子"，是一类风格独特的文字产品，也可视为一种创作文字作品或文化产品的策略，亦可成为一种嵌入文字作品或文化产品的元素。这几种特质，恰好站在了创意写作与创意文化产业链接的契合点上。

在创意写作系统中，创意写作在主张"写作是可以教学的""写作技能可以通过学习而获得"等理念的同时，也"着力于为整个文化产业发展培养具有创造能力的核心从业人才，为文化创意、影视制作、出版发行、印刷复制、广告、演艺娱乐、文化会展、数字内容和动漫等所有文化产业提供具有原创力的创造性写作人才"[①]。创意写作认为写作本质上是一种交流、沟通、说服活动；其中，文字作品个性的形成、文化产品的消费，是建立在有效的交流、沟通和说服的基础之上的。生产类创意文本（或创意活动）更是如此，一份好的产品，要求创作者具备强烈的读者意识、市场接受观以及相应的沟通、说服能力。"段子"即是应对此类需求的一种有效的写作策略，也可以说是写作途

---

① 马克·麦克格尔：《创意写作的兴起——战后美国文学的系统时代》，葛红兵、郑周明、朱喆译，桂林：广西师范大学出版社，2012 年，第 3 页。

径。"段子"的现实性意义在于：它的流行性和传播性决定了它具备获取市场占有率的便利；它的谐谑性和反讽性决定了相关产品的丰满度；它的再创作性决定了它可以被反复使用——不同的使用者都可以借助"段子"的内在旨义、外在流行性而获得点击率。

从创意写作的创作理念出发，探讨如何创作"段子"和使用"段子"，可以从以下两个方面考虑：首先，头脑风暴式的内在创意思维的激发，有助于创造者保持思想丰盈的大脑，并促使创作者以主观经验为基础，参考客观信息资料，寻找创意的灵感。第二，如果能够有效地体察"段子"产生的当下性——"段子"与当下流行事件的关系，则可琢磨"段子"自身的特征和"段子"出现的成规。循此成规，创意文化产业的从业者们可以试着创作作为文字产品的"段子"，或对"既定段子"进行二次创作、使用，并赋予其新的内在意义。对于需兼顾审美特征和市场要求的"生产类创意文本"来说，这是目前在新媒体环境下行之有效的应对市场的写作策略。

总的来说，新媒体时代所出现的"段子"，是一类因谐谑而吸引眼球、因反讽而具备文化特征、因碎片化而可供再创造、依赖传播技术而流行的文字产品。在社会权力场域重置的深层背景下，它产生于人们的群体意识或集体无意识的心理基础上，而来源的途径则是多样化的。从创意写作的角度来看，"段子"的市场性、可创造性带来了它对市场的积极作用，并给创意文化产业的从业者以启发。

针对"段子"现象的生成，有人认为文字的娱乐性削弱了文字作品应有艺术特征、审美特征，语言表达的粗俗化则使得社交媒体语言表达趋向暴力。对此，笔者认为，应以开放的态度对待文字作品、文化产品的创作。但是，文字作品的娱乐化、碎片化、粗俗化这些问题，仍然值得深入探究。

自然笔记的兴起

——对一种创意写作新文类的考察

吕永林

（上海大学中国创意写作中心）

2011 年 4 月 13 日，《上海壹周》刊发了一篇题为《当代法布尔记录自然笔记　寻找城市博物家》的报道，称有一群"博物家"正活跃在上海这座喧嚣的都市，"他们用目光、纸笔、镜头捕捉和记录身边的自然界变化，然后把这些值得注意的变化，告诉更多人"[①]。自此，一种名为"自然笔记"的自然记录与自然书写新形式开始走进公众视野，并引起社会和媒体的关注。随后，《好儿童画报·芝麻开门》和《动物大揭秘》等杂志开始设有"自然笔记"专栏。同年 10 月，上海市举办了第一届青少年"自然笔记，生态足迹"活动，该活动鼓励青少年朋友在观察自然的过程中，通过纸和笔，用文字和图画相结合的方式描绘所见所闻，以此激发其探索自然奥秘的兴趣，养成探索自然的生活习惯，进而培育一种从"走近自然"到"走进自然"的生态理念。[②] 这一富有时代气息的创意实践活动旋即受到沪上多家媒体的争相报道，其中仅《新闻晨报》一家就以《感知记录自然界，沪上"自然笔记一族"悄然兴起》《"自然笔记族"并不需要

---

① 卢晓欣：《当代法布尔记录自然笔记　寻找城市博物家》，《上海壹周》2011 年 4 月 13 日。
② 《上海市青少年自然笔记书画活动策划会议近日举行》，http://www.shanghai.gov.cn/shanghai/node2314/node2315/node4411/u21ai541986.html。

绘画基础》等题报道过数次。① 此后，经由各种路径和平台，越来越多的人开始汇聚到自然笔记的队伍中来，并通过自媒体或社会媒体发表自己的自然笔记作品，由此引发的社会反响也越来越广泛和强烈。

一、兴起与命名

2013 年 5 月，国内第一本原创的自然笔记绘著作品《自然笔记——开启奇妙的自然探索之旅》（以下称《自然笔记》）出版。这本书用自然笔记的形式，记录大自然的呈现、成长、变化，内容涉及大自然中的昆虫、鸟类、植物等，从办公室窗前到小区门口，从大学校园风景到雨后公园的奇迹，从偏僻山野到喧嚣城市，自然在作者眼前都有各个不同的表现形式，常常使其在都市生活的忙碌中停驻脚步，收获心性的愉悦。该书甫一问世，便广受关注与好评，并入选 2013 年度"影响教师的 100 本书"、2013 年"中国童书榜"提名书目，2014 年，该书又荣获第九届"文津图书奖"②，还入选了国家新闻出版广电总局 2014 年向全国青少年推荐百种优秀图书书目。通过阅读该书，读者可以发现，用绘画的方式为大自然做笔记是此类自然笔记的一大特色，也只有亲手将身边的自然一笔一画地画下来，我们才能拥有且更好地收藏日常游玩、拍照（包括单纯的近距离观察、身体触碰等）所无法传递的自然微妙与真切。与此同时，要记得在这些图画旁边加上必要的文字说明，如记录对象的名称、情态、周围环境，记录的时间、地点、天气，记录者的心情、感受，等等。这样，一篇篇图文并茂的自然笔记就诞生了。当然，创作者也可以结合自己的自然笔记作品进行更多的文字叙述，从而为之增添一些趣味性或故事性，如《自然笔记》的作者所做的那样。该书的可贵之处还在于，它以作者的亲身经历和创

---

① 郁文艳：《半年中，2 万人画下大自然的变化》，《新闻晨报》2012 年 4 月 21 日。

② "文津图书奖"设立于 2004 年，是由国家图书馆发起、全国图书馆界共同参与的公益性图书评奖活动。评选范围包括哲学社会科学和自然科学类的大众读物，侧重于能够传播知识、陶冶情操，提高公众的人文素养和科学素养的普及类图书。至今已连续举办 9 届，社会影响巨大。

作实践①明确告知大家:这是一种以亲近自然、记录自然为宗旨的书写形式和实践活动,它既不需要崇尚技巧,也不需要追求唯美,因此任何人都可以随时随地拿起纸笔,用绘画和文字相结合的方式为大自然做笔记,而不用担心自己的文字水平或绘画功底如何。也正是因为这样,许许多多从未学过绘画,也不怎么擅长文字表达的人,才敢于选择用这样一种方式去亲近自然、记录自然,继而更加真切、细致地感知和传递自然万物的样貌与声音。

无论是在《自然笔记》出版之前还是之后,作者芮东莉都一直坚持以博客、微博、杂志专栏、科普进校园和自然教育志愿者活动等多种途径去寻找更多的同道中人。在她的带动之下,仅上海一地,就有为数众多的青少年朋友及其家长、教师加入其中,从而汇聚成一个民间自发的自然笔记群落。特别值得一提的是,2011年春天,芮东莉的婆婆秦秀英老人也开始创作她的自然笔记。这位年近七旬的老人从小生活在农村,只上过一年半的小学,识字不多,更别说提笔作画了,然而在芮东莉的鼓动和指导下,她最终克服了种种畏难情绪和手指的颤抖,勇敢地拿起笔来。没过多久,婆婆就喜欢上了自然笔记,通过做笔记,她不但记录下身边的自然万物,还再现了她一直珍藏在记忆中的自然万物。婆婆的自然笔记放到网上,很快就得到大家的喜欢和称赞,有一篇还被刊登在《新闻晨报》的头版醒目位置上。如今,婆婆俨然成为国内自然笔记群体中的一位高龄楷模,她不但学会了上网、开博客,还用自己的榜样力量召唤身边的亲人一起做自然笔记。

与芮东莉差不多同时甚至更早投身自然笔记实践活动的,国内还有很多人。如上海的室内设计师任众(网名"人多多"),她所著绘的作品《大自然笔记》于2014年7月出版,反响颇佳;上海前哨学校的美术教师田凤晴,她与上

---

① 正如于惠平的《写在前面》以及一位读者所言,《自然笔记》的作者芮东莉是一个普通人,她既没有受过专业的绘画训练,也没有严谨的科普背景,但是凭借着童年时来自大自然的润泽,凭借着成年后对大自然念念不忘的敬意,用图画和文字相结合的方式去记录自然,并且跟他人分享大自然的故事,开启了一段奇妙的自然笔记之旅。在这本书当中,参与自然笔记实践的除了作者本人,还有作者的婆婆、丈夫和一些孩子,他们用最质朴的图画和文字记录了那些看似微小的生命形式,从而吸引越来越多的人蹲下身来,开始用一种全新的眼光触摸周围世界。另请参见网友"星雨欣愿"的博客文章《手绘大自然——〈自然笔记〉读后感》,http://blog.sina.com.cn/s/blog_5a14cc670101hp7h.html。

海崇明东滩鸟类国家级自然保护区合作的自然笔记项目，可谓打开了一片新的创作天地；北京的年高，她的自然笔记作品在《科技日报》《少年先锋报》等媒体连续刊出，其在豆瓣上的自然笔记系列也拥有众多粉丝。而在更加广阔的意义上，广州的知名散文家杨文丰（著有《自然笔记：科学伦理与文化沉思》等，其"自然笔记"系列散文影响很广）、深圳的南兆旭（著有《深圳自然笔记》）、太原的阿蒙（著有《时蔬小话》）、南京的涂昕（著有《采绿：追寻自然的灵光》）、武汉的付新华（著有《一只萤火虫的旅行》《故乡的微光：中国萤火虫指南》），以及北京的"自然笔记"博物小组（总部在北京，上海、海南、济南、太原等地都有分支），所有这些热爱自然且有志于记录自然、呈现自然的人，皆可谓最广泛意义上的自然笔记同道中人。他们都在以一种"各自独特却又彼此相和"的方式为中国自然笔记的兴起贡献着力量。

到目前为止，上海市已连续举办了 3 届"自然笔记"生态活动作品评选，重庆市也在 2014 年上半年举办了首届"梦想课堂自然笔记大赛"，上海的虹桥中学、宝山实验小学和上海师范大学附属经纬实验学校等还先后开创了自然笔记特色课程或教学探究项目。在全国各地，有多家公益组织或自然教育工作室，已经或正在将自然笔记纳入其工作实践当中。由此可见，无论是从创作主体来看，还是从创作形式来看，乃至从传播媒介和社会受众来看，当前国内的自然笔记正在朝着立体化的、多姿多彩的态势快速成长。

在此，我们可以对自然笔记做一个广义和狭义的简单区分。广义的自然笔记，包括一切用文字、绘画、摄影、声音、影像、身体感知、科普实验等方式所进行的自然记录和表达，因此可谓品类繁多、样貌纷呈。狭义的自然笔记，则主要是指用绘画与文字相结合、相辉映的方式进行自然记录与表达，如芮东莉和她婆婆以及年高的"自然笔记"、任众和她女儿的"大自然笔记"，还有许许多多青少年朋友及其家长的"自然笔记"，等等。如果从自然笔记同国内正在大力创生的创意写作事业的关联性来看，那么狭义的自然笔记可能更为直接一些，因为二者都需要具备一个最基本的媒介：文字。本文所要讨论的对象，也主要是狭义的自然笔记，但是同时，又必然会同广义的自然笔记存在着诸多关切和联通。

关于国内自然笔记的命名问题，最早可追溯至华东师范大学出版社 2008 年引进出版的《笔记大自然》①一书，《自然笔记》的作者芮东莉也正是受到这本书的启发才开始自己的自然笔记实践之旅的。《笔记大自然》的英文原名为 *Keeping a Nature Journal*，在中国大陆版的目录和正文当中，除书名外，Nature Journal 都被译作了"自然日记"，而非"自然笔记"。书中有这样一句话："自然日记就是规律地观察记录、认识、体会和感受自然，它是整个笔记自然的核心。"②这个翻译显然存在着一个小小的不自恰现象——译者前面用的是"自然日记"，后面用的却是"笔记自然"。不过更为紧要的事情在于："日记"一词从直观上有"一日一记"的要求，创作者即使无法做到一日一记，至少也要体现出一定的长期性和连续性。相比较而言，"笔记"一词则显得宽松许多，也更加契合人们亲近自然、记录自然的多样化和自由度。在为自己的自然笔记作品、博客以及著作命名时，芮东莉就曾充分考虑到这一命名的微妙性与普适性，从而在"自然日记"和"自然笔记"中选择了后者。从如今社会传播和实际使用的情况来看，"自然笔记"的命名无疑是较为可取的。

二、动力或机制

"在现代社会中，唯一能够与灯红酒绿、人心浮躁的现代都市相抗衡的，是沉默无言、由来已久、蕴意深长的自然界。而在现代文明中，人们渴望的也是在匆忙中保持心中的那份宁静。"③美国自然文学研究者程虹此语可谓传递出当代人对大自然的一种极深情也极深切的认知和领悟，而希望在大自然的怀抱中将自己的身体和心灵向着天地万物更深层次地浸入或打开，也恰恰是越来越多的人开始喜欢上自然笔记的一个重要缘由。

诚如《笔记大自然》的作者莱斯利和罗斯所言，一直以来，"我们很多人都

---

① 莱斯利、罗斯：《笔记大自然》，麦子译，上海：华东师范大学出版社，2008 年。
② 莱斯利、罗斯：《笔记大自然》，麦子译，上海：华东师范大学出版社，2008 年，第 5 页。
③ 程虹：《为什么要把目光投向自然》，《解放日报》2014 年 9 月 19 日。

在探索更深层次地融入自然的方式，其中包括学习自然的形态，保护'借住'在自然界的'居民'，或者冥思生命延续的真谛"，而做自然笔记，则是人们"与自然重建联系的一种相对简单的方式"，"你只要花些工夫在自然界里走一走，看一看，然后借助日记反映一下即可"。① 当然，这一基本上人人皆可动手尝试、随意挥洒的自然书写形式，其所生产出来的社会效应和人文价值却非同寻常。经由它，你既可以和草木虫鱼"耳鬓厮磨"，也可以在大自然中享受不一样的"独处之趣"，还可以找到前所未有的"地域归属"之感，甚至有可能，你的这一微观行动于当代环境保护和倡导生态文明大业也助益良多。在此意义上，自然笔记活动既可以是一扇"思想的转门"，"让我们像狸像獾，一头扎进灌木丛的深处，用身体和心灵的全部去亲近花朵和虫虫们的世界，感受、记录那些连微距摄影都无以言传的生动"；也可以是一扇"情感的转门"，"让我们去爱，去珍重，去敬畏，树上的锹甲，灯下的夜蛾，迷网中的飞鸟，所有生灵，都不该是我们猎杀的对象，而是像星星一样宝贵，同为地球的孩子，与我们人类一样"②。通过做自然笔记，人们将更容易领会约翰·缪尔的话："成千上万的心力交瘁生活在过度文明之中的人们开始发现：走进大山就是走进家园，大自然是一种必需品，……它还是生命的源泉。"③也更容易去思考利奥波德的话："整个世界都如此贪婪地要求得到更多的浴缸，结果却失去了制造这些浴缸所需的稳定性，甚至失去了关掉水龙头的机能。在这种时候，最自然、最有益的行动就是略微放一放业已泛滥的物质享受。要达到这种观念上的转变，我们或许应该对照自然的、野生的、自由的万物，而对非自然的、驯养的、失去自由的事物要重新进行评估。"④

如果从目前国内自然笔记的实践与传播情况来看，各种针对广大青少年朋友的"自然教育""心灵环保"事业而展开的立体交互行动，可谓影响最大且

---

① 莱斯利·罗斯：《笔记大自然》，麦子译，上海：华东师范大学出版社，2008年，第3、12页。

② 芮东莉：《自然笔记——开启奇妙的自然探索之旅》，北京：中信出版社，2013年，勒口"内容简介"。

③ 约翰·缪尔：《我们的国家公园》，郭名倞译，南京：江苏人民出版社，2012年，第2—3页。

④ 利奥波德：《沙郡年记》，李静滢译，汕头：汕头大学出版社，2010年，"初版序言"。

最具活力。譬如芮东莉在工作之余,就常常组织和发起面向上海市中小学生的自然笔记学习与交流活动,通过参加组织者精心设计好的户外创作实践,像"小鸟认大树""猜芽儿""猜果实""雨中客""花之虹""约会湿地小精灵""珍藏大自然的礼物""丛林追踪"等,青少年朋友既亲近了自然、缓解了课业压力,又在自由活泼的活动氛围中增长了博物知识和生态情怀,并且有助于其各方面素质与能力的提高,比如观察能力、沉思和专注的能力、认知和分析的能力、深层品味自然的能力、自信和自我表达的能力、创意写作的能力、与家人分享的能力、跟同伴交流和合作的能力……①所谓事关基础教育者无小事,也正因如此,与基础教育关联甚多的自然笔记才会受到众多青少年朋友及其家长、中小学校、相关政府机构或部门、民间环保组织与社团、媒体、图书策划与出版公司等社会各界的广泛关注和欢迎。

此外,从秦秀英老人的自然笔记作品《麻雀找食记》在《新闻晨报》头版刊出,以及她的自然笔记创作经历被《中国妇女》《中国女性》等杂志相继报道的情形来看,自然笔记尚且有别样的新闻点和社会价值——它还可以被老年朋友们用以拓展、丰富和提升自己的晚年生活。由于做自然笔记要画写结合、图文齐上,因此可以帮助老年人在宁静和平的环境与心绪中手脑并用、快乐创作,这对于防止其记忆力衰退以及手指的颤抖和僵化,无疑大有益处。更何况,做自然笔记还有助于加强老年人与子女、儿孙的精神交流。关于这些,当了一辈子农民的秦秀英老人便是一个极佳范例,自从做起了自然笔记,老人便如同给自己打开了一片新的天地,慢慢地手也不抖了,心思也更加澄澈了,并且除了身边的美好事物,不少存留在记忆深处的人事自然也从她的笔端流淌而出,让人看了分外心动。一旦老年人发现自己也可以进行创作,其作品也可以通过各种渠道发表,并且会得到大家的鼓励和喜爱,甚至有可能在一些更受关注的平台上被展示,这对于她(他)们来说,又何尝不是一种非常好的"心灵福利"。另外,特别有意思的是,自从做起了自然笔记,秦秀英老人跟儿媳芮东莉的关系也比以前更加亲密了,因为她俩在这方面的共同话题

---

① 莱斯利、罗斯:《笔记大自然》,麦子译,上海:华东师范大学出版社,2008年,第13页。

实在太多,太有意思。

总的来看,自然笔记之所以能够广泛传播开来,首先得益于两个十分基本的元素:一是意义深远,二是门槛极低。当然,社会上许许多多的个人或团体用心用力去实践它、推广它,也是自然笔记能够在国内迅速兴起的重要动力。客观地说,其中既包含许许多多的理想追求,也包含各种各样的现实思量,这二者之间并不存在判然两分的界限,而每每是混融在一起的。拿《自然笔记》一书的创意、出版和发行情况来看,就涉及三方面的行为主体:一方是该书作者芮东莉,一方是该书的策划方北京步印文化传播有限公司,一方是出版方中信出版社。

从芮东莉个人的角度来看,她最初的创作动机可能更多是想找寻一种其所能认同的日常生态。2004 年,汉语言文字学专业博士毕业的她进入了上海的一家出版社,然而,这份需要芮东莉与之朝夕相对的工作却很难让她找到真正的归属感和成就感,甚至"令她一度感到空虚和困惑,脾气也有些急躁",而自从踏上"自然笔记"的旅程,她逐渐找到了许多同道中人,"大家都热爱自然,有共同的兴趣和语言",通过参加和组织自然教育与环保活动,她生活中的空虚逐渐被填补,原本急躁的脾气也慢慢变得平和,乐观开朗又重新成为主色调。与此同时,她也开始思考一些与自然笔记密切相关的、更加宏大的社会问题,她认为:"对下一代进行的自然教育就是一个社会的'换血'工程,这项浩大的工程需要更多的人持之以恒一起来做。"而她所做的"只是自然教育里很小很小的一部分","空谈不如实干,如果每个人都扎扎实实地做好自己的那一份工作,两三代人之后,应该能够看到一些我们所期望的改变。当然,这项'换血'工程是不自足的,它还需要整个社会大环境的改变,包括成年人的自我更新"。①

从《自然笔记》的策划方来看,北京步印文化传播有限公司的负责人之一于惠平是一位学哲学出身的出版人,她既有做好书的事业心,也有做畅销书

---

① 芮东莉、余志辉:《"触摸自然的渴望,并不因我们不谙绘画技巧而不同"》,《新闻晨报》2013 年9 月2 日。

的职业敏感。而从她为《自然笔记》撰写的"前言"可以看出，这也是一位有着颇为自觉的自然情怀和社会责任感的出版人，她对自然笔记的理解和把握也是非常细腻、深入的："《自然笔记》是一种生活方式，而不仅仅是记录大自然的方法。它告诉我们自然不仅是在那遥远国度和偏僻荒野，还可以近在咫尺，时时处处，只要你有一双善于发现的眼睛。于是，当我们在小区悠闲散步，当我们在公园信步游走，只要带上一个小本，一支铅笔，你就可以笔记自然，拥有别样体验。""《自然笔记》还体现了对弱小、卑微的尊重。它让我们蹲下身来，用一种全新的眼光触摸周围世界。这种尊重体现在作者的字里行间，这种尊重就是对大自然最好的回报。"[①]而在图书策划之初，于惠平本人就对《自然笔记》的未来销量充满信心和期待，并且特地从北京赶到上海，与芮东莉见面商谈该书的出版事宜。

再看《自然笔记》的出版方。最初，中信出版社只是给步印文化提供一个书号，至于其他方面，按照双方约定，大部分工作由步印文化承担。但是当这本一开始并不太显眼的图书接二连三地获得各种提名和社会好评，还斩获了业内影响极大的"文津图书奖"时，出版社的相关工作人员也开始对自然笔记和国内的自然教育等有了新的认识，进而也愿意主动投入更多力量对《自然笔记》一书进行更好的宣传与推广。这对于国内整个自然笔记实践而言，无疑也是有着积极的推动作用的。

如今仅在上海地区，就有各级野生动植物保护管理站、上海市科技艺术教育中心、闸北区绿化署、上海市植物园、上海市动物园、闸北公园、崇明东滩鸟类国家级自然保护区、四平中学和大宁国际小学等中小学校、上海绿洲生态保护交流中心、道融自然保护与可持续发展中心、萤火虫环境保育志愿者小组、暖暖公益、知了公益、上海市华文创意写作中心等政府部门、社会机构和团体，以及众多个人和媒体，一同注视和推动着自然笔记实践在国内的健康成长。

---

① 于惠平：《写在前面》，芮东莉：《自然笔记——开启奇妙的自然探索之旅》，北京：中信出版社，2013 年，前言。

三、自然笔记之于创意写作及其未来

21世纪无疑是一个全世界都在倡导环境保护和生态文明的世纪，党的十八大报告更是明确指出："建设生态文明，是关系人民福祉、关乎民族未来的长远大计。面对资源约束趋紧、环境污染严重、生态系统退化的严峻形势，必须树立尊重自然、顺应自然、保护自然的生态文明理念，把生态文明建设放在突出地位，融入经济建设、政治建设、文化建设、社会建设各方面和全过程，努力建设美丽中国，实现中华民族永续发展。"今天，越来越多的人开始渴望回归自然的怀抱，包括从阅读上回归一切撩人心弦的自然书写。早在1901年，约翰·缪尔就已经发表过这样的句子："当人们从过度工业化的罪行和追求奢华的可怕冷漠所造成的愚蠢恶果中猛醒的时候，他们用尽浑身解数，试图将自己所进行的小小不言的一切融入大自然中，并使大自然添色增辉，摆脱锈迹与疾病。"①只不过，今日之人们实可谓受困愈久，渴盼愈深。

反观人类的古典时代和古典文学创作，自然几乎是一个无所不在的生活因子和写作因子。如果单纯说从阅读上回归撩人心弦的自然书写，恐怕无数古典作品就足够人们受用的了，而今天更加迫切的问题和需要或许在于：人们最最希望看到的，已不仅仅是由各种美丽文字幻化出来的一座座桃花源或一朵朵彼岸花，不仅仅是依稀仿佛只存乎文字符号间的"暖暖远人村，依依墟里烟"，而更是如何去建构一个朝向自然美好的万类世界和绿色多元的人类日常生态。不用说，这对于当代所有的自然书写乃至创意写作，都提出了一个极具时代性的要求，它也正是那么多读者开始去捧读梭罗、约翰·缪尔、利奥波德、蕾切尔·卡森、陈冠学、苇岸、李娟等人作品的一大原因所在。作为一种能够让任何一位平凡个体都可以充满个人创意且饱含幽微深情地进行自然实践的书写形式，自然笔记恰好契合并彰显了这一时代要求。可以说，自然笔记以其独特的性质与功能绽放了当代创意写作疆土之上的一种双重

---

① 约翰·缪尔:《我们的国家公园》,郭名倞译,南京:江苏人民出版社,2012年,第3页。

耕耘与收获,它既书写生态,又创造生态——前者指向符号化的写作与阅读,后者指向现实性的生活与实践。换言之,自然笔记将人们的个性化自然书写、心灵环保与绿色多元的日常生态建构一体化、家园化了。自然笔记所秉持的一个核心理念就是,自然与心灵的美好相遇既可发生于千里之外,也可发生于我们的耳畔身边,而自然笔记便如同链接二者之间的使者,如同一扇人人皆可得而入之的魔法门,"就像宫崎骏《哈尔的移动城堡》中那扇神奇的转门一样,公园里也有这样一扇奇妙无比的门"①。当然,我们的阳台上亦有之,我们所在的小区或乡间院落里亦有之,远方和"路上的奇遇"当中更是少不了它。

如是可见,自然笔记既可为传统的自然书写提供新鲜血液和澎湃动力,又可为当代创意写作生发出新的流向;它既是一种活泼泼的多文本写作——绘著结合,又是一种真正的跨境界行动——写做并重;它既有广阔的市场需要,如城市居民的绿色阅读需求与国民教育中的自然教育需求等,又合乎社会伦理需要,可以为全国乃至全球的生态文明建设注入独特力量。

即便单从技艺培育的层面来看,自然笔记也可以为当代创意写作者的自然书写能力提供极佳的切入口,更重要的是,它可以将大家真正带进大自然的课堂,加深其对天地万物的感悟并提升生命境界,丰富其思想力、想象力和创造力。我们知道,创意写作的显著特征是:"始于创意,成于写作。"而大自然无限的创意绝对是人类进行创意活动的一个"取之无禁、用之不竭"的灵感来源,庄子云:"天地有大美而不言,四时有明法而不议,万物有成理而不说。"(《知北游》)如果将自然笔记的理念、方法和实践合理带入创意写作的教学活动,激发大家重新去感受古往今来之大师笔下的自然叙事,如老庄、契诃夫、鲁迅等人的自然书写细部,借此去训练和提升创意写作者对自然物、自然环境乃至自然情怀的书写能力,效果必定会大有不同。

与此同时,人们还可以创造性地拓展自然笔记与创意写作的关联维度,譬如将文字、绘画作品跟声音相结合,跟影像结合,跟各种亲子实践活动和自

---

①　芮东莉:《自然笔记——开启奇妙的自然探索之旅》,北京:中信出版社,2013 年,勒口"内容简介"。

然教育相结合,跟新兴媒体和移动终端智能应用结合,就像台湾教育广播电台《自然笔记》栏目主持人范钦慧所尝试的那样,拿起麦克风去记录土地和大自然的声音,并最终形诸文字,将所见、所闻、所行、所念、所希、所愿呈现在《与自然相遇的人》《没有墙壁的教室》《跟着节气去旅行》《自然森活家》等著作当中,实在是于人于己都大有好处。在这个意义上,作为当代创意写作的一个新文类,自然笔记如果能将种种狭义的写作成功加诸一切广义的关联之中,它在未来必定会创造广阔的传奇。

创意起于青蘋之末　舞于松柏之间

——广东财经大学创意写作翻译书系序言

田忠辉

（广东财经大学人文与传播学院）

2014年7月，正值北京的盛夏，中国人民大学出版社和中国人民大学外国语学院联合举办了中国首届创意写作国际论坛，这是一次启动中国创意写作之旅的全国性会议。会议展示了北京大学、中国人民大学、复旦大学、北京师范大学、上海大学等国内一流院校在创意写作方面的成果，也介绍了一些地方院校为培养学生写作能力开展的不同程度的创意写作训练。这次会议充实的内容、国际国内专家的精彩发言、与会同行的讨论和会议中的即时创意写作实践，都富有启发。我们广东财经大学中文系创意写作教学团队十一名成员参加了这次会议，团队成员收益颇丰。

广东财经大学中文系创意写作教学团队致力于以"创意写作"为突破口，对传统的汉语言文学专业进行改革，培养具有创意写作能力的汉语言文学专业人才。在这次会议上，我们团队和中国人民大学出版社商定了五本书的翻译协议，这就是您看到的"广东财经大学创意写作书系——翻译系列"，包括《写作是什么——给爱写作的你》《好剧本如何讲故事》《劲爆小说秘境游走》《让劲爆小说飞起来》和《想象性写作教程》。

以下是对五本书具体内容的简要介绍。

《写作是什么——给爱写作的你》，这是一位作家从自己的亲身经历出发，阐述年轻时的自己（这也是其他许多年轻作家感兴趣的）为什么能坚持写作，是什么让作者能忍受写作的折磨并经受各种打击最终证明写作是适合自己的。这本书仅仅是一本关于写作的书，也是作者写作经验的介绍、自我内心情感的抒发，因为写作能帮助我们排除各种纷扰，我们在一起，一起探讨写作是什么、为什么成为作家是一件值得我们期待的事情。作者以自己从研究写作、教授写作到开始写作，出版许多作品的亲身经历告诉我们，写作可以成为一种生活方式，研究别人的作品，可以促使自己形成和表达自己的文学品位，并且通过写作使自己过上自己想要拥有的生活。

《好剧本如何讲故事》这本书是电影剧本创作的一部实用宝典。作者罗伯·托宾是剧作家、小说家，曾任动作片的项目开发专员，出版过两本剧本写作方面的畅销书。担任项目开发专员的经历，使他有机会翻阅过五千多部剧本，对优秀剧本的标准如数家珍；而剧作家、小说家的身份又令其深谙写作之道，并对如何创作优秀剧本有深入的思考和独特的认识。这些在实践中总结得出的丰富经验，被作者集于一册，呈现给广大电影从业人员和剧作爱好者，以期通过阅读此书，能够让大家了解剧本创作的准则和技巧，以及如何遵循这些准则、利用这些技巧来创作出结构完美、对白可信、角色丰满、主题深刻的电影剧本。此书篇幅短小、内容精练、文字简洁，没有过多的分析阐释或交代铺垫，作者开门见山、直截了当地将最为核心的观点呈现出来，希望读者能够迅速完成阅读并尽快在实践中加以运用，具有强烈的实用主义色彩。

《劲爆小说秘境游走》这本书强调了波澜起伏、扣人心弦的劲爆小说必须富于戏剧性：通过制造冲突、设置矛盾，使主人公身陷重围，使主人公背水一战，从而在绝境中引爆主人公体内的潜能，在绝境中激发出读者的阅读兴趣，使读者迫不及待，使读者欲罢不能。一部戏剧性小说以一个中心人物即主人公为焦点，该主人公面临困境；这个困境发展成一种危机；这种危机通过一系列纠纷构建成小说故事高潮；在高潮部分危机化解。作者旁征博引，通过对《老人与海》《圣诞颂歌》《包法利夫人》《柏林谍影》《飞越疯人院》《洛丽塔》《教父》等经典文本的分析，生动地说明了这些小说都是用戏剧方式写成的，而且都是劲爆小说。本书例证丰富，从现实生活中拳王阿里、波士顿红袜棒球队到动漫中的"大力水手",从家喻户晓的"小红帽"到有深刻政治寓意、历史背景的"加尔各答黑洞""英布战争",作者信手拈来,通过比喻论证将一些艰深抽象的写作学原理,深入浅出地演绎出来。即使不是文学系科班出身的读者也照样能流畅地读下来本书,不需要担心要为艰深晦涩的专业术语而挠头。

《让劲爆小说飞起来》这本书介绍了高级的创作技巧,例如如何让你的故事角色既有活力又令读者难忘,如何加深读者的同情感以及对角色的认同感,如何增添故事的悬疑气氛吸引读者,如何与读者建立一种契约,保持下去,如何避免犯小说作家的七个致命错误,还有最重要的如何带着激情去创作。书中在设置悬念、构建更清新有趣的人物、吸引读者产生更强烈的同情心、移情人物角色以及认可人物等方面提出了许多实用新颖的方法和技巧。作者不赞同那些让作家备受痛楚的虚假规定,它没有像本《圣经》一样设置伪规则。作者关注的是作家对读者所做的承诺——关于作者对故事人物、叙述声音、故事类型等的承诺。想要让读者喜欢你的故事,你必须要坚持你对他们所做的承诺。在写作的过程中尽量保持真诚、字斟句酌,以确保人物内心所感,反复检查每一个句子,确保它们表达的内容完整确切。让他们扪心自问,他们想通过这些句子表达什么内容? 其间的细微差异是否有意为之? 本书为所有的作者提供了一个新的视野以及特别棒的建议、简洁犀利的语言,引导作者如何写作一本畅销的小说,为小说家提供了很多精辟而又直观的建议。

《想象性写作教程》这本书的作者是珍妮特·布洛维,在这位美国普利策奖、国家图书奖的得主眼中,所有的写作都充满想象力,对生活经验的转化或对词语的思考本身就是一个富有想象力的过程,令人信服的创作在于写作过程而不在于事件真相本身;大多数情况下,最原始的也是颇具想象力的,而这恰恰也是最真实的。本书以想象为核心,努力平衡天赋和技能两者之间的关系,大致以下列方式进行内容编排:前六章覆盖想象技能的五大领域(形象、腔调、角色、背景和故事),讨论的是在任何类型的写作中都适用的或不只与一种类型相关的技巧,并给出运用这些技巧的方式。第七章进入拓展和修改环节,关注的是如何把习作初稿拓展和修改成一个完整的作品。从第八章开始，转入创造性纪实小说、虚构小说、诗歌和剧本四大类文体的专项创作训练中，研究的是四种文体各自的特殊之处，以及如何将写出来的东西塑造成这四种体裁之一。每一个关于写作技巧的章节都会从这个技巧的讨论入手，同时在每个章节的开始都会配有"快速热身"及"小试牛刀"等训练环节，作者期望通过讨论技巧和提供练习，让学生们在投入正式的写作计划之前试验那些技巧，从而使教学指导过程不再令人畏惧并激发学生的冒险、探索精神。

中国人民大学出版社近两年全力推出了近四十本创意写作著作，呈现在你面前的这五本书是创意写作翻译的又一次集中呈现，它体现了创意写作浪潮由北京、上海向广东的延伸，也标志着创意写作受到"北上广"经济发达区域的重视，隐现创意写作对于当下我国社会发展创新驱动的根基作用。上面五本书既包括了作为创意写作基础理论的想象性写作教程，也包括了小说、剧本具体题材的创作技能，尤其是《想象性写作教程》是美国创意写作的"核心技术"，它标志着中国人民大学出版社引进触角向创意写作理论资源的推进。

创意写作，英文 Creative Writing，指创造性写作。顾名思义，在中国，创意写作主要指向"创造性"三个字，它与"创意思维"和"创新性"紧密相关。因此，可以将创意写作看作是创意思维训练和创新性能力培养的路径，它可以为当下中国创新驱动，打造中国声音提供解决之道。目前，中国人民大学出版社率先大量引进的创意写作国外资源为我们中国创意写作的发展提供了基础材料，北京大学、中国人民大学、复旦大学、北京师范大学、上海大学、广东财经大学、广东外语外贸大学都在开展不同层次不同角度的创意写作教学与研究工作，以"北上广"为牵领的中国创意写作浪潮初见端倪，未来发展空间广阔。

创意写作的展开路径大体有五个方面：一是解决传统汉语言文学专业忽视写作能力培养的状况；二是发展写作学科，培养写作学硕士、博士等高层次人才；三是培养人才的创新思维和创新意识；四是为文化创意产业发展培养基础人才；五是在科研上研究创新的基本动力。在具体发展中，创意写作人才的培养不仅仅是大中学校的任务，也是各级各类创意文化企业的任务，更是全民应有的意识,说到底,创意写作之创新精神关涉全体人民,创新不是一个人、一个群体的呼吁,而是整个民族发展的驱动力量。

"广东财经大学创意写作书系"包括翻译和专著两个系列,具体工作由田忠辉教授负责,成员有许峰、代智敏、李子、王燕子。其中参加翻译系列的还有田忠辉教授带领的广东财经大学英语翻译专业硕士研究生杜瑾、刘曼玲、刘丽娟、周静、刘旭丽、吴梦瑜、魏小杰、林珺丽莎。小组成员积极努力,如期完成了这一工作。在翻译的过程中,大家析疑解难,合力同心,所有的成果都凝聚着集体的力量,这个学术共同体在建设中国创意写作的路上团结一致、孜孜以求,快步走在探索中国特色创意写作的路上。

这一工作的开展与完成,还要特别感谢上海大学的葛红兵教授,他不仅给我们输送了认真诚恳的弟子许峰博士,还全力将我们推荐给中国人民大学出版社,给了我们感谢中国人民大学出版社费小琳、杜俊红、陈曦三位老师的信任、支持和督促的机会。在翻译工作的整个过程中,费小琳老师在默默工作中坚持的理想主义精神、杜俊红老师严肃亲切的敬业态度、陈曦老师认认真真的工作要求,都给了我们深刻的印象。所有的朋友都聚集在建设中国创意写作的路上,积薪拾柴,创意未来。

创意写作的开展需要打破僵化的思维,突破各种禁忌和藩篱,需要主体性的唤醒探索思想和语言的无限可能性,需要全民族的热忱建设和发出华夏的声音。创意写作将为解决文学教育、提升全民思维能力、打开创新意识提供驱动力量,它是一个突破口,创意写作训练将为全社会未来发展提供创新意识和创新人才。围绕中国梦和中华民族的振兴,创意写作将使我们的汉语母语苏生,使我们的民族气质和地域灵性呈现,我们相信基于中国根脉,以发出中国声音为动力的创意写作必将有一个辉煌的未来。

(本文系广东财经大学 2014 年度校级"创新强校工程"教研教改一般项目"'创意写作中国化'探索与实践"的阶段性成果。)

小说的戏剧性

——《劲爆小说秘境游走》译者手记

许　峰

（广东财经大学人文与传播学院）

　　曾几何时,我们每个人心中也许都有过一个作家梦,梦想用手中的五色笔去描绘这个五彩缤纷的世界,但不知从什么时候起,这个梦想的火花慢慢熄灭了——它看上去离我们太遥远。不过别灰心,"请记住:每一只鸟起初都是鸟蛋,每一个成功的小说家开始都是没有作品——即使是最杰出的那一类,包括欧内斯特·海明威、列夫·托尔斯泰、弗吉尼亚·伍尔芙和詹姆斯·乔伊斯"。美国作家詹姆斯·N. 弗雷(James N. Frey)在他的《劲爆小说秘境游走》(*How To Write A Damn Good Novel*, I)一书中清晰明白地告诉我们这一点,不仅如此,他还以充分的事例告诉我们,要是能抓住小说的"戏剧性",我们也能写出那些扣人心弦的劲爆小说。

　　弗雷之所以敢这样说,是建立在长期的写作实践和教学经验之上的。他不仅著有《最后一个爱国者》《末日之战》等多部畅销小说,曾获爱伦·坡奖提名,而且长期在加州大学伯克利分校开设创意写作课程,教授"小说写作"和"悬疑小说"。他所主持的写作工坊乃是众多出版社挖掘新锐作家的重要基地,《劲爆小说秘境游走》《让劲爆小说飞起来》《悬疑小说创作指导》正是其小说写作工坊的代表性成果。在《劲爆小说秘境游走》(中国人民大学出版社2015年版)一书中,弗雷强调要想写出波澜起伏、扣人心弦的"劲爆"(Damn

Good)小说，就必须使小说富于戏剧性：通过制造冲突、设置矛盾，使主人公身陷重围，使主人公背水一战，从而在绝境中引爆主人公体内的潜能，在绝境中激发出读者的阅读兴趣，使读者迫不及待，使读者欲罢不能。用他自己的话来说就是"一部戏剧性小说体现出如下特点：它以一个中心人物即主人公为焦点，该主人公面临困境；这个困境发展成一种危机；这种危机通过一系列纠纷构建成小说故事高潮；在高潮部分危机化解"。在书中，作者旁征博引，通过对《老人与海》《圣诞颂歌》《包法利夫人》《柏林谍影》《飞越疯人院》《洛丽塔》《教父》等经典文本的分析，生动地说明了这些小说都是用戏剧方式写成的，而且都是劲爆小说。

《劲爆小说秘境游走》例证丰富，从现实生活中拳王阿里、波士顿红袜棒球队到动漫中的"大力水手"，从家喻户晓的"小红帽"到有深刻政治寓意、历史背景的"加尔各答黑洞""英布战争"，弗雷信手拈来。通过比喻论证，作者将一些艰深抽象的写作学原理，深入浅出地演绎出来。即使不是文学系科班出身的读者也照样能流畅地读下来，不需要担心要为艰深晦涩的专业术语而挠头。

如果说有专业术语的话，"Dramatic Novel"及其中的"Dramatic"是《劲爆小说秘境游走》所提出的核心概念，阅读该书时千万不能漏过。作者在自序中的第一句话就指出"小说一定是富于戏剧性的"（a novel must be dramatic）。译者尽管也算是专业的文学研究者，却也是在翻译此书时才第一次知道原来还有"Dramatic Novel"这么一说，苦思冥想之下，姑且译之为"戏剧性小说""戏剧型小说"。深知并未能曲尽其妙，诚惶诚恐，还待方家指教。窃以为所谓"Damn Good Novel"如何写实际就是关于"Dramatic Novel"如何写的问题。要能够使小说充满戏剧性，使小说扣人心弦，才能写出那些令人拍案叫绝，情不自禁地感叹写得"真他妈好""真他妈带劲"的"劲爆"小说，真正做到"Damn Good"。事实上书中所列举的众多文学经典，的确是从小说改编成电影、电视剧本热播，甚至电影、电视剧版的影响力比小说原著还要大，比如《柏林谍影》《飞越疯人院》《教父》《洛丽塔》《骑警杜德雷》等，这不能不说是小说中所蕴含的戏剧性元素发挥了作用，很难想象一部意识流小说能达到这样的效果。

围绕着如何增强小说的"戏剧性"(Dramatic),弗雷分别从"主人公能力极限原则"(Character Maximum Capacity)、冲突法则(Conflict)、"熔炉"理论(Crucible)以及关于小说前提的"三 C"原理——人物、冲突和结论(Character,Conflict and Conclusion)等多个角度展开论述,这些细化的原则、理论使小说的戏剧性落到实处。

比如"熔炉"理论。尽管弗雷说这出自摩西·马力文斯基的《剧本创作技巧》以及拉约什·埃格里的《戏剧写作的艺术》,但他却用非常生动的事例形象地进行了阐释,是该书非常出彩的一个部分。无论任何时候,把你笔下的人物置于熔炉中,置于严酷的考验中,反派头子和正面英雄,出于他们各自的原因,会坚持不懈持续争斗,直至最后有一个终极的了断——举行婚礼,战斗胜利,财产分割,海盗葬身海底,诸如此类。

当你设计人物时,要把他们串联在一起整体考虑。这里有几个角色处于熔炉之中的例子:

1.处于冲突当中的一对父子将继续冲突,因为他们被爱和孝道紧紧联系在一起并且双方都不能轻易地离开。爱是他们的熔炉。

2.丈夫和妻子会持续争吵,直至他们被死亡或离婚分开。他们被婚姻、爱情和责任紧紧联系在一起。婚姻就是他们的熔炉。

3.同一间牢房里的两个狱友,如果他们之间起了冲突就会一直持续下去,因为他们中没有一个人能按照自己的意愿离开对方。他们被狱室捆绑在一起,这是他们的熔炉。

4.同样的道理对于在同一艘救生艇上的人们来说也照样成立:既然他们不能离开,他们就处在一个熔炉中。

5.军队里的士兵无法摆脱他的长官,无论他有多么憎恨他的长官。这是部队给他的熔炉。

在这里,没有空洞的说教,也没有用如"张力"这样专业的术语,但"熔炉"究竟是什么,读者读完不仅会豁然开朗,日后自己动笔时也有章可循。

以"戏剧性小说"为主线,全书围绕人物塑造、冲突制造、前提设置、讲故事的技巧、高潮构成、视角分类、对话创造、修改提高多个方面进行论述,最后归纳出小说写作之道——要想成为小说家,什么最重要?不是天赋,而是得法的训练与不懈的努力:"天赋重要吗?如果参加全国作家会议和写作研讨会,你会发现美国从不缺有天赋的人。……但是他们当中大多数人拥有很高的天赋却没能成为小说家。为什么呢?因为他们缺乏那些真正必要的条件:自我训练、顽强的决心和坚忍不拔的毅力。天赋只会成为拦路虎,因为如果拥有天赋,你就会认为写小说会很容易,但事实绝非如此,无论你的天赋有多高。"尽管不能说弗雷的观点有多么新颖——"作家天生论"是创意写作书系的作者们再三批驳的论调,但弗雷的话依然令人热血沸腾,对自己有朝一日也能成为作家重新恢复信心,同时也让人清醒地意识到自己所选择的道路并非一条铺满鲜花的坦途,需要付出无法计算的努力:"写一本小说要花费很多时间,耗费许多情感上和心理上的精力。通常情况下,和朋友或爱人在一起的时间会被写作占用。很少有小说家打高尔夫球、保龄球或看许多电视。写小说就像吸毒,会占有你的全部。"把写作与吸毒相提并论,弗雷这个比喻不仅别出心裁,而且入木三分,写作中的各种酸甜苦辣尽在不言中。

作为一位写出过多部精彩小说的作家和写作教师,弗雷在《劲爆小说秘境游走》中提供了一套实用、系统、机智诙谐的方法来进行创作,在译成中文之前,该书就已被译成多种文字,是非常受欢迎的虚构类写作技巧辅导书。天赋和灵感不能教授,但切实有效的写作原则会帮你找到勇气,并坚持下去。最能点燃每个人心中那个埋藏已久的作家梦的就是文章开头的那句话,"请记住:每一只鸟起初都是鸟蛋,每一个成功的小说家开始都是没有作品——即使是最杰出的那一类"。

尽管《劲爆小说秘境游走》字字珠玑,但弗雷也对自己的主张有清醒的认识——书中所提出的概念和技巧并不能包打天下,不能写出所有类型的劲爆小说,比如"弗吉尼亚·伍尔芙的《达洛维夫人》是一本经典小说,一本精心制作的艺术作品,值得阅读。但是,它不是以戏剧型小说形式写的。詹姆斯·乔伊斯的《尤利西斯》是20世纪英国文学的标志,同样也不是以这种形式写的。如果你想如詹姆斯·乔伊斯和弗吉尼亚·伍尔芙那样避开戏剧形式,创作实验性、象征性、哲理性或心理分析型的小说,那么这本书就不适合你阅读；如果你寻找的是一本关于传统戏剧性小说的学术批评著作，这本书同样不适合。这是一本关于戏剧性小说写作技巧而不是其他方面的引导性图书"。过犹不及，弗雷清楚自己的局限性，这也正是他的高明之处。

朋友，如果你对写小说感兴趣，那么弗雷的这本《劲爆小说秘境游走》一定不会让你失望；如果你对如何进一步提高小说写作技艺感兴趣，那么《劲爆小说秘境游走》的姐妹篇——《让劲爆小说飞起来》(*How To Write A Damn Good Novel*，Ⅱ，中国人民大学出版社 2015 年版)同样不容错过。

[本文为广东省教育科学研究"十二五"规划 2013 年度研究项目"'创意写作'学科中国化之道路探索"(项目编号：2013JK070)及广东财经大学 2014 年度校级"创新强校工程"教研教改一般项目"'创意写作中国化'探索与实践"的阶段性成果。]

《创意写作艺术硕士手册》
(*The Creative Writing MFA Handbook*)翻译札记[①]

班易文

（南京林业大学人文社会科学学院）

一、作者与美国创意写作体系

《创意写作艺术硕士手册——创意写作方向研究生指南》第二版于 2011 年在美国出版，在 2005 年出版的第一版基础上，Tom Kealey 又加入了 Seth Abramson、Erika Dreifus、Adam Johnson 和 Ed Schwarzschild 的论文，使得本书成为创意写作研究生学位申请者的必读书目，其核心受众是物质条件较好且有文学艺术创作潜力与兴趣的美国学生。亨特学院艺术硕士（MFA）课程的导师 Tom Sleigh 推荐此书时借用了诗人 Walt Whitman 的名言"想要拥有伟大的诗，必须要有伟大的听众"以说明当艺术家与读者都已出现时，便是"万事俱备只欠东风"，这时，《创意写作艺术硕士手册》便是大众通往专业学校的"第一站"，这本书对美国创意写作艺术硕士课程的考察既深入又广泛，

---

① Tom Kealey, *Creative Writing MfA Handbook*: *A Guide for Prospective Graduate Students* (Revised & Updated), Sacramento: Continuum, 2008.

年轻的写作者们，无论是想要成为一个更好的作者，还是成为一个更好的读者，都可以选择此书作为桥梁，走向专业的创意写作道路。这个评价十分中肯，可以说本书"手册"的命名就反映了它的实用性和工具性，而它的可靠性来自编者 Tom Kealey 丰富的切身经验，他本人即是马萨诸塞大学创意写作艺术硕士，也曾在斯坦福大学与著名作家 Wallace Stegner 共事，在斯坦福大学任教期间参与了与创意写作相关的小说教学项目，也与 Google 公司或是826 valencia 这样的非营利组织合作，利用广泛的平台进行创意写作教学。从 Tom Kealey 的简历就可以瞥见美国创意写作的几大特征：

第一，创意写作学科体系化。Tom 既是创意写作艺术硕士毕业生，亦从事了创意写作教学工作，他的身份转换在美国创意写作体系具有典型性，也是普遍可见的。创意写作人才的培养机制正是学科体系形成的内在机理，人才的输出也使得创意写作的空间从高校流向社区、企业、非营利组织等更广阔的社会空间。

第二，创意写作与产业结合广泛。离开文化产业无法谈论创意写作，Tom Kealey 的经历和他的著作充分体现了这点。创意写作艺术硕士（Creative MFA）中的艺术（Fine arts）拓展了纯艺术的内涵，文学生产离不开出版环节，作品生命之光的闪耀离不开读者阅读的完成、引起共鸣的霎时，艺术并非精英主义者们的闭门造车，而要如 Tom Kealey 那样将自己的知识和经验分享和传递给他人，这是创意写作将艺术民主化、实用化的"魔力"（Dorothea Brande 语），美国倡导"民主""自由"的意识形态引导下的文学教育变革和文化产业兴起，与创意写作体系自身的完善、日益成为"显学"之间是相辅相成的关系，尤其体现在"二战"后对生命个体创造力的尊重这一美国式现代主义精神的实践上，如著名的老兵写作计划。

第三，近年来，创意写作呈现数字化加剧的特征。Tom Kealey 与网络巨头 Google 的合作，以及本书中分享的大量网站体现了创意写作的教学搭载着网络发挥力量，网络课程拓展了传统课堂的局限性，使得距离不再成为问题，师生的互动形式也更加多元。再者，写作—阅读—出版的整个流程都逐步由传统纸媒向数字化媒体转型，形成线上线下共生繁荣的局面。对照新世纪以来中国文学发展语境,不可小觑的网络文学、IP 改编热、数字出版迅猛发展,都昭示着数字媒体和创意写作之间的关系不仅仅是前者为后者提供载体,而是技术从形式到内容都为写作活动带来了革新的契机。

二、本书概要与创意写作艺术硕士课程

从《创意写作艺术硕士手册——创意写作方向研究生指南》的成书体例来看,本书共分为六章。第一章是概要,介绍了申请美国创意写作艺术硕士前需要知道的基本信息,也相当于本书的索引。例如,在本章作者介绍了写作课程的几个方面:

第一,班级教学。其中分为写作工坊、文学课(即注重作家、作品、写作时期、社会历史、阶级背景、流派等文学知识的传授)、"手艺"课(即侧重于语言、叙述技巧的培养,甚至有模仿作家语调或构思等的具体训练)以及选修课。

第二,师生互动。分为课堂互动和一对一的教学两种主要模式。

第三,拜访作家。即邀请作家参与一起阅读。

第四,成果展示。即至少一本原创书稿的完成。

第五,本科教学。即针对本科生开展的写作或是创意写作的教学。

除此之外,还有杂志支持、文学社区等等写作氛围的营造,共同构成创意写作课程的基本要素。本章还提供了一些信息以解决迷惘中的申请者的困惑,如其提供了参与课程的学生的平均年龄——二十八岁,这反映了真实的情况:在一个班级中有些学生三十多岁、四十多岁,甚至是年过半百,体现了创意写作课程与传统学术不同之处在于参与的学生的人生阅历或个人写作经验尤为重要,当然,年轻人也可以拥有丰富的经历,不过作者还是提示毕业离开校园两年再参与艺术硕士课程较为合适。Tom Kealey 在本章也强调了写作工坊的基石作用,工坊一般分为虚构、非虚构、诗歌等类型,通常一个工坊由十六个学生和一位教授组成,一周一至两次,围坐于大圆桌边,进行集体的写作、讨论和阅读,工坊结束时,写作者往往要接受提问。讨论篇幅长度为十五页的故事,时间大约在三十分钟,谈论一首诗的时间大约在十分钟,这样

的工坊最后呈现的成品是较多的,最后重要的一环,就是工坊作者要听取读者意见。作者的这些细致考察都为中国创意写作艺术硕士课程中的作家工坊设计提供了实际经验。再如,在学位学制方面,MA 通常需要一至两年的时间,文学课与工坊课的比例在 3∶1,可见其是重视文学教育,兼顾创意写作的教学;而 MFA 则需要两至三年,学生至少参与四个工坊,兼修艺术、哲学、历史等课程,除了最重要的写作实践,还有必不可少的创意理论教学和研讨会;Ph. D 学位课程则需要五年以上的时间。

第二章创意写作课程寻找的是什么,分为三节。第一节介绍了申请艺术学位时需要考量的准则,Tom Kealey 给出的答案十分"实际"。首先是地点,也就是说选择学校可能也包含着对城市或者城镇的选择,相对亲和的文化氛围对于完成课程是十分重要的。其次,资金的问题也要纳入考量,这点的重要性与第一点是不相上下的,当然,如果申请者完全经济独立,不用考虑这条,但是一般的申请者都需要尽可能找那些全部或主要由毕业生赞助的课程,避免那些缺少可靠资金来源的项目。课程的网站往往会公开资金状况,从这点上,可以看出美国的艺术硕士课程的商业化程度是很高的,这也保证了其独立性和竞争性。这与中国的国情是相悖的,但项目资金的来源、流动、支配等对于中国创意写作艺术硕士班的运转操作有借鉴意义。从提高写作能力方面说,选择良好的师资、同伴无疑是一条捷径,但是 Tom Kealey 同样提出他人的经验只是一方面,对于创意写作而言,写作者应在他人经验和自我写作训练之间找到平衡,对于教师的考量是较为次要的一点,也是因为其操作性可能不是那么强,但至少应当阅读一些未来老师的作品。还有一点值得注意,就是在选择课程之前,申请者需要了解自己擅长或是感兴趣的是哪种类型的写作,无论是虚构还是非虚构,虚构类小说中的哪种类型,文体方面是诗歌还是游记,美国成熟的创意写作教学产业都会有相应的课程设置,重要的是,一个写作者应当了解自身,无论你是写作者,还是教学工作者,术业有专攻对于创意写作专业的从业者而言是一条颠扑不破的真理。第二节介绍的是非全日制的创意写作 MFA 课程,这种课程的教学允许学生在家写作,早在 20 世纪 70 年代中期这种课程就已经由诗人 Ellen Bryant Voigt 创立,现在已经有三十多种不同的课程可供学生选择，Erika Dreifus 细致地分析了如何选择适当的课程。在本章的第三节，Ed Schwarzschild 以亲身经验向读者介绍了创意写作博士课程的学习过程，在 Ed Schwarzschild 博士的描述中，追求博士学位的过程充满了激情，不仅让他收获了作品，还让他得到了教职，他坦言博士学位比艺术硕士学位在教学岗位应聘的竞争中更有优势。虽然这并不是一定的，但至少五年创意写作博士课程的学习让他有了完全沉浸于书本的机会，其间他也结交了同样对创意写作感兴趣的良师益友。他同时也介绍了博士课程的几个方面，如课程安排、外语要求、考试和论文以及参与教学等的要求。

第三章由 Seth Abramson 写作，他针对开设了创意写作艺术硕士课程的大学总结出三个排名，并做出了相应的解释，同时对一些有名的大学进行了逐个的介绍。他同时提示读者，他所列出的学校所提供的都是美国顶尖的课程，他们之间的共性是远远多于差异性的，只是他为了方便申请者的选择侧重介绍它们的特点，而学生如果对一些课程有申请的意向，也应自己主动对感兴趣的课程网站做些基本的研究。

第四章介绍了详细的申请过程，包括一些非常细致的建议，如申请创意写作艺术硕士所需要的材料至少有写作样本、三封推荐信、个人陈述、本科成绩单、GRE 成绩、申请表格和申请费，申请 Ph. D 学位则还需要 GRE 文学测试项目的成绩以及批评文章，至于在申请的课程数量上，作者推荐申请者同时向八至十二个不同的项目提交申请，将选择的面放宽。作者逐项解释了准备每样材料时分别需要注意的事项，如最重要的作品样本，因为众口难调，申请者不必过于苦恼如何迎合申请学校的"审美品位"，毕竟无法预测评审教授的具体偏好，而最重要的是拿出自己投入时间、精力最多的作品，即"打磨"过的作品，让不同的读者或者其他的作者来读一读你的作品，并听取他们的建议和评论，以增加作品的分量。推荐信则最好由你信任的专家来写作，他们最好也是可以对你的学术潜力和成就做出最有效的评论的人，名望倒在其次。个人陈述则需要强调你是谁、你的生活经历、你申请研究生的原因以及你未来的学习计划，不要过分强调你的写作，因为要让你的作品自己说话，多介绍些与写作相关的经历。此外,申请者最好列一个时间表并且严格据此执行。这些建议十分具体,可见作者对创意写作艺术硕士课程的熟悉,也从侧面反映了美国创意写作艺术硕士课程已经构成了一个成熟的体系。

第五章紧接着列出了具有决定性的时间点,为申请者提供了参考,如申请者应当牢记在心的,接受和拒绝申请的时间分别是3月末和4月初,所以最迟在4月中下旬要做出最后决定。而最后决定的几条依据分别是资金状况、地点、教学经验等。如果有机会,申请者应当询问那些有学习经验的研究生,和他们聊一聊相关项目的环境和资源状况,根据谈话和自己的财务状况来决定参加哪个项目。

第六章给申请成功的在读生提出了一些建议,也展现了美国创意写作艺术硕士生活的丰富多彩。作者贴心的建议包含了租房、恋爱、兴趣爱好等方面,也强调了要为写作留出足够的时间和空间,要制订写作计划并严格执行,每天都要写,无论是十五分钟还是五个小时,也不要害怕同时进行好几个项目的写作,这会充实你的生活,并让你的头脑保持清醒,而打破写作者所遇到的困境,最好的办法就是阅读。多读多写是所有具有丰富创意写作经验的专家的建议,Tom Kealey也不例外,他希望研究生不仅要多读多写,还要多寻求反馈,从同伴、同事那里接纳合理意见,更要抓紧一切正式的、非正式的场合与教授见面。创意写作艺术硕士研究生在读期间也要为自己的作品出版做好准备,寻求一些作家机构的帮助。在最后一学年开始时,学生也要为论文委员会选择评议老师,这个人选必须十分熟悉该生的写作,他的建议应当激励人心并且具有一定的批判性。毕业之后的择业问题也在Tom Kealey的考察之中,他认为除了教学和编辑,网站设计、新闻、行政机构、商业领域都可以成为创意写作硕士毕业生的选择,而继续深造也是个不错的选择。他同时提出,寻求创意写作的学位首先是一个艺术投入过程,其次才是一个专业技能的学习过程,因此,别忘记留意你的就业方向,特别是在第一年之后,寻求暑期实习生的工作或是和你的课程导师聊一聊事业规划的步骤也是十分必要的。从这章可以看出美国创意写作艺术硕士课程以学生的个人发展规划为核心,创意写作教学也是"学生中心主义"的,不仅培养学生的艺术涵养和写作技艺,而且与学生的就业乃至人生价值实现相关联。在本章,作者还为参与创意写作课程的老师提了有用的建议,例如教案的组成部分、组织怎样的写作练习、要怎样激励学生讨论以及课程的时间分配等具体问题。对于写作工坊,作者也从工坊作家和工坊阅读者两个角度提出了自己的看法,如作为写作者要在工坊中呈现自己修改过的作品(The best writing is rewriting),作为阅读者不要先入为主、不要修改语法、多写信、评论要简要且切中要害等。最后,作者给予创意写作硕士一些关于出版和发表的意见,列出了一些杂志,可以说将创意写作学科的实用主义体现了出来,给读者最大的帮助,附录中对创意写作专家的访谈、阅读书单、在线资源、相关博客的罗列也充分体现了本书"手册"的性质。

三、结　语

《创意写作艺术硕士手册》是 Tom Kealey 的经验之谈,也是创意写作方向研究生的必备手册,同时借由此书,我们可以看到创意写作艺术硕士课程作为美国创意写作庞大系统中的一环,已经发展得相当完备,如《大象教学》中总结的那样,美国高校建立了完整而层级分明的创意写作人才培养机制,战后的创意写作史,也即创意写作发展成为遍布全美的产业的历史,这一产业被称作"超级机器(elephant machine)",即能制造其他机器的机器。创意写作项目成了一个能够制造更多创意写作项目的机器。[①] 梅尔斯所指的写作项目很大一部分即创意写作的教学项目,而创意写作的教学,尤其是艺术硕士课程的教学即以原创作品的成型和出版为直接目标,以输出作家或是创意写作教师,抑或是身兼两职的创意写作人才为愿景。这无疑给予中国创意写作学科发展启示:创意写作艺术硕士(MFA)在整个创意写作学科体系中应当占有重要地位,创意写作艺术硕士与传统文学学术硕士的培养应当划分清晰,

---

① D. G. Myers, *The Elephant Teach：Creative Writing since 1880*, Chicago：University of Chicago Press, 2006.

有完全不同的课程设计、师资力量、教学目标乃至给予学生不同的职业规划导向。但是，当下中国高校仍旧将文学学术硕士的培养作为文学学科的主要目标，这种偏倚与中国文科学科高度体制化、行政化的模式有关，也与中国文学承载知识政治负担的惯性有关，而创意写作艺术硕士（MFA）课程的建设是为中文学科改革所做的必要探索，也是对中文系人才培养空间的拓展。国内的复旦大学于2009年开始招收戏剧专业（MFA创意写作方向）学生，上海大学于2016年开始招收创意写作方向MFA，但在全国范围内远未形成完整的本科生、硕士研究生、博士研究生的培养体系，创意写作学科在国内的发展可谓任重而道远。

创意写作:文学与公共生活的诗性桥梁

张小燕

（上海大学文学院）

一、绪论

　　尽管近年来文学逐渐成为一种边缘化的文化样式,但不可否认,文学一直以来都是公共生活建设的重要方式和手段。一方面,文学具有教化大众的作用,它以其人文视野关注大众生活,通过文学想象描绘他者的生活与文化,增强大众对公共事务的判断、裁决能力。另一方面,文学作为重要的公共文化资源,以其创意力量促进时代、经济的转型发展。随着中国特色社会主义进入新时代,社会主要矛盾的转变和中国当下高质量的发展,都要求重建良好的文化文学社会生活。本文从创意写作的视角出发,通过对国外创意写作教育、社区写作的研究与分析,认为创意写作教育可以为新时代公共文化生活建设做出贡献。"北京皮村写作""豆瓣小组"的尝试也证明,将写作纳入国内公共文化服务体系是具有可行性的,同时也是符合时代要求的。新兴的创意写作教育及其发展可以为中国当代高质量的公共文化生活做出贡献,使公共生活实现大众、精英和国家三位一体的理想形态。将写作纳入公共文化服务体系中,形成以文学为导向的公共文化服务制度,既是实现人民美好生活的必然要求，同时也是应对中国当下高质量发展、解放民族创新创造力、打造创意国家和创意经济的重要策略。

二、新时代呼吁走向公共生活的文学

（一）文学进入公共生活的伟大传统

自古以来，文学便与公共生活密切相关，文学活动也一直是公共文化活动与资源的一部分。文学进入公共生活古已有之。

甲骨文的祭祀卜辞可以看作是我国最早期的文学形式，而祭祀与占卜又与人们的公共生活息息相关。《诗经》记录民风民俗，并通过大众口耳相传，屈原《离骚》中的"哀民生之多艰"，司马迁在《史记》中标举"贬天子，退诸侯"的叙事准则，杜甫以苍生为念，书写对黎民百姓和江山社稷的深沉关怀……我国历代优秀文学大多是对特定时代的思考与判断，以及对公共生活的积极介入，正体现了以文学观照大众生活、关注民生的伟大传统。20世纪50年代的"左翼文学"代表人民写作，80年代"先锋文学"等所掀起的文学讨论浪潮，以及近十年来以对乡土的书写为主导的非虚构写作所触及的社会问题，都可以看作是文学走进公共生活这一伟大传统在当代中国的赓续。

回顾西方历史，《荷马史诗》的形成、古希腊哲人在广场上的辩论等都可以看作文学对公共生活的介入，而西方文学活动真正的公共化开始于17世纪后期的英国，当时以咖啡馆、酒吧为主的公共空间逐渐成为市民进行文学阅读、讨论的公共场所，哈贝马斯将这种现象定义为现代意义上的"公共领域"，并认为文学公共领域的出现在培养公众批判能力、理性思考能力方面发挥了重要作用。①

文学之所以是建设公共文化的重要方式与手段，一方面，如努斯鲍姆指出的，读者通过阅读小说等文学作品可以激发对他者生活、他者文化的文学

---

① 哈贝马斯：《公共领域的结构转型》，曹卫东等译，上海：学林出版社，1999年，第34—46页。

想象,增强对他人的同情并去除偏见,从而在公共生活和事务的决策上表现出一种充满人性的评判原则,即诗性正义。[①] 而这种诗性正义,恰恰证明了文学对公共生活的重要性,文学作为公共生活组成部分的合法性。另一方面,文学同样也是社会生产力进步发展的重要推动力。以文学为原动力的文化创意创新,与科技发明创新一样对社会生产力起到促进作用。西方发达城市如纽约,其文化产业占 GDP 比重高达 26%,西方很多国家也将文学纳入公共文化服务,打造文学城市,增强城市文化底蕴和居民的文化身份认同。[②]

(二)新时代对公共文化生活提出更高要求

新时代下,公共文化生活的建设需要把握“变”与“不变”。党和国家始终不变的初心是以人民为中心,建设符合人民大众需要的公共文化服务。而“变”则指的是中国特色社会主义进入新时代,社会发展呈现新面貌,社会主要矛盾的转变尤其是人民日益增长的美好生活需要都对公共文化生活的建设提出了更高的要求。新时代呼吁建立科学的、民主的、大众的公共文化生活,而非简单的、启蒙的、精英的公共文化生活。过去的公共文化生活建设采取精英主义的启蒙方式,这一文化服务路径存在这样的误区:精英们以一种更高的姿态领导大众,大众则作为另一端的接受者被动地获取来自上游配送的文化与思想。公共文化生活的最高理想形态应是大众、精英与国家的三位一体,真正应当领导公共文化生活的是政府文化管理部门,因此精英主义需扭转自身的定位,去契合而非领导公共文化生活。

目前国内建设公共文化服务的方案,主要集中于以下几个方面。第一,围绕公共文化空间建设,提出建设公共图书馆、文学生活馆等多样的公共文化空间,促进公共文化服务。第二,以文化活动和文艺作品的引导为主,注重对传统文学文化的继承和创新。第三,从文学批评出发,构建符合新时代要求的文学公共阐释理论。除此之外,还有上海大学创意写作中心、上海大学

---

① 努斯鲍姆:《诗性正义:文学想象与公共生活》,丁晓东译,北京:北京大学出版社,2010 年。
② 葛红兵、冯汝常:《作为公共文化资源的文学及文学活动研究》,《江西师范大学学报》(哲学社会科学版)2019 年第 4 期,第 53—58 页。

学科教授葛红兵等提出将创意写作与公共文化生活结合的方案，描绘出从"创意写作"到"创意社区"，再到"创意城市""创意国家"的发展路径。[①]

在上述公共文化服务方案中，多元文化活动和文艺作品引导都带有自上而下向公民分配文化的倾向，这类方案以文化、文艺作品而非公民为主导，仍然是一种简单的、精英启蒙式的公共文化服务。而文学公共阐释理论的建构为当下应该创作怎样的文艺作品提供了方向和指导，但依赖于文学作品的生产和接受环节，并不能直接作用于大众生活本身。至于公共文化空间如图书馆、文学生活馆等的建设，我们应当认识到光有公共空间是不够的，还需要有配套的公共文化活动机制。

为了满足新时代下人民更深层次的对美好生活的需要，文化管理部门应当进一步激发全民族文化创新创造力，以此为思路来发展文化事业和文化产业，完善公共文化服务体系。因此，综合比较之下，呼吁"人人都可以写作"的创意写作教育，或许更加符合新时代对公共文化建设的要求。

（三）创意写作教育为公共文化生活提出新的可能

创意写作教育秉持着"人人都可以写作"的理念，和以往的精英启蒙不同，创意写作旨在激发全民的写作意识和创新创造力，鼓励人人都通过写作来参与公共生活。

写作应当成为当今公共文化服务形式的典范，一方面在于它可以改善当下文化服务的困境，点亮公共空间与公共生活。我国当下建设的公共文化空间往往局限于物质建设，如图书馆、文化馆等，但物质性的公共空间不意味着一定存在公共生活。只有当公民通过阅读、写作等生命活动，才可能使个人与个人在公共空间展开真正的相遇与对话，图书馆、社区、城市等公共空间才会有其文化自生性。如果缺乏这样一种实践活动和相应的文化服务机制，那即使建造更多的图书馆、文化馆，也很可能营造出的只是一种虚假的公共生活。而城市也会"在没有公共生活的情况下体现公共空间的自相

---

① 葛红兵、高翔：《"创意国家"背景下的中国当代文学转型——文学的"创意化"转型及其当代使命》，《当代文坛》2019 年第 1 期，第 101—107 页。

矛盾"①。创意写作所做的正是点亮公共空间，形成一种新的文化自生型社区，反过来滋养人的精神生活。

另一方面，创意写作教育可以真正使公共文化事业成为大众、精英和国家三位一体的理想形态。通过创意写作教学，以往发挥领导和启蒙作用的精英们如作家、文学家可以扭转定位，以切身参与而非领导的方式介入公共文化生活，从而肩负起更多的社会责任。公民也可以参与写作表达个人声音，舒缓个人压力，各个阶层的思想文化碰撞将汇总出具有共性的时代课题和时代精神。而对于国家而言，创意写作教育确认了国家教育和文化管理部门对公共文化服务的领导地位，契合了国家"以人民为中心"的文化建设原则，写作工作坊和写作社区也为创意城市、创意国家的打造起到推动作用。

三、创意写作促进欧美国家公共文化大发展

（一）社区写作普及美国公民的文化生活

创意写作自在美国诞生以来，短短一百多年间便通过高校教育和社区写作的形式极大地带动了美国文学的繁荣，普及美国公民的文化生活，对美国的文化产业发展起到了重要的推动作用。之后，创意写作被英国、澳大利亚等西方国家接连引进，促进了西方国家公共文化的大繁荣、大发展。

创意写作兴起于 19 世纪末至 20 世纪初的美国高校文学教育改革，最初是"一项招募小说家、诗人从事该学科教育教学的国家体系"，它被政府寄望成为"美国高校扩张文化功用的手段"。② 在政府的支持下，创意写作教育在高校中迅速普及，几乎每一所美国高中和社区大学都至少开设了一门创意写

---

① 马歇尔·伯曼：《一切坚固的东西都烟消云散了：现代性体验》，张辑、徐大建译，北京：商务印书馆，2003 年，第 245 页。

② D. G. Myers，*The Elephants Teach：Creative Writing Since 1880*，*Chicago*：University of Chicago Press，2006，preface(xi)．

作课程,获得艺术方面的基本指导的机会比比皆是。美国的创意写作教育成果是显著的,仅爱荷华大学一所高校就培养出多位普利策文学奖获奖作家。文学的繁荣进一步促进美国文化产业的发展,文化创意产业在美国GDP中占据重要地位,至今美国仍通过文学、影视等方式向世界输出其价值观。

"二战"前后创意写作在美国发展成一项国家性的社会运动,帮助战后退役士兵、女性等群体发声,促进了"二战"后美国的民主化进程。在创意写作确立其学科地位之后,创意写作也逐渐走出校园,来到更为广阔的社区,介入社会公共服务。正如保罗·道森所指出的,创意写作工作坊应当"作为连接学术与公共领域的纽带","作家的责任并不在于他们向谁致辞或为谁代言,而在于意识到文学如何在社会中发挥作用"。①

在美国,创意写作是一项鼓励全民参与的文化公益事业,社区写作几乎遍布美国社会的各个空间和领域,致力于普及美国公民的文化生活。所谓社区,包含"公共图书馆、学校、社区团体、阅读团体、监狱、医院、养老院、难民中心、基督教青年会组织、成人教育团体、一些工作场所,以及正在成倍扩大的网络空间"②。桂冠诗人团队或许是美国最官方的写作社区形式,桂冠诗人的工作主要是提高全国人民对诗歌阅读和写作的意识,其中一些项目特别有创意,比如召集作家探索散居的非洲人、儿童诗歌和爵士乐活动以及专为女性开设的作家工作坊。③ 通过社区写作,作家也实现了从公共文化的输送者到公共文化空间建设者与推动者的转型,担负起社会责任。如诗人肯尼思·科赫定期教小学生写作,也在养老院教老人写作。除此之外,写作涉及的公共空间甚至延伸到卫生医疗领域。④

---

① Dawson, Paul, *Creative Writing and the New Humanities*, London: Routledge, 2005, p. 203-204.

② Morley D, *The Cambridge introduction to: Creative writing*, Cambridge: Cambridge University Press, 2007, p. 237.

③ Morley D, *The Cambridge introduction to: Creative writing*, Cambridge: Cambridge University Press, 2007, p. 237.

④ Morley D, *The Cambridge introduction to: Creative writing*, Cambridge: Cambridge University Press, 2007, p. 239.

（二）世界文学之都爱荷华的典范性

2008 年,爱荷华被联合国教科文组织评选为"世界文学之都"。爱荷华的获选与其背后拥有的丰富文化资源有着密切联系。而追根溯源,创意写作学科对于爱荷华作为"文学之都"身份的建构起着至关重要的推动作用。

美国创意写作教育系统率先在爱荷华大学确立,1936 年,爱荷华大学建立创意写作艺术硕士学科点与爱荷华写作工坊,此后八十多年中,爱荷华创意写作教育系统不断发展完善,形成成熟的课程体系,爱荷华写作工作坊也逐渐在世界上赢得了广泛声誉。立足于高校教育,爱荷华大学培养出一批优秀的写作人才,其中既包含大量优秀的作家,也包括那些具备创意写作能力,同时又熟悉新媒体技术、城市文化创意产业的写作人员,而这类人才也是爱荷华文化创意产业迫切需要的,爱荷华的创意写作教育为城市的创意产业发展提供了核心的创意人才,在爱荷华城有近三分之一的人口从事创意产业工作。①

另一方面,爱荷华大学在城市公共空间中承担着公共文化服务的职能。爱荷华写作工坊将课程教学与社会实践相结合,面向社区开展了"爱荷华青少年写作""退伍军人之声项目"等多项工作活动,致力于培养大众创意写作能力,传播创意理念。这些举措丰富了市民的文化生活,增强了爱荷华城市的创意文化氛围与创新活力,进一步推动爱荷华"文学之都"的身份建构。

"世界文学之都"爱荷华的发展经验体现了创意写作以写作工坊机制为核心,从高校教育走向创意社区,继而走向创意城市的发展路径,为更高公共空间层次上打造创意国家提供了基础。这一经验也为中国创意写作学科面向公共文化服务、推动中国创意产业发展提供了宝贵的蓝图与启示。

---

① 葛红兵、刘卫东:《从创意写作到创意城市——美国爱荷华大学创意写作发展的启示》,《写作》2017 年第 11 期,第 22—30 页。

四、写作纳入中国公共文化服务的初步尝试

创意写作作为学科引入中国仅有十余年,相较于欧美拥有长达一百多年创意写作史的公共写作土壤,我国围绕写作而展开的公共文化服务发展还并不多见,然而基于对中国近年来公共文化生活的观察,我们欣慰地发现,当下社会大众具有写作的自觉意识,即使在阅读、写作公共文化空间建设不完善的情况下,他们仍渴望表达自己的心声,并自发建立与外界对话的传声道。这也证明将写作纳入中国公共文化服务体系中,是具有可行性的,也是具有群众基础、为人民所支持的。"北京皮村写作"和"豆瓣小组"便是写作公共化在线下与线上两个层面上的初步尝试。

(一)文学照亮底层生活之路:北京皮村文学小组

曾引起热议的《我是范雨素》一文的作者范雨素,便出身皮村文学小组。皮村位于北京机场十千米外,北京皮村工友之家文学小组成立于 2014 年,组织者为北京工友之家的工作人员,小组活动的主持人是来自中国艺术研究所的学者张慧瑜。而直到 2017 年 4 月,由于《我是范雨素》这部作品在网上引起巨大关注,皮村文学小组才随之进入大众视野。

最开始,相较于一般写作工坊由作家组建的形式,皮村文学小组的建立则是反向的、成员自发组建的。北京皮村工友之家十几位工友出于对文学和写作的热爱,萌生了建立文学小组的想法,而后对外寻求帮助,寻找专业的教师进行引领与指导,中国艺术研究所张慧瑜便是招募而来的文学课讲解人。皮村文学小组活动定期在每周日的晚上开展,十几位热爱文学的打工者在工作之余赶往皮村打工艺术博物馆的图书室聆听文学课。皮村文学课主要分为两个部分,集体研讨和写作交流。在集体研讨的部分,张慧瑜老师负责讲解文学作品和文学理论,参与者们进行集体学习、研读文学作品,并围绕文学作品和相关话题展开讨论,每位成员都有发言的机会。写作交流也是皮村文学课的重要组成部分。每一次活动,每位成员都会以朗读的形式,轮流"发

表"在过去一周内各自创作的诗歌与小说,并进行交流、讨论。[①] 在写作原则上,皮村文学小组与创意写作工作坊的写作理念不谋而合。创意写作呼吁写作者"写你所知道的",而皮村文学小组成员的写作正是从个人的生活出发,他们不仅写自己的工作经历,写对城市生活的感受,也写各自的家庭、父母、爱情和梦想。

皮村写作极大满足了打工者的精神需求,丰富了他们的文化生活。皮村文学小组的成员多是家政工、瓦工、流水线工人、煤矿工人、电焊工等,大多数成员从事的是体力劳动,他们热爱文学,但对文学的热爱和偏执也使得他们与身边人的圈子显得有些格格不入,在重复、枯燥的工作中也难以与他人有精神层面的交流。而皮村写作不仅仅为这些工友提供了学习文学、交流文学的平台,更给予他们精神上的理解和包容,帮助他们抵抗着重复性工作和城市生活对人的异化。不止一位成员提及他们对重复性工作的抵触和对皮村写作小组随意氛围的喜爱。皮村写作小组正是以写作工坊机制使自身成为一个具有文学氛围的文化自生型社区,反过来滋养着打工者的精神世界,在其中打工者通过写作表达自我,从文学与写作中得到慰藉,感受生活的诗意,保持个人精神的独立。

皮村文学小组的发展除了对社区内部成员具有重要意义之外,在更高层次的公共空间上也产生了相应的影响力。由家政保姆范雨素创作的《我是范雨素》一文,一经发布便引来网络上的广泛关注和讨论,多家媒体转载报道。范雨素的成名使得北京皮村写作小组进入大众视野,也引发了大众对底层农民工文艺创作群体的关注和对这一社会现象的思考:打工文学和底层创作者的标签化,如何看待底层文艺创作者,他们的出路又是什么……一系列公共议题的深入讨论实际上也丰富了大众对公共文化生活的认识与思考。除此之外,底层打工者自发组建写作小组,表明当下的大众对于自我表达有着深深的渴望,对于阅读与写作公共空间和文化相关服务有着十分强烈的需求,更说明当下我们的公共文化服务存在缺席。

---

① 韩逸:《他们在皮村写作》,《人物》2017年第6期,第109页。

(二)塑造网络公共文化空间:豆瓣小组在行动

网络也是写作的重要场域之一。相较于实体写作工坊不可避免地会带来层次上的差异,网络工坊或讨论组可以使写作活动更趋于民主和平等。[①]国内社交媒体中的豆瓣小组正是大卫·莫里所说"正在成倍扩大的网络空间"的一种,因此也可以看作是一种特殊的写作工坊。2020 年 6 月,澎湃新闻在"真实故事计划"栏目报道了一则题为《小镇做题家:一个 211 高校学生的命运陷阱》的新闻,文中讲述了一位出身农民工家庭的 211 高校学子因为阶层、资源、视野等诸多因素,在大学毕业之后并没有通过学历改变自身的命运:从 211 高校毕业,最后又回归工地。这则真实故事引起了网友的热烈讨论,而实际上在澎湃新闻报道之前,这个故事的主人公(豆瓣用户名 ZaoXin)就在豆瓣小组("985 废物引进计划")内发表了长文帖子,分享了自己的人生经历,引起组内网友的关注。在豆瓣小组"985 废物引进计划"成立之后,组内便涌现出大量"小镇做题家"们对自我人生经历的回顾与书写,使得这一群体进入大众的视野,引发公共议题的深入探讨。从中我们不难看出,豆瓣小组作为网络公共空间,给予大众,尤其是一些不可视的"失路"群体平等表达自我的平台和机会,使得一些群体可以在公共生活中出场与现身,更重要的是,网络空间一定程度上消解了层次带来的差异和不平等,每个用户既是写作者也是阅读者,他们通过写作与阅读,实现了对自身生活的表达与对他人生活的体察,这样一种平等、多元的交流和互动,[②]有助于缓解他们所遭遇的痛苦与精神压力,疗愈他们的内心。

五、结语

文学是建设社会生活的重要手段,在公共生活中发挥着重要作用。文学走进公共生活自古以来便是一项伟大的传统,并在当代传承赓续。新时

---

① 迈克尔·迪安·克拉克、特伦特·赫根拉德、约瑟夫·赖因编:《数字时代的创意写作》,杨靖等译,南京:江苏凤凰教育出版社,2016 年,第 103—104 页。

② 葛红兵:《从读—解关系走向读—写关系的当代文本——创意写作学视域下的文本研究》,《当代文坛》2021 年第 4 期,第 117—124 页。

代对发展文化事业提出新的要求,重建文学性公共生活已经成为推动中国高质量发展,解决社会主要矛盾,满足人民日益增长的对美好生活需要的一项重要任务。本文从创意写作的视角出发,研究分析美国创意写作教育在其公共生活中发挥作用的路径,以"世界文学之都"爱荷华城创意写作教育和公共生活的结合为例,指出创意写作教育从高校到创意社区,再到创意城市、创意国家的发展路径,而这对中国以创意写作方式重建文学性公共生活具有重要的启示作用。尽管创意写作还未正式纳入公共文化服务体系,但国内以写作为路径的公共文化服务现象证明将写作纳入文化服务体系是具有可行性的。

本文呼吁政府文化管理部门将写作纳入公共文化服务体系。在这一前提下,如何结合新时代的社会要求,借鉴国外创意写作发展经验,以及将这一经验中国化、本土化,便成了一个关键的问题。针对将创意写作教育纳入公共文化服务体系的举措,本文有以下几点建议和畅想。

第一,高校应立足于创意写作教育,传播创意写作理念,培养相应写作人才,助力中国文化产业发展。同时,高校应发挥其对社会的辐射作用,将创意写作教育与社会实践结合,使创意写作走向社区、城市等公共文化空间,普及大众的文化生活。

第二,建立新型的帮助公民阅读与写作的公共空间和平台,如真人图书馆,让公民可以在其中书写自己的故事、经历,或者以口述的形式由工作人员记录他们的故事,并收入图书馆中,从而帮助大众发声,在公共生活中"出场"。而写作者同时也是他人故事的读者。

第三,发挥基层群众自治制度,丰富社区公共文化活动,尤其是阅读与写作,某一社区内居民的写作作品也可以集中体现该社区的特色和居民面貌,也可以增强居民对所处地区的认同感,打造"创意社区",从而形成"创意城市"与"创意国家"。①

---

① 葛红兵、高翔:《"创意国家"背景下的中国当代文学转型——文学的"创意化"转型及其当代使命》,《当代文坛》2019 年第 1 期,第 101—107 页。

第四，重点关注农村地区，尤其是妇女、儿童、老人等群体和残障人士等少数群体的生活和精神需求，写作也应为他们敞开。

第五，深化实施"互联网＋"的推动，发挥网络空间的优势，形成多种形式的网络写作、交流项目与活动。

努力绘就创意写作学的中国版图

（代后记）

回望创意写作在中国的发展，2009 年对于中国创意写作学科来说是一个十分重要的年份。这一年，以作家王安忆等人为学科带头人的复旦大学创意写作团队开始招收创意写作 MFA。同年，作家、学者葛红兵等人在上海大学成立了文学与创意写作研究中心。以此为标志，创意写作正式落地中国内地。尽管这个时间点距离创意写作在欧美的创生差不多已经一个世纪，但在眼光敏锐的作家、学者们的努力下，中国化创意写作经过短暂的争论和犹豫期之后发展迅猛，至今已有至少四所高校有资格招收创意写作博士，超过十所高校开始招收创意写作硕士，超过百所高校开设了创意写作相关课程。

我曾经把创意写作在中国的发展概括为"北上广模式"，提出中国化创意写作在北京、上海和广州的数所高校的努力下，形成了一定的发展模式和经验。时至今日，创意写作已经在中国有了新的发展，形成了新的"北上广苏浙"版图。

在北京，仍然以北京大学、中国人民大学、北京师范大学等高校为中心，形成了文学与创意写作教学系统。这个系统包括创意写作硕士生、文学创作方向的博士生招生培养，也包括成立专门的教学、研究和交流机构。如北京师范大学成立了以诺贝尔奖获得者莫言为主任、长江学者张清华为常务副主任的国际写作中心，并与鲁迅文学院赓续合作办学传统，再次启动联合培养以文学创作为重点的创意写作硕士班。北京大学则成立了以安徒生文学奖获得者曹文轩为所长、网络文学研究专家邵燕君为副所长的文学讲习所，一改北京大学不培养作家的刻板印象。中国人民大学则在招收创意写作硕士生的基础上，打造一支以作家阎连科、评论家杨庆祥为核心的团队，开启了创意写作博士生培养。加上中国人民大学出版社早已是创意写作图书出版重镇，以及创意写作翻译先行者刁克利教授的努力，使中国人民大学成为中国创意写作不可小觑的重要力量。

在上海，除了上文提及的复旦大学和上海大学之外，较早开设创意写作课程和招收创意写作硕士的还有同济大学以及华东师范大学。综合来看，复旦大学侧重爱荷华大学文学教授经验的传承，这或许和王安忆所具有的作家气质有关。复旦大学在吸收爱荷华大学经验方面，丝毫不逊于北京师范大学和中国人民大学，可以说这三所高校是爱荷华大学创意写作文学传统的重要继承者。为此，王安忆还领衔倡导并整合上海作家协会资源，建立了完全照搬爱荷华国际写作计划的上海写作计划。这一写作计划与上海创意写作系统形成了有意互补，也是目前国内较为成功的写作计划。上海大学是创意写作理论研究的重镇，也是目前国内最有实力的创意写作理论研究成果产出地。以葛红兵教授为中心，这一团队创建了中国内地第一个创意写作教学研究理论体系，成为国内第一个招收并成功培养创意写作博士生的高校。这一团队产出的创意写作理论成果为创建中国化创意写作学科奠定了坚实的基础。

在广东，广东财经大学和广东外语外贸大学在创意写作本科生培养方面较早做出了尝试，成为创意写作本科教育的先行者。广东财经大学在江冰教授的带领下创建了该专业方向，其现有的核心团队成员基本上毕业于上海大学创意写作专业。广东外语外贸大学创意写作专业侧重创意文化产业这一方面，培养了完整的创意写作本科方向的毕业生并成功走向了工作岗位。这两所高校身居广东这一沿海开放大省，抓住了创意产业这一牛鼻子，在本科生层面为中国化创意写作做出了重要尝试。

在江苏，至少有三所高校在创意写作方面进行了探索。老牌高校南京大学一直有着作家培养的传统，近年来，也在创意写作硕士生培养方面发力，和江苏省作家协会合作，成立江苏文学院，并联合培养创意写作硕士研究生。江苏师范大学作为苏北一所以师范教育见长的高校，较早成立了作家工作坊和中国长篇小说创作与研究中心，并招收创意写作方向的文艺学研究生。江苏这两所大学一南一北，形成了创意写作教育呼应之势。可惜的是，因主要人员的工作变动，这两年两所高校的创意写作发展步伐皆慢了下来。而在地方院校中，盐城师范学院较早地依托文学社团机构，在本科层面进行了创意写作特长生的探索培养。虽然没有正式备案招生，但在校内二次选拔形成特长班的形式，还是具有一定的代表性。

沿海发达省份浙江是创意写作学科发展的后起之秀。面向日渐发达的文化创意产业，在浙江办学的高校纷纷开设诸如创意写作这样的新专业。作为一所知名传媒艺术院校，浙江传媒学院大力引进创意写作专门人才，短时期内开设了创意写作课程，并在未来作家班的基础上开设了创意写作本科方向。该校还联合浙江省作家协会，依靠文学院成立了浙江网络文学院，统筹创意写作新专业建设。浙江网络文学院成立以来，在新专业建设方面进行了大胆创新。一是结合传媒学院特点，围绕创意能力、专业技能、传媒素养等多方面设计了较为合理的创意写作教学课程体系。二是建成了全国首家由中央财政支持的网络文学影视化创意与制作实验室，实验室下设四个中心，引进了最为先进的全真沉浸式教学手段，较早尝试建立创意写作的元宇宙教育。同在浙江的温州大学，提出了创意中文的建设思路，组建了较为齐整的创意写作团队，积蓄了创意写作教育的发展力量。而老牌名校浙江大学则集聚创意写作力量，开启了创意写作研究生教育进程。其他高校诸如浙江理工大学、浙江农林大学等也正大步行进在创意写作与传统写作变革的大道上。

以上是对中国创意写作的"北上广苏浙"版图的大致描述。相信这一版图将有力带动全国创意写作学科发展。

游离于这一版图之外，还有多所在创意写作方面成就卓著的高校。比如有着较为悠久作家教育传统的在陕西西安办学的西北大学，近年来在创意写作上的发展极为迅猛,在研究生教育层面建立了完备的硕博士培养体系。在山东济南办学的山东青年政治学院近年来也在创意写作本科生培养和理论研究方面独树一帜,取得了较为可观的成绩。在海南三亚办学的三亚学院虽然偏居一隅,但抓住了领军人才引进这一关键牛鼻子,以不求为我所有但求为我所用的灵活态度引进学科领军人物,近年来理论建设成就卓著。在四川成都办学的四川大学新近成立创意写作相关研究机构,颇有后发先至奋起直追之势。在革命老区江西办学的江西师范大学积极引进创意写作相关人才,也在研究生层面开始了创意写作招生探索。此外,在湖北武汉办学的实力雄厚的武汉大学、在吉林长春办学的东北师范大学、在广西办学的广西师范大学和玉林师范学院等,也在传统写作向创意写作的转化等方面取得了较为显著的成绩。

总之,创意写作中国化的十余年探索,在教学、理论和研究方面均已积累了丰厚经验。单就创意写作理论方面的建设而言,不但有近百本创意写作理论专著和教材,还先后有多家杂志开设了创意写作研究专栏,比如较早开设栏目的《中国作家研究》等,创刊初始阶段就尤为重视创意写作的研究。由上海大学和高等教育出版社联合创办的专门发表创意写作研究成果的《中国创意写作研究》也已经成功出版了两辑,成为这一领域的权威辑刊。遗憾的是,至今尚没有一本以"创意写作学"来命名的专门连续出版物。有感于此,着眼于创意写作学的未来发展,在浙江传媒学院有关领导的大力支持下,依托文学院,浙江网络文学院创办了《创意写作学》辑刊。《创意写作学》的创办得到了创意写作研究界众多师友的广泛支持。葛红兵教授还亲自题写了书名。在此,向各位专家学者表示衷心的感谢!

《增广贤文》有云:近水楼台先得月,向阳花木早逢春。面对全国创意写作生机勃勃的大繁荣之景象,背靠浙江创意文化产业一往无前的大发展之态势,我们相信创意写作中国化的事业一定前景无限,创意写作学一定大有可为!

回望 2009 年创意写作在中国的落地生根,我们无限感慨。在创意写作这一新学科面前,我们一定要永怀谦卑之心,拼尽洪荒之力,为中国化创意写作学的早日建成而全力以赴！

　　站在 2022 年的年头，放眼望去，在中国化创意写作这一沃野之上，已有许多先行者。正所谓"莫道君行早，更有早行人"。如今的创意写作学事业，正是"寒冬将尽去，春风已化雨"的好时候。大家一起努力向前呵！

叶　炜

2022 年 2 月 21 日，杭州